剑来

7 迢迢渡银汉

◎ 烽火戏诸侯 著

浙江文艺出版社
Zhejiang Literature & Art Publishing House

第一章
大师兄姓左

陈平安写错了一道斩锁符。若说之前小雪锥触及符纸的瞬间,是海上生明月的景象,那么当这道符画成之后,就如一轮红日。红日与水井口子差不多大小,只是并无灼烧之感,反而温暖和煦。这张符在陈平安说出那八个字后,好像失去了真气牵引,晃晃悠悠地飘落在海面上,然后缓缓沉入蛟龙沟,再没有在海上引起异象。

可那些在蛟龙沟底蜿蜒盘踞的大物,无一例外化为人形,或老翁或老妇,离开各自巢穴,站在海沟石壁,对那张符箓作揖行礼。许多年幼懵懂的蛟龙之属战力孱弱,此次没有机会参与桂花岛大战,或是被祖辈强行拘押在海底,这些小家伙哪怕尚未凝聚人身,一样依葫芦画瓢,随着这些与金袍老蛟辈分相当的老家伙们,向那张符箓使劲点头致敬。

这些不知活了多少年的大物,纷纷施展秘术神通,以远古水声训斥那些攻击桂花岛的蛟龙后裔,措辞极其严厉。

各家老祖扬言如果有人胆敢个在半炷香内回到蛟龙沟,一律先逐出本族,然后受剥皮之苦,最后丢在海面漂泊,曝晒三年,活下来才有机会认祖归宗。那些"青壮"水虬、蛇蟒面面相觑,眼神中皆是疑惑、震惊和不甘。

它们这次跟随金袍老蛟大战桂花岛,老祖之前都是默认许可的。这些大多在南海和婆娑洲吃过苦头的年轻蛟龙后裔,之所以跟随那条金袍老蛟,就是希望有朝一日,能够去婆娑洲大杀四方,将那些醇儒陈氏的子弟和沿海布防的练气士杀个精光。但是现在老祖发号施令,而那名金袍老蛟又无异议,它们只得纷纷纵身一跃,离开桂花岛上空,扑向海面,入水之后,各自打道回府,去跟老祖讨要一个说法。在那之后,就是金袍老蛟在领取法旨之前,对着那坏了他百年谋划的少年,一剑斩下。

陆沉敕令?陆沉是谁,老蛟当然听说过。听他的祖辈说,这位道家掌教之一的至人在飞升之前,最喜欢驾一叶扁舟游历四海,好像不太喜欢待在陆地上。传言还说有一名专门为陆沉驾驭小船的舟子,出海之时还是而立之年。等到陆沉在北海飞升,他才独自驾舟回到陆地。他回到家中,发现熟悉的家国山河皆已不在,他的名字,被留在了三百年前的族谱上。在那之后,这名舟子便重新出海,寻访陆沉,从此杳无音信。

金袍老蛟怕不怕掌教陆沉?当然怕,但是绝对不会怕到一听名字就打战的地步。因为他在这座浩然天下,陆沉却是在那座青冥天下。

越是陆沉这种尊贵无比的人,想要莅临另外一座天下,越是不易,而且规矩繁复,一举一动,都会被儒家圣人盯着。

一旦陆沉亲自出手,就会坏了规矩,到时候金袍老蛟深恶痛绝的儒家圣人,反而成了金袍老蛟和蛟龙沟的护身符,甚至出手相助之人,很有可能就是那个肩挑日月的醇儒陈氏老祖。

虽然并不如何畏惧,但也不能太不当回事,挑衅圣人,哪怕隔着一座天下,也绝不是什么好事情。

金袍老蛟心中冷笑不已,这位出身浩然天下,却在别处天下执掌一脉道统的掌教,真是取了个好名字啊。

至于眼前这个祭出一对山水印挡下剑气的碍事少年,金袍老蛟扯了扯嘴角,这种事情可一不可再,他虽然恨透了这个少年,但也不得不收手。今日之事,超乎预期太多,说不定已经惹来婆娑洲南海之滨的巡狩视线,还是小心为妙,若是给抓住把柄,会坏了大事。

老蛟啧啧笑道:"可惜了这方印章,能够挡下玉璞境剑仙的全力一剑,这可不是一只破鱼篓能比的。小家伙,这会儿心疼不心疼?"

陈平安答非所问:"如果我家中有好些骊珠洞天的上等蛇胆石,需要多少颗才能换回一座桂花岛的安稳通行?"

金袍老蛟愣了一下:"你是说宝瓶洲北部上空的那座骊珠洞天?灵气充溢的头等蛇胆石对于我们而言,不亚于一块斩龙台对一名剑修的重要性。元婴之下的蛟龙之属,一颗头等蛇胆石就能换取稳稳当当的一境提升。容我算一下,一座桂花岛,一个桂夫人,两千个练气士的性命……小子,除非你有一大堆蛇胆石才行啊。"

金袍老蛟伸出一双手掌,翻了一下:"最少二十颗。你有吗?"

陈平安摇摇头:"这些年送出去一些,已经没有这么多了。"

陈平安挣扎着站起身,那一截桂枝生成的桂树,已经在老蛟剑气的冲击下毁于一旦。他收起小雪锥和孤零零的一方水印，将其放入方寸物之中。飞剑初一和十五快速掠出神魂动荡的陈平安，重归养剑葫芦。这次陈平安没有遮遮掩掩，反正老蛟早已看穿。

金袍老蛟眯起眼，他感到少年背后木匣中的一把剑，有不小的威胁。

一张颠倒乾坤的陆沉敕令，一堆骊珠洞天蛇胆石，一对山水印，一支"下笔有神"的毛笔，一枚品相不错的养剑葫芦，而且还姓陈。金袍老蛟心中越发确定自己适时收手是明智之举。

可惜可惜，这种家伙，若是方才一剑打杀了，才是最无后患的。至于之后引发的种种波折，他完全不怕。比拼修为境界，他这个伪圣，尚且不敢有任何托大，可若是比拼靠山，他真不觉得自己会输给任何人。

老蛟看到那个伤了本命元神的舟子老汉满脸戒备地站在少年身后，笑道："放心，那张斩锁符面子很大，我的胆子，只能支撑我出手一次。"

老蛟收回视线，重新望向陈平安："你既然有蛇胆石，为何不一开始就说？否则何须有此一战，伤了双方和气？"

陈平安反问道："你是在开玩笑，还是认真的？"

金袍老蛟脸色阴沉。

舟子老汉冷笑道："当时情景，你胜券在握，杀人夺宝还来不及，会跟一个少年坐下来好好谈生意？"

金袍老蛟不理会金丹老汉的冷嘲热讽，死死盯住少年："太聪明了，活不长久。"

陈平安转头道："老前辈，你先回桂花岛，我有些话要单独跟这畜……跟老蛟前辈说。"

老舟子摇摇头，沉声道："留得青山在，不怕没柴烧。陈平安，你还年轻，大道修行，经历这些挫折，福祸难言，不用难以释怀……"

不知是否错觉，老汉总觉得眼前少年，好像一直沉浸在那道符篆的神意之中，迟迟没有从中脱出。

陈平安笑了笑："老前辈，我心里有数。"

陈平安想要拱手抱拳，以示谢意，可是只抬起了右手，写字的左手整条胳膊都弯不起来。陈平安便以右手握拳，轻轻敲打心口："我稍后回到桂花岛，请老前辈喝酒。"

老人犹豫了一下，点点头，返回相邻那条小舟，缓缓驶向桂花岛。在老舟子远离后，陈平安一拍养剑葫芦，初一、十五悬停在少年两肩，然后他再次祭出那枚水印。

金袍老蛟笑道："怎么，要跟我拼命？"

陈平安咧咧嘴："跟某些家伙讲话，拳头不硬，再好的道理都听不进去。先前那道斩锁符，就是明证。由此可见，我自己琢磨出来的这个道理，对你们是管用的。我问一个问题,范家和桂夫人跟你订立了什么规矩,让你可以理直气壮地杀掉两千多人?"

老蛟有些不耐烦,阴沉道:"觉得这个规矩不合理?"他轻轻跺脚,隔绝了此地与外边的联系。

老蛟笑道:"那你有没有想过,我们蛟龙之属,蛟龙沟这一脉,从流徙之初,到扎根此地,中途死了多少条性命吗?这么多年来,又因儒家圣人订立的那些狗屁规矩,枉死多少条性命吗?"

陈平安反问道:"你觉得儒家的规矩不对,跟范家和你订立的规矩对不对,有关系吗?退一步说,即便真是圣人做得不对,你就可以跟着犯错?再说了,你要真有本事,可以去跟儒家圣人吵架,或者打架,迁怒于桂花岛渡船,算什么?"

老蛟哈哈笑道:"算什么?吐出一口怨气而已,这还远远不够。"

陈平安说道:"如此看来,儒家圣人没把你一巴掌拍死,才是错。"

老蛟不怒反笑,"小子,你跟我在这里绕来绕去,到底想做什么?是想要跟我抖搂你的靠山,威胁我,以后总有一天,你家老祖,或是你的授业恩师,会来找我和蛟龙沟的麻烦?"

陈平安摇头道:"我家里没亲戚,也没有……一个师父。"

老蛟突然觉得有点迷糊:"你这是在找死?"老蛟点点头,"很奇怪,你说的话,我竟然信了。好吧,既然你没有长辈和师父撑腰,那我又有胆子杀你了。"

老蛟行事果然雷厉风行,一袭金袍无风而鼓荡,他伸手一招,天空中出现一粒金光,金光缓缓向下,拉扯出一条金色丝线。

陈平安对此浑然不觉,向前一步,走到小舟前方,低头望向海水深处,似乎在寻找那张斩锁符,他轻声道:"陆沉,我知道你正在旁观此地,你的用心,我也猜到一些。我借你的名字退敌,你反过来以此算计我,在这件事上,咱俩就算扯平了。不过麻烦你告诉天上的阿良一声,杀陈平安者,南海蛟龙沟。"

说完这句话后,陈平安右手一拳重重砸在心口。先前与舟子老汉交谈时一拳敲打心口,是为了平稳心境,好与陆沉说出这番话。现在一拳下去,则是打得心湖波涛汹涌,兴风作浪,甚至连自己的一身符箓神意都给彻底打散,重新转为撼山拳意。归根结底,陈平安完全不给陆沉施展无上道法的机会,他不想与陆沉对话。

陈平安的左手依旧抬不起来,他那只握拳的右手松开五指,绕过肩头,握住那把本该送给某个姑娘的剑。陈平安突然松开手,摘下腰间的那只姜壶。这一次喝酒,就只是喝酒了,不再是为了沙场军阵之上的武夫换气,不再是为了遮掩初一和十五的踪影。陈平安喝过酒后,将养剑葫芦随手丢在脚边的小舟中,在心中默念道:"阿良,齐先生,宁姑娘,都对不起了。"

他一开始想着书写一道斩锁符,让自己有资格跟金袍老蛟讲一讲条件,用所有蛇胆石换取桂花岛驶出蛟龙沟。

他之前想着到了倒悬山，一定要多给金丹境剑修马致几枚谷雨钱。还想着下船之前，一定要跟范家讨要一张桂花岛堪舆图。到时候下了船，去了倒悬山，再偷偷摸摸拿出齐先生赠予的山水印，轻轻一盖。

不知何时，天空中那缕细如发丝的金色剑气，已经消散一空。金袍老蛟脸色微白，虽然他心中狐疑不定，极其不愿相信少年所说的那些言语，可是万一呢？

万一呢？

他不由得转头望向倒悬山方向，欲言又止。下一刻，金袍老蛟满脸惊喜，微微点头之后，放声大笑，空中金色剑气再度浮现。只是这一次金色剑气不再是一缕而已，而是丝丝缕缕，如同悬浮云海之中的一株株纤细水荷，摇曳生姿。

一座倒悬之山岳，有个身穿道袍的高大男子，正站在崖畔举目远眺。其视线所及，不是那条他随手布下的蛟龙沟，不是那座双神对峙的峭壁之巅，不是那个身穿绿袍、坐在雨师肩头喝酒的年轻女子，而是云海之中，一个身穿青衫、腰佩长剑的儒雅男子。儒雅男子先前从老龙城附近的海域动身，很快就会赶到蛟龙沟。

儒衫剑客已经远离人间太多年，其中原因很是有趣——一身剑气太浓，浓郁到不论他如何压制，都无法阻止剑气倾泻四方，所有近身之物皆化为齑粉。所以此人只会游历世间种种人迹罕至的地方，云霄之中，五湖四海，深山峻岭，蛮荒之地……

高大道士眼神炙热，此人值得一战！只是他很快皱了皱眉，在那名儒衫剑客脚下的海面上，有个木讷汉子正以竹篙撑船，一瞬千百丈，快若奔雷，竟是丝毫不输给头顶那名享誉天下的剑仙。

木讷汉子闷闷道："我家先生说了，这次算计陈平安，是为他好。若是拿着齐静春的山字印，去往倒悬山，以那位二师伯得意弟子的臭脾气，陈平安是要吃大苦头的。再说了，我家先生是诚心希望陈平安能够另辟蹊径，去往青冥天下，他愿意收取陈平安作为闭门弟子。"

那名气度儒雅、容貌俊美的天上剑修，眼皮子都不抬一下，只是俯瞰远方的蛟龙沟，说了一句话："你一个陆沉的记名弟子，就想跟我家小齐抢小师弟。行啊，不如你接我一剑？"

汉子倒也不恼，还是那股好似天生的沉闷神色和语气："不打架，我只会划船。"

剑修所过之处，若有云海，便会被一斩而开。片刻之后，他有些不悦："那你跟着我做什么？"

那名舟子老实说道："去当面跟陈平安说清楚，免得他误会我家先生。"

剑修突然很认真地说道："可我觉得你很碍眼，怎么办？"

舟子想了想:"那我不去了。"那一叶扁舟骤然停下。

剑修点点头:"你倒是不傻。"

他御风扬长而去,满脸怨气,喃喃自语,自问自答:"小齐要我做你的护道人,我岂会答应? 小齐是读书读傻了的,我又不是。……所以我不会答应的。"

剑修似乎心情更加糟糕,开始加速前掠,以至于身后气机震荡,轰隆隆作响,就像一连串雷鸣响彻云海。

剑修即将路过雨师和神将神像的时候,有人朗声训斥,不许这名剑修擅自掠过宗门上空,必须绕道而行。剑修低头随意瞥了眼,拇指抵住剑柄,轻轻一推,长剑坠向海面,距离海面只有数丈时,刹那间拔地而起,一剑如虹而去,直接将那尊神将神像劈成两半,金光炸裂,如旭日东升。长剑一闪而逝,跟上主人,悄然归鞘。

剑修继续前行。

讲道理? 他从来不喜欢。要与人讲道理,还练剑做什么?

剑修猛然间举目望去:"当着我的面抖搂剑气,你真当自己是阿良啊?"

距离蛟龙沟尚且有七八百里之遥的云上剑修,手腕一翻,然后一巴掌甩出去。一座桂花岛,整个在空中翻滚了一圈,重重砸在十数里外的海面上,剧烈摇晃不已。然后桂花岛好似被大风吹拂,迎风破浪,迅猛前行,瞬间就远离了蛟龙沟。

剑修轻轻一弹指,蛟龙沟上方,如打开了一座座天门,不断有大如瀑布的雪白剑气,一道道倾泻而下。

蛟龙沟中距离海面较近的那些蛟龙之属,一开始还不知道那些倒入大海的"雪白洪水"到底为何物,等到它们回过神的时候,已成了一副副保持原有姿势的骸骨。那些被金袍老蛟招出的金色剑气,如几根枯枝面对决堤的洪水,早就被一冲而散,点滴不剩。

一道道剑气形成的雪白洪水不断流入蛟龙沟,可金袍老蛟和孤舟上的陈平安,始终安然无恙。

蛟龙沟内,剑气压顶,可谓尸横遍野。金袍老蛟呆呆站在原地,面如死灰。

这不是万一。这算不算一万?

一名儒衫剑修来到蛟龙沟边缘,踩在海面缓缓前行,海水被剑气侵袭,瞬间沸腾,化作云雾,所以剑修依旧是御风凌空。

他瞥了眼陈平安,面无表情道:"小齐要我做你的护道人,我没答应。就像先生当初要我保护小齐,我没答应一样。自己挑选的脚下大道,要什么护道人。"他的神色有些无奈,可眼中又有些笑意,"但你是我的半个小师弟,这个我没办法否认。而且你这次敢于生死自负,说死则死,我觉得挺好,反正对我的胃口,所以就来见你了。先生和小齐,一个那么老了,一个年纪也不小了,被人欺负,只能怪他们两个死脑筋。可你嘛,年纪还小,给人这么欺负,说不过去。"

在剑修云淡风轻地说话时，从那个金袍老蛟身体三百多座气府内，一点点渗出雪白光芒。金袍老蛟脸色狰狞，满脸痛苦，这个战力相当于玉璞境修士的老蛟，竟然从头到尾发不出半点声音。

"我的剑意不如阿良，但是剑术比他高一点。"剑修望向那个名叫陈平安的少年，伸出拇指，先指了指天上，然后指向自己，笑道，"哦对了，我叫左右，是你和小齐的大师兄。"

蛟龙沟海面之上，陈平安愣愣地看着那个自称大师兄的儒衫剑修。少年皱着脸，嘴唇颤抖，然后低下头去。

名字古怪的左右没好气道："要哭鼻子了？怎么跟小齐当年一个德行？难怪小齐会挑中你，讲道理行不通，又打不过人，次次都躲起来哭鼻子，眼泪吧嗒吧嗒往下掉。"

左右蓦然厉声道："抬起头！"

陈平安呆呆抬起头。

左右质问道："为何事到临头还要改变主意，不选择出剑而是出拳？大声回答，别扭扭捏捏！"

陈平安下意识脱口而出："剑术太差，不丢那个人！拳法尚可，不出不痛快！"

"我呸！就你这点武道拳意，也敢说尚可？"

左右一脸怒容，转头狠狠吐了口唾沫。他既没有齐静春的儒雅气度，也没有阿良的和气，这个名叫左右的剑仙，昔年文圣门下最离经叛道的弟子，真是一点也不像个读书人。左右隐藏在眼底深处的笑意愈来愈浓，不过他的脸色转为冷漠，他再次抬起手臂，大拇指指向身后："不说这条蛟龙沟，只说那座岛屿上的神像，我嫌它挡住我的路，就一剑劈了它，你觉得如何？再说这条臭水沟，我觉得那些孽畜碍眼，就以剑气洗了它，你又觉得如何？"

陈平安诚实回答："应该算是蛮不讲理。"一想到此人是齐先生的师兄，他很快补上一个字，"吧？"

左右嗤笑道："你说话倒是客气，什么算是，本来就是！"他以手心抵住腰间长剑的剑柄，问道："知道我 介书生，学剑比读书更用心，是为什么？"

陈平安摇头。他听阿良和崔东山偶尔提到过此人，前者没说太多，只说左右是老秀才弟子中剑术最高的；后者则咬牙切齿。一个欺师灭祖的，一个离经叛道的，昔年的同门师兄弟，好像有不共戴天之仇。"姓左的"，在陈平安心目中，就如云中隐龙，高不可攀，捉摸不定。

左右摆摆手："这里没你的事了，以后好好修行，别辜负了小齐的一片厚望。如果你哪天做得差了，说不定我会来找你的麻烦。"悬停在蛟龙沟之中的左右，对陈平安伸出一根手指，"任你境界再高，就是一剑的事情。"

对他而言，师兄教训师弟，从来都是天经地义的事情。至于有没有道理，他从来懒得多想，做师兄就是大道理。

就在此时，云海骤然低垂，一尊高达百丈的金身法相浮现而出，是一个头顶鱼尾冠的中年道人："你就是文圣座下弟子剑修左右？听说很多人推举你为人间剑术第一？就连倒悬山和剑气长城，都有很多你的崇拜者。"

左右抬头望去："听你的口气，是有点不服？"

高大道人爽朗大笑："你剑术第几，贫道根本无所谓，纯粹看你不爽而已。找地方痛痛快快打一架，怎么样？"

左右微笑道："你这臭牛鼻子道士，别的都不行，就是运气比我好，摊上了道老二当师父。我家先生就不行，只会耍些嘴皮子功夫。虽然我家先生万般不如你师父，但是有一点他比道老二强，就是他有我这么个弟子。连你在内，道老二的十几个弟子……"剑修伸出一根手指，高高举起，轻轻摇晃，"不行。"他犹不罢休，仰起头，"比如你搬出这么大一尊法相，又如何？还不是在我剑前……不够看？！"

不等左右言语落定，从大海之中，掀起百丈巨浪，一道比整座桂花岛还要粗壮的磅礴剑气，以光柱形态冲霄而起，硬生生将那尊金身法相瞬间打碎。

陈平安脚下的一叶扁舟，随波起伏，颠簸不已。他转头望向那道气冲斗牛的雪白剑气，之前他觉得风雪庙魏晋破开嫁衣女鬼的夜幕一剑，已经是世上飞剑的极致，这一刻他才发现，自己还是太过孤陋寡闻。

一尊金身法相破碎不堪，可是仍有嗓音如洪钟大吕从空中落下："贫道不愿占你半点便宜，有那个小子在场，你我双方都放不开手脚，不如去往风神岛海域，如何？"

不知何时，那个被剑气充盈三百多座气府的金袍老蛟，已经连苦苦支撑，让气府不炸的机会都没了。本体距蛟龙沟千万里之遥的高大道人，不知以何种神通，趁着金身法相被剑气销毁的瞬间，从虚空中探出一根洁白如玉的手指，在金袍老蛟额头一点，后者刹那间形若枯槁，由内而外，其身躯化作一阵灰烬，烟消云散，只剩下一件飘落在海面上的金色长袍，和一些由元婴凝结成的半步不朽之物。

左右对此根本无动于衷，他只是随手一挥，将金袍老蛟那些残余拍入陈平安的小舟之中："把这点破烂收好了。这趟倒悬山之行，以及之后的剑气长城，就自求多福吧。"

陈平安弯腰作揖。

左右点了点头，坦然受之，御风向西南方向远去。临走前他留下了一句话，余音袅袅，也不知是说给自己听的，还是说给陈平安听的："长生不朽，逍遥山海，餐霞饮露，不食五谷，已是异类也。"

陈平安默默坐回小舟，将左右丢到他脚边的三样东西收入飞剑十五当中。这三样东西分别是一件金色长袍,两根纠缠在一起的金色龙须,和一颗拳头大小的珠子。珠子光泽暗淡,呈淡黄色。

陈平安环顾四周,风平浪静,抬头望去,风和日丽。陈平安休息片刻,起身拿起那根刻画有真正斩锁符的竹篙,撑船去追桂花岛。渡船可千万别一鼓作气驶向倒悬山,把自己撂在这茫茫大海之上。陈平安瞪大眼睛,使劲望向远方。

那个潇洒御风远游、不为天地拘束的剑修,突然停下身形,在一个陈平安注定无法看到他的地方回头望去。

左右眼中所见,是大骊少年;但是心中所想,却是一位故人。

那人曾说:"我也不愿找你当陈平安的护道人,也知道师兄你多半不会答应。可是我齐静春这辈子,就没几个朋友,整个天下,我只能找你了。"

"就只能找你了!"

左右一想到这句混账话,就一肚子憋屈。他盘腿坐下,悬停海面之上,双手握拳,撑在膝盖上。一身凌厉剑气越发流泻,脚下海水剧烈翻腾。

世间练气士,都羡慕那种资质惊艳的冠以先天剑坯头衔的剑道天才。这个剑修却是很晚才学剑,而且从来不是什么剑坯。此人在中土神洲横空出世后碾压无数前辈剑修,对于那些所谓的剑坯,此人出手尤其不留情,大肆嘲讽。不知有多少天赋异禀的剑道天才,在与此人一战后剑心崩碎,大道断绝。以致所有年纪轻轻的中土天才剑修,在被人赞誉为先天剑坯后,都难免犯嘀咕,总觉得这句话是在骂人。

这个剑修,就叫"左右",天下剑术无人能出其左右的"左右"。

左右哪怕怔怔出神,眼神依旧一如既往地熠熠生辉。他先前觉着少年那双清澈的眼眸,太像自己年少时那个熟悉的臭屁师弟了。师弟仗着自己读书聪明,被先生宠溺,说起一套套的圣贤道理来,环环相扣,无懈可击,偏偏在左右承认辩论输了后,还要补上一句:"我觉得师兄你不是真心服输,这样是不对的。"真是烦死人。

他这辈子最烦先生吹嘘自己打架如何厉害,再就是看书极快的小齐的翻书声,以及小齐讲道理时的话语声。

他只喜欢先生两次参加盛况空前的三教辩论时,那种夫子遗世独立、秀才如日中天的气势;喜欢齐静春每次与自己一起远游名山大川,喝酒之后就会登高作赋,让人觉得,山岳再高,也高不过此人的学问!

如今,老秀才已经没了任何退路,遁入天地,小齐已经不在人世,阿良也离开了浩然天下。从前也好,今天也罢,左右始终认为先生和小齐,甚至那个貌似自由自在的阿良,都活得太累,不如自己。

因为他左右从来懒得跟人讲道理。

打不过人家,讲道理不管用;打得过人家,讲道理好像没必要,有剑即可。

左右叹息一声,站起身,继续去往西南海域的那座风神岛。

有些话,他觉得矫情了,便一样"懒得"说出口——小师弟,你一定要替小齐多看几眼这座天下。

以后有机会就去别处天下看看,一座座都看遍。小齐这辈子还没走出过浩然天下,而他是先生众多弟子当中,最憧憬远方的那个人,到头来,偏偏是在书斋和学塾中待得最长的一个。

小齐这辈子哭了几次,他一清二楚,因为都是少年时被他揍哭的。没办法,讲道理他讲不过小齐,打架小齐打不过他。

小子,你能想象你的齐先生,可怜兮兮哭鼻子的模样吗?左右哈哈大笑,推剑出鞘,脚下附近数十座海上岛屿,无论大小,全部被一切为二。

人间挺无趣,唯有打架才能让左右稍微提起一点劲。

在匆忙赶路的一叶扁舟和缓缓前行的桂花岛之间,有个身受重伤的老人在海上等待陈平安。

陈平安瞧见后咧嘴一笑,是那个神通广大的舟子老汉。

两人一起乘坐小舟,泛海而游,很快就赶上了桂花岛。桂夫人独自站在渡口,满脸歉意,对陈平安说道:"今日之事,我会向范氏祠堂禀告清楚,陈公子救命之恩,我没齿难忘!"

陈平安笑意苦涩,摇头道:"自救而已。"

桂夫人无言以对,叹了口气,与一老一少并肩走上桂花岛山巅。

老舟子需要静养,与陈平安告别,去了自己的住处,陈平安跟桂夫人一起走到了圭脉小院。桂夫人犹豫了一下,解释道:"马致在先前守护桂花岛的大战之中,身先士卒,也受了伤,近期可能无法陪你试剑了。他让我捎话,希望陈公子见谅。"

陈平安点头道:"当然是马前辈养伤要紧。"

桂夫人有些无奈:"如今桂花岛的形势有些微妙,我实在不放心外人进入这间院子。如果陈公子不嫌弃的话,就由我来负责圭脉小院中人的饮食起居。"

陈平安连忙摆手道:"不用不用,只需要像先前那样,让金粟送来一日三餐就行了。要是这边有灶房,我其实可以自己烧饭做菜。"

桂夫人笑着告辞:"我还有诸多事务需要解决,陈公子你好好休息,有事直接吩咐我便是。院子附近,会有一个桂花小娘专门听候公子的吩咐。"

陈平安独自坐在院中石凳上,开始闭目养神。

很快有人敲门,一个桂花小娘在门外柔声道:"陈公子,有两个来自皑皑洲的客人想见您。见与不见,桂夫人说只看公子的意思。"

陈平安起身开门,除了桂花小娘,还有一个满脸笑意的绿衣少年和一个脸色肃穆的白发老妪。

那少年开门见山道:"恩人,我叫刘幽州,来自最北边的皑皑洲。我就不进院子打扰你清修了,只是过来当面跟你道谢的。"

陈平安笑道:"好的。"

然后相对无言,竹衣少年满脸好奇地打量着陈平安,陈平安想着少年什么时候走。

老妪打破沉默:"先前那条金袍恶蛟两次对你出剑,一次太过出人意料,我挡不住,之后一次我还是挡不住,除非我豁出性命。可是我这趟出门,需要照顾我家少爷,所以这件事,少爷需要跟你道谢,我这个糟老婆子,则是需要跟你道歉。"

陈平安笑了笑,拱手抱拳道:"心领了!"

老妪点点头,有了些笑意:"公子仁义,以后若是去皑皑洲,一定要来咱们刘家做客。"

陈平安笑着不说话。老妪带着身穿竹衣避暑的刘姓少年告辞离去。

两人与一个年轻貌美的女子擦肩而过。美貌女子与陈平安对视后,笑道:"原来是你。"

陈平安有些莫名其妙,所幸那名女子已经转身离开。

陈平安这才转身走向院子,他突然停步,转头对那个惴惴不安的桂花小娘微笑道:"麻烦姑娘,之后如果还有人找我,就帮我挡下来吧。"

桂花小娘使劲点头。

之后两天,陈平安破天荒没有练拳练剑,只是翻出那些书籍和竹简,晒着太阳看着书简上的内容。

深夜时分,已经躺在床上的陈平安睁开眼,起床走出屋子,一跃来到屋顶,摘下养剑葫芦,开始喝酒。他突然转过头去,一道身影飞掠而至。这个不速之客,手里拎着两坛陈酿,在他身边坐下。

陈平安真诚笑道:"老前辈,找个喝酒的伴儿?"

正是那个与金袍老蛟死战不退的老舟子,老汉爽朗笑道:"怎么,嫌弃老汉邋遢?"

陈平安摆手道:"哪里会。"

老汉揭了酒坛泥封,仰头痛饮一大口,沉默许久后才轻声道:"原本桂花岛就像一池塘水,鱼龙混杂,但是大体上还算井然有序,各不打扰,结果经此浩劫,给竹篙乱打一通,已经变得浑浊不堪。你这段时间待在这座小院是对的,小心为妙。虽然绝大部分人,都知道是你拦下了那条老畜生,还让整条蛟龙沟都安静了下去,可我要说一句不好听的话了,升米恩斗米仇。"老人无奈道:"更何况大道修行,熙熙攘攘,看不得别人风光的人,可不少。"

陈平安想了想,点头道:"就跟街坊邻居见不得别家有钱,会眼红一样。"

老人叹了口气,灌了一大口酒。

陈平安问道:"桂花岛到底是什么,老前辈可以说吗?"

老人笑道:"如何说不得? 其实就是桂夫人的真身。"

陈平安恍然大悟。

老人笑问道:"那你有没有想过,桂花岛上的人都是什么人?"

陈平安试探性问道:"山上人,练气士?"

老人摇头道:"桂花岛是一艘渡船,渡船乘客能是什么人? 生意人。"

陈平安愣了愣,点头道:"确实如此。"

老人又问:"生意人走南闯北,图什么?"

这一次陈平安回答很快:"挣钱。"

老人悠悠然喝了口酒:"挣了钱求什么?"

陈平安笑道:"花钱。"

老人感慨道:"对喽。辛苦挣钱,就是为了花钱享福,所以必须要有命花钱。练气士,天底下诸子百家何其多也。"

陈平安挠挠头,有了些笑意,开始喝酒,这次喝得有点多且快,干脆就向后倒去,舒舒服服躺在屋脊上:"老前辈,我跟你说点心里话,能不能不外传? 而且如果我说了,你听了,可能会有点麻烦,不是什么好事……"

老人盘腿而坐,身体前倾,双手摇晃起酒坛子,酒坛子里头还剩半坛子的酒水哗啦啦作响。老人笑道:"只管说,喝了酒,不说点酒话,多不像话,那还喝啥酒? 小子,别看我岁数比你大了无数,其实缺根筋,傻大胆。再说了,活了这么大把岁数,如果不是熬着想要见师父一面,早就坚持不到今天了。而且有些事情,你说与不说,其实我也猜到一些,我当时就在你身边,听得一清二楚。这不又来骗你的酒话了?"

陈平安指了指天上:"我以前在家乡遇到过一个年轻道长,当时关系还挺好的,就是那个陆沉。之前那场大战,他算计了我两次,也有可能是三次。我只说我确定的两次,一次是我'福至心灵',写不出'雨师'二字,便干脆发狠写了'陆沉'。第二次是我独自一人面对金袍老蛟的时候,我当时……"陈平安把养剑葫芦搁在肚子上,双手枕在脑后,"那种感觉,很奇怪,好像所有人的心境、心湖和心声,我都看到了、听到了。就像老前辈你说的那样,升米恩斗米仇,我当时发现十之八九的桂花岛乘客,或是冷漠麻木,或是幸灾乐祸,甚至有人恨不得我死在当场,当然还有很多人是嫉妒……我之前一直想不明白为什么会这样,直到刚才老前辈你说了,这里是桂花岛,都是生意人,而且人人都想活着。我仔细一想,对啊,我长这么大,就是靠想要活着才能走到今天的。陈平安咧嘴而笑,"我有个朋友,是一名剑客,很了不起。陆沉算计我,我就坑陆沉,故意要他帮我转告遗言。陆沉要么不顾面子假装没听到，要么就只能捏着鼻子转告我那个朋友，然后被我朋友揍一顿。一想到这个场景，我当时就没那么怕死了。"

有些事情，陈平安到底还是没敢说出口，因为涉及齐先生。

齐先生要他不管如何，都不要对这个世界失去希望。但是当时，陈平安对这个世界，只有失望。

恐怕这就是陆沉真正的算计，至于具体涉及什么，陈平安只有一种模糊的直觉。

此刻躺在屋顶，陈平安感叹道："要对这个世界不失望，很难啊。"

老人喝着酒，缓缓说道："你一口一个道家掌教的名字，还有你那个能揍他的朋友……老汉我心里头那些震撼，就不跟你小子说了，好歹我当年也是一个陆地神仙，这点脸皮还是要的。既然你说过了醉话，那么老汉肚子里头攒了些心里话，必须要跟你说一说。"

陈平安刚要坐起身，老汉转头笑道："躺着便是，一点牢骚话，几百年了都没人听，不需要你这么严肃认真。"

陈平安还是坐起身，解释道："躺着不好喝酒。"

老汉笑了笑，抱住酒坛，望向远方的海上夜景，明月皎皎，美不胜收。老汉缓缓道："我当年啊，也是个世人眼中的天之骄子，脾气臭得很。说不定我如果当年碰上你，就会是让你失望的几种人之一。如今我的性子已经不太一样了，否则也不会坐在这儿跟你喝这个酒。陈平安，桂花岛上的客人，且不去说什么好坏善恶，他们每个人都必然有其可取之处。除此之外，不是有件事你做对了，别人没做，他们就是不对的。不是有件事你做错了，别人做了，他们就也是错的。说得有点绕了……"

陈平安点头道："我明白！"

老汉伸出大拇指，笑道："当然了，之前那一架，你做得很对，挑不出半点毛病，是这个！"

陈平安开心地笑了。被自己认可的人认可，真是一件值得喝酒的事情，所以陈平安狠狠地喝了一大口酒，然后满脸笑意，随口说道："老前辈说得也很对，我不该以我的道理衡量所有人。我的道理有可能对，有可能不对，有可能对了却不太对，还有可能太小了……哈哈，也有点绕！对吧，老前辈？"

老汉打趣道："绕得很。"

陈平安指向远处，满身酒气的少年郎摇头晃脑，看来真是喝多了，满脸毫不掩饰的雀跃和骄傲，他笑呵呵道："老前辈，我认识好多了不起的人。比如那个厉害至极的剑仙，我本来可以喊他大师兄的，我也挺厉害吧？"

老汉点头笑道："对对对，都厉害。"

陈平安醉眼蒙眬，转过头，迷迷糊糊问道："老前辈，你这话好像不太诚心啊？"

老汉哈哈大笑，难怪自己跟这小子处得来，臭味相投，一根筋嘛。

少年向后醉倒，喃喃自语。老汉帮着少年放好酒壶，无意间听到少年的那几句醉话。老人点点头，这一夜都守在少年身边。

少年的醉话是：齐先生，我想明白了，对世界不要失去希望，除了一定要好好活着之外，其实还有一层意思，就是当我们对这个世界给予善意，却没有得到善意的回报，甚至只有恶意时，还能够不失望，才是真正的希望。齐先生，我现在已经想明白了，但是暂时还做不到，我喝过了酒，明天就努力……

老舟子其实已经将近五百岁高龄，见过无数人，经历过无数事，听过无数话，还是觉得少年这番话，说得很有嚼头，正好用来下酒，两坛不太够。

在养剑葫芦里的飞剑十五内，有一本老酒鬼赠送给陈平安的儒家入门典籍，书上那些粗浅文字开始自己游走起来，最后扉页上出现了一列列崭新文字："顺序。第一篇，分先后。第二篇，审大小。第三篇，定善恶。第四篇，知行合一。"

在婆娑洲一条大河之畔，一块大石崖上，两位儒衫老人并肩而立，一人肩挑明月，一人手持圆口。

那个手掌左右晃动、转动一轮小小圆日的穷酸老儒，笑眯眯道："陈淳安，你觉得我收取的这个关门弟子，善不善?"

肩上有一轮袖珍圆月的儒雅文士点了点头，却没有开口附和。

寒酸老儒只好自问自答："善，我看很善嘛。"

陈淳安淡然道："反正你脸皮厚，你说什么都行。你如今成天嘴上'善善善'的，合适吗? 难道你已经认输了? 觉得自己是错的，我家先生是对的?"

穷酸老秀才摇头笑道："唉，陈淳安啊，为何如此，陈平安不是已经回答你了吗? 同样是姓陈的，你的本事自然是要暂时高出陈平安一点点，可这悟性嘛……算了，不说了不说了，真是说出口就要没朋友了。"

陈淳安冷笑道："我陈淳安跟你文圣，可从来不是朋友。"

老秀才一脸深以为然，点头道："对，差了辈分不说，学问也悬殊得厉害。正如那舟子所说，还是要一点脸皮的。"

身为颍阴陈氏家主的老人说道："有话直说。"

老秀才伸手递出那轮圆日，不再开玩笑，语气有些沉重："希望可以晚一点看到你出手，越晚越好。"

陈淳安收起圆日，将其悬停在一肩之上，于是日月同辉，陈淳安平静道："都一样。"

老秀才唏嘘道："读书人，都一样。"

青冥天下，位于天下中枢重地的那座白玉京顶楼。一个头顶莲花冠的年轻道士，一手负后，一手手掌向上摊开。他低头凝视掌心，慢悠悠地行走在白玉莹莹的危耸栏杆上。

栏杆下的廊道之中，站着两位飞升境的道家仙人，他们屏气凝神，毕恭毕敬，绝不敢开口惊扰掌教的神游天外。

年轻道人收起手，哀叹着死了算数，身体向外一歪斜，坠入白玉京外的滔滔云海中，笔直坠落。

两位飞升境仙人纹丝不动，相视一笑，习惯就好。

陈平安在屋顶醒过来的时候，发现身上盖了一件衣服，养剑葫芦就放在身边。若是以往，陈平安肯定第一时间跳下屋顶，去查看昨夜放在屋内桌上的槐木剑匣。但是今天，陈平安只是缓缓收起那件衣服，细细折叠，并不着急，因为他相信木匣就在那里。陈平安相信那个老舟子。

陈平安将养剑葫芦别在腰间，盘腿而坐，转头望向东方，朝霞灿若绮。

他此时的心境，与先前离开蛟龙沟追赶桂花岛时的心境，有着天壤之别，一个心猿意马，飘忽不定，一个心有拴马桩。

陈平安站起身，欣赏着朝霞。他曾经在一本山水游记里读到过"朝霞散彩羞衣架"的句子，真不知道读书人怎么能想出这么美好的意象。

陈平安突然转头望向圭脉小院外边，有一个桂花小娘装束的妙龄少女，正百无聊赖地站在一棵绿荫稀疏的桂树下，仰头对着一条树枝上的桂叶，伸手指指点点，估计是在猜测树叶的单双数。陈平安顺着她的视线望去，定睛一看，咧嘴一笑，大声道："姑娘，是三十二片叶子！"

少女茫然转头，看到屋顶上那个小剑仙后，脸颊绯红，看来天上的朝霞也会多眷顾一些美人。

被人发现自己偷懒的桂花小娘，忍住心中娇羞，问道："公子这会儿要吃早餐吗?"

陈平安笑道："好咧，劳烦姑娘多拿些，饿着呢。"

桂花小娘眨了眨眼眸，陈平安的身形飘落小院，倏忽不见踪影，少女心情也蓦然好了起来。之前几天，虽然这个小剑仙也是客客气气的，可她还是怕得很，总觉得自己做了丁点儿错事纰漏，哪怕他肯定不会去桂姨那边告状，可一定会被他看在眼中记在心里。他当初叮嘱她，不见任何人，她便老老实实挡下了许多前来拜访的客人，硬着头皮拒绝了一拨拨山上神仙，不知吃了多少白眼和挂落。

陈平安吃过了早餐，开始在院中练拳。练了一上午的撼山拳走桩，下午则独自练剑。依然是做出握剑的架势，手中却无剑，主攻伐的雪崩式居多，因为陈平安觉得这一招剑术很畅快。陈平安跻身第四境之后,精气神开始内敛,六步走桩的步伐,看着轻飘飘,好似飞鸿踏雪泥,但是每一次微妙的急促停顿,拳意罡气倾泻,尤为迅猛。

转入练剑后,陈平安发现练拳和练剑的运气路线截然不同,但是那点"意思"是共通的,这让陈平安越发心安,因为他发现勤勉练拳就是修行,而且可以修行很多东西。李希圣当时在落魄山竹楼前画符的时候,就说过画符即修行;阿良给人一拳打落人间,在鲲船上也说过,练拳到了极致,就是练剑。

晚上陈平安练习剑炉立桩。吃宵夜的时候,桂夫人没有让那个桂花小娘出面,而是亲自拿来食盒。

桂姨似乎心事重重,不知如何开口。陈平安率先开口说道:"桂姨,这次我帮范小子保住了桂花岛,你能不能帮我飞剑传信给他,就说我很喜欢这间圭脉小院,以后这里就归我了?桂姨,我觉得范小子不会太小气,但是范家长辈多半不会答应,到时候你帮我说说?"

桂姨满腹狐疑,仔细打量了一眼少年,看其神色不似作伪,一时间百感交集,笑道:"范氏祠堂那边,敢不答应的话,那桂姨就拖着范小子一起去喊冤,一个泼妇骂街,一个满地打滚,肯定能成。"桂姨坐在陈平安身边,看着他狼吞虎咽,掩嘴而笑,"桂花岛单独划拉出一间小院,这可是以前没有过的稀罕事。桂姨这就亲自起草一份地契,按照衙门规矩,一式两份,咱俩先画押,先斩后奏,到时候让范小子往祖宗祠堂里头一丢,撒腿就跑,管那帮老头子愿不愿意。"

陈平安笑道:"桂姨,地契就不用了,我们之间不用这个。"

桂姨凝视着少年的眼睛:"真的不需要?"

陈平安与她对视,点头道:"真的。"

妇人微微叹息一声,突然一把将少年搂在怀里,这个姿色平平却气度雍容的桂夫人柔声笑道:"你跟范小子的岁数差不多,那次挑竹泛舟,是英雄气概,今天又这般……唉,真是世间所有女子的心肠都要酥了。"

陈平安还拿着筷子,身体歪斜,有点像铁符江畔那棵歪脖子老柳树。他倒是没多想,只觉得桂夫人说了自己的好话,可好在哪里,陈平安还真不懂,什么女子心肠酥不酥的,到底是个啥讲究?又是文人的比喻不成?而且桂姨这种表达朋友善意和长辈慈祥的方式,确实有点不妥,好在他俩辈分差了太多,相信外人就算瞧见了,也不会多想。

桂姨松开陈平安,微微一笑,看着少年脸不红心不跳,只有双眼茫然的可爱模样,桂姨眯起眼,这个素来端庄的妇人,破天荒露出一抹娇俏妩媚的动人神色,打趣道:"哎呀,原来跟范小子一样,是个孩子。"

陈平安有些尴尬,就只好低头吃饭,偶尔喝酒。

桂姨笑着起身离开,结果在门口看到一个笑容玩味的提酒老汉。老汉满身酒气,晃荡着酒壶,大步走入院子,嚷嚷着什么酒为欢伯,除忧来乐,蟾兔动色,桂树摇荫。

桂夫人无奈一笑,不以为意,姗姗而去,桂树树荫一路相随。

舟子老汉突然一扫醉色,正色道:"陈平安,我师父突然来到了桂花岛,指名道姓要找你,说是要捎话给你,你见不见? 我只能确定师父他老人家不是坏人,从来慈悲心肠,但是我不能确定,这么一个大好人会不会做一次坏事。之所以不愿登山来到这间小院……"老汉突然有些难为情,"照理说,我这个当徒弟的,应该为尊者讳……算了,还是说给你听好了,师父他老人家,曾经算是桂花岛渡船的第一个舟子,打龙篙也好,那些折纸车马高楼也罢,都是他传下来的规矩。后来师父消失不见,只在五百年前出现过一次,顺手收了我这么个记名弟子,看得出来……师父他老人家对桂夫人,有些念想,只可惜不知为何惹恼了桂夫人,使得桂夫人不准师父踏足桂花岛半步。"

老舟子突然说道:"我猜测师父他老人家,就是道家典籍里记载的那个撑船人,一次出海就数百年,给……你说的那个人撑船的。所以这次他来找你,我只帮着通风报信,去不去,陈平安你自己好好想想。"

陈平安略作思量,点头道:"去。那个陆……"

老舟子赶紧挤眉弄眼,拦下陈平安的话头,压低嗓音道:"被某些人直呼名讳的话,道法通天的圣人便会心生感应。你想一想,寻常市井门户,为何经常被告诫,不许喊逝去长辈的姓名? 难道只是出于礼仪? 没这么简单。"

陈平安"嗯"了一声,与老舟子一起下山。

老汉开玩笑道:"就不怕我心怀不轨?"

陈平安故作神秘,轻声道:"别人害不害我,我也有些感应。前辈,这莫不是说我有圣人潜质?"

老汉忍俊不禁,圣人与上五境练气士,其实算是两种人,想要成为圣人,尤其是诸子百家中的三教圣人,哪怕只是十境修为的圣人,恐怕比起练气士跻身玉璞境也要难得多。

下山之后,靠近那个熟悉的渡口,陈平安和老舟子感到有些意外,又觉得在情理之中——桂夫人站在渡口,衣袖飘飘,超然世外,好像正在阻止一个中年汉子的停船登岸。

桂夫人是桂花岛这座小天地的主人,自然知晓两人的靠近,不愿再跟此人纠缠不休,便疾言厉色,对那个神色木讷的中年舟子怒喝道:"赶紧走,要聊天,去海上聊,你休想踏足桂花岛! 否则我便与你拼命了。"

相貌粗朴的中年汉子,正是先前在剑修左右脚下撑船远游的船夫,也是陈平安身边那名老舟子的传道恩师。

中年汉子本是雷打不动的闷葫芦性子,可渡口这位桂夫人却是他的死穴所在。眼见着妇人如此不近人情,头一遭如此凶他,憨厚汉子只觉得天崩地裂,人生好没滋味。汉子急眼了,丢了竹篙,连连跺脚,哀号道:"嘛呢,嘛呢!不就是那次被你拒绝后,受了恁大情伤,喝醉了酒后,酒壮怂人胆,偷偷跑去抱了几下那棵桂树嘛,那也是情难自禁,情有可原啊……我是啥人,你还不清楚啊,连我家先生都说我老实憨厚。"

桂夫人气得不行,冷笑道:"哟哟哟,环环相扣,先动之以情,再晓之以理,最后搬出靠山,厉害啊,这套措辞谁教你的?"

汉子好不容易鼓起的勇气消失得一干二净,沉闷道:"神诰宗的小祁……"

桂夫人伸手怒斥道:"你一个大老爷们,还有没有一点担当和义气,人家祁真帮你出谋划策,你就这么出卖人家?连犹豫一下都没有?!滚!"

中年汉子如遭天谴,一屁股坐在小船上,手脚乱晃,嚷嚷道:"么(没)法活了!人生么(没)得意思了!"

老舟子停下脚步,死活不愿再往前走一步,伸手捂住脸,不想看这一幕——恩师如此丧心病狂,实在是当弟子的天大耻辱。

老舟子猛然转身:"走了走了,再瞧下去,我这点破碎道心,哪怕先前运气好,没被老蛟打烂,如今也要还给师父了。"

汉子对老舟子喊道:"小水桶,见着了师父,也不打声招呼?"

被喊破幼时绰号的老舟子停下脚步,"唉"了一声,他转身后坚决不与师父对视,以迅雷不及掩耳之势作揖行礼,说了句"师父万寿,弟子拜别",就赶紧跑路了。

陈平安一路前行,走到桂夫人身边,双方点头一笑。陈平安在渡口岸边蹲下,望向那个看一眼自己又看一眼桂夫人的汉子,有点毛骨悚然,心想这汉子的眼神有点不对劲啊,怎么像是泥瓶巷和杏花巷的妇人,看自家男人和顾璨娘亲时的眼神?陈平安恍然大悟,瞧着挺老实一人,怎么这么小肚鸡肠呢?难怪桂夫人不喜欢。

陈平安问道:"找我有事?"

中年汉子便将之前对剑修左右说的那番话,再大致重复了一遍。

开诚布公之前,汉子轻轻跺脚,竹篙弹地而起,被他握在手心,他重重一敲船板,以惊世骇俗的神通瞬间造就了两座小天地,小的那座,在他和陈平安的咫尺之间,更大一些的,则一口气囊括了整座桂花岛。如此一来,恐怕就算是倒悬山的某些道士,和婆娑洲的圣人都无法查探此处。毕竟他是掌教陆沉的记名大弟子。

不愿接下剑修左右一剑,或是在桂夫人面前跟无赖汉子差不多,并不意味着此人的实力不强,道法不高。

桂夫人知晓此人的根脚,所以并不奇怪,身旁那座小天地中,两人身影模糊,双方言语更是不会泄露丝毫。

陈平安听完之后,点头道:"好的。"

中年汉子缓缓道："你不愿成为我家先生的关门弟子？你若是答应下来，我便欠你一个天大人情。"

陈平安看着这个汉子，干脆坐在渡口边沿上，摘下养剑葫芦，只是喝酒，并不说话。

汉子一手持竹篙挂地，仰头望向高空，轻声道："先生从未将我当作他的弟子，我只是一个早年帮他撑船的仆人。虽然他的几个嫡传弟子来此方天地游历的时候，都会主动找我，还愿意喊我一声大师兄，可是我心知肚明，先生素来嫌弃我驽钝，资质不好，连一个'情'字都割舍不掉。我在大海上找了无数年，想要循着先生的足迹，去往那座青冥天下，向先生正式拜师学艺，可是先生一直不愿见我。你今天如果愿意答应先生，先生心情就会好，他就会见我，我确定。"

陈平安懒洋洋地笑道："那你知不知道，你家先生想要收的弟子，是现在的我，而不是成为他弟子后的我。"

汉子伸手拍了拍脑袋，还是想不明白，恼火道："我被你说得糊涂了。怎的，你们这些先生的弟子门生，为何说话都是这般稀奇古怪，好不爽利。哪怕是北俱芦洲的谢实，说话也文绉绉，骂人的话都藏在夸人的话里头，害我过了一百多年才回过味来，晓得当时他原来是在骂我不开窍，所以才会不被桂夫人喜欢。"汉子随即唉声叹气，"还是怪我太笨，怪不得别人太聪明。"

陈平安喝了口酒，笑道："怎么不怪这个世道呢？"

汉子站在小舟之上，少年坐在渡口之边，两人刚好平视。汉子咧嘴一笑。

陈平安转移话题："你弟子受了这么重的伤，你不管管？好像之前他还到过元婴境，后来跌回了金丹……"

汉子没好气道："我是他师父，又不是他爹，五百岁的人了，还要我一把屎一把尿地照顾不成？"

陈平安将养剑葫芦放下，伸出左手的一根手指悬停空中，然后右手往右一拉，两手之间，像是有一把看不见的尺子："我说的道理，在这一头，你说的道理，在这一头，好像都有道理，但是你的道理，其实无法反驳我的道理，知道为什么吗？因为你的道理，不该一下子走这么远。"

陈平安右手缓缓向左移动，在中间点了一下，然后在左右又各点了一下，微笑道："你的道理，如果只是到这附近，可能才算真正的道理，可以左右偏差些许……但是当道理站定在对的位置上，又该如何衡量道理的轻重和大小呢？你知不知道术家？不是阴阳术的术，而是术算的术，再加上法家，有了这两把更小的尺子，就有用了……"

汉子淡然道："你别想坏我大道！"他手持竹篙，再次重重一敲船板。

陈平安笑容灿烂，因为自己又对了。

陈平安笑着站起身，不再故弄玄虚和无中生有。昨夜梦中，他做了一个梦，读了一夜书,杳杳冥冥,玄之又玄。

汉子好像也察觉到自己被捉弄了,有些懊恼,他挠挠头,倒也没有拿陈平安撒气。

陈平安眨了眨眼睛:"桂夫人看着呢。你这么对待自己弟子,你觉得她会怎么看你?是不是这个理儿?"

汉子顿时开窍,眼睛一亮,犹犹豫豫地从怀中掏出一叠由简陋草绳穿孔而串联在一起的金册:"这是好不容易才从一处海底捡来的,交给小水桶,记得一定要当着桂夫人的面交给他,能做到吗?"

陈平安点头道:"当然可以!我再帮你说几句好话都成。"

汉子笑道:"那你方才算计我的事情,我就不记在账本上了。"

陈平安接过金册,看也不看,小心翼翼地放入袖中,瞥了眼看似咫尺之遥、实则根本不在一座天地的妇人——她正在眺望海上明月夜,神色迷离。陈平安收回视线,有些好奇,小声问道:"你辈分这么高,活了这么多年,为啥独独钟情于桂夫人?而且明明知道自己的大道阻碍是那个'情'字,可你竟然还乐在其中?"

汉子给戳中了心窝,没好气道:"关你屁事!"

陈平安提着酒壶在岸边踱步,问道:"我们说话,桂夫人听不见吧?"

汉子点头。

陈平安仍是压低嗓音道:"桂夫人气质当然好极了,可容貌嘛……应该算不得太……出众吧?你俩之间的故事,跟我说道说道?比如你当初为何喜欢她,她为何嫌弃你,如何才算喜欢一个人,又是怎么个分分合合,你是怎样惹恼了桂夫人……我好引以为戒……哦不对,我是想说帮你出谋划策!你是不知道,我认识许多姑娘,对于男女情爱十分了解!"

汉子翻了个白眼,道:"喜欢一个人,若是能说出恁多门道来,还算个屁的喜欢。跟你这俗人说话,真是没劲,小水桶那是瞎了狗眼才愿意跟你喝酒。"

陈平安龇牙咧嘴。

汉子突然伸手使劲捶打胸膛,信誓旦旦地道:"还有啊,桂夫人在我心目中,那就是倾国倾城的姿色,天底下谁也比不得。你小子以后说话给我小心点,再敢说她的坏话,我一竹篙把你打成傻子!"汉子对陈平安吐了口唾沫,"什么眼光,看不出半点美丑!"

中年舟子以竹篙拨转船头,独自撑船离开,一瞬远去千百丈。

陈平安拍了拍胸口,高兴地喊了声桂姨后说道:"走,我从老前辈师父那边,给他讨要了一本秘籍。"陈平安不忘给那中年男子说好话,而且说了两句,"是个大气的男人,就是有点太实诚。"

桂夫人点头笑眯眯道:"嗯,就是容貌算不得太出众。"

陈平安咽了口口水,僵硬地转头望向早已不见踪迹的一人一舟,那汉子真是不厚道……

桂夫人轻轻一拍少年脑袋,显然没有真的生气,柔声道:"看什么,走了。"

两人沿着山路并肩前行,桂夫人随口问道:"再过一个月就要到达目的地,陈平安,你在倒悬山有熟人吗?没有的话,去剑气长城会有些麻烦,我们范家和桂花岛的招牌在那边不太管用。而且在倒悬山,有些事情,哪怕有钱,还真没办法让鬼推磨,因为……"说到这里,桂夫人略作停顿,"那位道老二订立了一些古怪规矩,千年万年,从未有人能够越过雷池半步。"

陈平安不太相信:"从来没有?一个人都没有?"

桂夫人叹气道:"历史上很多人尝试过,事后他们的尸骸神魂都被某位道家大天君丢入倒悬山的一座小雷泽当中了。那些人几乎都是首屈一指的修道天才,九大洲的豪阀子弟、宗门仙家、诸子百家的高人……没一个有好下场,谁都改变不了那位道人的决定。"

看来当初倒悬山大天君在蛟龙沟现出金身法相时,施展神通隔绝了天地,好让桂花岛看不出半点真相。

陈平安忧心忡忡地向桂夫人大致描述了那位道人的模样,桂夫人一脸惊讶:"你是如何认得这位倒悬山大天君的?"

陈平安咧咧嘴,苦笑不已。

就在此时,一道白虹划破夜空,从桂花岛上空掠过,有人撂下一句话:"桂花岛所有人登上倒悬山,一律免去过路钱,若是有人想要通过倒悬山去往剑气长城,一样不用花钱。"

陈平安猛然抬起手臂,握紧拳头,开怀笑道:"他赢了!"

一个月之后,桂花岛乘客已经可以远远看到那座在空中倒悬的山岳的雄伟轮廓。

大海之上,每隔一段不远的距离,就有各式各样身形壮观的跨洲渡船。

随着时间的推移,倒悬山显得越来越巍峨。

问过桂夫人后,一天天未亮,陈平安就偷偷摸摸离开圭脉小院,坐在山顶那棵桂花树的高枝上,晃荡着双脚,使劲仰头望去。

陈平安坐在高枝上,笑着随意出拳,身体左歪右扭。树底下有个一大早就来到山顶的年轻女子,叹了口气,喃喃道:"我还是觉得这个家伙傻了吧唧的。"

有大山倒悬天地间,山峰指向南海之水。

陈平安坐在祖宗桂树的桂枝头,痴痴望向那幅震撼人心的画面,心想宁姑娘就是从这里出发,游历浩然天下的,听说婆娑洲是距离倒悬山最近的一个大洲,不知道刘羡阳以后会不会来这里看一看。

桂花岛距离真正的倒悬山地界,还有约莫半天的航程。四周往来的渡船千奇百怪,驮碑大龟负重前行,晶莹剔透的蚌壳浮游海面,比打醮山更巨大的鲲船缓缓降低高度,一片彩色云海底下簇拥着无数喜鹊,一排排仙鹤青鸟拖曳着一栋高楼,桂花岛身处其中,半点也不算惊奇。

陈平安突然转身低头望去,又看到了那名年轻女子,身材婀娜,容颜秀美,头戴珠钗,身着衣裙,腰系彩带……

可是陈平安有点头皮发麻,浑身不自在。这种感觉,比起在破败寺庙看到柳赤诚身穿一袭粉色道袍,还要来得直截了当。因为陈平安看到了那名"美人"的喉结。

谈不上讨厌,就是不适应。

陈平安突然挠挠头,直直望向那名喜爱红装的男子,心里头那点疙瘩芥蒂一扫而空,反而有点怀念。

以前在龙窑当学徒的时候,陈平安就认识一个被人嘲笑为娘娘腔的汉子。汉子性情怯弱,走路扭捏,说话的时候爱抛媚眼,跷兰花指。在姚老头当窑头的龙窑里,这个汉子最受歧视,好不容易攒下银钱买了新鞋子,保管当天就会被其他窑工踩脏。他也不敢说什么,都默默受着。在龙窑里,照理说他跟不招人待见的陈平安,本该同病相怜才对,但是很奇怪,喜欢哭哭啼啼的汉子到了陈平安这边,胆子立即就大了,成天拿话刺陈平安,说话阴阳怪气,陈平安从不搭理他。汉子好几次管不住嘴,不小心给姚老头的正式弟子刘羡阳撞见,刘羡阳直接给他一耳光,扇得他原地打转,他立即就老实了。回头他还会偷偷往刘羡阳屋里塞一些吃食糕点,一包包油纸扎得比店铺伙计还要精巧。那汉子大概对刘羡阳这个板上钉钉的未来窑头,既道歉赔罪,又谄媚讨好。

龙窑贴在窗口上的喜庆剪纸,都是他一人一剪刀熬夜裁剪出来的,便是街巷妇人见着了,都要自愧不如。天晓得这汉子若真是女子,女红得有多好。

陈平安那会儿当然很讨厌说话阴损的娘娘腔,害怕自己一个收不住手,一拳就将他打得半死。当时的陈平安,已经跟随老人走遍了小镇周边的山山水水,砍柴烧炭更是家常便饭,加上每天练习杨老头传授的吐纳之术,其气力比起青壮男子有过之而无不及。

某次负责守夜的娘娘腔汉子,捅出一个天大娄子,一座龙窑的窑火竟然被他断了。大半夜他吓得直接跑了。他根本不敢往小镇那边跑,一个劲往深山老林里逃窜。

这要搁在市井坊间,简直就是害人断子绝孙的死罪,脸色铁青的姚老头二话不说,就让几十号青壮去追那个挨千刀的王八蛋,熟悉山路的陈平安当然也在其中。

两天后,娘娘腔汉子给人五花大绑,带回龙窑,姚老头当场打断了他的手脚,打得皮开肉绽,白骨裸露。找到他的人,正是平日里他最奉承的一拨男人。

没有任何人同情这个闯下泼天大祸的汉子,哪怕有,也不敢在脸上表现出来,毕竟姚老头从没有那么生气。

娘娘腔在被打之前就已经吓得尿裤子，给人按在地上后，浑身颤抖，再被人一棍子砸下去，撕心裂肺，满脸鼻涕眼泪，之后一顿乱棍，娘娘腔就像一条砧板上被刀剐的活鱼。娘娘腔就是娘娘腔，一直到最后昏死过去，从头到尾，半点男子的骨气都没有。

娘娘腔竟然没被打死，在病床上躺了小半年，顽强地活了下来。

其间很多窑工学徒都照顾过他，陈平安也不例外。很多人都不乐意接这份苦差事，便找陈平安代劳，陈平安在龙窑算是最好说话的。到头来，反而是娘娘腔最不喜欢的陈平安，照顾他最多，只不过两人一天到晚不说话，终究是谁也不喜欢谁。

陈平安只是每天采药煎药，那个娘娘腔偶尔会出神，呆呆地看着窗户上发白的老旧窗纸，可能是想着哪天能够下地做活了，一定要趁着劳作间隙，换上一张张崭新漂亮的红艳艳的窗纸。

可是明明已经大难不死的娘娘腔——这个在病床上硬是咬牙从鬼门关走回阳间的汉子，还是死了。

是给一句话说死的。

当时陈平安在门口煎药，背对着一个窑工和娘娘腔，前者笑着说娘娘腔你那天给打得衣服破烂，露出了白花花的屁股蛋，真像个娘们。

陈平安那会儿没觉得这有什么不妥。龙窑的男人平日里骂这个娘娘腔的言语，比这话恶毒狠辣得多。娘娘腔几乎从来不敢跟人吵架，大概他就只会在私底下嘀咕一句："敢骂我，信不信把你家十八代祖坟都炸了。"

已经可以自己坐起身的娘娘腔，那天破天荒地跟陈平安聊了很多。大多是他在说，闷葫芦陈平安耐心听着。说起窗纸时，陈平安由衷地夸他窗纸剪得好，他便笑了。

那天晚上，一向胆子比针眼还小的娘娘腔，竟然用剪子捅穿了自己的喉咙，还不忘用被子捂住自己，不让人进屋第一眼就看到他那副死状。

后来甚至都没人敢把尸体抬出去，实在太瘆人太晦气了。

好在陈平安见惯了身边的生死，对这些没讲究，他拽着刘羡阳一起，为娘娘腔的后事忙前忙后。其间既没有太多伤心，也没有什么感悟。守灵的时候，陈平安一个人坐在空落落阴恻恻的灵堂，没有半点畏惧，他在火炉旁喃喃道："既然这辈子不喜欢当男人，那就下辈子投胎当个女人吧。"

那天闲聊，娘娘腔问陈平安，为什么陈平安明明第一个找到了他，还要放过他，给他指出一条去往大山更深处的小路。

陈平安说，他怕娘娘腔被抓回去后给姚老头打死，就娘娘腔这点芝麻胆子，到时候变成了厉鬼，谁都不敢报复，也就只敢报复他了。

当时娘娘腔笑得特别开心。哪怕陈平安现在回想起来，还是觉得娘娘腔当时笑起来的模样挺丑的,不过实在让人厌恶不起来就是了。

桂花树底下那个姿容明艳的"年轻女子",被一个家伙这么目不转睛地盯着瞧,气得火冒三丈,如果不是忌惮伤及桂花树,惹来不必要的麻烦,他就要祭出那两把本命飞剑,乱剑戳死这个长了一双狗眼的家伙了。

陈平安回过神后,也意识到自己的唐突无礼,拱手抱拳,致歉道:"对不住,有点走神了。"

那人眯起一双好似吊挂着春色春光的桃花眼眸,伸出并拢双指,戳向陈平安,然后微微弯曲,挑衅意味浓郁至极。

陈平安拍了拍身边高枝的空位,笑道:"作为赔罪,我先替桂夫人答应你,你可以在这边欣赏倒悬山的风景。"

那人双手负后,扬起那张娇若春风的容颜,笑眯眯道:"你喜欢男人?还是说只要好看的,男女都喜欢?"

陈平安一阵头大,使劲摇头。

他当然只喜欢姑娘,而且只喜欢一个姑娘。

桂花树底下那人,放在身后的双手附近,出现了一金黄一雪白的两缕剑气,极其细微,几乎看不见。显而易见,若一言不合,他就要飞剑杀人了。

陈平安犹豫了一下,笑道:"说出来你可能会更加生气,你这样穿,很好看。"陈平安双手撑在树枝上,眼神澄澈,"这是我的心里话。"

那人皱了皱眉头,默然离开,他没有离开山顶,而是站在观景台栏杆附近,眺望远方。

陈平安从枝头一跃而下,对着他的背影喊道:"我走了啊,如果你想去桂树上赏景,最好趁着现在人少,不然桂夫人可能会不高兴。"那人无动于衷。

等到陈平安远去,他才回头看了眼桂树,犹豫半天,还是没有去更高处观看倒悬山。至于那两缕剑气,早已被他收入腰间那条彩带之中。

它们其实并非剑气,虽然瞧着不起眼,却是两把品相极高的本命飞剑,分别名为"针尖"和"麦芒"。

生而既有,是谓先天剑坯。

而且一生下来就有两把本命飞剑的,是万中无一的剑修。所谓"万中无一",重点不在那个"一"字,而在"无"这个字。

他的飞剑品相好到吓人。他师父说他必然是上五境剑仙之资,否则就不会收取他做弟子了。但是需要多少年才能跻身玉璞境,师父没有说,他也没有问,因为他对此丝毫不感兴趣。他更痴迷于大道推演术,只可惜师父说他在这条道路上走得不会太远,继承不了师门衣钵。师父和所有师兄弟都怂恿他去修习剑道,他其实知道,他们不是真的期待自己登顶剑道,独占鳌头,而是不怀好意,想着看自己笑话罢了。

理由很简单——他恐高。一个恐高的剑修,像什么话。他如今偶尔驾驭飞剑,御风远游,从来不会高出地面两丈。

他瞥了眼之前那家伙坐着的桂树高枝,觉得自己其实也傻了吧唧的。

陈平安返回圭脉小院时,马致已经站在院中,笑脸相迎。原来之前陈平安主动去了马致养伤的院子,询问何时能够继续试剑。三天后圭脉小院就恢复原先的样子,马致帮陈平安试剑,金粟负责一日三餐,偶尔桂夫人会来到小院,也不打搅两人,只是安安静静坐一会儿,最多为两人煮上一壶茶。

在这期间,陈平安拿出了那张栖息着枯骨艳鬼的符纸,桂夫人将符纸拿在手中,很快就将那名白衣女鬼从符箓中"抖搂"了出来。这个在彩衣国城隍阁气势汹汹的白衣女鬼第一次重见天日,就看到了一位元婴境的桂夫人、一位从地仙跌落至金丹境的老舟子、一位金丹境剑修马致,外加一个仇人陈平安。

如果不是女鬼已经死了,恐怕就要魂飞魄散。

最后在桂花岛这座小天地的"伪圣"桂夫人的帮助下,枯骨艳鬼发下神魂重誓,效忠于陈平安一甲子。作为报酬,她可以从那张没有灵气浇灌就会神魂点滴流逝的符箓中走出,"住入"槐木剑匣之内。古槐历来就有"槐宅"之说,不仅仅是草木精怪偏好千年以上的槐树,阴物鬼魅同样如此。

临近倒悬山的一天夜幕里,星河璀璨,老舟子突然找到陈平安,带着他去往桂花岛山脚的渡口。陈平安到了那边,才发现渡口有一条年幼蛟龙攀缘着。蛟龙将头颅搁在岸上,大半身躯没入海水,它望向陈平安的眼神,充满了稚嫩的好奇和感激。

老舟子蹲在岸边,啧啧称奇道:"这个可怜的小家伙,也就相当于人族六七岁的样子吧。桂夫人当时不愿为难这个无辜的小家伙,便只留下了龙王篓,将它放生了。不承想它好像无家可归,很快就追上了桂花岛,又不敢靠太近,整夜呜咽,绕着桂花岛徘徊不去。现在咱们越来越靠近倒悬山,小家伙大概知道再往前就必死无疑,就连白天都号得厉害。如果不是桂夫人可怜它,帮着它遮掩了气机,恐怕早就被山上那些怀恨在心的练气上剥皮抽筋了。"

老舟子笑道:"陈平安,它好像是专程来找你的,就是不知是报恩还是报仇。虽然它年纪还小,可蛟龙之属生性冷血狡黠,不好说。"

陈平安什么都没有说,掏出一颗普通蛇胆石,丢给幼蛟。它凭借本能将蛇胆石囫囵吞下,眼神好像有些茫然。

陈平安挥挥手,示意它回去。

幼蛟转身回到海中,只是细细呜咽,仍是不愿离开桂花岛海域。陈平安想了想,竟是向海中丢出一大把普通蛇胆石。幼蛟疯狂翻涌,溅起巨大浪花,一颗颗吞下那些人间至味。

陈平安站在渡口,对它说道:"以后好好修行。你今天受了我的恩惠,如果像那条老蛟一样喜欢害人,我就一拳打死你。"

幼蛟重新游回渡口旁边,抬起头颅,瞪大眼睛,好像是想牢牢记住陈平安的面貌。片刻之后,它才一个后仰,重返大海。

老舟子是见惯风雨的,感慨道:"你是好心,结下善缘,但是世事难料,善缘未必就会有善果。"

陈平安眼神淡漠,望向星光碎碎如金如银的海面,轻声道:"如果是孽缘,那就一剑斩了。"

老舟子想着自己那位不知又要消失几百年的恩师,还有师父让陈平安转交给他的那卷仙人遗留人间的金册,对于陈平安的神色言语,没有如何上心。

大隋山崖书院。

当年那些从大骊出关的同窗和同门,到了这座东山后,便注定不会再有机会朝夕相处了。

这不李槐就认识了两个新朋友,一个胆子很小的京城高门子弟,一个胆大包天的寒门调皮蛋,都比李槐岁数略大。三个家伙成天一起疯玩,不亦乐乎。

林守一,如今痴心于修道,博览全书,在书楼和学舍之间来来往往,鹤立鸡群。

于禄和大隋皇子高煊走得很近,成了好朋友,高煊越来越喜欢来书院陪于禄钓鱼。

谢谢除了听夫子讲课,每天深居简出,心甘情愿地给崔东山当婢女。

李宝瓶在上次又读过小师叔寄来的信后,好像失落了很长一段时间。

这一天,她又逃课了,像一只灵活利索的小野猫,飞快爬到东山之巅的那棵大树上,坐在树枝上,背靠主干,脖子上还挂着那块刻有"武林盟主"的自制木牌。她觉得"武林盟主"四字还不够威风,又给刻上了"号令群雄",之后一发而不可收拾,一块小木牌,给她刻满了江湖气的豪言壮语,都是从小说上摘抄下来的,比如"只恨这一生从无敌手"之类的。

一个丰神俊朗的白衣少年站在旁边的枝头,身形跟随树枝微微摇荡,他笑问道:"怎么了,生闷气?"

入夏之后,便将红棉袄换成红色薄衫的小姑娘闷闷道:"没生气。"

崔东山问道:"是不是觉得李槐、林守一他们离你越来越远了?"

小姑娘没好气道:"离我远又没什么,以前在小镇学塾,我就不爱搭理他们。"

崔东山会心一笑:"那就是为我家先生打抱不平喽?"

小姑娘是直爽性子，大大方方点头承认了："嗯。"

崔东山双手抱住后脑勺，唏嘘道："人都会长大的，长大了之后，就会捡起一些新东西，丢掉一些旧东西，就这么丢丢捡捡，哗啦一下子，就老喽。"

小姑娘怒道："小师叔他们也舍得丢?!"

崔东山转头望向一脸愤懑的小姑娘，微笑道："这有什么舍得不舍得的，再说了，我家先生便是知道了这些，也不会生气。你气什么? 没必要。"

小姑娘双臂环胸，气呼呼的。

崔东山转过头，望向脚下这座大隋京城："你以后可能会认识一个很要好的朋友，说着闺房话一起长大，然后有一天她嫁人了，就会更喜欢她的夫君；你可能会遇到一个比齐静春更好的先生，然后有一天你就会觉得那位齐先生的学问，不是最大的；你将来可能会遇上……一个好少年，甚至比你的小师叔更好，然后你就会发现，现在的忧愁啊伤感啊，就只是这样了，到时候喝一两口酒，就跟着一起喝进肚子里，没了……"

崔东山猛然转头，惊讶道："小宝瓶，你竟然没有反驳我，再不说话，我可就没词往下说了啊!"

小姑娘皱了皱那张漂亮小脸蛋："我正忙着伤心呢!"

崔东山哈哈大笑，向后倒去，刚好侧身卧在纤细的树枝上。他一手撑着脑袋，凝视着红衣小姑娘。

将来总有一天，小姑娘的个子会变得很高，圆乎乎的小脸蛋会变得消瘦，下巴尖尖的，眼睛还是会这么润润的，干净且有灵气，还是会穿着红色的衣裳，会纵马江湖畔，会饮酒山河间，会遇上开心的事、伤心的人。

崔东山叹了口气，他有点愁。

如果这么一个好姑娘，有一天真喜欢上了他家先生，会让人很犯愁的。

可如果有一天，她最喜欢的竟然不是他家先生了，好像就会更遗憾了。

崔东山侧过身，跷起二郎腿，开始闭眼睡觉。

那些萍水相逢和人心离散，哪怕崔东山如今只是个少年皮囊，可毕竟那些坎坷和经历都在心头积攒着，不比大骊国师崔瀺少半点。

他有句话没有告诉小姑娘——他崔东山，以及老崔瀺、左右、茅小冬等，甚至包括齐静春在内，当年都是在老秀才的树荫庇护下，一点一点成长起来的，但是到最后，所有人都希望走出那片无比大的树荫，走出去的，反而还好，走出去的，人心就会慢慢变了。

不远处的李宝瓶收起木牌，从怀中小心翼翼地掏出一幅画卷，画卷上边有名少年站在桂树下，正在朝她笑呢。李宝瓶一下子就没了忧愁，笑逐颜开，乐呵呵道："学会喝酒的小师叔真帅气，等我长大一些，一定要让小师叔带我一起闯荡江湖!"

小姑娘越想越雀跃，转头大声问道："崔东山，喝酒难不难?"

崔东山道:"你不能喝酒!"

李宝瓶怒道:"为什么?!"

崔东山幽怨道:"先生舍不得骂你半句,却会直接打死我!"

李宝瓶叹息一声,摇头晃脑,怜悯道:"真可怜。"

崔东山瞥了眼满脸笑意的小姑娘:"小宝瓶啊,麻烦你以后安慰人的时候,把幸灾乐祸的笑脸收起来。"

李宝瓶做了个持印盖章的手势。

崔东山哀叹一声,嘀咕道:"好心没好报。"

倒悬山与大海之间,有一条条似水似云的"河道"悬挂在空中,以便所有渡船登山。许多可以御风的渡船一样需要先下降到海面,不可直接靠近倒悬山。

桂花岛在一条河道底部的渡口停靠片刻,象征性地递交了类似通关文牒的丹书,并未缴纳那笔天价过路费,就开始沿着向上倾斜的河道往那座倒悬山驶去。

有一个面容如中年男子的高大道人,站在一处悬崖之畔,他身后站着一名手捧拂尘的仙风道骨的消瘦老道士,拂尘上一根根金银两色的丝线尽是蛟龙之须。老道人轻声问道:"师父,需不需要弟子出手打烂桂花岛?"

高大道人笑道:"愿赌服输,打架输几次,有什么丢人的? 我又不是你师祖,一辈子从无败绩。"

在这位倒悬山大天君说话间,有一个道士被人一拳从天外天打入青冥天下的那个人间。

第二章
我有小事大如斗

站在桂花岛山脚渡口处，陈平安轻轻跨出一脚，便踏上了倒悬山。

桂姨事先就跟陈平安说，桂花岛靠岸的那一刻，就是渡船最繁忙的时分，卸载那些来自宝瓶洲、俱芦洲和桐叶洲的货物，不能有丝毫差错，否则老龙城范家的金字招牌就要砸了，所以她和老舟子以及马致三人，需要亲自盯着每一手货物交易，没办法带他去倒悬山客栈下榻。原本桂姨想让金粟领着陈平安，去往那间与桂花岛世代交好的客栈，被陈平安婉拒了，惹得金粟心中微微埋怨。

正郁闷的金粟，看到那背剑少年朝她咧嘴一笑，似乎看穿了她的小心思，金粟狠狠瞪了他一眼。少年跟桂夫人、老舟子和马致挥手告别，似乎不敢和金粟进行眼神对视，转身快步跑向渡口。看着少年落荒而逃的背影，金粟忍不住笑了起来。

陈平安行走在人头攒动的人流之中，深呼吸一口气。

终于到了。

不是随时随地都可以通过倒悬山去往剑气长城。除了一枚进入倒悬山的青木通关牌外，需要再过一关的桂花岛的百余人多领了一枚玉牌，同时他们被告知在三天后的子时通关，一炷香后就要轮到下一拨人，过时不候。

陈平安走下船，腰间悬挂着那枚只篆刻有一个"涯"字的白玉牌。桂姨告诉他，倒悬山上风景各异，商铺林立，趁着这三天工夫，可以多走走，若是相中了心仪的法宝器物，手中钱财不够，可以跟客栈掌柜借，十枚谷雨钱以下，那个掌柜都会答应，而且按照老规矩，记在桂花岛账上。

山崖畔的这座渡口，名为"捉放渡"，此名源于渡口附近一个历史悠久的古亭。古亭上悬挂着匾额"捉放亭"，这是某一脉道统前任老掌教的亲笔手书。

倒悬山上有九个建筑隶属于此方天地的道家，其余高楼、庭院、商铺等地皮，早已卖给八方来客。这九个建筑是分别屹立于倒悬山八方的捉放亭、敬剑阁、上香楼、雷泽台、灵芝斋、法印堂、师刀房、麋鹿崖，以及中央的孤峰。

道祖二弟子这一脉道统，无论是地盘大小，还是徒子徒孙的人数，相较于方圆百里有余的倒悬山，都不算太夸张。

"陈公子，陈公子。"有人在陈平安背后急切地嚷着。陈平安回头一看，是那个自称刘幽州的绿衣少年。刘幽州一路小跑到陈平安身边，问了一连串问题："陈公子，你在倒悬山上住哪儿？有约好的地方吗？没有的话，不如去我那边？我家在这边有栋宅子，靠近一个叫敬剑阁的地方，据说宅子还挺大。我一直想要谢你呢，不如给我个机会？"

陈平安摇头笑道："不用，桂花岛帮我安排好了，去鹳雀客栈住。"

刘幽州一脸失落，仍是不愿死心："这样啊，那回头我能找你玩吗？我是第一次来倒悬山，要好好逛逛，咱们一起呗？"

陈平安愣了愣。

老姬无奈道："少爷，萍水相逢，你便如此热络，不合情理。别说是陈公子不敢答应，便是换成我，也不会点头。"

陈平安笑着不说话。

那少年神色黯然："好吧，陈公子，我住在猿蹂府，你要是没事的话，可以去找我，到时候就说是我刘幽州的朋友。"

陈平安点头道："这个没问题。"

陈平安、刘幽州和老姬同时转头，一个姿容动人的"女子"站在三人附近，一副欲言又止的模样。

老姬苍老脸庞上满是笑容，如枯木逢春，和颜悦色地问道："这位小仙师，可是有什么难处？"

那"女子"对老姬视而不见，盯着陈平安，"喂"了一声："你能不能借我一枚谷雨钱？我以后还你三五枚便是。"

陈平安递过去一枚谷雨钱，那人接过钱，笑着离去。

刘幽州轻声道："陈公子，是你朋友？"

陈平安摇头道："不认识。"

刘幽州惊讶道："那你也借钱给人家？你知不知道，天底下好看的姑娘最会骗人了。陈公子，容我多一句嘴啊，哪怕钱再少，也不能这般行走江湖啊。"

陈平安龇牙咧嘴，告辞离去。

一枚谷雨钱还少？好看的姑娘？

老妪忍俊不禁，笑道："少爷，你难道没有看出那个'漂亮姑娘'，其实是一名男子？"

刘幽州呆若木鸡，小声道："我方才光顾着偷瞄那姑娘的脸蛋和身段了，没敢多看。"

老妪道："少爷，人家不是姑娘欸。"

刘幽州一挥袖子，大步向前："长那么好看，我就当他是姑娘了。"

陈平安没有急于去往鹳雀客栈，而是跟随一股人流去往附近的捉放亭。

陈平安临近人满为患的小亭子，难免有些失望，觉得好像名不副实。亭子极小，甚至不比梳水国宋老剑圣家的山水亭大。亭子内外已经站了不下百余人。陈平安踮起脚尖，看了眼见缝插针都难进的小亭子，就打算去鹳雀客栈。

陈平安刚要离去，身后有熟悉嗓音响起，跟此人的容貌一样阴柔："不去亭子里停留片刻？"

那名"女子"与陈平安并肩而立，陈平安转头笑道："这也太挤了，不敢去，怕出不来。"

"女子"微笑道："你只管跟着我，就当我先还你那一枚谷雨钱的利息。"

陈平安一头雾水。

他指了指自己的喉结，笑容古怪。陈平安试探性地问道："障眼法？"

"你的酒葫芦先借我一用。放心，这么只小破葫芦，我还真不放在眼里。我那只养剑葫芦，算是你们的老祖宗，只是没敢拿出来罢了。"他朝陈平安点了点头，二话不说拿过陈平安腰间的姜壶，一边快步走向三名姿色上等的年轻女子，一边仰头喝酒。女子倾国倾城的容颜，男子豪迈奔放的气概，同时在他身上显现，

片刻之后，那人站在花丛之中，朝陈平安招招手，陈平安只得走过去。那人以陈平安听不懂的话语介绍了一通，然后又用宝瓶洲雅言给陈平安说了一遍。原来这三名女子是婆娑洲的宗门子弟，她们结伴游历海外，需要斩杀一头龙门境的海中巨妖才算完成历练，历练的终点即是这座倒悬山，之后就要返回婆娑洲师门。他不由分说拽着陈平安胳膊，带着三名婆娑洲仙子一起杀向捉放亭。

相传那座青冥天下的三位道家掌教之一的"真无敌"——道祖座下二弟子，当初丢下这方最大的"山"字印后，亲临此地。有个十二境巅峰的大妖不知用了何种手段，悄然越过了剑气长城的众多禁制，来到倒悬山，结果他第一次所见之人，恰好就是那位掌教。当时倒悬山一带是个鸟不拉屎的蛮夷之地，大妖本以为从此天高任鸟飞，见着了那位道人，自然出言不逊，就要将其一口吞下。至于结局，毫无悬念，大妖被那位道家掌教一巴掌拍了个半死，被丢回了剑气长城以南。后世倒悬山道人便建造此亭，彰显那位掌教的道法通天。

第二章 我有小事大如斗

这一趟捉放亭之行，陈平安累得汗流浃背。三位仙子貌美，那个家伙姿容犹胜她们一筹，小亭内外人人比肩继踵，有些男子是无心的碰撞，有些男子则是有心的揩油，陈平安便只好尽量护着他们，自然劳心劳力，处处皆是细微的勾心斗角。

成功走出捉放亭后，陈平安两人跟那三位仙子分道扬镳，她们还要去往最近一处景点麋鹿崖。

陈平安收回养剑葫芦，别在腰间，无奈道："以后别再干这种事情了。"

那人白了一眼陈平安："没劲，我陪仙子姐姐们耍去。"

陈平安如释重负，告辞离去。

那人瞥了眼陈平安远去的背影，嘀咕道："也太正儿八经了，竟然还不是假装的。难道是哪家老夫子教出来的小夫子？"

附近有英俊男子搭讪："这位小姐，一个人赏景呢？"

那人笑呵呵道："赏你大爷，老子跟你娘亲一起逛过窑子呢。"

那器宇轩昂的男子赶紧摆手，示意身边扈从不要轻举妄动，他笑容灿烂，伸出大拇指："姑娘这性格，我喜欢。"

那人径直离开捉放亭，途中还在犹豫是先去敬剑阁还是先去上香楼。

男子望向那个腰系彩带的"大美人"，感慨道："唯有山上方有此等通透灵秀的女子，修行好啊。山下女子，便是皮囊再出彩，也不过短短十几二十年的动人时光。"

一个贴身扈从以中土神洲的大雅言轻声提醒道："陛下，可以动身去往雷泽台了，莫要让国师久等。"

男子"嗯"了一声，笑道："速去。"

雷泽台是一处九十九阶的高台，貌似一只巨大甘露碗，其中雷电如浓稠浆液。

传闻道老二施展无上神通，从那座只见于文字记载、不知所终的上古雷泽中，"掬起一捧水"，放置在倒悬山。道老二嫡传弟子之一的大天君，每次打杀了不守规矩的各路神仙精怪，一律将他们的魂魄拘押在此处。

雷泽台这边，今日竟然被封禁，任何人都不许靠近。

此时此刻，一身形高大之人屈膝半蹲在最高处的雷泽旁，他以手肘抵住膝盖，以下巴抵住胳膊。一把无鞘长剑悬停在雷泽之中。长剑入泽之后，整座小雷泽都在沸腾翻滚。

此人应该是在淬炼佩剑。

一位手捧拂尘的老道人站在高台底部，笑容和煦，满脸的与有荣焉。老道人作为倒悬山的第三号人物，被南海所有蛟龙之属视为天敌。千年之间，他斩杀蛟龙无数，硬生生打造出一把半仙兵的拂尘。最近的五百年间，老道人曾经与婆娑洲的两位陈氏儒圣在南海上交手,威名远播。可是今天哪怕是给一个外人看家护院,老道人仍是丝毫没有觉得掉价,反而神色颇为自得。

陈平安遇上了一件尴尬事,原来在倒悬山,就没有一个人听得懂宝瓶洲雅言,而陈平安又不会中土神洲的大雅言,所以问路的陈平安,跟被问路的好心人,双方鸡同鸭讲。最后陈平安硬着头皮,锲而不舍地问了三十余人,总算问到了一个略通宝瓶洲雅言的行人,结果人家不知鹳雀客栈在何方。

陈平安站在熙熙攘攘的街道上,四顾茫然,只得摘下养剑葫芦,站在原地借酒浇愁。

实在不行,就只能原路返回捉放渡,去跟桂夫人讨要金粟了,请这个桂花小娘帮着带路。至于会不会被"大仇得报"的金粟冷嘲热讽,陈平安倒是无所谓。脸皮厚一点,不打紧。

柳暗花明又一村。

陈平安又逮住一个知晓宝瓶洲雅言的路人,后者虽然依旧不知鹳雀客栈地点,却知晓敬剑阁与猿蹂府在哪,而且说起这两处地方的时候,陈平安询问的是"先生可知敬剑阁在何方",那人的回答竟是"哦,你是说那猿蹂府旁边的敬剑阁啊,好走,离此不算太远"。

皑皑洲少年刘幽州,不简单。

陈平安直接掉头去往捉放渡口。那名路人看着少年背影,满是遗憾,他本想借此机会跟猿蹂府搭上丁点儿关系,哪怕只是混个脸熟也好。

金粟开开心心地走下桂花岛,领着"灰头土脸"的陈平安一起去往鹳雀客栈。她下山之前,桂夫人给了她三枚小暑钱,要她省着点花。走下渡口后,金粟问陈平安要不要去捉放亭,陈平安说已经去过了,金粟点点头,说捉放亭最没有花头,远远不如其他景点有意思,比如那灵芝斋、麋鹿崖、敬剑阁,去了这些胜景才算不虚此行。

两人走了小半个时辰,一路上金粟给陈平安大致讲解了倒悬山一些重要风景名胜的情况,例如那敬剑阁,剑气长城所有斩杀过上五境妖族的剑修的佩剑,倒悬山都会打造一把仿品,供奉在阁内,以供后人瞻仰。

金粟到了倒悬山,对陈平安明显不再像桂花岛上那般冷淡,虽然称不上滔滔不绝,可也与陈平安说了不少话。她说那灵芝斋摆放着一柄道祖遗留在浩然天下的灵气盎然的灵芝如意,将整座灵芝斋浸染得如同一座洞天福地。在此修行,事半功倍,所以灵芝斋是倒悬山最堪称销金窝的一座客栈。来此历练的仙家宗门子弟,以及来此游览赏景的豪阀公孙,是有钱也难进灵芝斋,需要数月之前就开始预约房屋。

临近那座鹳雀客栈,金粟低声道:"有传闻说,在道祖亲手种植的那根葫芦藤上,结了七只品秩最高的养剑葫芦,灵芝斋密室就藏有其中一只,而且这只的葫芦籽是第一个成熟的。如今这只养剑葫芦里头秘密温养着浩然天下十数位大剑仙的飞剑。"

这些小道消息,往往旁人一个个说得眉飞色舞,活灵活现,好像亲眼见识过养剑葫芦似的。金粟一样不能免俗。

实则执掌倒悬山"金科玉律"的道人,关于养剑葫芦和为天下剑仙养剑一事,从来不会泄露半点天机,只说灵芝斋并无此等奇事,切勿多想,莫要以讹传讹。

陈平安想起了阿良赠送给小宝瓶的银色养剑葫芦,当然还有正阳山苏稼仙子曾经悬佩的那枚紫金养剑葫芦,以及不久前那家伙自称的"养剑葫芦老祖宗"。

陈平安突然问道:"金粟姑娘,猿蹂府在倒悬山很有名吗?"

金粟点头道:"当然,皑皑洲刘家名下的猿蹂府是倒悬山四大私宅之一,占地很大,名声更大。刘氏是皑皑洲第一大姓氏,而且口碑极好,皑皑洲几乎所有的君主皇帝、地仙修士,都要跟刘氏打好关系。而且咱们练气士使用最多的雪花钱,就是按照刘家打造的钱模子铸造的,那条玉矿山脉,刘氏一家就占了一成。别觉得一成听上去很不起眼,实在是不能再多了!"

陈平安有些震惊。

金粟的眼神有些恍惚:"刘氏子弟,那才真是一生下来就坐拥金山银山的幸运儿。想要什么,用钱砸就是了,天底下就没有刘氏买不起的宝贝。"

这些话,是老龙城孙嘉树亲口告诉她的,当时金粟从小财神孙嘉树的眼中,看到了一丝憧憬。

陈平安越发打定主意,不要刻意结识刘幽州——那个少年就像一艘桂花岛渡船,他掀起的任何风浪,都不是现在的自己能够抗衡的。

陈平安一想到这里,心中便有些黯然,心扉如被风雪拍打。

鹳雀客栈在一条巷子尽头,其掌柜是个不苟言笑的年轻男人,哪怕是面对见过数次的金粟,也没个笑脸,他给两人安排了两间相邻的屋子后,就不再搭理他们。金粟小声解释道:"客栈掌柜是子承父业,以前鹳雀客栈很大,这半条巷子都属于客栈,在捉放渡这一带小有名气,后来遇上了一场变故,当时咱们桂花岛好像帮衬了一下,可是掌柜父亲还是去世了,算是家道中落吧,就只剩下眼下的格局了。"

陈平安默默记在心里。

倒悬山的客栈,比起之前陈平安游历山河时住的城镇客栈,其实没什么两样,素洁而已。

金粟敲门而入,落座后,开始跟陈平安商量接下来两天的行程。她早已胸有成竹,明天先去法印堂、敬剑阁、灵芝斋和师刀房这四处,后天再去上香楼、麋鹿崖、雷泽台这三个地方。最中央的孤峰是禁地,虽然会路过,但是也就只能远远看几眼罢了。

陈平安询问这里是否有交易奇珍异宝的铺子，金粟说灵芝斋就是，还有开在灵芝斋对面与其抢生意的一家包袱斋。这两个地方每天财源滚滚，只认货不认人，十分安稳，故而穷凶极恶的山泽野修只要有了收获，都喜欢来倒悬山，既能躲避各方追杀，还能正大光明地卖出重宝，换取钱财享福。

倒悬山附近几座岛屿上，常年驻扎着许多正派修士，死死盯住倒悬山的动向，就为了观察隐匿在倒悬山上的某些大寇。这些借着倒悬山规矩来避难的人物，无一例外都是手染无数鲜血的邪魔外道，曾在各大洲闯下赫赫凶名。

陈平安问了倒悬山通往剑气长城的准确地点，金粟告诉他就在倒悬山中央地带的孤峰旁，那道大门是仿造上古登仙台的大门，若是悬佩"涯"字玉牌，就可以就近参观。

如今山上修士的第十三境飞升境和纯粹武夫的十境，已是人间止境，之后便是不见经传的失传二境。道德圣人行走四方、泽被苍生的那个远古时代，好像世间还分布着一座座登仙台，可供练气士轻松飞升。飞升时，空中会有天女散花，彩云绚烂，虹光流溢，共襄盛举，为得道之人庆贺。

陈平安跟金粟约好明早出门的时辰，就独自离开客栈，去往那座大天君结茅修行的孤峰。

陈平安一路上琢磨着这九个地方：捉放亭、敬剑阁、上香楼、雷泽台、灵芝斋、法印堂、师刀房、麋鹿崖、孤峰。数字跟雄镇楼一样，都是九。说不定也是一种圣人镇压气运的阵法。

在孤峰山脚，一条可供三辆马车并驾齐驱的登山神道，附近不远处有一个由白玉石堆砌而成的广场，广场外边只有一条铁索栏杆，高不过两尺，谁都可以一跨而过。广场中央高高树立着两根高达十数丈的白玉大柱，柱子中间，平静如镜的水面偶尔会有涟漪荡漾。当下广场上的人并不多，稀稀疏疏二三十人，无论老幼男女，腰间都有一枚"涯"字玉牌，许多顽劣稚童在人群中穿梭，四处奔跑，追逐打闹。

广场上并无道人负责看守，陈平安犹豫了一下，小心翼翼地跨过栏杆，并没有引起任何动静，他这才略微放下心来，缓缓走向那两根大柱。

陈平安发现自己每走一步，脚下都会泛起流光溢彩。他抬头望去，发现有个身穿宽大道袍的小道童，坐在一根大柱旁边的蒲团上，正在翻看一本书。若是有瞧着与他差不多岁数的稚童靠近，头顶鱼尾冠的小道童便随手挥袖，孩童们随之飘远，如同腾云驾雾。孩子们乐此不疲，小道童也从不嫌烦，挥袖不断。

陈平安不敢效仿孩子，而是绕过大柱走到后边。他发现大柱旁边又有小柱子，那个好似拴马桩的石柱上，有个衣衫褴褛的中年剑客盘腿而坐，怀中抱剑，闭眼酣睡。

一看就是位……绝世高人！

陈平安不敢打搅此人睡觉，下意识放轻脚步，就要转身走回另外一边。

那名抱剑而眠的剑客脑袋一磕，猛然惊醒，眼神有些木讷，左看右看再往高处看之后，望向那个背剑少年的背影，喃喃自语，好像说了三个字，然后便继续睡觉。

陈平安站在镜面的另外一侧，怔怔看了许久。

他无法想象，镜面之后，就是剑气长城？就是另外一座天下？

高耸入云的孤峰之上，又有一座倒悬山最高的高楼。一年之中，高楼有大半时间被云海笼罩，而楼顶屋檐下，悬挂有三只铃铛，据说只有道家三位掌教亲临倒悬山，铃铛才会悠扬响起。

一位道家大天君正在楼顶，透过云海俯瞰广场。

背剑少年，小如芥子。

陈平安返回鹳雀客栈，继续修习六步拳桩和剑炉立桩，深夜时分，他脱衣躺下，面带笑意。

第二天天蒙蒙亮，金粟就提前一刻钟来敲门。陈平安停下无声无息的走桩，打开门，与金粟一起离开客栈，去往法印堂。此堂又被称为"缺一堂"，号称收集了世间所有样式的百家法印，唯独少了一样"山"字印。它尊奉一条"山不见山"的不成文规矩，毕竟倒悬山本就是一方"山"字印。

陈平安叹了口气，跟随兴致勃勃的金粟走入法印堂。法印堂有三层楼，每一层都极为宽敞，分隔出大大小小的房间，数千枚法印分别悬停在一层层一排排的琉璃柜之中。有些法印已经孕育出充沛灵性，不断游弋撞击琉璃柜，砰砰作响，甚至还有法印灵气凝聚而成的寸余精灵，它们会在透明的琉璃柜后与人大胆对视。

陈平安在二楼一间"水"字印屋久久停留，不愿离去，金粟便自己去别处晃荡，他们约好一个时辰后在法印堂门口碰头。

陈平安注视的那方"水"字印，灵气如轻盈水雾化作一条溪涧，萦绕印章，印章底部篆刻有"银河垂落"四字。陈平安因为有一本李希圣注解详细的《丹书真迹》，对于古篆字已经认得不少。

听金粟说，法印堂的印章只收不出，不会卖给任何人。早年唯一一次差点破例，是皑皑洲的刘氏当代家主，扬言要一口气买下一层楼的印章。堂主不得不禀报孤峰大天君，后者的答复很简单，他从孤峰高楼处砸下一道剑气长虹，将猿蹂府的后花园销毁殆尽。当时还只是刘氏嫡子、尚未继承家主之位的年轻人，又腰仰头大骂孤峰老神仙，大意无非是老子有钱，你有本事再来。

然后大天君便洒下了一阵剑气大雨，直接将猿蹂府那个号称可挡剑仙百剑的大阵，打得点滴不剩。偌大一座世代经营的仙家猿蹂府，损失惨重。

好在并无一人受伤。

之后便有了一次脍炙人口的问答。那个年轻人脸色不变，只是转头询问老管事，那位天君行事如此跋扈，合乎规矩吗？老管事笑答，天君在倒悬山，就是规矩。

经此一役，倒悬山大天君的强横武力，以及皑皑洲刘家的雄厚财力，同时传遍天下。

陈平安之后没有登上三楼，直接下楼去法印堂外等待金粟。

金粟晚了一刻钟，看到背剑少年坐在台阶上发呆，致歉道："来晚了，因为三楼有一方印章新孕育出了一个极其玄妙的精灵，能够幻化成与它凝视的人物，特别好玩。好多人在那边排队呢，陈平安，不好意思啊。"

陈平安起身拍拍屁股，开颜一笑："咱们又不赶时间。"

当金粟在倒悬山第一次直呼陈平安的名字后，孤峰山脚的两个看门人——看书小道童和抱剑中年人，不约而同地睁开眼睛。

小道童从蒲团上站起身，走出广场，去往上香楼。抱剑男子则转过身，弯曲手指，对着镜面轻轻一弹，随后男子蓦然一笑，猛然拧转手腕，如同捞取某物，收回了先前的弹指传信，继续打瞌睡。

倒悬山并无术法禁制，那小道童一步跨出，就是数里之外。他来到一座紫烟袅袅流散的阁楼之前，大步走入其中。许多鱼尾冠道士见到这个粉雕玉琢的小道童，纷纷弯腰作揖，尊称其为师叔祖，甚至是太上师叔祖。

小道童脸色冷漠，没有搭理任何人。跨过大门后，他一挥袖子，将数名道冠、道袍迥异的敬香道人拍飞，使其瞬间飘往两侧墙壁之下，吓得这些中五境道士差点心神失守。小道童大步向前，一人独占烧香位置，从旁边案几香筒中拈出一支香。香案上，供奉有四幅画卷，道祖最高，以致香客稍不留神，就看不到这幅画卷。下边并肩悬挂着三位道士的画卷。居中道士悬挂桃符，左侧道士手持法剑、身披羽衣，右边道士头顶莲花冠。

巨大香案之上，只有一只供香客们插放香火的大香炉。

据说道士和心诚的善男善女在此敬香，有机会让另外那座天下的道祖和三清掌教知晓。几乎所有道士进入倒悬山后，第一件事情就是来上香楼点燃三支香。当然龙虎山天师府的道士肯定不会踏足上香楼半步。

头戴鱼尾冠的小道童，对着那位莲花冠掌教拜了三拜，将手中那支香插入炉中后，闭上眼睛，念念有词。忽然小道童愣了一下，他睁开眼后，觉得有些无聊，转过头去，看到了一个年轻人。小道童皱眉问道："身为中土陆氏子弟，你为何先去敬剑阁，而不是来此烧香?!"

年轻"女子"夷然不惧，笑道："咱们死心塌地认这位高高在上的掌教为自家老祖，可是老祖宗从来不曾认咱们是他的子孙啊。几千年下来，陆家烧了多少香火，不一样连半个字的答复都没有？我多烧一炷香，就有用了？"

小道童稚嫩脸庞上有些怒容："还敢在此放肆?!"

年轻人笑眯眯道："天君你又不是我陆家老祖宗一脉的道人，为何如此执着于这点外人礼数？"

小道童冷哼道："不知好歹的东西，滚出去！"

小道童一袖挥去，年轻人倒飞出去，摔落在上香楼外的街道上，呕血不止，他挣扎着坐起身后，仰起头，望着右侧那幅千百年来无动于衷的画像之人，大笑不已。

今日亦是如此无情。

历史上陆家一次次身陷绝境，一次次面临倾覆之危，画像之人，从未理睬。

小道童跨出门槛后，瞥了眼那个狼狈不堪的年轻人，一闪而逝。

陈平安在金粟带领下，于正午时分赶到了灵芝斋，见识过了那柄传说中的灵芝如意。陈平安看过了灵芝斋那些天价的法宝灵器，既没有购买，也没有卖方寸物里的一些东西。之后去往今天最后一处景点——师刀房。

师刀房的引人入胜，不在景观，而在于一堵墙壁上的一张榜单，榜单上记载着不同的悬赏赏格。悬赏对象千奇百怪，可能是南海岛屿的一头精魅大妖，某洲的一国君主，或是一位仙家长老，某些作乱的妖魔邪道，甚至就连婆娑洲的一位陈氏儒家圣人都在榜上。

这倒悬山师刀房不知何时沿袭下来的规矩，师刀房的人可以自己发榜张贴，其余任何人也都可以，但是张贴之人，必须将悬赏金额押在师刀房。没钱就敢胡乱发榜，那就得领教一下师刀房法刀的厉害了。

道老二这一脉道统，其中又有分支，法器一律为刀，这一支道人在中土神洲曾经闯下偌大名头，与墨家赊刀人不相上下，一个强横，一个神秘。

在浩然天下，比惹上剑修更麻烦的事情，就是跟悬佩法刀的这伙道人起纠纷，因为师刀房的道人一向出手果决，甚至可以说狠辣，他们斩妖除魔干脆利落，与练气士厮杀，同样不留情面。据传，一次师刀房的一位高功道士，与龙虎山一位出身天师府的黄紫贵人，碰到了一起，都要斩杀一头道行高深的邪魔。若是按照常理，俩人要么并肩作战，要么各自为战，要么避让一头，结果那师刀房道人一言不合，便拔刀相向，跟那位张家天师打得天翻地覆，师刀房道人重伤了天师之后，这才独自降魔。

当时这场风波在金甲洲闹得很大，以致天师府一位本姓师祖万里迢迢从中土神洲赶到倒悬山兴师问罪，最后又是一场巅峰大战，坐镇孤峰的大天君亲自出手，与那位辈分极高的张家天师战于倒悬山千里之外。只是最终胜负如何，外人不得而知。

灰尘药铺，今天担任店伙计的妙龄少女少了一个，正是那个掌柜郑大风还欠着她一本书钱的小丫头。

郑大风有些恼火，拍桌子说这丫头真是造反了，仗着自己漂亮水灵就敢无法无天。这位掌柜放出狠话，说她竟敢不请假不吱声就不来铺子干活，简直就是没把他这个玉树临风的掌柜放在眼里，要扣掉她那本书的三四十文钱。唠唠叨叨的汉子气咻咻的，可惜铺子里的妇人少女就没一个当真的，嗑瓜子的嗑瓜子，闲聊家长里短的继续闲聊，反正谁也不信掌柜真会扣工钱。

一位范氏老祖战战兢兢地来到药铺门口，一脸赔罪的惶恐神色。

郑大风脸色微变，立即收起比妇人还碎嘴的埋怨念叨，绕过柜台，走到门口，轻声道："就在这里说吧。"

老人叹息一声："郑大先生，今儿没来药铺的小姑娘，死了。"

郑大风"哦"了一声，面无表情。

老人误以为这位武道九境大宗师并未上心，松了口气。

郑大风挥挥手，示意老人可以走了。

郑大风坐在门槛上，不再说话。药铺里的妇人少女直觉敏锐，都察觉到了门口那边的气氛诡谲，一时间竟是谁也不敢大声喧哗，更不敢去跟掌柜插科打诨。

郑大风突然开口说道："哈哈，这回真不用还钱了。"可其实他脸上没有半点笑意。他望向巷子一处阴影："我信不过范家，人品和本事都信不过了，老赵你亲自去查一下。我等着你的消息。"郑大风站起身，就这么耐心等着。

老龙城，风起于青蘋之末。

倒悬山夜幕中。

孤峰山脚的广场上，除了继续翻书的小道童，以及到了晚上反而不再打瞌睡的抱剑男子，已经空无一人。

两根大柱后的镜面之中，突然走出一名英姿飒爽、腰佩长剑的少女。

她眉如远山。

这天去过了师刀房后，陈平安和金粟又去了敬剑阁。如此一来，今日行程绕路最少，不用走太多冤枉路。

先前在师刀房那堵贴了密密麻麻榜单的影壁上，陈平安找到了三个熟悉的名字：崔瀺、许弱、宋长镜。

其中崔瀺的榜单最多，有六张，发榜人来自四个不同的大洲，可想而知，这个昔年的文圣首徒在浩然天下是何等不受待见。

墨家许弱和大骊藩王的榜单各一张，悬赏理由都很奇怪。悬赏许弱之人，是一个署名"峥嵘湖碧水元君刘柔玺"的女子，字里行间，满是恨意，以及情意。悬赏宋长镜的那个人，署名为"金甲洲韩万斩"。此人可能是钱太多了没地方花，悬赏理由竟然是他觉得小小宝瓶洲，根本就不配拥有一位武道止境的大宗师。

陈平安和金粟在转身离去的时候，与街道上另一边的一行三人，遥遥擦肩而过。

陈平安忍不住多看了一眼，因为那个女子实在太高了。那个女子将满头青丝扎成了一条马尾辫，身材匀称，腰间悬挂着一把无鞘长剑。这把长剑像是新鲜出炉，在阳光映照下，折射出一阵阵雪白清亮的光线。

其实不光是陈平安，街道上的众人几乎无一例外，都在打量这名奇怪女子。

一名英俊男子与她并肩而行，窃窃私语，女子偶尔点头，极少说话。两人身后是一名中年扈从，杀气极重，难以遮掩，大概是七境以下的纯粹武夫，尚未凝聚金身，所以遮掩不住气机，若是七境以上的武夫，还能拥有如此气象，那就有些可怕了。

金粟哪怕走出去很远，还是忍不住转头，恋恋不舍地望向那名女子的背影。虽然那女子始终没说话，身上也没有华美衣饰，甚至没有倾国倾城的姿色，可是金粟就是羡慕这样的女子，说不清道不明。

有些人总是这么不一样，看了一眼，就能让人记住很多年。而有些人，哪怕看了很多年，也没在心头住下。

陈平安倒是没怎么留意，很快就继续走自己的路。他小口小口地喝着酒，想起了家乡的石拱桥，当然他想着想着，也想到了天上的那座金色拱桥，云海之中，一望无垠。

高大女子这一路从未打量过任何人。她一直走到了师刀房影壁前，仰起头，迅速浏览悬赏榜单，对大多数的榜单她兴致缺缺，懒得多看一眼，最终视线停留在最左上角的一张榜单上，她眼前一亮。

此次南下倒悬山，乘坐那艘自家王朝名下的渡船蜃楼，一路从中土神洲北方，飞过五大湖之一的峥嵘湖，掠过世间最大的山岳穗山，再经过婆娑洲，她始终待在屋内，翻阅一部某个覆灭王朝的库藏古书。静极思动，她便想着这次倒悬山淬剑之后，北归途中，找件事做做。

她伸手一抓，将那张悬赏榜单扯入手中，对师刀房大门方向淡然道："这份悬赏，我接了。"

那英俊男子之前顺着高大女子的视线看去，嘴里一直在碎碎念，当高大女子盯住这张榜单后，他便默念道："不要撕这张，不要撕这张，随便换一张都行……"

结果天不遂人愿，女子偏偏就撕下了这张不知已经张贴了多少年的老旧榜单。

男女身后的扈从满脸笑意，毫不意外，似乎早早知道会是这样。

英俊男子哭丧着脸道："国师，难道咱们真要去白帝城大闹一场？咱们附近的那个魔道巨擘,不是只比白帝城城主差几个名次嘛,同样在浩然天下十大魔头之列,国师为何不找他?一趟来回,说不定我刚好在皇宫为国师温一壶酒。虽说这个魔头近些年忌惮国师,已经隐世不出,还传出要搬迁宗门的消息——"

她笑着打断男子的言语:"我能够破境,那人功劳很大。忘了告诉陛下,他已经被我宰了。"

男人愣了一下,惋惜道:"国师为何不对其劝降招徕,若是有此助力……"

高大女子又笑了:"我说过啊。只不过他提了一个条件,要我给他做侍妾。我想了想,觉得比起端茶送水,还是做掉他更容易一些。"

男人先是哀叹一声,随即醒悟过来,捶胸顿足道:"国师,你与我直说,这些话是不是打架之前说的?"

女子略有愧疚,笑着拍了拍男子肩膀:"陛下英明。"

事后那个魔头在她脚下跪地求饶,磕头认错,她没有答应。离开那个满是尸体的魔教宗门后,她策马驰骋于山间小道,手中长枪的枪头还挂着那颗头颅。她本想将头颅拿去京城皇宫给陛下瞧一眼,让他看看他心心念念的大魔头到底长什么样,可一想到皇帝多半要埋怨自己不为大局考虑,便一抖手腕,将那颗头颅从枪头上甩掉,如此一来,就当作什么都没有发生过好了。

男人心疼得有点麻木了,有气无力道:"那我赶紧让人给京城传信,要他们为国师搬来那副铠甲。白帝城城主太过无敌,国师不可掉以轻心。"

女子摇摇头,眼神炙热:"若是跟白帝城城主来一场生死大战,穿与不穿那副金银台铠甲,其实没什么两样。陛下没必要多此一举。"

男人语气沉重道:"求你很多次了,我再求你一次,别分什么生死,分出胜负就行,然后跟人家白帝城城主看看彩云,下下棋,在大河畔散散步……"

高大女子瞥了他一眼,笑道:"陛下是想白帝城城主有朝一日能够入赘我们王朝?"

男子伸出大拇指,厚颜无耻道:"国师算无遗策!"

女子淡然道:"我此生所嫁,唯有武道。"

男子叹息一声,不再多说什么。

当高大女子揭下这张榜单后,师刀房没有任何人出门应酬,影壁附近所有看热闹的练气士都已作鸟兽散。

中土神洲最新的十大高手,都是在最近百年间现世过的山巅之人,否则就会被排除在外。原本十位全是上五境练气士,如今却有了一位女子武神,而且人数变成了九人。

这是浩然天下历史上,纯粹武夫第一次跻身此列,而且那位女子武神,一鼓作气冲入了前五。

第四人，正是白帝城城主。

高大女子转头对身后那名扈从说道："宝瓶洲之行，你替我去，若是人家实在不愿意交出那把剑鞘，就算了，你不用强人所难。"

扈从点点头。

进入敬剑阁之前，陈平安和金粟各怀心思，陈平安是想要去看看，敬剑阁内有没有那个斗笠汉子的佩剑？如果有，是叫什么名字？被其斩于剑下的上五境大妖到底有几头？而金粟则是去瞻仰那些女子剑仙佩剑的风采。

两人各有所求，于是分头行事，各看各的。

敬剑阁分上下两层，上层的佩剑仿品并不对外开放，而下一层可以一直往里走。因为敬剑阁仿品，是按照每千年斩妖战绩分到不同屋子摆放的，所以每间屋子的仙剑数量不一，但是没有任何一间屋子显得空荡荡。陈平安一路看去，记住了一个个古老的名字，然后得出一个结论，能够在剑气长城上刻字的人的剑，应该是秘密供奉在二楼了。

敬剑阁的陈设极为用心，除了将每一把佩剑仿品搁放在各有特色的剑架之上，剑架之后还有半人高的剑仙画卷。说是画卷，其实并不准确，剑仙肖像由白雾凝聚而成，纤毫毕现。

虽然男子剑仙的佩剑仿品更多，可是陈平安看得快，而金粟看得慢，结果到最后，陈平安和金粟在最后一间屋子刚好碰头。而且更凑巧的是，两人几乎同时肩并肩站立，一人望向男子剑仙的茱萸，脸色微变；一人凝视着女子剑仙的幽篁，眼神复杂。

关键在于这两位剑仙，皆无人像画卷。

突然有人挤开陈平安，骂骂咧咧，那人朝剑架和仿品吐了口唾沫，顺带着对驻足此地的陈平安也没有好脸色，又说了一通让陈平安满头雾水的言语，似乎发现陈平安听不懂，愤愤离去。

金粟叹息一声，道："走吧。"

当初在落魄山竹楼外，陈平安听魏檗提起过这段往事，剑气长城外，一对男女剑仙轰轰烈烈地战死，极其悲壮，两位功勋卓著、剑法通天的大剑仙，竟然都被大妖阵斩于众目睽睽之下！

阵斩！两人皆是。

陈平安望着那个男子剑仙的姓名，再转头看了一眼女子剑仙的姓名。

金粟疑惑道："陈平安，还不走吗？"

陈平安"嗯"了一声："你先回客栈吧，我打算再看一遍敬剑阁，反正这里十二个时辰都不关门。"

她问道:"认得回去的路吗?"

陈平安还是没有抬头,点头道:"认得的。"

金粟有些奇怪,却也只当这个一天到晚背着剑匣的少年,太憧憬那座天下的剑仙,不舍得离开。她走出这间位于走廊最尽头的屋子,路过一间间屋子,好似光阴逆流,百年千年万年。

来敬剑阁敬仰剑仙的外乡客人很多,大多客客气气的,哪怕陈平安一直站在茱萸仿品之前,蹲着茅坑不拉屎,也没多说什么。可也有脾气如之前那人一般差的,对着茱萸、幽篁这两把曾经总计斩落十一个上五境大妖的剑仙佩剑,不是嗤之以鼻,就是冷嘲热讽,或是干脆就朝着剑架和仿品吐唾沫。

陈平安听不懂他们在说什么,但是他能感受到那些人的愤怒、讥讽、冷漠、嘲笑和幸灾乐祸……

陈平安不喜欢这种感觉,就像当初在桂花岛外的海面上,好像整个世界,只剩下了恶意。

陈平安被一个魁梧汉子撞开,那人大步向前,就要一拳打烂剑架。就在此时,一个鱼尾冠中年道姑凭空出现,微笑道:"不可毁坏敬剑阁藏品,违者后果自负。"

那汉子悻悻地收起拳头,问道:"吐口水行不行,犯不犯倒悬山规矩?"

道姑笑而不语。

汉子心领神会,朝剑架吐出一口浓痰,转头就走。

旁边有人拍手叫好,魁梧汉子越发觉得自己有英雄气概,做了一件大快人心的事情。

陈平安还是什么都听不懂。

他默默走到这间屋子一处墙根,蹲着喝酒,在游客稀少的每个间隙,他就会迅速起身,去擦拭茱萸、幽篁的仿品和剑架上的那些唾沫,迅速擦干净后,就又回到墙根去喝酒。久而久之,便有人误以为背剑少年是敬剑阁的杂役,负责看管这间屋子,免得那两位剑气长城罪人剑仙的仿品给人打烂。

陈平安在这间屋子里一直待到了晚上,游人越来越稀少,所以他起身的次数就越来越少。

夜幕中,已经足足半个时辰没有人来到这间屋子了。陈平安这才离开敬剑阁,坐在外边的台阶上,握着养剑葫芦,却不再喝酒,嘴唇紧紧抿起。

男子剑仙,姓宁;女子剑仙,姓姚。

曾经有个姑娘,对陈平安这样介绍自己:"你好,我爹姓宁,我娘姓姚,所以我叫宁姚。"

在与正阳山搬山猿一战的时候,那个姑娘的言语之中,分明透露出她的父母还健在,而且她在骊珠洞天从头到尾的表现,也完全不像是失去爹娘的人。所以哪怕魏檗在落魄山提及剑仙眷侣的阵亡之事,陈平安也根本就没有往那个姑娘身上去想。

其实回头来看,早有蛛丝马迹。

她不喜欢提及剑气长城上那个"猛"字。她说以后自己的男人,一定要是天底下最厉害的大剑仙,没有之一。她早早就孤身一人游历浩然天下,要人帮她铸一把好剑。

陈平安双手抱膝,坐在台阶上,背后剑匣装着他命名的降妖和除魔,腰间养剑葫芦装着还是他命名的初一和十五。脚上的草鞋,也是一双。

少年背对着的那座敬剑阁,最里头屋子里的茱萸、幽篁,也依然是相依为命的。

陈平安在台阶上坐着,不知发了多久,只是两眼无神地怔怔望向前方。他猛然回神,发现不远处站着一位姑娘。

她眉头微皱,开门见山道:"陈平安,寄到我家的信,为什么不是你写的,而是阮秀写的? 你怎么回事!"

陈平安好似给天雷劈中,答非所问道:"好久不见,宁姑娘。"

她看着对方那副傻样,叹了口气,有些无奈,坐在陈平安身边,没好气道:"好久不见? 这才多久。"

陈平安想了想,然后挠挠头。

不知为何,陈平安感觉已经过了很久。

走了千万里,练了百万拳。

她瞥了眼这个正襟危坐的家伙,再瞧了眼他背后的剑匣,突然笑了起来,忍不住说道:"陈平安,你是一个……"

宁姚莫名其妙地发现这个天不怕地不怕的傻子,没等自己把话说完,就吓得汗都流下来了。

陈平安不等宁姚把话说完,就火急火燎地让宁姚等会儿,然后他转过头去,摘下养剑葫芦偷偷喝了口酒。

宁姚有些摸不着头脑。难道这个家伙做了什么对不住自己的事情? 比如从骊珠洞天一路起来倒悬山,欠了一屁股债,都记在了她宁姚的头上? 比如他早早将那个《撼山拳谱》弄丢了,只练了几千拳就觉得练拳没出息,所以如今背了剑匣,开始练剑了,最后又觉得练拳练剑都很没出息?

又或者陈平安闯荡江湖,傻人有傻福,有一大帮缺心眼的红颜知己,如今正在客栈等他?

宁姚想东想西,想南想北,唯独没有想过陈平安是不是把阮邛铸造的那把剑给丢了。

这怎么可能呢? 千山万水,春夏秋冬,他一定会把剑送来的。

宁姚身后的敬剑阁，是剑气长城的万年精气神所在。陈平安当时蹲在墙根，想了许多乱七八糟的事情，比如书上记载的诗词佳句中，有"遍插茱萸少一人"，有"独坐幽篁里"，有阿良和那个"猛"字，有雷池重地那些历史更加悠久的刻字，陈平安甚至想过两人第一次重逢的情景，绝不是这样傻乎乎坐在倒悬山台阶上，然后就见到了她。

喝过了酒，陈平安突然站起身，走到台阶下，面对宁姚。宁姚好整以暇地坐在台阶上，身体后仰，手肘懒洋洋地抵住高处的台阶，她双眼眯起，一双狭眉越发显得修长动人。陈平安看到这一幕后，竟是一个字都说不出口了，转过头，又喝了口酒。

陈平安刚要开口说话，宁姚突然长眉一挑，坐直身体，问道："陈平安，你什么时候变成酒鬼了?!"

那些好不容易才鼓足勇气、好似登山一般艰难爬到嘴边的言语，都被吓回了肚子，仿佛坠崖身亡，一个个摔得粉身碎骨。

陈平安哀叹一声，蹲在地上，默不作声，双手挠头。

宁姚站起身，笑道："陈平安，你个子好像长高了欸?"

陈平安猛然起身，伸手示意宁姚不要走下那一级级台阶："宁姑娘，你等我把这句话说完!"少年高高扬起头，挺起胸膛，攥紧酒壶，望向那个身穿一袭墨绿长袍的姑娘。

宁姚眨了眨眼睛，似乎猜不出陈平安葫芦里卖的是什么药。

陈平安说道："宁姑娘……"他赶紧摇摇头，换了一个称呼，"宁姚，我喜欢你。"

宁姚坐回台阶："你有本事说大声一点。"

陈平安便扯开嗓子喊了一句："宁姚! 我喜欢你!"

宁姚问道："你谁啊?"

陈平安笑容灿烂，再没有半点拘谨，豪气干云道："大骊龙泉陈平安!"

虽然陈平安也知道，最稳妥的做法，是把剑送给宁姑娘之后，再相处一段时间，最好再见识过宁姑娘土生土长的家乡，以及她在剑气长城的朋友，再决定要不要说出口。最坏的结果，也就是宁姚不喜欢他，但是说不定还可以和宁姚做朋友。

可是陈平安不愿意这样。

宁姚再次站起身，她神色古怪，问了陈平安一句："喜欢一个人，这么了不起啊?"

陈平安一头雾水，完全不知道如何作答。

被人告白之后，世上的姑娘都会问这么个问题吗? 陈平安忍不住有些埋怨梳水国宋老剑圣和桂花岛老舟子的师父，一个乌鸦嘴，一个死活不肯传授江湖经验。

宁姚一步跨下台阶，来到陈平安身前，伸出一只手："拿来。"

陈平安"哦"了一声，解开绳结，摘下背后的木匣，抽出那把圣人阮邛铸造的长剑，递给眼前的姑娘。

宁姚接过那把长剑后，没有拔剑出鞘，查看锋芒，她将长剑悬挂在腰间右侧，径直走向前，与陈平安擦肩而过。

陈平安猛然转头望去，只看到她抬起一条手臂，轻轻挥手作别。

陈平安嘴唇微动，却没能说出什么，因为他所有的力气和胆量，都用在之前那句话上了。

他久久不愿转头，不愿收回视线。

她愈行愈远，身影逐渐消失在夜幕中。

陈平安转过头，走向台阶上自己原先坐着的位置，开始碎碎念叨，说那些来不及说出口的言语。

宁姑娘，最近还好吗？

宁姑娘，我这趟出门，见识了很多很多有趣的事情，说给你听听吧？

宁姑娘，你一定想不到吧，我当初答应你练拳一百万遍，现在只差两万拳了。

宁姑娘，你知不知道，当时在泥瓶巷祖宅，你笑了，我就觉得自己是天底下最有钱的人。

宁姚，我见到了阿良，可是齐先生走了。

宁姚，我去过了黄庭国、大隋、彩衣国、梳水国、老龙城……去过了很多的地方。见过了很多的姑娘，可是她们都不如你好看。

宁姑娘，你以前问我喜不喜欢你，我说没有这么喜欢，你好像并没有不开心，可是如今我有这么喜欢你了，你好像不太开心，对不起。

宁姑娘，遇见你，我很高兴。

孤峰山脚的白玉广场上，头戴鱼尾冠的小道童继续坐在蒲团上翻书。这几日是青冥天下的重要斋戒日，所以通往剑气长城的这道大门，需要后天子时才会重新开启，否则这里就是倒悬山最热闹的地带之一。

因为这里只过人，不过货物。真正的中转枢纽，在倒悬山的山腹之中。

包括捉放亭和上香楼在内的八个渡口，各有一条倾斜向下的大路通往山腹，早年为了是否需要凿开山壁，在山腹之中建造新的大渡门，是否要请示青冥天下的那位掌教师尊，师兄弟二人起了争执。倒悬山大天君认为大势所趋，倒悬山为什么要放着那么多香火钱不挣？真实身份除了看门人之外，更是倒悬山坐第二把交椅的小道童，则觉得倒悬山的破土动工，只要涉及"山"字印本体，哪怕一丝一毫，就是对师尊的大不敬。

当时两人争吵不休，甚至不惜为此大打出手，事后他们各自在上香楼点燃三炷香，惊动了常年待在天外天的掌教师尊。师尊返回青冥天下的白玉京，然后亲自颁布了一道旨意，这对师兄弟方才消停。在那之后，原本权位几乎不输师兄的小道童一气之下，就不再处理任何倒悬山事务，全部甩给大天君，自己就守着这么一个蒲团。

坐在拴马桩上的抱剑男子,整个大白天都在酣睡,到了晚上反而清醒得很,眼神明亮得如同皎皎明月,满脸看热闹的笑意,左右张望,似乎在等人。左等右等,没有等到人,他便有些不耐烦,跳下拴马桩,绕过镜面大门,来到小道童旁边蹲着,耳畔唯有小道童慢悠悠的翻书声。

小道童最近心情本来就很糟糕,他虽是大天君这一脉的道人,却与三掌教陆沉关系亲近,见到那个姓陆的娘娘腔就烦;小娘娘腔口气怎大,更烦;师兄大天君跟人打架打输了,还是烦。

天底下怎么就有这么多烦心事?

还没有被陆沉骗到倒悬山之前,他待在那座白玉京,可没有这么多烦心事,每天陪着陆掌教在顶楼的栏杆上散步,眼巴巴等着师尊从天外天返回白玉京休养生息,偶尔运气好,还能遇到百年难遇的道祖老爷。道祖老爷是个大忙人,很少出现在白玉京,要么在不知名的秘境云游,帮忙稳固气运,将秘境打造成可供修士居住修道的洞天;要么在那座小莲花洞天观道。道祖老爷当然已经不需要悟道了,所谓观道,按照自家师尊的说法,也只是观看别人的小道罢了。

小道童受不了身边的抱剑汉子:"归根结底,不就是个小姑娘嘛,有什么好瞧的。"

抱剑汉子笑道:"你不懂,我这戴罪之身,在此受罚,难得有点小兴趣。"

小道童合上书,咧嘴笑道:"哟,小兴趣?多小?"

中年男子摇头叹息道:"跟你这种家伙聊天,真没啥意思。"汉子又补了一句,"还是咱们隔壁那一对,比咱们合得来,这不现在都已经开始小赌怡情了。"

小道童这才有了点兴致:"赌什么?"

抱剑汉子试探性问道:"蒲团借我一半坐坐?"

小道童纹丝不动,冷笑道:"你觉得呢?"

汉子不再纠缠这点,继续道:"隔壁老姚在跟那位佩刀的道姑赌,天亮之前,小姑娘返回剑气长城的时候,是一个人还是两个人。"

小道童问道:"就不能是一个都不回?"

抱剑汉子摇摇头,望向远方:"她一定会回剑气长城的。"

小道童问道:"因为宁、姚两个姓氏的荣光?"

汉子叹息一声,神色复杂。

小道童眼睛一亮,随手挥袖,心中以宝瓶洲口音默念两个名字后,有两道青色符箓随手而生。

抱剑汉子一弹指,将那两缕比青烟还缥缈的符箓击碎,没好气道:"非礼勿视,非礼勿闻。"

两道符箓,一张天地回声符,一张清风拂面符。前者能够在天地间快速游弋,只要有人交谈时涉及画符之人默念的文字,这张符箓就可以悄然记录对话。后者则可以找到符箓所绘的人物,传回一幅幅画面。

两者品秩很高,极难画成,在山上属于鸡肋,因为天地回声符也好,清风拂面符也罢,遇上术法禁制、煞气浓郁的地方,会急剧消耗符箓灵气,例如门神坐镇的大宅、文武庙、城隍阁、乱葬岗等。符纸材质越好,引起的动静就越大。动静太大,被修士察觉后,自然会被视为挑衅,循着蛛丝马迹,很容易就找到画符之人,最终引起纠纷。所以这两张符箓,只适合于"无法"之地的游荡侦察。

不过小道童在倒悬山自家地盘驾驭这两道符箓,当然没有任何问题。只可惜被那位倒悬山剑仙弹指破去。

抱剑汉子问道:"赌不赌?"

小道童兴致缺缺,摇头道:"不赌,你这个烂赌鬼,赌品之差,在倒悬山能排进前三。我跟你赌,赌输了,我肯定给你东西;赌赢了,肯定拿不到东西。赌什么赌,不赌。"

汉子意态萧索:"我这辈子算是没啥盼头了,就连当个赌鬼,都不能排第一。"

小道童想起一件有意思的事情,笑嘻嘻道:"你算好的了,瞧瞧敬剑阁里头那两把破剑,再回头看看自己,路过此地的各方人士,不论是剑气长城的还是浩然天下的,谁不对你毕恭毕敬? 在他们看来,你这位活着的大剑仙放个屁都是香的。"

抱剑汉子没有恼火,自嘲道:"这么说来,我在这儿看门,确实不该有什么怨言。"

小道童放下书,双手抱住后脑勺,仰头望向天幕。

汉子喃喃道:"对于市井百姓而言,离家一百年后,家乡差不多就该变成故乡了。对于练气士,一千年怎么也够了,那我们这拨一万年往上的刑徒流民呢?"

小道童没有回答这个问题,他回答不了。

倒悬山夜幕深沉,大门那一边,烈日高悬。同样有两人坐镇门口,还是剑气长城和倒悬山各一人。

一名灰衣老剑修正在光明正大地淬炼本命飞剑,旁边站着一位悬佩法刀的中年道姑。

道姑皱眉道:"宁丫头私自去往倒悬山,不合规矩,到时候大天君问责下来,我就实话实说了。"

老剑修点头道:"照实说便是,由我担着。"

远处走来一群少年少女,俱是剑气长城鼎鼎有名的宠儿,人人出身煊赫,都可谓天之骄子。在最近的这场大战之中,不到三年时间,这拨孩子已经出征三次,其中也少了两人,一个绰号为小蛐蛐的少年,是战死在城头以南的沙场上;一个是历练完成,返回了儒家学宫。

俊美少年腰间悬佩两把长剑,一把有鞘,名经书;一把无鞘,名云纹。

一个胖子少年,天生一副笑脸,却杀气最重,腰间佩剑紫电。

一个独臂少女,背着一把不合身的大剑镇岳。

一个面容丑陋、满是疤痕的黝黑少年,佩剑红妆。

老剑修看到这帮兔崽子,没个好脸色,继续炼剑。倒是跟剑气长城各大家族没有半点渊源的师刀房道姑有些由衷的笑脸,跟这些孩子打招呼。

说这些家伙是孩子,也只是因为他们的个子和年龄,其实他们的锦绣前程、未来的成就高度,几乎整座剑气长城的人都看得到。他们走上城头,再走下城头去往南方的战场,亲身经历一场场厮杀,其实已经赢得了足够的敬重。

在剑气长城,不管你姓什么,都需要赶赴战场。

当然也会有些区别,就在于护阵剑师的修为境界。贫穷门户的少年少女剑修,只能老老实实接受剑气长城安排的剑师,而那些大姓家族的子弟,身边肯定会有人秘密跟随,多是暂时没有任务在身的强大扈从。不过除非身陷必死境地,否则这些人不会轻易出手相助。

剑气长城以北的土壤,一寸一寸都浸透着从古至今代代传承的剑气;以南,则一寸一寸都渗透着祖祖辈辈的鲜血。

这拨人性情各异,胖子纠缠着师刀房道姑,模仿某人说着蹩脚的荤话,结果反而被那位倒悬山道姑说成呆头鹅;独臂少女使劲盯着老剑修的炼剑手法;俊美少年一脸不悦;黝黑少年则木然望向那道大门,听说咫尺之遥,就是另外一座天下了,而且在那边,日月都只有一个,那边的风景山清水秀,少年实在无法想象什么叫山清水秀。

俊美少年以双手手心不断拍打剑柄,显得有些不耐烦,他埋怨道:"要是见着了那个家伙,我怕我会忍不住一剑砍过去,到时候你们一定要拦着我啊。"

胖子嘿嘿笑道:"拦什么拦,砍死拉倒。到时候你再被宁姚剁成肉酱,一下子少了两个碍眼的家伙,岂不是一举两得。放心,经书和云纹两剑,我会帮你保管的。"开过了玩笑,胖子少年有些无奈,"关于那个家伙,宁姚不愿多说,翻来覆去就那么几句话,骊珠洞天的傻子,烂好人,财迷……我怎么觉得,还是学宫的书呆子更讨喜一些呢?人家好歹跟咱们并肩作战了多次,还救过董黑炭一次,勉勉强强配得上宁姚。"

丑陋少年狠狠瞪了眼胖子。后者哪里会怕,抛了个媚眼回去。

俊美少年问道:"会不会是咱们想多了啊,就宁姚那性子,这辈子能喜欢上谁?"

独臂少女认真想了想,惜字如金的她盖棺论定道:"难!"

倒悬山后半夜,一个身穿墨绿长袍腰悬双剑的英气少女出现在孤峰山脚附近,她看也不看抱剑汉子和小道童一眼,径直走入镜面。

刹那间,她又由镜面走出,烈日当空,她抬起头,下意识眯起了眼睛。

大门内外,抱剑男子和小道童,灰衣老剑修和师刀房道姑,不约而同地对视了一眼。

至于那些少女的同龄人——对她充满了仰慕和敬重的朋友们,一个个没心没肺地如释重负,觉得只有宁姚一个人返回剑气长城的今天,天气真不错。

走着走着,黑炭似的董姓少年转头道:"宁姐姐?"

宁姚"嗯"了一声,加快步伐,跟上他们,然后又越过他们。

欢声笑语的四人便沉默了下来。

倒悬山敬剑阁外,陈平安站起身,打算返回鹳雀客栈。

就在他起身后,远处走来一对夫妇模样的中年男女,穿着素雅,相貌皆平平,他们面带笑意,只是瞥了他一眼,就望向了身后的敬剑阁。

陈平安低头别好那枚其实一直没有喝的酒葫芦,就要离去。

那个妇人柔声笑道:"我们是第一次逛敬剑阁,听说这里很大,有什么讲究和说法吗?"

陈平安停下脚步,略作思量,点点头:"不然我带你们逛一下?"

男女相视一笑后,俱是点头:"好的。"

陈平安其实有些意外,难得在倒悬山遇到会说宝瓶洲雅言的人,只是走了这么远,晓得僧不言名,道不言寿,遇上陌生人,贸贸然询问对方是何方人氏,好像并不妥当。

陈平安带着那对夫妇走入敬剑阁,将金粟告诉他的,再告诉夫妇一遍。陈平安从小就记性好,一间间屋子的仙剑仿品和剑仙画卷,只要是上了心的,陈平安第一时间都能给夫妇说出姓名、剑名和大致履历。

带着夫妇游览过去,陈平安心里生出了一个念头,既然用过了剑,那就在倒悬山多待一段时间,将敬剑阁里某些有眼缘的剑仙和仙剑,都一一记录下来,以后回到落魄山竹楼,无聊的时候可以拿出来翻一翻。就像那些刻着美好诗句、人世道理的小竹简,在太阳底下晒着它们的时候,哪怕远远看着,陈平安都会觉得格外舒服,心里暖洋洋的,好像阳光不是晒在小竹简和文字上,而是晒在了自己的心头上。

摘抄临摹的时候,刚好可以练字,就是不知道倒悬山的笔墨纸,会不会很贵。

那个年轻妇人笑道:"你的记性很不错。"

陈平安收起思绪,咧嘴一笑。这点本事,在山上算不得什么,想来这个夫人肯定是在客气寒暄。

陈平安这次还真是妄自菲薄了,因为那对眼力极好的夫妇已经确定,陈平安每次望向某一柄仙剑仿品的时候,便已经胸有成竹,这叫眼光未到,心意已至。这是剑修的一个著名瓶颈，决定了剑修的最终高度，是被飞剑拘役本心的小小剑修，还是驾驭万千剑意的大道剑仙。

走过了大半屋子，陈平安还是不厌其烦地跟随着看得仔细的夫妇。那个从头到尾没怎么说话的男人，突然说道："我先去前边等你们。"

妇人点点头，继续跟陈平安闲聊。陈平安虽然来过一趟敬剑阁，但是对于剑气长城，除了墙壁上这些名垂千古的剑仙，其实几乎不了解。反倒是那个慕名而来的妇人，娓娓道来，说了好些剑仙的传说事迹，比如姓董的开山老祖，佩剑之所以名为"三尸"，可不是他信奉道教，而是他曾经孤身进入妖族天下的腹地，一路上斩杀了三头上五境大妖，董家因此在剑气长城崛起。后来董家历任家主，几乎都曾亲手斩杀过玉璞境甚至是仙人境的大妖……

既然聊到了董家，妇人就兴冲冲地带着陈平安，去找那把名为"竹篾"的仙剑的仿品。佩剑主人是董家的一位中兴之祖。当时董家本来已经香火凋零，家主被一个大妖重伤致死，家族内出现了青黄不接的境况。有一位年纪轻轻的董家金丹境剑修，毅然决然地带着一把祖传的一丈高，走上了老祖走过的那条斩妖之路。在所有人都不看好的情况下，这位剑修一人一剑于两百年后返回剑气长城，还背着一只竹篾，竹篾里装着一头十三境大妖的头颅，而他在登上城头之前，以已经接近崩碎的佩剑一丈高，在剑气长城上刻下了那个"董"字。

在那之后，此人新铸一把佩剑，取名为"竹篾"。董家从此一直是剑气长城最有分量的姓氏之一。

妇人得知少年姓陈之后，便笑着问陈平安有没有注意到那把"飞来山"。

陈平安笑容腼腆，有点难为情。因为这把名字古怪的仙剑的主人姓陈，所以陈平安尤为留意，记得一清二楚。事实上只要是姓陈的剑仙，陈平安连仙人带佩剑，都记得很用心。若是学过绘画，或是身边有桂花岛画师那样的丹青妙手，陈平安都想在接下来的一段时间，将这些剑仙的模样一起搬回落魄山。

妇人笑着为陈平安挑选了几位陈氏剑仙，说了那些荡气回肠的故事。

以言语说来，而不是言简意赅的寥寥几句记载，故事往往会变得十分精彩，像是光阴长河之畔的一道道丰碑，一株株依依杨柳，后世人站在树下就能感受到它们的树荫，树荫之外，狂风暴雨，那一段岁月河流，汹涌澎湃。

原本打算以后都不再喝酒的陈平安，又情不自禁地喝起了酒。

不被喜欢的姑娘喜欢，是一件很伤心的事情，可天没有塌下来，该怎么活，还得怎么活。这是陈平安重返敬剑阁后，突然想明白的一件事。

但是陈平安不会在了解了这么多剑仙风采后，就觉得自己的这桩伤心事，是什么无足轻重的小事。

这比在落魄山竹楼被打得生不如死，还要让他觉得难受。

两种难受，不一样。前者熬过去，就熬过去了；可是后者的难受，一天，一个月，一年，十年百年，甚至可能一辈子都未必熬得过去。

最奇怪的地方，是陈平安一想到如果将来有一天，自己喜欢上别的姑娘，就会更加难受。

不知不觉中，从一开始陈平安的领路，到最后妇人大篇幅的描述讲解，自然而然，两人都没有觉得有什么不妥。

陈平安看到了那个男人，他站在最后一间屋子门口，笑望向自己和妇人。男人不爱说话，之前一路同行的时候，只是偶尔打量一眼陈平安。

他们走入最后那间屋子，走到了茱萸和幽篁的剑架那边，妇人惊讶地"咦"了一声："怎么这两位没有画像了？听说茱萸剑的主人，是剑气长城很英俊的男子啊。"

陈平安有点尴尬，小心翼翼地瞥了眼身旁的男子，可莫要打翻醋缸子啊。

不承想男人立即还以颜色："幽篁的女主人，也是一位天下少有的大美人。"

陈平安顿时为妇人打抱不平，女子开几句玩笑，又能如何？你身为男人，就该大度一些啊，怎能如此针锋相对？

妇人白了一眼自己男人，对陈平安笑道："这次谢谢你领着我逛了敬剑阁。"

陈平安摆手道："没事没事，我自己都爱逛这里，以后几天还要来的。"

男人眯起眼道："听说敬剑阁有个小傻子，喜欢给这两把剑和剑架擦拭口水，该不会是你吧？"

陈平安不愿节外生枝，便装着一脸茫然，使劲摆手："不是不是，我怎么会那么傻呢？"

妇人偷偷一脚踩在男子脚背上，然后对陈平安道："我们要走了，你要不要一起离开这里？"

男人突然问道："看你也是个爱喝酒的，你想不想喝酒？我知道有个喝酒的好地方，价廉物美，不是熟人不招待。"

陈平安摇摇头。

男人没好气道："请你喝酒你就喝，在倒悬山还怕有歹人？再说了，你看我们夫妇二人，像是垂涎你一把破剑、一只破养剑葫芦的人吗？"

陈平安又有些尴尬，这个男人，说话也太耿直了些。

男人又挨了妇人一脚，妇人埋怨道："是谁说最恨劝酒人了？"

男人不敢跟自己妻子较劲，就瞪了眼陈平安。陈平安对妇人展颜一笑。男人越发气恼，却已经被妇人拽着走向屋门口。

三人一起走出敬剑阁，走下台阶。

男人憋了半天，问道："真不喝酒？倒悬山的忘忧酒，整座浩然天下的酒鬼酒仙都想喝，据说是当年儒家礼圣留下的独门酿酒法子，过了这村儿就没这店儿，你小子想好了再回答我。"

陈平安低头看了眼养剑葫芦，里头是没剩下多少桂花小酿了。

男人啧啧道："小子，就你这婆婆妈妈的脾气，估计找个媳妇都难。"

这一刀子真是戳在陈平安心窝上，他心想，老子就是太婆婆妈妈了，现在才跟一个孤魂野鬼似的，大半夜还在倒悬山游荡，不然说不定现在还在跟宁姑娘散步赏景呢！

陈平安冷哼道："不喝酒！没媳妇就没媳妇！"这算是陈平安难得地发脾气了。

陈平安偏移视线，对着那位夫人，他的脸色就好太多了，他拱手抱拳道："夫人，后会有期。"

年轻妇人微笑道："倒悬山的忘忧酒，是该尝一尝，便是寻常的玉璞境练气士，也一杯难求。我们是跟那边的店掌柜有些香火情，才能进酒铺子喝酒。你如果真喜欢喝酒，就不要错过。嗯，哪怕不喜欢喝酒，最好也不要错过。"

陈平安有些犹豫。

男子开始告刁状了："瞅瞅，扭扭捏捏，你喜欢得起来？反正我是不太喜欢。"

陈平安黑着脸，心想老子要你喜欢做什么。其实陈平安今夜就像一个大醉未醒的汉子，脾气实在算不得好，毕竟泥菩萨也有火气。

妇人不理睬小肚鸡肠的男人，拍了拍少年的肩头，打趣道："走，一起喝酒去。到时候你只管喝酒，别理这个家伙的唠叨。酒杯最大；山高水远，酒水最深。"

陈平安挠挠头，便跟着妇人一起前行。男人跟在两人身后，回望一眼敬剑阁，扯了扯嘴角。

一位负责看守敬剑阁的倒悬山道姑，在被人一把甩出敬剑阁后，来到孤峰山脚的广场上，对着那位正在翻书的小道童泫然欲泣，向这位自家师尊控诉那名男子的罪行。小道童心不在焉地听完道姑的愤懑言语，问道："你还不知道他是谁吧？"

这位金丹境的道姑茫然摇头。

小道童点点头："那就是不知者无罪，你走吧。"

道姑越发疑惑。

后边拴马桩上那名抱剑汉子幸灾乐祸道："教不严师之惰。"

小道童怒道："放屁，这是儒家的王八蛋说法，我这一脉从不推崇这个！做人修道，什么时候不是自己一个人的事情？！"

道姑吓得瑟瑟发抖，待在原地，低眉顺眼，丝毫不敢动弹。

抱剑汉子非但没有见好就收，反而火上浇油，嬉笑道："难怪上香楼里头，你们道祖老爷的画像挂那么高，距离你们的三位掌教，隔着十万八千里远。"

小道童一个蹦跳站起身："你找打？"

抱剑汉子哈哈笑道："幸好你没说'你找死'，不然我就要批评你胡说八道了。我这个人别的优点没有，就像阿良说的，就是直肠子，所以拍马屁和揭人短两件事，阿良都说我在剑气长城是排得上号的。"

小道童气得咬牙切齿，双手负后，在那个大蒲团上打转，喃喃自语："你以为你是这边的阿良？你一个土生土长的那边流民……如果不是师尊告诫，要我与人为善，我今天非把你打得面目全非，才不管你是不是在这边受到天地压制，跌了半个境界。胜之不武咋了，打得你一年不敢见人，那才痛快，打得你就跟当年孤峰上边的师兄一样……看你不顺眼好几年了……"

那个本想着让师尊帮她撑腰的道姑，看到破天荒发怒的师尊，悔青了肠子，自己就不该走这一遭。尤其是当师尊不小心泄露了一些天机之后，道姑觉得自己在倒悬山的日子，不会很好过了。

那位坐镇中枢孤峰的师伯大天君，可能懒得搭理自己，可是他的大弟子，那位手捧拂尘的蛟龙真君，如今的倒悬山三把手，可是出了名的尊师重道，一定会让她把小鞋穿到地老天荒的，一定会的……

道姑欲哭无泪，为何自己摊上这么个从来不护犊子的师尊啊。

敬剑阁外的街道上，陈平安莫名其妙地跟夫妇两人逛完了敬剑阁，又莫名其妙地跟着两人去那什么酒铺子喝什么忘忧酒。

好像过了很久，又好像不到一炷香工夫，三人就来到了一间尚未打烊的酒铺。酒铺生意冷清，铺子里竟然一个客人都没有，只有一个趴在酒桌上打盹的少年店伙计，一个在柜台后逗弄一只笼中雀的老头子。

老掌柜瞥了眼夫妇二人："稀客稀客，这酒必须得拿出来了。"他瞥了眼两人身后的背剑少年，皱了皱眉头，叹息一声，没有说什么，好像是碍于情分，这才睁一只眼闭一只眼。

老人朝那个怠懒伙计暴喝一声："许甲！睡睡睡，你怎么不睡死算了！来客人了，去搬一坛酒来！"

名叫许甲的少年猛然惊醒，擦了擦口水，有气无力地站起身，佝偻着搬了一坛酒，放在落座三人的桌上，打着哈欠道："三位客官，慢慢喝，老规矩，本店没有吃食。"

妇人点头致意，然后对坐在对面的陈平安笑道："有个很厉害的和尚，有一次云游至此，喝了忘忧酒，赞不绝口，声称'能破我心中佛者，唯有此酒'。"

掌柜老头子笑道："那可不，老和尚是真厉害，恐怕让阿良砍上几剑，都破不开那秃驴的方丈天地。"说到底，还是想说自家的酒水，天底下最厉害。

陈平安在倒悬山听到别人提起阿良，心底很是开心。所以这一次，他是真的想喝一点酒。

结果老头子一拍柜台，怒气冲冲道："他娘的，一提起阿良就来气！欠了我二十多坛酒的钱，全天下数他独一份！当年婆娑洲的陈淳安，前不久的女子武神，还有更早的那些诸子百家老东西，谁敢欠我酒水钱？

"咱们就说中土神洲的那位读书人，他最落魄那会儿，就是个小小观海境练气士，斗酒诗百篇。斗什么酒，就是我这儿的酒！可他来来回回三次，总计也才欠了我不到四五坛酒的钱，阿良这是造孽，我这是遭殃啊！"

妇人朝陈平安眨了眨眼睛，似乎是说老头子就这脾气，随他说去，你甭搭理。

少年店伙计闷闷不乐道："老头子，你别提阿良了行不行，小姐为了他至今还没返回倒悬山，我都要想死小姐了。"

老头子顿时小声了许多，嘀咕道："那种没良心的闺女，留在外边祸害别人就好了。"

打开了酒坛，拿了三只大白碗，男人分别倒过一碗酒后，对陈平安直截了当地说道："之后想喝就喝，不想喝拉倒。"

陈平安小心翼翼地喝了一小口，没啥大滋味，就是比起桂花小酿稍稍烈一点，可也谈不上烧刀子断肝肠的地步。陈平安又接连抿了两小口，喉咙和肚子仍是没啥动静，便彻底放下心来。估计这忘忧酒是另有玄机，而不在口味上。

一坛酒，在每人喝了两大碗过后，就见了底。

妇人又转头笑望向老掌柜，多要了一坛子。老人看着笑容嫣然的妇人，叹息一声，亲自去多拿了一坛，将两坛酒轻轻放在桌上："三坛酒，就算我请你们的，不记在账上。"

陈平安喝得满脸通红，头脑空灵清明，似乎没有醉意，更没有醉态，他明明能够感受到自己的那种微醺状态。

喝过了酒，就想多说一点什么。就像那些个酒嗝，憋着其实没什么，可到底还是一吐为快的好。

男子要么埋头喝酒，要么望向店铺外，神游万里。

妇人似乎喜欢跟陈平安聊天，从陈平安的家乡一直聊到了两次远游。陈平安既然没有醉，就只挑可以讲的那些人和事。后来不知怎么就聊到了那个姑娘。

打定主意喝完四大碗酒就覆碗休战的陈平安，默默给自己又倒了一碗酒，他没有说送剑的事情，说自己因某事离开家乡，来了一趟倒悬山，刚好有个认识的姑娘，她的家在剑气长城那边，然后两人见了一面，就这么简单。

妇人微笑道："那你走了很远的路啊？"

陈平安端着碗，想了想，摇头道："不远啊，想着每走一步，就近了一些，就不会觉得远了。"

男子冷笑道："你跟那个姑娘认识了多久，相处了多久，就口口声声说喜欢人家？是不是太轻浮了一些？"

陈平安不知道如何反驳，只是闷闷不乐道："喜欢谁，我自己又管不住自己，你要是觉得轻浮，我也管不了你。"

男子冷哼一声，估计给陈平安这句话伤到了，关键是少年说得还很真诚。

山上传言，不知真假。喝了忘忧酒，便是真心人。

妇人安慰道："被姑娘拒绝了？不要泄气啊，你有没有听过，有些人之间，注定只要相逢，就是对的。如果还能重逢，就是最好的。"

陈平安喝过了一大口酒，醉眼蒙眬，但是一双眼眸清澈见底，如溪涧幽泉，开心、伤感、遗憾、欢喜，都在里面流淌，而且干干净净。他摇头笑道："喜欢一个人，总得让她开心吧。如果觉得喜欢谁，谁就一定要跟自己在一起，这还是喜欢吗？"说到这里，少年的眼泪便流了下来，"我就是嘴上这么说说，其实我都快伤心死了。我其实恨不得整个倒悬山，整个浩然天下，都知道我喜欢那个姑娘。我只希望天底下就这么一个姑娘，喜欢我……"说到最后，陈平安是真的醉了，以致忘了自己喝了几大碗酒，他将脑袋搁在酒桌上，口中碎碎念。

他甚至忘了自己如何跟男子吵了架，甚至还打了架。

似梦非梦，似醒非醒之间，他好像一怒之下，还一鼓作气从第四境升到了第七境，从此彻底与武道最强第四境没了缘分。妇人好像还问了他，为一个姑娘的爹娘打抱不平，而放弃自己的武道前程，值得吗？你以后还怎么成为天底下最厉害的大剑仙？

陈平安当时的回答是："喜欢一个姑娘，不是嘴上说说的。如果我今天不这么做，你们如果是宁姚的爹娘，觉得我陈平安真正有钱了，修为很高了，成为大剑仙了，会为你们女儿付出很重要的东西吗？不会的……那样的喜欢，其实没有那么喜欢，肯定一开始就是骗人的……"

这一切，陈平安都已不记得。

老掌柜神色自若，他见惯了千年万年的人间百态。

那个少年店伙计在旁边看得津津有味。

最后陈平安彻底醉死过去。男人看了眼少年，喝了口酒："我还是不喜欢这小子，榆木疙瘩，笨，闷，不够风流，不够大气，资质还凑合，心性马马虎虎，脾气一看就是犟的，以后如果跟闺女吵了架，结果谁也不乐意退让一步，咋办？就咱闺女那性子，会服软认错？"

妇人笑道："认错？你也知道多半是咱们女儿有错在先？知道少年会事事让着她？"

男人有些心虚，悻悻然不再说话。

妇人突然微笑道："想起来了，先前你说这孩子不够风流，是文人骚客的风流，还是驰骋花丛的风流啊？"此语暗藏杀机。

男人灵机一动，端起酒碗，豪迈道："是在剑气长城上刻字的风流！"

妇人笑了笑。

男人干笑一声，自己给自己找台阶下："其实这个傻小子，挺好的，咱们闺女，还真就得找这样的。"

妇人笑着望向店铺外，没来由喃喃自语道："对不起啊。"

身边的男人，女儿宁姚，剑气长城，还有浩然天下，女子她都一并对不起了。

男女各自施展的障眼法，在陈平安醉倒了之后，都已经烟消云散。陈平安喜欢的姑娘，既像他，也像她。

与妇人并肩而坐的男人轻轻握住妇人的手："我们只对不住女儿，没有对不起任何人。"男人突然灿烂地笑了，望向陈平安："咱们女儿的眼光，很了不起啊。"

女子笑着点头："随我。"

男人突然无奈道："这个缺心眼的傻闺女，说出那句话有那么难吗？"

妇人点头道："当然很难啊。哪个喜欢着对方的姑娘，希望喜欢自己的少年，喜欢上一个会死在沙场上的姑娘？"

男人一摸额头："完蛋！绕死我了！"

剑气长城，斩龙台石崖上。

她躺在那里，轻声道："陈平安，你听我说啊，我没有不喜欢你。"

第三章
一枕黄粱剑气长

清晨的阳光洒入酒铺，老掌柜正在吹口哨，逗弄那只笼中雀。小雀高冷如山上的仙子，老头子反而斗志昂扬，使劲炫技，口哨吹得可麻溜了。

少年店伙计正在勤勤恳恳地打扫屋子，本就纤尘不染的桌凳越发素洁。他时不时地朝桌凳呵一口气，拿袖子仔细抹一抹，整个人洋溢着心满意足的神采。好像对于这个倒悬山贩酒少年而言，收拾一屋子东西，就是天底下最大的幸福。

趴在酒桌上的陈平安悠悠醒来，并无酩酊大醉后的头痛欲裂，只是整个人恍恍惚惚。他茫然坐在原地，使劲想昨夜发生了什么，只记得自己答应那对夫妇来喝什么玉璞境修士都难得喝上的忘忧酒，之后竟然半点也记不起来了。那对夫妇是谁，自己跟他们聊了什么，他们什么时候走的，全都忘了。

明明说好了是忘忧酒，结果忘的到底是什么啊？

陈平安反而觉得更加忧愁了，总觉得心扉之间萦绕着一股淡淡的伤感，挥之不去。就像天蒙蒙亮，一只黄雀停留在泥瓶巷祖宅的黄土窗口上，叽叽喳喳，有些扰人清梦，又舍不得赶走。

陈平安环顾四周，看见了正在辛勤劳作的少年店伙计和悠闲的老掌柜。

陈平安试探性问道："结账？"

正蹲在地上擦拭一根桌脚的少年伙计咧咧嘴，不说话。

老头子笑道："你们总共喝了四坛酒，其中三坛是我送的，你小子还真得结剩下一坛子酒的账。"

陈平安问道："多少钱？"

老人哈哈大笑："钱？如果真要花钱买一坛黄粱酒，那可就有点多喽。"

被掌柜称呼为许甲的少年嘿嘿笑道："昨夜有个皑皑洲的富家少爷，慕名而来，想要买一坛忘忧酒带回家，掌柜的不愿意卖，说不是钱的事情，那少年就死缠烂打，非要问出价格，结果一听价钱就吓傻了，这不坐在门外台阶上发呆一整宿了，大概是还没死心吧。"

陈平安问道："刘幽州？"

老头子点点头："就是这个小家伙，皑皑洲刘氏的未来家主，被誉为多宝童子，一件方丈物装了众多法宝。因为猿蹂府的缘故，倒悬山都晓得这位有钱少爷的名号。有次他在中土神洲跟人结伴历练，同行七人，遭遇劲敌，小家伙一口气拿出七件攻伐的上品法宝，然后把自己弄得跟乌龟壳似的，不提什么圣人本名字符，光是神人承露甲就穿了两件，众人硬是靠法宝砸死了一头高出他们两境的地仙阴物。"

显而易见，在老掌柜眼中，这个小家伙值得多唠叨几句。老掌柜笑呵呵道："这么有意思的小家伙，连我都差点没忍住，想要送他一碗黄粱酒喝。"

陈平安有些汗颜，刘幽州这得是多怕死啊。陈平安有些忐忑："老先生，怎么结账算钱？"

老人想了想："暂时没想好怎么跟你算账，以后想到了再找你。"

陈平安顿时一颗心七上八下。

老人笑道："也有可能你过完这辈子，我都想不起来了，所以别怕。"

陈平安略微松了口气。

陈平安起身就要离开酒铺，老人问道："小子，黄粱酒还剩下小半坛，不喝掉再走？"

陈平安伸手晃了一下酒坛子，果真还剩下小半坛，疑惑道："不能拿走？"

老人摇头道："拿走了，就忘不了忧，比寻常酒水还不如，暴殄天物，劝你别做这种蠢事。这酒有点小门道，其实他们夫妇现在就请你喝，本就是天大的浪费了，越晚喝越好，只不过世事难求'最好'二字，是个好就成了。"

陈平安便重新坐下，好奇问道："不是叫忘忧酒吗，为什么掌柜的经常说成黄粱酒？"

许甲瞪大眼睛，一副白日见鬼的表情："你不知道这里是哪里吗？"

陈平安越发奇怪："难道不是倒悬山？"

许甲咧嘴道："那你总该听说过黄粱福地吧？"

陈平安仍是摇头。

老人帮陈平安解了围："你不知道也正常，这块福地与你家乡的骊珠小洞天，是一样的境遇，毁了。"

许甲赶紧丢了抹布,火急火燎道:"掌柜掌柜,接下来让我来说,小姐说我讲这一段的时候特别帅气呢。"

老人呵呵笑道:"要么我闺女眼瞎,要么她喝多了酒说胡话,你觉得哪个可能性大一点?"

"小姐好着呢!"许甲咳嗽一声,润了润嗓子,正色道,"如今这黄粱福地,就只剩下一点废墟遗址了。早年黄粱福地最风光的时候,世间失意人都要来一趟,很热闹的。美人美景,美酒美梦,这块福地里都有,而且保证合乎心意,这才是最难得的地方。这里还能映照出一个人的道心,许多勉强跻身上五境的玉璞境修士,当初侥幸破境,其实用了诸多百家秘法和旁门左道,所以就要专程跑一趟这倒悬山铺子,先剥离出一魂一魄保持清醒,然后喝上一坛忘忧酒,借此机会,将自己的道心一览无余,或者抽丝剥茧,或者查漏补缺……"

许甲正说得抑扬顿挫,老人不耐烦道:"打住打住! 一本老皇历翻来翻去的,也不怕给你翻烂了。总之,现在一座黄粱福地,就只有咱们店铺这么点大的地方了。"

陈平安倒了一碗酒,左看右看,实在无法将一座福地与一间店铺挂钩。

陈平安喝了一口酒,问道:"老先生,昨天我没有撒酒疯吧? 还有那对夫妇呢?"

老人反问道:"不记得了?"

陈平安摇摇头。

老人笑道:"你自己都不记得了,我一个外人为什么要记得?"

陈平安无法反驳,默默喝酒。

还是喝不出好坏,就是觉得好入口。

老人想起一事,指了指一堵墙壁,对陈平安说道:"瞧见那堵墙壁没有,能坐下来喝酒的人,都可以去那边题诗一首,或是写上几句话也行。"

许甲老气横秋地道:"喝过了酒,一种是醉死拉倒,后半辈子就在酒缸里生和死了,到死都没能醒酒;一种是彻底清醒,看透人生,一辈子还没过完,就把好几辈子的滋味尝过了。这两种人写出来的东西,我觉得都格外有意思。客人,你要不要去试一试?"

老人气笑道:"你可拉倒吧,牙齿都要被你酸掉了,屁大一个人,成天想着学阿良,你也不嫌臊得慌。"

许甲理直气壮道:"小姐那么喜欢阿良,我不学他学谁?"

老人感慨道:"学我者生,像我者死,你见了那么多醉鬼,听了那么多醉话,这点道理都想不通?"

许甲嘿嘿笑道:"我学阿良,可没学你。"

老人丢了一只酒杯过去:"成天就知道跟我耍嘴皮子!"

许甲轻轻接过酒杯,高高将其抛还给老头子,然后一路小跑,给陈平安拿来一支毛笔:"留点念想在上头。"

陈平安放下酒碗,无奈道:"我写的字,很不行啊。"

许甲翻了个白眼,道:"能比阿良的蚯蚓爬爬更差?再说了,便是那些享誉天下的书法大家,不一样被同行说成是石压蛤蟆,死蛇挂枝,武将绣花,老妇披甲?"

许甲低声道:"我跟你说实话,上边任何人的任何字,再不好,在阿良的字面前,个个美若天仙!不信你自己走过去瞧瞧。"

陈平安没有接过毛笔,他起身走向墙壁。这墙壁远观时只是白墙一堵,没有任何墨宝,可走近再看,才发现上边写满了诗词、章句和警语,琳琅满目。

有人的墨宝,鹤立鸡群,是一篇草书词句,占地极大。恰似花团锦簇,群芳争艳,唯有一位绝代佳人占尽了风光。

也有一些格格不入的笔迹,其中最为醒目的,是歪歪扭扭的一行大字,就连陈平安都觉得不堪入目,内容更是让人无言以对:"一想到有那么多姑娘痴心等我,我的良心便有些痛。"关键是文字末尾,还鬼画符般画了一个笑脸外加一根大拇指。不用怀疑,这肯定是阿良的亲笔手书,一般人根本没这脸皮写下这些字。

陈平安忍住笑,转头问道:"老先生,这也留着?"

许甲病恹恹道:"一来阿良死不要脸,说擦掉一个字,就当他还清了一坛酒;二来我家小姐特别喜欢这段话,觉得阿良就是在夸她呢。我家小姐还专门用一坛黄粱酒,跟一位小说家的祖师爷,换了一篇脂粉小说,就是专门写她和阿良的……掌柜,叫啥来着?"

老头子冷笑道:"《缠绵悱恻》。"

许甲点头道:"对,其实小姐当时还暗示那位小说家的祖师爷,写得越直白越露骨越好。后来估计是那人实在下不去笔,便写得含蓄了些。小姐很不开心,这趟离家出走,她自己说是私奔。其实还有一件事情,就是找这个小说家的祖师爷的麻烦。小姐嫌他文章写得差了,是沽名钓誉的骗子,一定要当面吐他一脸唾沫星子。"

陈平安的视线在高墙上逡巡,最后他低下头,在一个小角落又看到了一列小字,字还是阿良写的,但是并不扎眼:"小口,江湖没什么好的,也就酒还行。"

阿良将"小"之后的某个字,涂抹成墨块。

陈平安问道:"写什么都可以吗?"

许甲递过笔,点头道:"都行,只要是写在空白处,写什么都成。"

许甲不忘提醒道:"客官,可别写什么某某到此一游啊,太俗气了,哪怕是阿良这么臭不要脸的内容,都好过到此一游。"

陈平安接过笔,突然转身跑向酒桌,喝了一大口酒,这才重返墙壁,半蹲着提笔在那个"小"字之后、墨块之上的地方,写下了一个小小的"齐"字。

小齐,江湖没什么好的,也就酒还行。

老头子打趣道:"字其实没啥灵气,就是讲规矩,但是待在阿良的字旁边,就显得好了。你这叫作弊,不行,再在别处随便写点。"

陈平安点点头,便开始挑选空白的地方,可是墙壁正中地带密密麻麻,实在想要见缝插针,其实也行,可总觉得是对前人的不敬,而且敢在中间落笔的人,大多字写得极好,极有韵味。陈平安实在不敢在正中落笔,便尽量往两侧和高低处望去。许甲出声提醒,伸手指了两个地方,这两处尚且留有不小的空白,一处在最高处的右侧,一处在最底下的左侧。

陈平安便挪步蹲在最左边,深呼吸一口气,写下了三个字。

写字之前,他想起了敬剑阁的那么多剑仙和仙剑,所以他笔下三字,是"剑气长"。

许甲觉着那三个字,中规中矩,实在没劲,轻轻摇头,不以为然,忍不住嘀咕道:"一看就是读书不多的。"

老头子难得附和店伙计,点头笑道:"还有就是酒没喝够。喂,姓陈的大骊少年,莫要着急,先喝个一大碗酒,喝痛快了,写点心里话,没你想的那么难。请你们喝的三坛酒,就能写三句话,还有最后一次机会。"

陈平安却已经将毛笔递还许甲,对老人笑道:"不写了。"

老人无所谓,仙人醉酒留墨宝,本就是讨个彩头的小事,锦上添花而已,少年既写不出好字,如今更不是剑仙,他当然也就不会强人所难。

陈平安犹豫了一下,问道:"老先生,这半坛酒能先余着吗?我想去一趟剑气长城,回来之后再喝,可以吗?"

许甲使劲摇头:"咱们酒铺可没有这样的规矩,一坛黄粱酒揭了泥封,就要一口气喝掉,没有出了大门再来喝一趟的道理。"

老人思考片刻,点头道:"这次可以。"

许甲急眼道:"这是为何?"

老人将鸟笼放在手边,趴在柜台上,微笑道:"我喜欢'余着'这个说法,吉利,喜庆。"

陈平安一步跨出酒铺门槛,竟是一个趔趄,站定后回头再看,哪里有什么酒铺,空荡荡的。

在那座不知所终的酒铺内,老头子打开鸟笼,长有金色鸟喙的小黄雀飞出笼子,只是它没有靠近那堵墙壁,熟门熟路地查探一人武运的长短,而是飞快地躲回了鸟笼,看得许甲目瞪口呆。老人想了想,叹了口气:"罢了,一个小洲少年郎而已,便是有这份姻缘的苗头又如何,短短百年,查与不查,无所谓了。"

许甲狠狠瞪了眼写在最高处的一行字,绝大多数人都是从上到下,字成一列,最近百年,在阿良之后,前不久的一位女客人,是第二个横着写字的家伙,而且之后吓得小黄雀胡乱扑腾,半天也没缓过来,跟生了一场大病似的。

许甲忍不住埋怨道:"都怪那女子武神的武运鼎盛,气势太吓人!"

老人慈祥地望着那只可怜兮兮的小黄雀,喃喃道:"苦了你了。"

世间有奇雀一对,可啄文运叼武运,相传雄雀被道家一脉掌教陆沉捕获,雌雀为杂家祖师爷饲养。

陈平安走在一条僻静小巷之中。虽然这顿酒喝得稀里糊涂,但是喝过了酒走出了铺子,陈平安突然想明白了一件事情。

陈平安摘下养剑葫芦,喝着所剩不多的桂花小酿,一边喝酒一边嘀嘀咕咕。

宁姑娘,多半是真的不喜欢你了。否则当初在骊珠洞天,说好了要把剑鞘送你的,这次怎么可能假装忘记这一茬?

陈平安,你真是一个倒霉蛋啊,宁姑娘这哪里是喜欢不喜欢,分明是讨厌不讨厌你的事情了。

想到这里,少年苦中作乐,有些欣慰,这趟江湖总算没白走,自己是长了好些心眼。

他还是决定亲自去一趟剑气长城。他不断告诉自己,只是想去看一看那些刻在剑气长城墙头上的大字。大不了"无意间"跟某个姑娘在某地某时偶遇后,大大方方地笑着与她打声招呼,只是在开场白"这么巧啊""你也在啊"之间,陈平安有些吃不准哪个更合适一些。

陈平安想得很用心,以至一点都没有察觉自己身后,跟着一个快要气死了的穿着一袭墨绿长袍的姑娘。

在宁姚忍不住要踹陈平安一脚的时候,陈平安竟然凭空消失了,好像被谁一把扯住,拽入了别处天地。

她一下子空落落的,视野和心头都是,然后她充满了愤怒。

在她不管不顾就要出剑,试图破开天地间隙,去追寻陈平安的足迹的瞬间,她突然有些脸红,好像听到了话语声。她"哦"了一声,对着陈平安消失的地方,又冷哼了一声。然后她一路飞掠向孤峰山脚的广场。

又他娘的见着了这个不讲规矩的家伙,小道童都快气炸了,他狠狠摔了手中的书,从蒲团上跳起,大骂道:"小丫头,你真当倒悬山是你家院子啊?!想来就来,想走就走。三次了,三次了!哪怕是剑气长城的剑仙,一辈子都未必能有一次,你倒好,一天之内就两次!"

抱剑汉子打了个哈欠:"有本事你打她啊。"

小道童怒道:"你真以为我不敢?我如果不是可怜她的身世,早一拳打得她……"

宁姚面无表情地走入镜面大门,身体微微后仰,转头道:"你可怜我做什么,我跟你又不熟。"

小道童总觉得小姑娘的这句话说得好没道理,又好像有点道理。

抱剑汉子在拴马桩那边捧腹大笑。

陈平安离开铺子后倒悬山酒铺门口成了一条僻静小巷。

刘幽州蹲在一棵庭院高墙外的古槐树下,百无聊赖地数蚂蚁。地仙老妪便安安静静守候在一旁,不打搅自家少爷发呆。

天边泛起鱼肚白,眼神明亮的刘幽州站起身,转头对老妪说道:"我算是瞧明白了,倒悬山长大的蚂蚁,跟市井坊间的蚂蚁也没啥两样嘛。"

老妪习惯了少年天马行空的想象力,微微一笑,轻轻点头。

刘幽州瞥了眼老槐树,兴致不高:"不买了不买了,太贵了,我还是心疼自己攒了那么多年的压岁钱。"

老妪松了口气,她还真怕少爷一时冲动,砸锅卖铁买下一坛忘忧酒。中五境的练气士喝此黄粱酒,意义不大,皑皑洲刘氏再有钱,也不该如此挥霍,到时候少爷是注定不会挨罚的,说不定家主和老祖宗们还要咬着牙挤出笑脸,夸奖一句你这孩子不愧是刘氏子弟,有大将风度,花钱眨眼那还是未来刘家主该有的样子吗?而她肯定免不了要被训斥几句。

她倒不会因此埋怨少年,而是她想,那么多压岁钱,买一把半仙兵不是挺好?何必跟一坛酒怄气?

刘幽州开始打道回府,冷不丁问道:"柳婆婆,你说柳姨有没有从最北边的冰原回来?"

当少年提及"柳姨"的时候,老妪满是褶皱和沧桑的脸庞,立即洋溢起骄傲的光彩:"应该回了,运气好的话,这个死妮子也许已经跻身武道第九境。少爷,按照约定,到时候就可以让她带你去北边冰原游历,斩杀大妖。"

刘幽州到底还是有些少年心性,言语有些孩子气:"那么快到第九境做什么?我爹说柳姨的武道最强第八境,意义之重大,不比寻常的十境宗师差了。我爹就当面劝过柳姨,如果不是迫不得已,不要随随便便破境。"

老妪轻声笑道:"家主当然是好心,可万事莫走极端,若是能够顺利破境而强压境界,对于纯粹武夫而言反而不美,恐怕就要失去十境之上的所有可能性。当然,一般的天才也就算了,能够勉强跻身十境,已是天大的奢望,可是你柳姨不一样。"

刘幽州对这些涉及大道根本的事情,一直不太感兴趣,反而想着最不打紧的,叹气道:"柳姨也真是的,天天嚷着天底下的好男人死哪里去了,还老是问我有没有遇上好男人,我一个大老爷们,怎么回答她?我爹给她介绍了那么多皑皑洲的年轻俊彦,也没见柳姨对谁心动过，真是头疼。"

刘幽州又问了一个让老妪觉得好笑的问题："如果有一天妖族大军淹没了剑气长城，倒悬山咋办？树底下那窝蚂蚁，爬得那么慢，到时候搬家会来不及吧？"

老妪神色和蔼，温声道："少爷，剑气长城屹立不倒，这都多少年了。隔壁那座天下，妖族差不多每百年就要掀起一场大战，这么多年来，那帮茹毛饮血的畜生，在城墙下都撂下多少具尸体了，不一样次次无功而返？一些个战力惊人的大妖，最多只是在城头上待一会儿，最后都会被一些个老剑仙撵下去。"

刘幽州"哦"了一声，结果又跳回自己的思绪当中，不可自拔，忧心忡忡道："咱们家那座猿蹂府比蚂蚁窝还不如，是没办法挪走的，好在皑皑洲离着倒悬山最远。唉，婆娑洲就有点惨了，到时候一定会硝烟万里吧，不知道醇儒陈氏那位肩挑日月的老祖，能不能力挽狂澜，将妖族阻挡在陆地之外。"

老妪被少爷的杞人忧天给逗乐了，忍俊不禁道："对啊，咱们皑皑洲跟这座倒悬山，不但隔着一个婆娑洲，还隔着一个八洲版图加在一起都不如的中土神洲，少爷担心什么。"

刘幽州喃喃道："我不是担忧皑皑洲的安危，只是觉得打仗就要死很多人，心里有点不舒服，婆娑洲好歹还有那位亚圣弟子第一人坐镇，可是我们逛过的桐叶洲，还有马上要去游历的扶摇洲，好像没有特别拿得出手的厉害家伙啊。"

老妪还是笑："少爷，不能把所有人都拿来跟你爹做比较啊。一位练气士，不如咱们家主，就不厉害啦？可没有这样的说法。"

皑皑洲最有钱的人，跟皑皑洲最强大的练气士，是同一个人——刘幽州的父亲。

这个男人，比刘氏家族历史上任何一位老祖都要修为更高，战力更强。他最可怕的地方在于民风彪悍、仙师好战的皑皑洲，从来没有人能够成功验证这个男人的最终实力。

这个男人有一句在山上脍炙人口的名言："能够用仙兵和半仙兵解决的事情，就不要用拳脚了吧？"

刘幽州似乎对他爹颇有怨言："妻妾成群，有什么好的。"

老妪打死也不敢置喙这位家主的好与坏。家主脾气好是一回事，当奴做婢的人如果不懂规矩，又是一回事。

刘家死死掌握着那条玉矿山脉，树大招风，每年死在嘴巴上的刘家下人，很多，暴毙的刘氏家族各房子弟，也不少。

刘幽州此刻身穿明黄色竹衣清凉，这件曾是大王朝皇帝心头好的法宝，被誉为小洞天。而另外一件被皑皑洲刘氏凑成对的竹衣避暑，则有小福地的美誉。

刘幽州喜欢换着穿它们。穿着舒服，还不招摇，那些道家符箓法袍和神人承露甲之类,太扎眼了,这不明摆着跟人说我有钱吗?

我有钱,但是我不喜欢说啊。再说了,其实我刘幽州也不算真有钱,这不昨夜一坛忘忧酒都不舍得买吗?

刘幽州叹了口气:"柳婆婆,我真不能去剑气长城啊?"

老妪语气坚定:"家主吩咐过,绝对不许去。"

刘幽州问了一个很直指人心的问题:"剑气长城归根结底,还是浩然天下的刑徒流民,跟咱们这边关系其实没想象中那么好,倒悬山的龌龊事多了去,他们跟妖族打生打死了这么久,难道就没有人一怒之下,干脆就反出剑气长城,投靠妖族?"

老妪想了想:"剑气长城有那些老剑仙和三教高人盯着,应该出不了大的乱子,但是这类人肯定是有的。想来是因为剑气长城不愿意宣扬家丑,所以外界并无太多传闻。少爷,其实你不用太在乎那边的形势,据猿蹂府的情报,这一代剑气长城的年轻剑修资质尤其好,而且不是只有几个人,是雨后春笋一般,一起冒尖,几乎能够媲美三千年前那一拨剑仙。那一辈人可真是厉害,压得妖族整整八百年都不敢挑衅剑气长城,许多妖族终其一生都没能见到那堵城墙。所以啊,我看未来几百年,倒悬山都会是生意兴隆的太平光景。"

少年有些伤感,喃喃道:"可是我们刘家挣钱的大头,就是发死人财啊。"

老妪想要提醒少爷在倒悬山要慎言,可看着少年神色失落的侧脸,有些于心不忍。

一名猿蹂府老管事出现在两人前方,路边停着两辆马车,老管事轻声道:"少爷,府上有贵客登门。"

刘幽州点点头,登上一辆马车。

到了猿蹂府,刘幽州看到一个中年男人和一个高大女子,满身书卷气的中年男人站着欣赏一幅挂画,女子坐在那边喝茶。

男子似乎是书画行家,赞叹道:"不承想这幅《老莲佝偻图》才是真迹,卓尔磊落,登峰造极,仅就画莲而言,五百年间无此笔墨者。"

在回猿蹂府的路上,为小心起见,管事并没有跟刘幽州说到底是谁来访,直到跨过猿蹂府大门门槛,才小声告诉刘幽州,是中土神洲大端王朝的皇帝与国师联袂莅临府邸。

刘幽州作揖行礼:"刘幽州见过陛下和国师。"

那男子转过头,对少年笑道:"这次寡人是借着国师需要借助小雷泽淬剑的机会,才忙里偷闲,来这倒悬山透口气。本来不愿叨扰猿蹂府,只是听说刘公子刚好也在倒悬山,便想着无论如何都要来此讨要一杯茶水了。"

刘幽州再次作揖:"陛下太客气了。"

大端,浩然天下最新的九大王朝之一。

吞并了某个旧王朝的大半版图后,新的大端如今百废待兴,照理说皇帝和国师不该都离开庙堂。只是这些机密内幕,暂时不是刘幽州能够揣测的,至于为何大端皇帝如此卖猿蹂府面子,刘幽州倒是一清二楚,大端王朝和前九大王朝之一的太玄王朝之间,一场牵扯到无数势力的灭国之战持续了将近十年,大端硬生生拖垮了太玄谢氏。这中间,皑皑洲的刘氏,或者说他爹的钱袋子,出力极大。

刘幽州直腰起身后,又对那位大端女国师作揖道:"小子仰慕国师已久。"其实刘家是大端王朝的幕后恩人之一,作为未来家主的刘幽州,不用如此放低姿态。

女子破天荒露出一丝笑意,放下茶杯:"跟你爹性情相差也太大了,挺好的。"

大端皇帝有些汗颜,这话算是好话吗?

高大女子笑问道:"可曾去过剑气长城?"

刘幽州一直毕恭毕敬地站着,摇头道:"还不曾,家父不许我去,怕出意外。"

女子想了想:"我唯一的弟子,如今正在剑气长城那边砥砺武道,刘公子若是愿意,可以与我同行,不会有意外。"

老姆与猿蹂府老管事视线交汇,都觉得有些棘手,倒不是觉得大端国师在吹牛,而是涉及家主意愿,下人们不敢擅自做主。

好在刘幽州已经摇头婉拒:"不好违背家父,还望国师见谅。"

高大女子不以为意,点头道:"我那弟子很快就要离开剑气长城和倒悬山,让他去皑皑洲历练也好,刘公子不介意的话,可以捎上他。"

刘幽州神色轻松了一些,语气也轻快了许多,笑道:"乐意至极!"

见那女子站起身,大端皇帝便开口笑道:"离开倒悬山的具体时辰,回头寡人会让人第一时间通知猿蹂府。不用送了,我们自己离开就行了。"

一男一女走出猿蹂府,准确来说,是一女一男,因为不管怎么看,都像高大女子是大端皇帝,男子只是个跟班扈从。

两人离开后,刘幽州才落座,他大汗淋漓,扯了扯竹衣清凉的领口,瞥了眼墙上那幅猿蹂府的镇宅之宝《老莲佝偻图》,对老管事吩咐道:"拿下来装好,给大端皇帝送去。"

老管事一脸为难。

刘幽州灿烂一笑:"听我的。"

老管事默默点头,听令行事。

少年在老管事拿着那幅古画离开正厅后,望着突兀的空白墙壁,笑问道:"柳婆婆,你觉得挂那幅《少年泛舟图》,好不好?"

老姆满脸惶恐,正要劝说少年千万别意气用事,刘幽州已经自顾自笑道:"不挂在这里,回到了家里,我挂在自己书房! 走走走,为表诚意,我要自己画一幅! 柳婆婆,赶紧让下人笔墨伺候!"

老妪脸色复杂。

猿蹂府的四名侍女生得楚楚动人,其中两人还是洞府境的练气士,当她们满怀期待地看着传说中的少主,耗尽力气画完那幅画后,侍女们就越发楚楚动人了,费了好大的劲,才忍着没笑出声。

刘幽州颇为自得,难看是难看了点,可诚意十足。

刘幽州的画,跟店铺里墙壁上某人的字,有异曲同工之妙。只可惜刘幽州当时没舍得花钱买一坛黄粱酒,否则见到了那些蚯蚓爬爬,说不定就要英雄相惜、相见恨晚了。

天地间有一堵城墙,刻着十八个大字:

道法,浩然,西天;

剑气长存,雷池重地;

齐,陈,董,猛。

在那场双方各自派遣了十三位巅峰高手的赌战之后,妖族毁约,不但没有交出剑修遗留在剑气长城以南的所有残剑,反而恼羞成怒,掀起了一波波攻势,只是此次断断续续的三次攻城战,比起赌战之前的那种孤注一掷、以命换命的战斗,力度都要略逊一筹。据说妖族内部有诸多大妖不愿再次攻城,所以妖族气焰不高。

剑气长城最早是如何,如今还是如何,只不过多了十八个字而已。

这堵长城,曾是三教圣人联手打造的一座关隘大阵,除非它被一鼓作气彻底摧毁,否则很快就能恢复完整。若非如此,再高的城池,再坚固的山岳,早就被夷为平地了。

驻扎在百里之外的妖族大军,数量众多,如蚁攒簇,近期他们已经停下攻势一月有余。剑气长城迎来了难得的安宁。

剑气长城城头仅是那条走马道,就宽达十里路。有一位不知岁数的老人就在城头上结茅而居,老人的子孙早已在剑气长城的北方城池之中开枝散叶,成为最大的几个家族之一,但是老人从未下过城头,年复一年,就在这里守着。老人脾气古怪,从不许家族子孙来见他,倒是对一些别姓的孩子,偶尔有些笑脸。

剑仙,大剑仙,一字之差,天壤之别。

在剑气长城,大剑仙,老剑仙,一字之差,一样大相径庭。

一名剑修,想要在剑气长城活得长久,不靠姓氏,只靠战力。这位老人作为剑气长城最年长的一辈人,经历过太多的风雨,也肯定有过太多的遗憾。最近一次遗憾,可能在老人漫长人生当中,都算大的,老人遗憾自己碍于规矩,未能出战,才害得那么一对神仙眷侣,死得那么不光彩。

他们两人，是老人从小看着长大的，一年一年长大，一境一境攀升，到各自成长为最后的大剑仙。

老人觉得看着这样的年轻人，才能让人生有点盼头；才能让自己觉得世风没有日下，还是有很好的年轻人的。

老人今夜独自盘腿坐在城头上，他本命飞剑之外的佩剑，已经断了一把又一把，最后便干脆不用了。

剑气长城的所有老人和孩子，实在太熟悉这个不知道到底有多老的老人了。老人脾气很怪，他们早就不爱跟老人打交道了。

前些年，倒是有个不知来历背景的外乡少年，死皮赖脸在老人茅屋后边又搭建了一间小茅屋。最近每次妖族攻城，少年就只是守着老人和自己的茅屋，从不主动出手。

其实也没有人苛责外乡少年，毕竟一个四境的纯粹武夫，能够待在城头上吃喝拉撒就很不容易了。

眼眶凹陷、颧骨突出的沧桑老人陷入沉思。

如果不是在这座城头上，而是在倒悬山那边的浩然天下，恐怕谁看到这位弱不禁风的瘦小老人都不会相信，老人会被某个吊儿郎当却刻下一个"猛"字的家伙，称为"老大剑仙"。

一对夫妇模样的男女出现在老人身后。老人没有转头，沙哑道："你们剩下的光阴不多了，还需要我做什么吗？只管说。只要不涉及两座天下的走向，规矩不规矩的，我可以不用管。再说了，我当初强行收敛你们的残余魂魄，本就已经坏了规矩，那两个老家伙不也一样睁只眼闭只眼。"

男子轻轻握住妇人的手，摇头道："已经很好了。"

妇人瞪了眼男子，笑道："有的。"

老人挤出一丝笑意："丈母娘看女婿，越看越顺眼？嗯，好事，总好过找了个不成材的。说吧，是送给那小子一把仙兵，还是让我亲自教他剑术？"

妇人犹豫道："可能要更难一些。"

消瘦老人转过头："怎么说？"

男人无奈道："那孩子的长生桥被人打断了。"

老人皱了皱眉头："毁人长生桥，天底下就数咱们剑修最擅长。要重建长生桥，可比登天还难，而且别人帮着搭建长生桥的剑修，如果我没有记错，历史上就没一个人能跻身上五境，毕竟修道就已经是逆天而行，断桥之后修桥再修道，更是被大道记恨，极有可能会被盯着不放。你们真考虑好了？不怕适得其反？"说到这里，老人微微笑道："毕竟别人登天不易，我登天不难。"

妇人有些犹豫不决，她在这件事上跟男人是有争执的，男人觉得顺其自然，武道也未必不行,她作为站在山巅看过大道风光的剑修,知道武夫的山头要矮他们练气士一头,这既是事实,也有渊源和根据。她不是瞧不起那孩子的武道,而是行走武道这条断头路,走到最高处的可能性比练气士更小,实在是太小了,不然为何称其为"断头路"?

男人对她笑道:"不如就这样吧,让那个小子自己闯去,最后他能走到哪里,都随他了。"

妇人还是有些放不下,问道:"不然帮他跟陈爷爷求一把仙兵,就当是咱们闺女的嫁妆了?"

剑气长城这边,无论老幼,只有两人习惯喊老人为陈爷爷。当然戴斗笠挎刀离开此地的某人,曾经也是例外。

男人气呼呼道:"且不说他这辈子用不用得起一把桀骜难驯的仙兵,只说他陈平安身为一个男人,哪里需要这种施舍而来的机缘——"

妇人打断男人的大道理:"还只是个少年呢。"

男人无言以对。

老人虽然很喜欢这对夫妇,可是也不爱听他们的鸡毛蒜皮。

听到少年的名字后,老人再次转头问道:"少年也姓陈?"

妇人笑道:"你说巧不巧,他在喝过黄粱酒后,在墙壁上随心所欲写下的文字,就是'剑气长'。"

老人笑望向这对夫妇。

男人赶紧摆手道:"绝无谋划,自然而然。"

妇人也是使劲点头,神色坦然,唯恐这位受人敬仰的老剑仙,误以为是他们在算计他。

老人一怒,后果……不堪设想!

老人随随便便伸出一手,便从浩然天下的倒悬山,将一个少年抓到了这座天下的城头。

剑气与剑意铺天盖地,无处不在,如海水汹涌倒灌陈平安的气府,令他几乎窒息。

陈平安如一条原本在溪涧优哉游哉的小鱼,被摔在了岸上,而且所谓的岸上,还是那种在日头曝晒下干裂的泥地,随便挣扎蹦跳一下,就会使得一身仅剩的水汽变得点滴不剩。

老人打量了眼悬停在城头空中、满脸痛苦不堪的少年,又随手一挥,将那少年送回倒悬山,对一头雾水的夫妇二人笑道:"这样不也挺好。"

陈平安摇摇晃晃,好不容易才站稳身形。

如今藏在剑匣内的那张符箓,寄居着那个在彩衣国被陈平安降伏的枯骨女鬼,这一趟"远游",陈平安很遭罪,其实她更惨,差点彻底烟消云散,所幸时间短暂,而且剑匣这座天然"槐宅"阴气浓郁,替她抵挡住了绝大部分剑气。

当时悬在空中的陈平安,看到了一位枯瘦老人、那对夫妇,以及那道长城。

孤峰山脚广场那边,宁姚走出镜面后,想了想,略微放缓脚步,还是面无表情,勉强算是对那个呆若木鸡的小道童主动打了声招呼:"这次比上次,跟你熟悉了一点点。其实还是不熟。"

小道童讷讷道:"如此无法无天,你们剑气长城不管管?"

抱剑汉子仰头望向只有一轮明月的夜空,自言自语道:"为了你们,我们死了那么多人,浩然天下不管管?"

陈平安已经晕头转向,根本不知道自己在倒悬山什么方位,四处并无大树高枝,可以让他登高眺望,街上只有宅门和高墙,陈平安哪里敢随便去人家墙头站着,而且大清早的,行人稀少,知晓宝瓶洲雅言的更是一个也无。自己一夜未归,鹳雀客栈的金粟一定会着急,说不定还会惊动正在捉放渡卸货的桂花岛,陈平安难免有些焦虑。可今天漫步在冷清的街道上,陈平安又觉得就这么慢慢走着,随缘,能看到什么景色就是什么,其实也挺好。

一个人,哪能什么都不麻烦别人,偶尔有个一两次,不用太愧疚。

走着走着,陈平安就看到了她。

宁姚站在街道那一头,缓缓走向陈平安。她身上的墨绿色长袍,如果没有记错的话,跟他当初在骊珠洞天给她买的新衣服很像,穿在她身上,正好。

陈平安小跑向前,来到宁姚身前,脱口而出道:"这么巧啊。"

宁姚扯了扯嘴角,然后板着脸,不说话。

陈平安轻声道:"本来想着这两天逛完倒悬山,多看一些铺子,再决定要不要去灵芝斋买下几样东西,到时连同阮师傅铸造的那把剑一起送给你。"

宁姚没好气道:"灵芝斋能有什么好东西,也就那柄如意灵芝,和一只养剑葫芦,还凑合,可我又用不着,再说了灵芝斋不会卖,你也买不起。"

陈平安"哦"了一声,挠挠头,有些遗憾。

宁姚犹豫了一下,仍是拗着自己的心性,破天荒多说了一句,像是在解释:"没其他意思,你别多想。"

陈平安笑道:"不会多想。我现在脑子里一团糨糊,想什么都头疼。"

宁姚问道:"见着我,头疼不疼?"

陈平安赶紧道:"好多了。"

宁姚问道:"你住哪里? 就这么瞎逛,怎么,想着路见不平,英雄救美?"

　　陈平安叹气道："昨夜喝了黄粱福地的忘忧酒，结果一出铺子，就不知道怎么回去了。"

　　两人随意走在街上，宁姚问："你怎么喝得起忘忧酒？"

　　陈平安压低嗓音道："有一对夫妇请我喝的。有点奇怪，我刚才给人抓去了剑气长城，明明在城头上看到了他们俩。昨夜他们说自己是第一次逛敬剑阁，但是他们说起好些剑仙前辈如数家珍，难道倒悬山的人，去剑气长城很容易，反过来就很难？不过这件事奇怪归奇怪，我还是觉得那对夫妇是好人，请我喝酒，是好事。以后如果有机会，我一定要回请他们。"

　　宁姚含糊不清地"嗯"了一声。

　　两人走在一条幽静巷弄，两侧高墙爬满了藤萝，宁姚一直沉默。

　　陈平安问道："宁姑娘，当时你走得急，我都忘了问你，你是不是讨厌我？"

　　宁姚干脆利落道："不讨厌。"

　　陈平安停下脚步，下意识抓住养剑葫芦，他很快松开手，直直望向宁姚："宁姑娘，那你喜不喜欢我？"

　　宁姚默不作声。

　　陈平安学她当年在泥瓶巷祖宅的动作，伸出两根手指，手指间只露出些许间隙："这么点喜欢，有没有？"

　　宁姚没有回答这个问题，反问道："你为什么喜欢我？"

　　陈平安转过头去，摘下养剑葫芦，快速喝了一口酒，抹了抹嘴角，这才笑容灿烂道："这可就有的说了，我慢慢说给你听，不管如何，宁姑娘，你一定要听我说完，哪怕再生气也不要打断我，我怕你一个打断，我这辈子就再也不敢说了。宁姑娘，你长得真好看，我在遇到你之前，在骊珠洞天就没有见过比你更好看的人。后来你在泥瓶巷养伤，没嫌弃我家破。你还教了我认字。因为你向我解释了《撼山拳谱》，我才开始练拳，才能一直走到今天，走到这倒悬山。

　　"在廊桥那边，你借给我压衣刀，然后我们并肩作战，一起揍了那头正阳山搬山猿，我们都差点死了，但是最后都没有死，多好。在神仙坟，我差点打死那个马苦玄。我们一起去了西边大山，去帮婆娑洲的陈氏女子找那棵楷树。后来你有一次生气，不要我帮忙，一定要自己煎药，煳焦煳焦的，我觉得你很可爱。你曾经说过一句大道不该如此小，我当时不明白，这次出门远游，才算真正懂了。你劝我不要当烂好人和善财童子的时候，我其实很开心。你当时离开骊珠洞天，已经跟那些神仙走了那么远，还愿意御剑返回，跟我告别。你走了以后，我当时一个人吃着小时候想一想都要流口水的糖葫芦，却觉着没啥滋味了。齐先生走了，我带着小宝瓶他们去大隋，看到好看的山，就会想起宁姑娘的眉毛，看到好看的水，就会想到宁姑娘的眼睛，在游历途中看到好看的姑娘，就会想到宁姑娘,然后她们好像一下子就不好看了。"

陈平安竹筒倒豆子,一鼓作气说完这些话后,便喉咙发涩,满脸通红,只觉得手里的那只养剑葫芦,有几万斤重,但是陈平安不后悔自己说了这么多。

陈平安颤声道:"宁姑娘,我喜欢你,是我的事情,你不喜欢我,没有关系。"

宁姚背靠墙壁,那些藤萝依然不如她动人,她问道:"是不是我不喜欢你,你就要去喜欢别的姑娘?比如……"她想了想,"阮秀?"

陈平安望着她,才发现原来喜欢一个很好的姑娘,而她好像不太喜欢自己,是一件既令人伤心又不用太伤心的事情:"如果我只要喜欢别的姑娘,就再也见不到你,那我这辈子就不喜欢别人了。我在一千里一万里之外,在你看不到我的地方,打了一百万一千万拳,还是只会喜欢你。"

宁姚翻了个白眼:"我有那么不讲理吗?"

陈平安愣了一下。

宁姚斩钉截铁道:"对,我就是这么不讲理!"她蓦然笑了起来,充满了稚气的得意,她一笑起来,便越发眉眼如画,生动活泼,她双手抱胸,"谁让有个傻子喜欢我呢?"

她向前走了两步,一把抱住了那个大骊少年,喃喃道:"陈平安!我喜欢你,不比你喜欢我少一点点!"她松开手,眼眶微红,有着她宁姚这辈子太阳打西边出来的罕见懊恼和羞赧,"你怎么这么笨?!"

陈平安呆呆说道:"你怎么会真的喜欢我……"

这一点,陈平安跟风雷园刘灞桥如出一辙——喜欢一个姑娘,会喜欢到觉得那个姑娘这辈子都不会喜欢自己,而且不会觉得有任何委屈。

宁姚总算恢复了一些,眉眼飞扬,如天底下最锋利的飞剑:"我宁姚喜欢谁,还需要理由?!"

其实是有的,而且很多,只是她不好意思说出口,她到底是女孩子啊,又不是陈平安这种厚脸皮的。

陈平安突然之间有如神助,一下子抱住宁姚。

宁姚满脸绯红,撇撇嘴,没有挣扎,反而悄悄抬起一只手,轻轻捻住陈平安的衣襟。

倒悬山小巷中,少年和少女就这样安安静静相拥在一起。世界好像在这一刻,活了过来。

宁姚到底是宁姚,陈平安到底是陈平安,两人没有一直这么羞羞怯怯下去。两人分开后,宁姚带路,说要把那半坛子黄粱酒喝完。她领着陈平安走到了一棵老槐树下,抬手屈指,好似叩响门扉。

很快宁姚身前就涟漪阵阵,出现了一座酒铺的模样。宁姚率先大步跨过门槛,陈平安紧随其后。

店伙计许甲见着了宁姚,特别热情:"宁姑娘,你来了啊?我请你喝酒啊?"

宁姚瞥了他一眼,谁啊,没印象。她懒得理睬,径直挑了张桌子坐下。

许甲便蔫了下去,他觉得眼前这位姑娘,是天底下仅次于大小姐的女人,第一次见到宁姚,许甲的印象就特别深刻。

那是几年前的事情了,少女第一次离开剑气长城来到倒悬山,有个家伙带着她来到酒铺,那个家伙喝了两坛酒,她只是尝了一口便不再喝酒。那会儿她穿着一身黑衣服,挎刀,还没有像今天这样悬佩双剑,也没有穿着墨绿色长袍,脸色冷冷的,便是老掌柜跟她对视,她也全然没当回事。在阿良喝着酒的时候,她就自己走到高墙下,看了半天,一言不发,之后就坐回座位。在许甲眼中,少女实在太有个性了,几乎耀眼得让人不敢直视。

那次阿良没有嬉皮笑脸,就只是喝酒。许甲看得出来,阿良是不知道怎么劝少女,好像少女要去做一件很了不得的事情。阿良喝得很闷,许甲这才知道原来阿良也有束手无策的时候。在少女坚决不要阿良送行,执意独自离开酒铺后,阿良便不再喝酒,他闷闷不乐地说,半个闺女,就这么飞走了。

许甲看了眼那个叫陈平安的大骊少年,怎么看都觉得这家伙配不上宁姑娘。一百个陈平安加在一起,都未必般配。

陈平安要了那剩下的半坛忘忧酒,这半坛酒刚好够倒两大白碗,陈平安便先一人倒了半碗。

两人肩并肩坐在一条长凳上,宁姚没觉得有什么不妥。许甲躲在远处,啧啧称奇。

陈平安喝了口忘忧酒,突然觉得这酒好像比昨夜的酒好喝多了,便对着宁姚笑了起来。

宁姚瞪了他一眼。两人也不说话,就是小口喝酒。

陈平安突然惨兮兮问道:"宁姚,你该不会是假的吧?"

正在逗弄笼中雀的老头子,愣是给少年这句傻话给逗乐了。

宁姚叹了口气。他是个傻子,但是我更傻,当初是谁说这家伙肯定会找个缺心眼的?

陈平安放下酒碗,向旁边伸出手。宁姚就那么看着,她想知道这个家伙到底要做什么。陈平安双指捏住她的脸颊,轻轻扯了扯。宁姚没动静。陈平安又伸出一只手,捏住宁姚另一边脸颊。

许甲看得一头冷汗,他觉得这个色胆包天的家伙多半是死定了。

宁姚只是一巴掌拍掉陈平安捣乱的双手,警告道:"陈平安,你再这么缺心眼,小心我跟你翻脸啊。"

陈平安悻悻地收回手:"真的就好。"

宁姚喝了一大口酒,问道:"你应该知道,我爹娘已经去世了,你觉得我可不可怜?"

许甲觉得那小子要是敢说可怜,那真的是板上钉钉死定了。

陈平安毫不犹豫道:"可怜啊。没了爹娘,这要还不可怜,怎样才算可怜?"

说这些话的时候,陈平安嘴唇紧紧抿起,两边嘴角向下,好像比她还要委屈。

他也没了爹娘,而且没得更早。年幼时,他独自谋生,熬到熬不下去的时候,不得不祈求别人的善意和施舍,这是没办法的事情,否则就要活不下去。长大后,他不需要别人可怜,已经可以活得好好的,还有本事回馈早年的那些善意,所以他不是在怜悯眼前的姑娘,只是在心疼她。

但是话到了嘴边,陈平安管不住自己。

宁姚冷哼道:"你谁啊,要你可怜我?"

陈平安眨了眨眼睛。

宁姚便有些脸红,桌底下,一脚踩在陈平安脚背上。

一旁的许甲满脸呆滞,感觉被大剑仙往自己心口上戳了好几剑。

之后两人喝着酒,小声说话,窃窃私语。

许甲觉得自己被戳了一剑又一剑,这日子没法过了。他不再待在酒铺里头,搬了条小板凳坐在门槛那边,眼不见心不烦。

许甲忍不住回头瞥了眼,看到那个姑娘的狭长双眉间,不再是第一次相逢时的哀伤,竟然都是俏皮和温馨。这下插在心口的这一剑,相当于是阿良的一剑了。

之后他又看了眼那个大骊少年。陈平安满脸笑意,眼神温暖,好像在说,他之所以喜欢宁姚,与两座天下都没有关系,他就是喜欢这个姑娘而已,以至连许甲这个外人都觉得,这两个人还挺般配。这戳中心窝的一剑,可就是城头上那位老大剑仙,传说中的"救城"一剑了。

许甲转头向老掌柜哀号道:"大小姐啥时候回家啊,我想死她了。"

老头子回了一句:"想死了?别死在酒铺里就行。"

就在这个时候,许甲雀跃而起,在"门外"那个同龄人敲门之后,立即就"开门"迎客。

走进来一个极其英俊的少年。

许甲笑问道:"你怎么从剑气长城回来了?"

少年身穿一袭白衣,笑容和煦,他抬手跟许甲一击掌,对老人朗声道:"掌柜的,老规矩,我要买一坛酒,酒钱记在我师父头上。"

老掌柜见到了这个少年,也笑了起来。

只要是上了岁数的老家伙,看到这个年纪轻轻就给人感觉"如日中天"的阳光少年,几乎就没有不喜欢的。而且趁着现在还能仗着年纪大俯瞰这位少年,就一定要珍惜,毕竟很快就没有这个机会了。

墙壁上,少年的师父,前不久才写下一句霸气无双的"武道可以更高"。

英俊少年对许甲笑道:"许甲,我先写字去,你帮我拿笔。嗯,我要跟师父的字凑在一堆。"

许甲心中再无阴霾,跑去搬酒取笔,一边跑一边转头笑道:"好嘞,等着啊。"

英俊少年走向那堵墙壁的时候,一直望向坐在陈平安身边的宁姚。

宁姚只是看了他一眼,便继续跟陈平安聊剑气长城。

英俊少年笑了笑,走到高墙下,给自己搬了条凳子,在大端王朝的女子国师那行字的更高处,提笔写下了五个字:"因我而再高"。

陈平安悄悄收回视线,低声问道:"谁啊?好像很厉害的样子。"

宁姚认真想了想:"名字忘了。"

陈平安见过不少相貌好的同龄人,比如泥瓶巷的邻居宋集薪,曾经在学塾跟随齐先生读书的赵繇、林守一,再就是桂花岛上那名雌雄难辨的红装男子,大隋皇子高煊,可是他们都不如这个少年。

这人在墙壁上题完字之后,捧着酒坛坐在隔壁桌子,要了两只大白碗,喊了许甲一起喝酒,而最清楚黄粱酒价格的许甲,丝毫不觉得这有何不妥,他揭开泥封,帮忙倒酒,与少年碰碗对饮,很痛快的样子。老掌柜脸上的笑容也多了几分,只是可怜那只笼中雀,背对着阳光少年,病恹恹的。

少年主动对陈平安举起酒碗,笑道:"我叫曹慈,中土大端人氏。"

陈平安只好跟着拿起酒碗:"我叫陈平安,宝瓶洲大骊人氏。"

曹慈点点头,眼神里充满了赞赏:"你的武道三境底子,打得很不错。"

陈平安不知如何作答,只好默默喝了一口酒,总觉得哪里有点怪。想了半天,终于琢磨出余味来,原来这名中土神洲的少年,无论神态还是口气,都不像是一个同龄人,反而很像那个落魄山竹楼的光脚老人。只不过名叫曹慈的大端少年,少了崔姓老人那种居高临下的气焰,言语说得心平气和,可哪怕是双方随便拉家常,陈平安也会感到一种无形的压力。

曹慈如何,宁姚倒是没有什么感觉,她只是有点不乐意,凭空多出一个碍眼的家伙,喝酒便少了许多兴致。她与陈平安草草喝掉半坛子黄粱酒,就拉着陈平安走向酒铺大门。

就在陈平安要离开酒铺的时候,曹慈笑着喊了声陈平安:"你喜欢的宁姑娘,很好。唯一的不好,就是见了很多次面,不记得我的名字。"

陈平安笑着回了一句:"我觉得更好了。"

曹慈爽朗大笑,一手举起酒碗,一手跟陈平安挥手告别,笑容真诚:"陈平安,三天后,开始去争取成为世间最强的第四境。"又是一句略微咀嚼就会显得很古怪的言语。

陈平安拱手抱拳，没有多说什么，转头跟着宁姚离开这座狭小的黄粱福地。

酒铺内，许甲纳闷问道："你喜欢宁姑娘？"

曹慈笑着摆手道："我喜欢在我心目中无敌手的师父，喜欢笑起来就有两个小酒窝的皇后娘娘，喜欢不把我放在眼里的宁姑娘，但都不是你认为的那种喜欢。男女情爱，很拖累修行的。"曹慈喝了口酒，叹息道："实在无法想象，以后我喜欢某个姑娘的样子。"

许甲"哦"了一声，曹慈说什么他便信什么。许甲满脸雀跃，转移话题道："听你口气，马上要跻身第五境了？"

曹慈点头道："在剑气长城熬了这么久，也该破境了。"

许甲咧嘴笑道："如果是在家乡，我估计你现在都是第七境了吧。"不等曹慈说话，许甲立即补充道："而且七境之前，都会是最强第四境、五境、六境！"许甲聊起这个，比曹慈本人还要高兴，"老掌柜说你现在的第四境，是历史上最强的第四境，堪称前无古人后无来者，真的吗？"

曹慈无奈道："前无古人，我大概可以确定，可是后无来者，我只是一个纯粹武夫，又不会推算以后百年千年的天下武运。"

许甲哈哈大笑："曹慈！哪天我忍不住去找大小姐的话，一定顺便去大端王朝找你玩。"

曹慈点点头："那我早早就准备好美酒。"

许甲突然压低嗓音，祈求道："曹慈，要不咱们打一架吧，然后你故意输给我，以后我离开倒悬山，好四处跟人说自己打赢了曹慈。你想啊，十年后，百年后，那个时候你天下无敌了，甚至打得青冥天下的道老二，从真无敌变成了真有敌，我就成了唯一打赢过你曹慈的人，到时候肯定全天下的人都要问这家伙是谁啊，说不定大小姐就会对我刮目相看呢。"

曹慈笑得眯起眼，一手端碗，一手轻轻拍了拍自己的脑袋："好了，你许甲打赢我曹慈了，出了倒悬山，只管跟人这么说。"

许甲有点心虚："你现在无所谓，将来不会反悔吧？"

曹慈喝过了碗中酒，转过头，对老掌柜招手道："老吕，舍不舍得送我一坛酒喝？我现在就后悔了，没酒卜肚，压不住那股子悔意啊，要是多喝一坛忘忧酒，最少百年无悔意！"

许甲可怜巴巴地望着老掌柜。

老头子笑道："许甲，去给曹慈搬一坛酒来。以后记得多惦念掌柜的好，别成天偷偷骂我抠门，或是埋怨我不让你去闯荡江湖。"

许甲屁颠屁颠去搬酒。

曹慈只剩下最后一碗酒，在等新酒上桌的时候，他便手持酒碗，起身去墙壁下站着,视线游弋。距离第一次在这喝酒已经过了将近三年,墙上的新字多出不少。曹慈看见下边角落的那三个字写得端正死板,好奇问道:"老吕,那个陈平安在墙上留下的字,是这'剑气长'?"

老人问道:"怎么,这小子很不简单?"

曹慈蹲下身,端着大白碗抿了一小口酒,眼神淡然:"他可能就是在我之后的那个最强第三境吧。"

老人便有些可惜,笼中那只雌雀,勘定一个纯粹武夫的武运长短,是有时限的,陈平安题字前后,刚好这对师徒来到铺子,这段时日根本不用奢望雌雀离开鸟笼了。

没那胆子。

曹慈跟许甲又对半喝完了一坛忘忧酒。

许甲酒量不行,越喝越醉,最后便睡死在酒桌上。曹慈越喝越清醒,眼神熠熠。

曹慈突然说了一句:"如果不是师父来接我,真想去一趟剑气长城以南的那座天下。最多四五十年,我就能跟那十几头大妖掰掰手腕。在这之前,我必然经历一场场酣畅淋漓的生死大战。"

老人笑道:"你信不信,你只要走出城头,就会死?"

曹慈叹了口气。

道理很简单,老人一点就透。他曹慈极有可能已经进了巅峰大妖的视野,属于必杀之人,绝对不会给他四五十年时间成长,甚至一天都不会多给。

曹慈无奈道:"那就老老实实回中土神洲吧。"

老人有意无意说道:"杀穿蛮荒天下,最终横空出世的董家老祖,剑气长城有一个就够了,也只会有一个。如果妖族再次养虎为患,养出一个有望武道十一境的曹慈,我觉得它们可以自尽了。"

曹慈"嗯"了一声:"我得问问师父,到底有没有跻身第十一境。我希望是没有……"

老人笑着打趣道:"你这当徒弟的,也太没良心了吧? 怎么不念着师父的好。这一点,你曹慈竟然跟许甲差不多德行,很不好啊。你是曹慈欸,怎能如此平庸。"

曹慈摇摇头,抬起手臂,将手掌举过头顶,他嗓音轻柔,却眼神笃定:"如今师父的武道,已经这么高,几乎已经能够与那些真正的山巅之境……媲美,那么如果不是第十一境的话,我的师父,或是以后的我,岂不是……"

老人微笑道:"大可以拭目以待。"

曹慈转头望向老人:"像你这般好说话的老前辈,太少了。"

老人自嘲道:"那是因为我这个糟老头子,已经认命了。"

曹慈默然坐在酒桌旁,许甲鼾声如雷,老头子已经不知所终,去了别处。黄粱福地当然要比想象中略大一些，不会真的只有酒铺这么点地方，不过确实已经残破不全。如果不是这位诸子百家的祖师爷之一竭力维持，早就与骊珠洞天一样，彻底失去"洞天福地"的后缀资格。

三教和诸子百家的圣人们每天都在忙些什么？

十大洞天，三十六小洞天，七十二福地，是怎么来的？

宝瓶洲的骊珠洞天破碎之后，难道就只有三十五小洞天了？

实则浩然天下的很多圣人，需要去开辟疆土，拓展浩然天下的版图。

这一点，青冥天下的道教圣人不太一样，他们主要还是追求白玉京的高，层层叠叠，不断往上。而佛家那座天地，则是求佛法之远，前世今生来世，都要让人活得无疑问，无我执。

当然，浩然天下的儒家，除了开辟崭新的洞天福地，教化苍生，还需要盯着蛮荒天下的妖族。

其余两座天下，一样没闲着。

道家掌教陆沉在浩然天下兴风作浪，落子布局。难道儒家亚圣就不在青冥天下收徒传道？

酒铺内，曹慈哪怕无人聊天，也无酒喝，也依然心境安稳，就那么坐着。很难想象武道中人会觉得破境没意思，压境才好玩。

老掌柜回来的时候，笑问道："曹慈，除了武道登顶，这辈子就不想其他的了？"

曹慈笑道："我在想我会想什么呢。"

老人调侃道："那你就不如我家许甲和那个大骊少年喽。"

曹慈点点头。

曹慈走出酒铺，没有去找下榻于倒悬山某处大姓私邸的师父，而是径直去往孤峰山脚。到了广场大门附近，小道童和抱剑汉子都跟曹慈打了声招呼，他便停下脚步，跟他们聊了大半天，这才走入镜面。结果到了那边，埋头淬炼本命剑的老剑修，以及腰佩法刀的师刀房道姑，一样笑着跟他打招呼，曹慈再次停下，与他们聊了半天。

聊道法，聊剑术，聊天下，曹慈什么都可以聊。

那些早已功成名就的前辈，无论是隐世高人，还是声势正盛的剑仙，总会有人因此大受裨益，甚至会因为一个武道四境的少年，而感到自惭形秽。

曹慈，中土神洲的曹慈，家世平平，祖上世代务农，甚至算不得小富之家。一场战火，世外桃源被夷为平地，曹慈开始随着难民流民颠沛流离，每天都会有生离死别。

然后他被一位独自策马走江湖的高大女子看到，收为弟子。女子当时将他抱在怀中，在风雪夜中，两人一同骑乘骏马，她对不过七八岁的孩子笑道："曹慈，从今往后，你就是我裴杯唯一的弟子了。"

　　曹慈慢悠悠地穿过剑气长城以北的城池，一路上有熟人搭讪，他就陪他们闲聊；若是无人招呼，他也会偶尔停下脚步，仰头看看飘来荡去的纸鸢、高高翘起的屋檐，或是那些贴在门上黯然无光的彩绘门神。

　　最后他缓缓走上城头，回到那栋老茅屋后边的小茅屋。闲来无事，他随手翻了几本书，都只看了几页就放下。他走出茅屋，在走马道足足走了七八里路，才找到那位站在城头上眺望南方的陈爷爷。

　　白衣少年轻轻跃上城头。

　　一老一小，相对无言。

　　出了铺子，宁姚问过了鹳雀客栈的位置，就带着陈平安往捉放渡那个方向走去。结果在客栈所在的小巷的口子上，陈平安遇到了满脸焦急的桂夫人，以及闷闷不乐的金粟。

　　看到了安然无恙的陈平安，桂夫人如释重负，没有说什么重话，甚至没有询问陈平安为何迟迟未归，只是与那个陈平安口中的宁姑娘打了声招呼，就返回泊在捉放渡的桂花岛。一大摊子生意，让她忙得焦头烂额，加上玉圭宗姜氏公子的那档子事情，很是烦心。

　　金粟本来还想抱怨几句，这个家伙害得自己给师父责骂得狗血淋头，只是她第一眼看到那个身穿墨绿长袍、神色从容却锋芒毕露的宁姓佩剑少女，便有些不敢说话。

　　三人没有去客栈，宁姚听说他们今天要去逛倒悬山麋鹿崖等景点，就说她也没有去看过，一起去便是。

　　金粟内心有些惴惴不安，可是她不愿自己表现得太过怯懦，便主动开口，与那个瞧着不太好相处的宁姑娘闲聊。

　　宁姚其实没什么傲气，只是懒而已，像金粟这样半生不熟的人问她问题，她一样会回答，只不过每次回答得十分简略。

　　到最后，金粟实在是不知道如何跟宁姚打交道，便开始沉默，气氛有些尴尬。

　　这个年纪不大的宁姑娘，自称来自剑气长城。

　　外人从倒悬山进入剑气长城，有钱就行，可想要从剑气长城进入倒悬山，听说战功彪炳的剑仙都难。

　　这不免让金粟遐想连篇，她猜测宁姑娘的姓氏，应当在其中起了大作用。

　　但是金粟只猜对了一半。

　　发生在剑气长城的诸多内幕，桂夫人不愿意跟这名得意弟子多说，所以金粟只是大略知道先前那场荡气回肠的十三之战。哪怕这个少女姓宁，金粟也只敢将她认作剑气长城宁家的嫡传子弟之一，宁姚这趟出行，可能是背负着家族任务。

由于宁姚的出现，麋鹿崖、上香楼、雷泽台，这三处风景名胜，金粟都逛得束手束脚，不太自在。金粟毕竟是桂花小娘出身，不但修道资质极好，而且生了一副玲珑心肝，所以很多时候，她会故意与宁姚拉开距离，让陈平安跟那个不爱言语的宁姑娘独处。宁姚跟陈平安在一起，往往是想到什么就说什么。

陈平安对那些风起云涌的王朝更迭、天下大势、人族兴衰，不太感兴趣。

其实他不懂这些，也不想懂。但是宁姚说了这些，他便愿意一一记下，放在心上。

金粟其实有些奇怪，为何那般性情冷淡的姑娘，愿意跟闷葫芦陈平安聊那么多？

其间三人与其他游客一同登上雷泽台，一位手捧金银两色拂尘的老道人突然出现，站在台阶上，对宁姚笑道："师尊吩咐下来，宁姑娘若是在倒悬山有什么需要，可以提。哪怕是去孤峰看那三清铃，都可以。"

宁姚自然而然地望向陈平安，陈平安微微摇头，她便摇头道："我们不去孤峰山上。"

老道人笑了笑："那贫道就不叨扰了，只要有事，宁姑娘随便找一个道士通知倒悬山便是。"

宁姚本来不太想搭话，只是看到陈平安在跟老道人抱拳致谢，这才点点头，说了两个字："好的。"

金粟呢喃道："蛟龙真君？"

蛟龙真君是倒悬山的三把手，道法之高深，整座婆娑洲的修士都如雷贯耳。蛟龙真君本来已要离开雷泽台，闻声后笑问道："这位姑娘，可是有事？"

金粟吓得脸色苍白，赶紧摇头道："不曾有事，只是晚辈太过仰慕老真君，才忍不住出声，还望老真君恕罪。"

老道人爽朗笑道："贫道可没有这么霸道，而且倒悬山的规矩中，没有哪条说直呼贫道的道号，就要受罚。"

老道人一闪而逝。

金粟咽了咽口水，这位倒悬山的上五境老神仙，是以斩杀南海蛟龙著称于世的道家真君，他就这么站在自己眼前，跟自己聊了天？

蛟龙真君的十一境修为，绝对足以碾压世间绝大部分玉璞境练气士。没有人怀疑天君头衔是老道人的囊中之物。

在三人返回鹳雀客栈的时候，反而是宁姚主动开始聊天，与金粟一问一答。宁姚心情不错，之前陈平安在麋鹿崖山脚的摊贩那边，买了一对小巧灵怪，阴阳鱼样式。

到了鹳雀客栈，那个不苟言笑的年轻掌柜说客满了，宁姚二话不说，直接摸出一枚谷雨钱，将其放在柜台上，问够不够。

年轻掌柜眼皮一颤，正要说话，陈平安已经抢回谷雨钱，对年轻掌柜笑道："宁姑娘跟我们是朋友,掌柜的,你给通融通融?"

年轻掌柜笑道:"我倒是想通融,可我总不能赶走其他客人吧?鹳雀客栈还要不要名声了?以后生意还怎么做?"

宁姚直截了当道:"那我换别的客栈住下。"

陈平安深呼吸一口气,掏出一枚自己的谷雨钱,轻轻放在柜台:"麻烦掌柜跟客人商量一下?"

年轻掌柜微微一笑,收起谷雨钱:"好说,客官等着。"

陈平安将之前那枚谷雨钱还给宁姚,宁姚问道:"这是做什么?"

陈平安笑道:"我请你住客栈啊。"

宁姚摇晃手心,掂量着那枚谷雨钱,无奈道:"你挣一枚谷雨钱多辛苦,可是在我们剑气长城,这玩意儿不怎么值钱。你这叫打肿脸充胖子,很无聊的,换一家客栈又怎么了,住哪里不是住,我没你想的那么娇气。"

陈平安伸出手,笑道:"那你把谷雨钱还我?"

宁姚白了他一眼,果断收起了那枚谷雨钱,幸灾乐祸道:"你就等着心疼吧。"

鹳雀客栈腾出了最大的一套屋子,在一间书房的偏门外边,陈平安觉得很好。宁姚没什么感觉。

年轻掌柜离开之前,当着三人的面,笑着将那枚谷雨钱放在桌上:"我琢磨了一下,觉得这钱可能太烫手,我是不敢收了。姑娘住在这儿,跟陈公子一样,该是多少钱,我就记在账上,回头跟桂花岛要钱。"

陈平安一头雾水。金粟对年轻掌柜报以感激的眼神。

陈平安坐在桌旁,伸手去拿那枚谷雨钱,那枚钱却被宁姚一巴掌按住,被她收了起来。

看到陈平安一脸茫然,宁姚轻轻挑眉,似乎在挑衅,陈平安便笑着假装什么事情都没有发生。

金粟识趣地告辞离去。

房门关上后,陈平安一股脑拿出身上的家当和宝贝,一样样放在桌上。

便是宁姚都有些惊讶,感慨道:"陈平安,你可以啊,挣钱的本事这么大,怎么从善财童子变成一个进财童子了?你才是假的陈平安吧?"

陈平安学宁姚,身体后倾,双手抱胸。少年满脸得意。

倒悬山的今天,有个从来没有这样过的宁姚,有个从来没有这样过的陈平安。

直到两人美好地相遇又重逢。

桌上琳琅满目，既是陈平安的收获，也是陈平安的江湖。

一颗上等蛇胆石，是神诰宗道姑贺小凉当初在鲲船上还给陈平安的，还有一些已经褪色的普通蛇胆石。

彩衣国城隍爷沈温赠送的金色文胆，除此之外，旁边搁着一小堆金银两色的金身碎片，还有胭脂郡淫祠山神的破碎金身。

一枚出自某一代龙虎山大天师之手的印章，按照沈温的说法，此印章需要配合道家五雷正法，才能发挥威力，但是最让陈平安记忆犹新的，还是那句话：唯有德者持之。

一堆铜钱小山，谷雨钱、小暑钱、雪花钱。

一堆小竹简，有一些是以寻常竹子削成，更多的还是由魏檗以竹楼剩余的青神山竹子打造而成，上边刻满了名言警句和诗词佳句，有崔东山跟他一起练拳时朗诵的圣贤文章，有李希圣在竹楼外墙上画符的文字，有陈平安从山水游记里摘抄而来的片段，有从江湖上的道听途说而来的无心之语……

在梳水国渡口购买的一只斗鸡杯，不值钱，但这是陈平安难得的额外开销。

剑修左右赠送的两根金色龙须，以及作祟老蛟死后遗留下来的一件金色法袍，和一颗好似泛黄丹丸的老珠子。

一只白瓷笔洗，从古榆国刺客蛇蝎夫人那边获得，之所以没有在青蚨坊卖出，是因为陈平安喜欢那一圈活泼灵动的文字。

一本《剑术正经》，一枚身为咫尺物的玉牌，都是老龙城郑大风送的。

一本文圣老秀才赠送的儒家典籍,几本从胭脂郡太守府邸得到的山水游记和文人笔札。

一枚刻有"静心得意"的印章。

一枚没了"山"字印做伴的"水"字印,显得有些孤零零的。它被陈平安放在了最靠近手边的位置。

当然还有那本相伴时间最久的《撼山拳谱》。

宁姚翻翻检检,一样样打量过去,最后笑道:"都给我了?不留点私房钱?"

宁姚心中有些懊恼,私房钱算怎么回事,以后跟陈平安说话,不能再这么没心没肺了。切记,这不是剑道修行。

陈平安显然没有察觉到宁姚言语中的深意,指了几样东西,一本正经道:"这本《撼山拳谱》,你是知道的,不是我的,我只是帮顾璨保管,不能给你。齐先生送给我的印章也不行,还有城隍爷的那枚天师印章,我觉得给你不太合适。其余的,你想要就都拿去吧。"

宁姚撇撇嘴:"不稀罕,你都留着吧。"

陈平安一拍脑袋,将腰间的养剑葫芦姜壶摘下,放在桌上,再从剑匣里抽出那张栖息有枯骨女鬼的符箓,解释道:"这只养剑葫芦,是我购买几座山头的彩头,山神魏檗帮我跟大骊要的;这张符箓里头,有一个挺凶的女鬼,在桂夫人的帮助下,她跟我签订了六十年契约,如今就住在剑匣里头。桂夫人说这剑匣又叫槐宅,阴物身处其中,能够滋养魂魄,增长修为,就像是它们独有的一座小洞天福地。"

宁姚问道:"枯骨女鬼,漂亮吗?"

陈平安想了想:"就那样吧,不如一个山庄的嫁衣女鬼好看,嫁衣女鬼又不如你好看。"

宁姚怒气冲冲道:"陈平安,你变得这么油嘴滑舌,是不是跟阿良学的?"

陈平安笑着摇头道:"没呢,都是我的心里话,好话跟油嘴滑舌,可不一样。"

宁姚呵呵笑道:"那你是不是骗了许多姑娘的真心?"说到这里,宁姚趴在桌上,转头望向个子高了许多、皮肤也白了一些的陈平安,好像有些灰心丧气,"我如今再也不能一只手打五百个陈平安了。你走过大半个宝瓶洲,那么多小地方的姑娘,说不定真会把你当作神仙,然后喜欢你。"

陈平安赶紧摆手道:"没有哪个姑娘喜欢我,一路上不是打打杀杀的仇家,就是终有一别的萍水相逢。"说到这里,陈平安叹了口气,也趴在桌上,用手指轻轻戳着养剑葫芦,"我当时离开家乡,是乘坐一艘俱芦洲打醮山的鲲船,我在船上遇上了一对姐妹,一个叫春水,一个叫秋实,跟我差不多岁数,后来鲲船坠毁,可能再也见不到她们了吧。"

陈平安瞥了眼桌上那只不起眼的笔洗,他跟它相隔不过一尺多距离,可跟她们已经隔了很远。

宁姚非但没有觉得陈平安起了花心,反而轻声安慰道:"生离死别,免不了的。"她还是把一边脸颊贴靠在桌面上,"在剑气长城这边,老的小的,男的女的,只要一打仗,每次都会死很多人,有你不认识的,有你认识的,你根本顾不得伤心,不然死的就是自己了。只有等到大战落幕,活下来的人才有空去伤心,但是都不会太伤心,最多对着剑气长城的南方,遥寄一杯酒,人人都是这样。"宁姚眼神深深,如陈平安家乡的那口铁锁井,幽幽凉凉,"就像之前在酒铺喝忘忧酒,我跟你随口说起的那件小事,我跟朋友喝送行酒,有人阴阳怪气地说我爹娘的事情。你问我生不生气,生气当然有,但是没外人想的那么多。为什么,你知道吗?"

陈平安趴在那儿,跟她对视着,只能微微摇头。

宁姚给出答案:"因为那个说怪话的人,终有一天,也会死在战场上,而且他一定是慷慨赴死,就像他的祖祖辈辈那样。一想到这个,我就觉得不用太生气,几句话而已,轻飘飘的,还没身边的剑气重。说不定哪天我就会跟这些人并肩作战,或者是谁救了谁,又或者只能眼睁睁地看着谁死了。"

陈平安点了点头,然后坐起身,又摇头道:"宁姑娘,你这么想——"

宁姚翻白眼道:"我不想听道理,不许烦我。"

别人的道理,她可以不用听,比如家里老祖宗的、城头上老大剑仙的、离开倒悬山的阿良的、身边同龄朋友的,可如果是陈平安说的,她就只能被他烦,那还不如一开始就让他别说。

陈平安"哦"了一声,继续趴着,果真不讲那些自己好不容易从书上读来的道理。

宁姚突然坐起身:"你真要去剑气长城那边?"

陈平安跟着坐直,点头道:"教我拳法的老前辈说,只要登上城头,就能淬炼武夫的神魂,只要别死在那边,就会有很大的收获。而且不知道为什么,上次跟那对夫妇喝过了忘忧酒后,我总觉得我从第四境到第六境,有种水到渠成的错觉,好像只要我想升境,就可以轻松做到。不过我当然不会傻乎乎地就这么一路破境,一步走得不扎实,以后就悬了。但是我有一种直觉,喝过了黄粱福地的美酒,以后七境之前,四到五和五到六,这两次破境会简单很多。"

宁姚拿过那只养剑葫芦,随意晃荡起来,睫毛微颤:"那你得好好感谢他们啊,给了你这么一桩机缘。"

陈平安点头道:"那当然,所以这次去剑气长城,看看能否再次碰到他们。"

宁姚想了想,没有多说什么。

陈平安有些忐忑:"可是先前给人抓去剑气长城,太难受了,我怕站都站不稳,还怎么登上城头?"

宁姚解释道："其实没你想的那么夸张可怕，城头那边本来就是剑气最盛的地方。你如果是从倒悬山入关，一步步往城头那边走，循序渐进，慢慢适应，就会好受许多。剑气长城有点类似青冥天下的天外天，是一个无法之地。十三境的飞升境剑修，都不会被强迫飞升，谁都不管我们的死活，就连天道都不管这里，所以很多外乡剑修都喜欢来此历练，参加战事。上次你在骊珠洞天上空，见到的那拨天上剑修，就是俱芦洲的练气士。这次有他们助阵，表面上妖族三次攻势都无功而返，在城头下撂下了数万具尸体，这些尸体全部变成了我们购买倒悬山渡船物资的本钱，但是我觉得没这么简单，相信抓你去剑气长城的陈爷爷，和其余两位坐镇此地的圣人，更能够看得出来。"宁姚笑了笑，"境界越高的修士，尤其是上五境的修士，无论是人族还是妖族，进入别人家的地盘，就越会水土不服，这就是圣人坐镇一方天地，占尽天时地利的关键所在。打个比方，青冥天下的道家掌教陆沉，之前进入浩然天下，境界最高也就是十三境，这是礼圣订立的规矩，而儒家圣人进入青冥天下，也不例外。圣人之间，虽有大道之争，可这并不意味着他们不会相互尊重。说出来你可能不太信，妖族之中，也有值得我们剑修敬佩的存在，哪怕他们是战场上必须分出生死的敌人。同样，妖族里也有很多大妖，会钦佩我们之中一些厉害剑修。

"在我们剑气长城，只要不是剑修，像你这样的武人，还有诸子百家的练气士，都会很难熬。这有可能是一笔天大的福缘，更有可能你们会被这边的剑道意气，彻底磨坏了大道根本。有两个例子，一个是历史上有个俱芦洲的洞府境剑修，在这里一步步成为仙人境修士；一个是扶摇洲的仙人境修士，非但没有在此找到破境契机，反而一口气坠回元婴境。"

陈平安突然说道："阿良教了我十八停的运气法门。"

宁姚愣了一下："这家伙对你不错啊。在咱们这边，只有立下大功的剑修，才有资格传授某个人这门运气方式，他们几乎都是传给最得意弟子，或者家族继承人。不过你别高兴得太早，十八停更像是一种仪式，是在表明，剑气长城的剑意世代传承，始终有后辈继承最早一辈上古剑仙的剑意，其实十八停本身，不算多高明的运气剑诀。

"北边城池里头的那些个大家族，每家都有真正的上乘剑诀，陈家剑诀可以重骨，董家剑诀能够洗髓，齐家剑诀擅长炼神，宁家剑诀磨砺本命剑的剑锋，姚家剑诀侧重剑气的虚实，纳兰家剑诀可以让气意互补，这些剑诀都好到你们浩然天下的剑修无法想象的程度。不管怎么说，你既然学会了十八停，到了剑气长城，会更快适应，是好事情。"

陈平安咧嘴而笑。

宁姚随口问道："按照时间来算，你学了快两年了吧，十八停走完几停了？十五？十六？最少也该过十二停了吧。在十二停之后，每一停都会比较难跨过去。你毕竟不是剑气长城土生土长的人，慢一些很正常。我身边一些朋友，胖子花了八个月走完十八停,小董天赋更好一些,才半年,其余几个差不多是九个月到一年之间。不过小董的姐姐比较厉害,才三个月而已,只是董家这么多年一直藏藏掖掖,不愿意对外泄露真相。在剑气长城,跟我差不多大的人,走完十八停的,大概有三十人。所以我们这一辈,被视为剑气长城三千年以来,最强的一批人。长辈们都说只要给我们五六十年,妖族在下一个千年,就会见不到剑气长城的城头。"

陈平安一脸呆滞。

他历尽千辛万苦,才勉强破了第七停的门槛,能够一鼓作气走完十二座气府,然后就开始大雪封山,雷打不动,让人觉得过第八停的希望太过渺茫。

宁姚看见陈平安的脸色后,便停下话头:"那就不说我了。"

陈平安试探性问道:"你多久?"

宁姚皮笑肉不笑:"呵呵。"

陈平安不愿死心:"呵呵是多久啊?"

宁姚忍了半天,见陈平安没有放弃的意思,只好老实回答:"就是'呵呵'这么久,我刚听完十八停口诀就学会了。"

陈平安哀叹一声,拿过养剑葫芦,默默喝了一口酒:"当初拿到《撼山拳谱》,学拳是这样,如今十八停,练剑还是这样。我是不是一辈子都追不上你啊,那还怎么成为大剑仙……"陈平安不等宁姚说什么,就已经自己想通了,"不过没关系,饭要一口一口吃,别人如何,都是别人的好,自己越来越好,自己知道就行了,哪怕慢一些都没事。之前答应你练完一百万拳,当时连自己都不敢想象这辈子能打完,结果这么快就只剩下两万拳没打了,以后怎么样,谁知道呢?"

宁姚问道:"别人?!"

说错话的陈平安满脸尴尬,只好呵呵一笑。

宁姚想了想:"那就早点去剑气长城?"

陈平安摘下腰间的那块玉牌,犹豫道:"可是我应该明晚子时才能入关。"

宁姚雷厉风行地起身道:"你把东西收起来,我带你过去,那个什么蛟龙真君不是说了有事找他们吗,倒悬山自己说的,总不好反悔,走吧。"

陈平安本就想着早一点在剑气长城练拳也是好事,他将桌上的物件全部收入飞剑十五当中。宁姚再次看到了这把本命飞剑,提醒道:"既是飞剑,又是方寸物,很难得,要珍惜。"

连宁姚都觉得"难得",肯定不是一般的价值连城。陈平安点点头,记下了。

陈平安先去跟金粟说了一声,要提前去剑气长城。那个桂花小娘站在自己房门口,百感交集,她与陈平安和那位宁姑娘微笑告别。

离开鹊雀客栈,宁姚带着陈平安来到孤峰山脚。小道童一瞥那少年不合规矩的通关玉牌，再看那小丫头一脸天经地义的神态，气得又从蒲团上跳起来。好在陈平安已经开始解释："这位仙长，之前我们在雷泽台那边遇上了蛟龙真君，他跟宁姑娘说，他的师尊已经颁下法旨，可以为宁姑娘破例。如果仙长不放心，可以与老真君商量一番，如果实在不行，那我就明晚再走这道门。"

小道童斜眼看向陈平安："你谁啊！这小姑娘的情郎？"

陈平安只是眨眼，不说话，跟小道童装傻。

小道童心中默念，与那个按照辈分算是他师侄的蛟龙真君聊了一下，再打量了一眼宁姚跟陈平安："你们可以过关去剑气长城了。"

既然打定了主意，小道童就不再为难两人，他一屁股坐回蒲团，大概是觉得那个小姑娘太气人，干脆后仰倒去，手脚摊开，大大咧咧躺在蒲团上，然后打开那本道家典籍，将其盖在自己脸上，眼不见为净。

宁姚伸手握住陈平安的手，轻声道："记住，跨入剑气长城之后，被剑气海水倒灌气府是正常事，你不能急，越急气机就越乱，只会一团糟。"

陈平安点头道："懂了，我就当是在拉坯，只要心稳，一切就稳。"

宁姚白了他一眼："泥腿子！"

陈平安笑着握紧她的手。

宁姚加快步伐，牵着陈平安匆忙跨入镜面大门。

坐在拴马桩上头的抱剑汉子啧啧称奇："那边的年轻一辈，估计得疯掉不少喽。这傻小子接下来的遭遇，肯定不比妖族好到哪里去。"

脑袋被书本覆盖的小道童闷闷道："虽然我不喜欢这丫头的臭脾气，可看到她给一个愣小子骗到手，还是有些心疼啊。一个天一个地，这两人怎么凑一块的？不是乱点鸳鸯谱嘛。谁牵的红线？站出来，我一定戳死他这个半吊子月老。嗯，先戳个半死，留半条命容我骂死他。"

孤峰高楼之巅，三清铃之中的一枚叮咚作响，但它并未响彻倒悬山，昭告天下。随后一缕气机转瞬掠至小道童脑袋之上，钻入书中，那本书好似神灵附体，啪一声合上，对着小道童，左一巴掌右一耳光，很是清脆悦耳。

根本来不及躲避的小道童如遭雷击，然后恍然大悟，抱头求饶道："师叔，我错了我错了……"

一步跨入剑气长城后，宁姚心中一凛，但是很快释然。原来她带着陈平安跨过倒悬山镜面后，不是出现在姚老头和师刀房道姑所看守的那扇大门附近，而是直接来到了剑气长城的城头。他们直接省去了穿越城池和登上城头这两段漫长路程，但是如此一来，陈平安估计就要遭罪了。

果不其然，突然来到城头的陈平安，满脸涨红，然后脸色铁青，最后浑身颤抖。可是陈平安的眼神始终清澈，古井无波。

之前那次是太过措手不及，如今有了心理准备，就好上许多，即便是一步登天，直接来到了剑气最盛的城头。陈平安对于吃苦一事，实在是太过熟稔，无非是重返落魄山竹楼二层而已，只要不是当场暴毙，陈平安的心境，如拴马桩，如江河砥柱。

两人所在的这段城头，附近并无剑修巡游侦察或砥砺道行。

一位伛偻消瘦的老人从原地一步走到此地，笑望向宁姚，她有些脸红。

老人笑了笑，双手负后，虽然之前已经看穿大骊少年的底细，可今天还是绕着陈平安又转了一圈，他点头道："果然如此。"

随即老人有些遗憾，喃喃自语："阿良哪怕在这里待了一百年，身上那点书生意气还是没有磨干净啊。他拿了那把剑，差不多能跟道老二五五开，如今这般舍了家当，只是在天外天互换拳头，有啥意思？一个剑修没有剑，一个道人把自己当纯粹武夫，成何体统……不过话说回来，以她的脾气，未必愿意跟随阿良便是……可是选择这个质朴少年，也讲不通啊，难道是垂死挣扎，不愿就此消逝于天地之间？不对，她的性情，绝不是这样的，太傲气了，就像……不能这么说，应该是像极了她才对，那么到底是谁说服了她？文圣一脉的齐静春？齐静春一个读书人，学问应该很高不假，可与她本就不是一路人，按理说，是说服不了她的……奇了怪哉……"

虽然这位姓陈的老人与宁姚近在咫尺，而且老人并非在心中默念，可是宁姚偏偏一个字都听不到。

老剑仙想不通便不多想了。

天下事情实在太多，不近我身，便都不是重要事，更何况还他娘的不止一座天下。

老剑仙觉得必须想一点让他开心的事情，于是笑望向宁姚这个小姑娘，真好。

剑气长城，这一代年轻剑修天才辈出，三千年未有的大气象。隐隐约约之间，宁姚已经展露出一枝独秀的迹象。便是这位在城墙上刻下不止一个字的老剑仙，都很期待她那把本命飞剑的出炉现世。

之前有趟远游，宁姚这丫头不管不顾，差点祭出了尚未成熟的本命飞剑，引发了天地异象。因为剑气长城存在某些秘法，即便隔着　座小天地和两座大天下，他与城头几个老家伙也察觉到了异样。那个脾气最坏的，差一点就要破坏规矩，闯入浩然天下。所幸小丫头悬崖勒马，才没有坏了大道根本。

宁姚小声问道："陈爷爷，他不会有事吧？"

不苟言笑的老剑仙面对宁姚，那是从来不吝啬笑脸的，他微笑道："他要有事，陈爷爷估计也得有事了吧？"

宁姚狠狠瞪了一眼老人。

老人打趣道:"哟,总算有点少女模样了,看来这外乡小子功莫大焉。"

老剑仙不再逗弄小姑娘:"这小子武道底子打得极好,心性又定,不错不错,肯定熬得住,放心吧。最近这段时间,就让他在城头上熬着,当初我那个小邻居曹慈,也是这么一步步走过来的。千万别带他去北边的城里,乌烟瘴气的,再好的苗子都得毁掉。"老人说完之后,就背转过身,缓缓前行,这一次他不再运用神通在剑气长城这边缩地成寸。

老人就这样默然守着这座城头,已经不知道几个一千年了。

陈平安花了五个时辰,方能缓缓挪动脚步。又过了五六个时辰,他才开始试图练习六步走桩,走得生疏,仿佛稚童头次学拳。

宁姚每天都会来城头这边几次,言语不多,然后就会返回北边的城里。

陈平安的六步走桩逐渐娴熟起来。他就这么一直往左手边出拳而走,缓慢而坚定,在感觉到筋疲力尽的前一刻,迅速转为剑炉立桩,静止不动。

这段时间,陈平安没敢靠近城墙那边,只是在走马道上走动。

据说墙头以南就是蛮荒天下,而且这座天下,到了晚上,竟然悬挂着三轮明月。

陈平安在剑气长城打一百拳,感觉比在浩然天下打几千拳都要累。

就这样走走停停,到了第三天,陈平安在依稀可见大小两间茅屋轮廓的时候,看到了曹慈。曹慈在一里路之外的墙头上练习拳桩,脚步轻灵,出拳如虹,哪怕陈平安只是个眼光粗浅的门外汉,都会由衷感叹曹慈拳架子的……完美无瑕!

陈平安是从右到左打拳,住在小茅屋的曹慈则是从左到右。两人视线交汇,双方都无停步的意思,继续各自前行,最终遥遥地相对而过。

陈平安一身拳意极为细微,绝大部分都已经被剑气死死压制。而曹慈一身刚猛拳罡汹涌外泄,肉眼可见,好像反过来压制了四周的城头剑气。

在陈平安一路缓缓走桩,最终临近老剑仙所住茅屋的时候,曹慈已经来回打完一趟拳,赶上了陈平安。

此时陈平安看到了老剑仙身边的宁姚;曹慈则看到了老人身旁的师父——大端国师、女子武神裴杯。

宁姚确定了陈平安的练拳进展之后,才放心带他走向茅屋附近的北边城头,带着他跃上城头,眺望那座城池,告诉他自己家在什么地方,她的朋友们又分别住在什么地方。

他们身后不远处,曹慈在练习一个新拳架,而女武神就在旁边微笑看着,时不时指出他那个拳架的某些瑕疵。

当天晚上,女子武神就站在城头上闭目养神,而曹慈练了一晚上的拳。

陈平安一直练习走桩到深夜,后半夜,他盘腿坐在北边城头,保持剑炉立桩,缓缓入睡。

第二天清晨,老剑仙来到双方附近,突然提议两个少年切磋一番。

曹慈无所谓,陈平安也无所谓。

于是老人以手指做剑,开辟出一座暂时的小天地,方圆十丈而已。

一位女子武神在旁观战,竟然觉得还挺有意思。

这一天,在没有任何禁制的情况下,两人就像身处浩然天下的寻常战场,飞剑、法宝、拳法,双方只要愿意,皆可使用。

在切磋之前,老剑仙告诉两个同为四境的武道少年,他们最好忘记对战双方不会死在城头这一点,将这场切磋看成一场真真正正的生死之战。

陈平安倾力出手,三战皆输。

也不知曹慈保留了多少实力,总之他三战全胜。

打完最后一场架,曹慈就跟他师父告辞离去,师徒二人就此离开剑气长城,返回中土大端。

曹慈临行前,对陈平安说道:"陈平安,你回倒悬山之前,能不能帮我照看一下,那间小茅屋?"

陈平安抹了把额头汗水,笑道:"没问题。"

这是曹慈独有的善意。

白衣少年和女子武神在走马道上愈行愈远。

老剑仙提醒陈平安道:"我要撤去小天地了。"

陈平安点点头,示意自己没问题。

老剑仙随手撤去那方天地的禁制,剑气顿时汹涌而至,陈平安当下神魂震荡,受伤不轻,只能老老实实以剑炉立桩与之抗衡。

一个时辰后,陈平安才能够走动,他与宁姚来到面向南边的城墙附近,她问道:"没事吧?"

陈平安摇头道:"这点伤不算什么。"

宁姚皱眉,指了指心坎:"我是说这里。"

陈平安的视线顺着少女青葱一般的纤细手指移动,久久没有转移。

宁姚一巴掌拍在陈平安头上。

陈平安挠挠头,赶紧亡羊补牢:"心里头,更加没事。"

男人的脑袋女人的腰,一个拍不得,一个摸不得。但是这种话,陈平安哪里敢讲。

宁姚背靠城墙,忧心忡忡地问道:"真没事?"

一天之内,陈平安输了三次,输得不能再输了。

第一次是陈平安和曹慈切磋拳法技击,双方如有默契,都很纯粹,陈平安次次出拳,好像刚好比曹慈慢上一线。

不是说陈平安的拳法不入流,恰恰相反,崔姓老人传授的神人擂鼓式、云蒸大泽式等拳招,令一旁观战的女子武神都有数次点头。

反观曹慈,则太写意闲适了,闲庭信步,未卜先知,次次料敌先机,陈平安的拳脚,就像刚好凑到他想到的地方。

陈平安从来没有打中过曹慈,一拳都没有。

在老剑仙和宁姚都觉得一场足矣的时候,女子武神竟然微笑建议,让他们再打一场,并且让陈平安放开手脚,不用拘束于拳法。

第二场,陈平安让飞剑初一和十五助阵,甚至用上了几种符箓。

可是初一和十五比起曹慈的身法,还是要慢一点,不多不少,依旧是一线之差。

这一次,就连宁姚都替陈平安感到无奈。

这就如同下棋,同样是九段国手,强九胜弱九,并不奇怪,可如果这个强九棋手,次次以半目胜出,恐怕就说明两者之间的棋力差距,不是一般的大。

最后一场架,是陈平安自己提出来的,曹慈点头答应。

第三场,陈平安开始变了,变得不像是在跟曹慈过招,而是在跟自己较劲,不断强行变更既定拳招的路数,而神人擂鼓式也好,铁骑凿阵式也罢,都是崔姓老人锤炼千百万遍的"神仙手",陈平安这种行径,看上去有些自乱阵脚。

于是曹慈的出拳,比陈平安的出拳,不再是只快一线,许多时候,曹慈在陈平安出拳之初,或是其拳架中段就打烂了陈平安的拳意,陈平安比前两场输得更惨。

然而在场三人,哪怕是武道之外的宁姚,最终都看出了陈平安的临时变阵,其大方向是对的。最主要的差距,还是在四境底子上。

第三场之后,曹慈对陈平安伸出了大拇指,只说了四个字:再接再厉。

如果观战者不认识曹慈和陈平安,肯定会觉得曹慈这是在挑衅,是在耀武扬威,或是在居高临下,俯瞰败者。

曹慈的心平气和,陈平安的心境安定,并不能改变一个事实:同样是四境武夫,陈平安如今是名副其实的曹慈手下败将。

所以"剑心澄澈、锋芒毕露"的宁姚才有此问,她担心陈平安输了第四场——无形中的心境之争。

一旦武道心境被曹慈碾压破坏,那么陈平安别说是跻身武道止境,此生跻身七境都难。

好在陈平安说他没事。

宁姚相信他。陈平安不怕死,她在骊珠洞天的时候就知道,他曾经差点死在搬山猿手下,差点为了她跟马苦玄换命。

但是不怕死,不意味着就不怕输。

一穷二白的时候,光脚的不怕穿鞋的。可是宁姚之前在鹳雀客栈看到了一桌子的宝贝,她方才知道原来陈平安已经挺有钱了,而且武道可期,所以宁姚担心陈平安会钻牛角尖。

所幸不是。

两人一起坐在朝南的城头上,肩并着肩。

宁姚将一新一旧两把剑叠放在膝盖上,陈平安依旧背负着只剩下一把槐木剑的剑匣。

她其实觉得"降妖"这个剑名挺俗气的,但是一想到陈平安还背着一把除魔,就不跟他计较了。

陈平安以双拳撑在膝盖上,身体前倾。千里之外,就是无数妖族大军的驻地,蜂拥蚁屯。听宁姚说每一次妖族大军进攻剑气长城,这个峡谷就会塞满密密麻麻的妖族,但是,它们的头顶,同样会有密密麻麻的飞剑。

陈平安跟宁姚在一起,都是想到什么就聊什么。从老剑仙陈爷爷,到曹慈和女子武神,以及他们所在的中土神洲大端王朝,再到拥有四大仙剑之一的龙虎山大天师。谈到了仙剑,自然而然就扯到了被誉为真无敌的道老二,因为他那把仙剑被誉为"道高人间一尺",然后就聊到了道老二座下一脉的倒悬山,最后回到了剑气长城,陈平安的拳法。

兜兜转转,聊得随心所欲。

陈平安从未在视野这么开阔的地方坐过,心境上更是,就仿佛直接跟一座天下面对面。

陈平安情不自禁道:"最早练拳是为了活命,等到不用担心寿命的时候,就开始想自己为什么练拳,第一次觉得我的出拳一定要更快,比谁都快。后来我又觉得我的出拳,不一定要最强,但一定要最有道理,所以我看书,向人请教学问,跟别人学为人处世,让身边的人在我做错的时候,告诉我哪里错了。"

陈平安摘下养剑葫芦,喝了口酒,有些无奈道:"我跟人讲道理,归根结底,是为了让对方也讲道理。而不是我觉得我的道理,就一定是对的。只可惜这趟走下来,很多人连道理都不愿意讲。"

陈平安突然想起剑修左右,那个剑术高绝、人间无敌的男人。好像这个齐先生的师兄,也很不爱讲道理。

陈平安将养剑葫芦递给宁姚后,站起身,配合阿良传授的十八停,开始缓缓打拳。

阿良曾经说过,他的十八停,不太一样。

宁姚皱眉道:"陈平安,你每天要练那么多拳,还要想这么多乱七八糟的?!"

"随便想想。"陈平安满脸笑意,出拳舒展自如,慢悠悠的,却不是懒散,而是自然。

宁姚转头看着一身拳法真意如流水潺潺的陈平安,问道:"那你有没有想过,你想了这么多,会拖慢你的武道修行。那个曹慈肯定不会想这么多。"

陈平安练拳不停,笑道:"他是天才啊,而且肯定是最了不起的那种天才,我又不是,我每一步都得多想多做。我是一个凡俗夫子,你不也说我是泥腿子,所以我必须每一步都先做到'不错',然后才是对,很对,最对的。我急不来的,以前拉坯烧瓷,一坐就是一下午,只有不出错,才能烧出好坯子,很简单的道理。"陈平安习惯性加了一句,"对吧?"

宁姚反问道:"简单?"

陈平安有些纳闷:"不简单吗?"

宁姚喝了口养剑葫芦里的酒,答非所问:"简单就好。"

陈平安出拳不再按照《撼山拳谱》或是崔姓老人传授的拳架,而是临时起意,人随拳走,心无挂碍。

一停一顿,时快时慢,陈平安将心神完全沉浸其中。

我的本命瓷碎了,我的长生桥断了。曾经我练拳就只是为了续命,然而我最后还是走到了这里,找到了你。

我陈平安觉得自己很了不起!

陈平安出拳越来越快,以至于衣袖之间清风鼓荡,猎猎作响。

当初坐在那座云海之中的金色拱桥上,神仙姐姐说过,我一定不能辜负齐先生的希望,因为她最早选择我,是因为她选择相信齐先生,才愿意跟他一起,去赌那万分之一的希望。

有这个一,我是这个一,就足够了!

城头上,陈平安骤然之间拳法由快变慢,竟然没有丝毫突兀。他横向移动脚步,不断对着那座蛮荒天下出拳,刹那间又从最慢变成最快,呼啸成风。

崔姓老人曾经放豪言,要教世间武夫见我一拳,便觉得苍天在上!

陈平安像是在回答一个心中的问题,出拳的同时,他大笑道:"好的!"

宁姚微微张大嘴巴,这还是陈平安吗?

宁姚破天荒有些多愁善感,喝过了一口满是愁滋味的酒,伸出一只手掌,抱怨道:"陈平安,我现在一只手打不了几个你了。"

陈平安停下出拳,蹲下身,笑道:"你打我,我又不会还手。"

宁姚翻白眼道:"你还是男人吗? 这要传出去,不管是在剑气长城,还是在浩然天下,都是要被人笑话死的。"

陈平安眼神坚定:"如果哪天你被人欺负了,不管我当时是武道第几境,我那一次出拳,一定会最快!"

宁姚指了指城头以南:"十三境巅峰大妖也不怕?"

陈平安点头。

宁姚指了指身后:"浩然天下的文庙圣人也不怕?"

陈平安还是点头。

宁姚指了指头顶:"道祖和佛祖都不怕?"

陈平安点头之后,轻声道:"宁姚,别死在战场上啊。"

宁姚转过头,不再看陈平安,她怀抱养剑葫芦,望向脚下的万年战场,点了点头,眼神坚毅:"我不敢保证一定不死,但是我一定会争取活下去。"宁姚突然笑了起来,"陈平安,那你赶紧成为天下第一的大剑仙吧!"

陈平安挠头道:"我也不能保证啊,但是我努力!"

陈平安来到宁姚身边坐下,肩头靠着肩头。

宁姚有些羞赧,便轻轻撞了一下,似乎想要撞开他,陈平安次次靠回去。陈平安的肩头,就这样摇来晃去。

最后两人安安静静地望向南方。

一肩挑着齐先生和神仙姐姐的希望,一肩挑着心爱姑娘的期望。

虽然不是杨柳依依和草长莺飞,不是春光融融和青山绿水,但是陈平安觉得这样已经很好了,不能再好了。

裴杯和曹慈师徒二人缓缓走在城头上,曹慈回望一眼茅屋的方向,神色认真道:"虽然陈平安的第三境底子,跟我的差距还是比较大,但是我觉得他是有希望跟在我后面的。"

女武神笑道:"这可是很高的评价了。"

曹慈问道:"师父,你觉得呢?"

她轻轻摇头:"我觉得如何,没有意义,要看你和陈平安以后走得如何,各自升境的快慢,每一境底子的厚薄,最终武道的高低。当然,谁能活得更长久,至关重要。"

曹慈点点头,问道:"师父,若是没有大的意外,你大概能活多久?"

对于这种生死大事,她语气平淡:"寻常十境武夫,尽量减少本元的消耗,少些病根难除的生死大战,可以活到三百岁左右,我大概能多个两百年。多出来的这两百年,又可以做更多的事情了。"

曹慈感叹道:"到底还是练气士更长寿。"

裴杯对此不置可否,问道:"关于陈平安,还有什么想法吗?"

曹慈摇摇头:"没了。"

裴杯叮嘱道："跻身七境之前，你可以离开大端王朝，但是绝对不许去往别洲。"

"晓得了。"曹慈其实无所谓，他的武道，真正的对手，只有自己。

中土神洲的高大女武神忍不住笑了起来，伸手揉了揉曹慈的脑袋。

曹慈无奈道："师父，别总拿我当孩子啊。"

裴杯走下城头之前，回望了一眼茅屋那边，她很快就收回视线，笑了笑。

跟曹慈同处一个时代的纯粹武夫，想来会很悲哀。

尊重仰慕他的，高山仰止，只能一辈子抬头看着；羡慕嫉妒他的，望尘莫及；仇恨敌视他的，抓心挠肝。

裴杯很期待自己弟子的最终巅峰，毕竟武无第二！

陈平安在城头上已经待了将近一旬时光，这天宁姚来了又走了，说是家里来了重要客人，需要她露面。

陈平安就继续沿着城头走桩，走出十数里后，他发现前方站着一个身穿宽松黑袍的小女孩，梳着俏皮的羊角辫，似乎在打盹？她一直摇摇晃晃，好像下一刻就要坠下城头，看得陈平安心惊胆战，忍不住想去扶住那个冒冒失失的小姑娘。只是两次远游，让陈平安成熟了不少，他并没有贸然出手。

陈平安只是"喂"了一声，假装是在询问，以宁姚教给他的剑气长城土话，问道："你知道茅屋里的老人是谁吗？"

小姑娘没有理睬陈平安，依旧在城头上荡秋千。

陈平安在一个自认为合理的距离停步，打量了她一眼，稚嫩脸庞上竟然还挂着鼻涕泡，果然是在睡觉。

心真大啊。

陈平安觉得她多半是一位天才剑修。

一瞬间，一个站不稳的羊角辫女孩笔直坠向城下。

陈平安下意识就要一步掠去，想抓住那小姑娘的脚踝。一只手掌按在了陈平安肩头，令他动弹不得，陈平安转头望去，发现他的左手边站着一位慈眉善目的白发老者，身材修长，发髻上别有白玉簪子。老人对陈平安笑道："小家伙，听你口音，是外乡人吧？心是好的，可在剑气长城，一定要记住一点，不要给人添麻烦，更不要给自己添麻烦。"老人指了指小姑娘"坠崖"的方向。"这位隐官大人，不需要你救。她是咱们剑气长城这一千年来，斩杀中五境妖族最多的剑修。要说妖族最恨之人，隐官大人可以稳居前三。你要是碰到她的一片衣角，恐怕就要死了，除非老大剑仙愿意跟隐官大人大打出手。"

陈平安抱拳致谢。

老人笑道："老夫姓齐，你要是不介意，喊我一声齐爷爷或是齐前辈都可以。今天南边有点异动,我刚好跟好友一起巡视城头。估计隐官大人也是来了兴致,巴不得对方展开攻势。"

老人记起一事,突然补充道:"还是别喊我齐爷爷了,喊我齐前辈就行,否则感觉像是在占老大剑仙的便宜,这可使不得。"

话音刚落,两人脚下的城墙下方,发出一阵闷响。

估计是隐官大人摔到了地上,引发震动。

老人笑着提醒道:"虽然有老大剑仙帮忙盯着,隐官大人也在,但是你还是要小心一些。兵无常法,妖族指不定什么时候就要展开下一轮攻势。好了,你继续忙吧。"

不见老人移动脚步,他就出现在了十数丈外的城头上,就这样蜻蜓点水,老人的身影转瞬之间就消失不见。

陈平安跳下城头,转身返回茅屋那边。他突然听到南方大地上响起一阵阵难以言喻的声响,不是刺破耳膜的那种难受,而是动静不大却让人恶心的那种,他赶紧走到墙头,举目望去。

在一望无垠的城外峡谷中,出现了一个大妖。陈平安站在城头上看那个东西,就像一个人低头看着不远处泥地里的一条蚯蚓。

陈平安完全可以想象,那条蚯蚓的真实体形,一定极其恐怖。

然后陈平安就看到城头这边,先前那位隐官大人坠落的方向,炸开了一团巨大的雪白光芒,如一粒珠子滚向那个大妖。

峡谷内,尘土飞扬,打得翻天覆地。

约莫一炷香后,隐官大人返回城头,站在离陈平安不远处,使劲张大嘴巴,伸出双指摇了摇一颗牙齿,最后好像不舍得将其拔下来,只是朝走马道吐了一口血水。有些生气的她大摇大摆地走在城头上,城头走马道给她踩得一步一震。

在城头结茅守城的老剑仙不知不觉来到陈平安身边,笑着解释道:"对她而言,没打死对方,就是自己输了,所以比较恼火。这时候谁都不要管她,否则会很麻烦。以前也就阿良乐意跟她唠叨唠叨,喜欢火上浇油,雪上加霜,反正经得起她的揍。如今阿良离开了剑气长城,估计她有点无聊吧。其实对面那头不太走运的大妖,只是象征性过来露一面而已。"

老剑仙带着陈平安一起走向茅屋,突然说道:"因为某些原因,你是一个例外,所以我跟你也多唠叨一些。"

陈平安点了点头,没有说什么。

这天夜幕降临后,陈平安离开曹慈建造的那间小茅屋,坐在了北边的城头上喝酒,眺望着那座巨大的灯火通明的城池,望向宁姚家的方向。

他的左边肩头忽然给人一拍,他向左望去,宁姚已经坐在了他的右手边。

她这次走上城头,拿来了一些吃食,放在茅屋那边,她还将一坛酒提到城头。陈平安递过养剑葫芦,宁姚将酒倒入其中。

酒坛空了后,被宁姚随手丢向城外,摔落在地也没有发出声响,毕竟是小小酒坛,不是先前那个隐官大人。

宁姚喝了口酒,开始发呆。陈平安便陪着她一起发呆。

宁姚轻声道:"讲不讲道理,其实跟一个人活得好不好,没半点关系。"宁姚伸出手臂,指向城池,"那边,有些人资质太好,所以只要他在规矩之内滥杀无辜,谁都拿他没办法。到了城头以南的战场上,这种人依然是响当当的大英雄,剑气冲霄,以无敌之姿凿开妖族大军,便是记恨他的人,都不得不承认,有他没他,大不一样。"宁姚摇晃酒壶,"我走过浩然天下很多地方,见过各色人。有些人只是投了个好胎,就一辈子荣华富贵,衣食无忧,每天只是在那里埋怨人生无趣,发牢骚,说自己太苦了。"她将养剑葫芦还给陈平安,"狗屁倒灶,挺没劲的,是不是?"

陈平安想了想,说道:"还好吧。别人怎么活,各有各的道理吧,不合我们心意,未必就是错的。"陈平安喝了口酒,"有烦心事?"

宁姚点点头:"有人想要买我家的斩龙台,我不愿意卖,人家便出了天价,讲道理,讲大义,讲世交情分,什么都讲,讲得我有点烦。"

陈平安没有说什么安慰的言语,只是轻轻握住了宁姚的一只手。

宁姚没来由笑了起来:"但是只要一想到你小时候过着苦哈哈的日子,饿着肚子,在泥瓶巷里偷偷哭得一把鼻涕一把泪,我就觉得其实这些都没什么。"

陈平安笑着望向远方,清风拂面,不再像最早那样刮骨锥心了,就像家乡山林中的微风,他柔声道:"这样啊。"

一夜无话,最后宁姚靠着陈平安的肩头,怡然酣睡到天明。陈平安纹丝不动,安静守夜。

他曾经见过一句很动人的诗句,在家乡神仙坟的一座泥塑神像上,不知是谁刻上去的:"自童年起,我便独自一人,照顾着历代星辰。"

明月依旧隐去,太阳照常升起,又是新的一天。

宁姚难得睡得如此踏实,她醒来后抹了抹嘴,站起身,伸了个懒腰,干脆直接御剑下了城头,往北边城池潇洒而去。

陈平安返回茅屋吃了顿早餐,然后就开始从左到右地沿着北边的城头走桩练拳。他对这一带早已熟门熟路,可以一路闭着眼睛,宁姚说今天可能不会来城头看他,所以陈平安带上了些吃食,打算走得远一点。

之前大概是靠近老剑仙的修行之地,剑修稀少,陈平安只见到了姓齐的老人,和那位隐官大人。陈平安这天一直往右手边练拳行去，就看到了更多的剑修，老幼男女皆有，既有来此汲取剑意、砥砺剑道的年轻一辈，他们往往独自练习剑术，或是沉默悟道，也有按例巡查城头、成群结队的剑修，他们见到了背负剑匣却打拳的陈平安，无一例外，都没有和他打招呼，人人眼神漠然。

陈平安这才对齐姓老人那句话有了些感触，剑修在这里，不愿意麻烦别人，更不愿给自己找麻烦。

正午时分，陈平安坐在城头吃着宁姚送来的肉脯和点心，细嚼慢咽。远处有一拨少年少女前行，他们一共二十余人，出剑凌厉且整齐，身姿矫健，剑招刁钻而简捷，剑意偏向杀伐、阴沉。有一位独臂中年剑修脚步轻灵地追随着方阵，在旁指指点点。这应该是同一个姓氏的年轻子弟在此修行。

陈平安没敢多看，免得被当作偷师别家祖传剑技的冒失鬼。

那名独臂剑修看了眼正在进餐的陈平安，想了想，做了一个手势，年轻剑修们欢呼一声，迅速停下修行，三三两两席地而坐。有一群远远跟在剑阵后方的男女，立即摘下包裹，给这些少年少女拿出午餐，神态恭敬。

宁姚说过，剑气长城这边等级森严，极其讲究家族传承和实打实的战功。比如那个隐官大人。"隐官"并非姓名，而是一个历史悠久，却没人能说出一个所以然的奇怪官职，总之隐官头衔世代承袭。隐官在剑气长城执掌督军、定罪、行刑等事，历任隐官中有很多碌碌无为者，就像剑气长城北边的影子，往往沦为城中大族的应声虫，但是这一代隐官大人，大不一样。

她是公认的剑气长城第四把手。十三之争，第二个出战的，就是这个脾气暴躁的"小姑娘"，对方那名战力卓绝的大妖，直接认输退出，气得她独自在战场上乱砸乱捶了整整一刻钟。剑气长城的剑修和妖族就这样看着她发泄怒火，双方都早已习以为常。

在听宁姚大致讲过十三之争的首尾后，陈平安除了记住双方阵营的巅峰战力，更记住了那个"一家之学，半壁江山"的阴阳家陆氏。

双方只在最后一刻才水落石出的出战次序，可能是另一场悄无声息却暗流涌动的大战。

这位隐官大人，为人族开了一个好头，只是剑气长城这边中盘崩溃，几乎溃不成军，所幸阿良横空出世，收了一个好尾。

陈平安吃完午饭后，就起身继续打拳，往前而走，其间他又见到了那位姓齐的老人，不过这次老人身边跟着一个面容俊美的中年男子。齐姓老人气势内敛，而男子气势鼎盛，瞧着便像是压过老人一头。

陈平安没有上前搭话，只是停下走桩，微微低头，抱拳致意。

老人笑着点头致意，亦是没有跟这个外乡少年寒暄客套。

之后陈平安遇到了两个坐在城头喝酒的青壮剑修，以及一个站在城头上持剑不动的独臂少女，剑极大。

陈平安看见他们后就默默跳下城头，绕过他们，等他们离得远了，再跳上城头继续走桩。

黄昏时，陈平安还看到了几个从南边城下飞掠而起的剑修，他们越过走马道，御剑向北。

陈平安看了眼天色，潦草地吃了顿晚饭，转身返回。直到深夜他才回到小茅屋，结果一推门，借着明亮的月色，陈平安就看到了那个隐官大人，正在偷吃他的食物。陈平安站在门口一动不动，羊角辫"小姑娘"缓缓转过来，腮帮鼓鼓的，一点都没有做贼被抓的觉悟，反而一脸责备和警惕地望向陈平安，像是在问你谁啊，来我家做甚？

这不是入室行窃的小偷，根本就是下山打秋风的土匪啊。

陈平安只好默默退出茅屋，掩上房门。他怕一言不合，就给这位战功彪炳、性情乖张的隐官大人，一剑戳个稀巴烂。

陈平安去往茅屋后边的北城头，坐着喝酒。他突然听到身后一阵拍掌声响，转过头，看到隐官大人收起手掌，指了指茅屋那边，随后扬长而去。

是提醒我可以回去收拾残局了？

陈平安一阵头大，为小心起见，他还是坐在原地，等到她走远了，才回茅屋看了一遍，宁姚带来的吃食，已经所剩无几。

陈平安叹息一声，收拾完这间乱七八糟的屋子后，重返城头，开始练习郑大风赠送的《剑术正经》。他依然虚握长剑，手中并无真正的长剑，主要是练习开篇的雪崩式和镇神头。

宁姚今天没有来到城头探望陈平安。陈平安便在后半夜返回茅屋躺下，安然入睡。

第二天清晨，陈平安刚走出茅屋，就看到那位隐官大人大踏步而来，身后带着几个少年少女。她径直走入屋子后，很快就怒气冲冲地走出茅屋，瞪大眼珠，使劲做出凶神恶煞的模样。她兴许是在责问为何茅屋今天没有东西可偷吧。她身后那几个气质不俗的少年少女，都有些幸灾乐祸。

陈平安脸色尴尬，只好装傻扮痴。

如果她不是隐官大人，陈平安真的想要捏一捏她的脸颊。

隐官大人这次是真的有点生气，她脚下的剑气长城轰然一震，身穿一袭宽松大黑袍子的她掠向高空，转瞬即逝。

宁姚在下午来到剑气长城，听陈平安诉说经历后，笑着说："不用担心，那位隐官大人就是这样的脾气，吃过她苦头的剑修不计其数，但她其实是个很好对付的顺毛驴，喜欢听人说好话，送她漂亮东西，一概全收。但是她吃干抹净或收下东西后，撑死露个笑脸，从不念旧情。如果惹上了隐官大人，也有办法，剑气长城那些个运气不好的，就会在她出手之前果断开始装死，她会觉得出手打死这种废物，脏了她的手，往往一笔勾销，而且她也不太记仇，也有可能是她根本记不住那些人。"宁姚记起一事，"听朋友提起过，隐官大人跟小茅屋里的人关系不错，破天荒地青眼相加，曾经有人看到姓曹的将隐官大人放在脖子上，然后他一路打拳，行走在城头，当时有个路人差点吓破了胆。"

陈平安感慨曹慈真是厉害。

宁姚笑道："以前不熟，我最近多打听了一些曹慈的事情，得出一个结论，跟曹慈走在同一条道路上的纯粹武夫，其实挺惨的，尤其是所谓的武道天才。"宁姚接过陈平安的酒壶，喝了口酒，脸色红润，"一座天下的练气士，很难有公认的同境第一，因为本命飞剑、法宝仙兵这些东西，其实不算身外物，很多生死大战，一锤定音的恰好就是这些东西，所以机遇福缘会改变很多既定事实。武夫不一样，不太依仗这些，甚至反感这些，因此会有拳无第二的说法，输就是输，赢就是赢。"

陈平安点点头，他曾经在泥瓶巷见到的大骊藩王宋长镜，之后在竹楼出拳的崔姓老人，以及艰难破境后登天而行的郑大风，都与山上神仙截然不同，那种"我争第一，谁与争锋"的宗师气势极为显著。

宁姚将酒壶递还给陈平安："我的结论其实只说了一半，你觉得曹慈很厉害，可是我觉得你更厉害。"

陈平安咧嘴傻笑，能够让心爱的姑娘认为自己厉害，那就真的是厉害。

宁姚认真道："因为同一个时代的武夫，肯定没有几个人能够与曹慈交手，没有几个人能够真正领教曹慈的那种'无敌'气焰。你不但跟他交过手，而且一打就是三场，全输之后，你在跟他的心境之战中却能够不输，这真的很难得。"宁姚咳嗽一声，坐直身体，拍了拍陈平安的肩膀，"这很难得，要保持，再接再厉。"

陈平安原本还在郑重其事地想着宁姚的话，突然发现宁姚眼中的促狭，便知道她是在模仿那个曹慈，故意捉弄自己，陈平安笑得合不拢嘴，连酒都顾不上喝了，对宁姚说道："你学他一点都不像。"

宁姚翻白眼道："你学他就像？"

陈平安摇头道："我不学他，我也不用学他。"

宁姚啧啧出声，不知道是欣赏还是打趣。

陈平安呵呵一笑。

宁姚何等聪慧，立马就知道这家伙是在学自己在鹊雀客栈时的模样，她直接捶了陈平安肩头一拳："喝你的酒！"

陈平安果真喝了口酒，然后笑道："哇，今天的酒好像格外好喝。"

宁姚瞥了眼陈平安手里的养剑葫芦,蓦然脸红起来,又给了陈平安一拳,气呼呼道:"男人就没一个好东西!"

陈平安提着养剑葫芦,一头雾水。

宁姚起身御剑离去,不忘回头狠狠瞪了他一眼。

陈平安眨了眨眼睛,满脸无辜。陈平安挠挠头,继续喝酒,琢磨来琢磨去,就是想不明白自己怎么就不是个好东西了。只不过陈平安倒是感觉宁姚其实没有生气,就是有些……害羞。

陈平安觉得萦绕心扉的这种滋味不坏,好像比喝了美酒还美。

有一个在剑气长城高空御风蹈虚的俊美男子,正是之前齐姓老人身边的那位,无意间撞见了这一幕,他笑了笑:"原来是个不开窍的愣头青。"

陈平安喝过了酒,别好养剑葫芦,起身练习剑炉立桩。

月光入怀,皎皎在肩,一夜安宁。

天微微亮后,陈平安猛然睁眼,发现自己竟然一动不动地立了半夜桩。他有些后怕,这要是一不留神掉下城头,人家隐官大人可以毫发无损,而他肯定就是下边墙根的一摊肉泥了。

陈平安做了几个舒展筋骨的动作,跳下城头,回茅屋吃过了宁姚昨夜准备好的早餐,然后继续枯燥无味的走桩,沿着城头走马道往右而去。

一路上,陈平安遇上了一个满脸贱笑却杀气腾腾的少年胖子,老规矩,他跳下城头绕过,再重返城头时,又看到城头上站着一个姿容俊美、略显阴柔的少年,然后看到一个满脸疤痕的黝黑少年,最后看到了那个背负巨剑的独臂少女。只是今天她身边多出了几个年轻女子,这些女子仿佛将宽阔城头当作了郊游地点,一条锦绣绸缎上,摆满了精美的吃食。

当陈平安再次从城头上跳回走马道时,她们便一个个望向他。陈平安与她们远远擦肩而过的时候,她们还在对着他指指点点。

陈平安头皮发麻。

其实为何如此,他一清二楚,前前后后的这些家伙,肯定就是宁姚之前描述过的那些朋友,而且都是并肩作战的生死同伴。

这是陈平安第二次有些埋怨自己脚上的草鞋。第一次是在大隋京城,他怕给李宝瓶、李槐他们丢脸,还专门买了双崭新的靴子,只是他并没有去东山的山崖书院,便跟崔东山离开了京城,穿了一会儿新靴子就将其脱下来,换上了最习惯的草鞋。

陈平安更希望将自己收拾得更好些,哪怕不是曹慈、崔东山那种与人相得益彰的仙气装束,也一定要干净整齐,就像林守一那种,最好带一点书卷气,哪怕是暂时的都好,发髻上再别上一支玉簪子,腰间的养剑葫芦就不用换了,剑匣也不用……

陈平安继续前行,心中哀叹,有些后悔。走着走着,陈平安突然笑了笑,他抬起脚,低头看了眼脚上的草鞋:"老伙计,可不是我嫌弃你啊,你的任劳任怨,我很感激,你看你那几双阵亡在游历途中的同伴,我可是都收好了的,一双也没有扔掉,都在十五的肚子里头养老呢。嗯,书上说这叫颐养天年,哈哈,想要含饴弄孙,就是为难我了……"

自言自语的陈平安没有发现,那些过来看他是何方神圣的家伙,如下锅的饺子一般,一个个主动"掉下"了城头,原来是宁姚从城头上空一路御剑而来。胖墩少年、董黑炭和俊美少年纷纷落荒而逃,那些女子则忍着笑意,胡乱收拾起包裹,御剑离开城头。

陈平安转过头,看到宁姚御剑而至,骤然悬停在城头外边的高空,然后缓缓飞掠,与陈平安的走桩速度相当。

宁姚无奈道:"你别管他们。"

陈平安笑着点头。

宁姚御剑在空中划出一个美妙弧度,撂下一句:"我还有事,明天找你。"

陈平安还是在深夜时分回到两栋茅屋附近,这次老剑仙不知为何站在北城头上,像是在遥望那座没有城墙的城池。陈平安快步跑过去,喊了一声陈爷爷。老人收回视线,点了点头,然后伸手指向北方:"就是这么点人,可能还不如浩然天下一座州城的人多,挡住了妖族这么多年,我自己都觉得奇怪。"

陈平安不知道如何回答,便不说话。

老剑仙转头笑望向陈平安:"陈平安,我们相处得还算不错,对不对?"

陈平安点点头。

老人笑问道:"可是如果我说我跟曹慈处得更好,对他期望更高呢?"

陈平安仍然不知道如何回答。

老人不着急听到答案,只是在看陈平安的眼睛,更是在看陈平安的心境,老人有些唏嘘。

这一次这位阿良嘴中的老大剑仙,甚至运用了剑术神通,直指陈平安的神魂深处。

原来如此。

原本挺好的一个修道坯子,如果顺风顺水,运气好的话,大概在浩然大卜,修出一个地仙是不难的,可惜早早给人摔得稀巴烂,如瓷器碎成了一片片,在长生桥被打断之前,就早早遭受了一场更大的劫难。

心境,心镜。

镜子碎片有大有小,老人见到了最大的几片,上面所承载的画面,景象各异。

说难听点,这是一个类似养蛊的过程,不是弱者俯首朝拜强者,而是彻底没了。少年这么多年应该在竭力拼凑碎瓷片,而且并不自知。

说好听点,就有些高妙了,这算是天行健,自强不息,强者愈强,最终一两片碎片,越来越璀璨夺目,如日月悬空,群星暗淡。

心境之争,与修为高低关系不大,所以极为凶险,练气士有很多的说头和秘法,什么扪心自问,叩心关,什么君子参省己,什么破心中魔障。

有些旁门左道和邪门歪道,以诸多下乘的、不入流的观想之法走捷径。总之,其中学问很大,而且很杂,如同山脉起伏,一座座山峰有高有低。

而儒释道,就是三条独立的大脉,这就是所谓的立教称祖。兵家是一条断头山脉,只差一点就成功了。曾经作为四大显学之一的墨家,有点类似兵家。就像大江大河,不管多长多宽,如果最终不能入海,距离成为大渎始终有着一步之遥。

陈平安始终没有给出答案,老剑仙却已经得到答案。

老人微笑道:"先前你跟宁丫头聊到道理的时候,我刚好不小心听了一耳朵,想不想听我唠叨一点过来人的看法?"

陈平安果断点头。

老人笑道:"我可以告诉你一个诀窍,可以既讲道理,又过得还不错,一定不至于将来有一天自己把自己憋死。"

陈平安眼睛发亮:"老前辈你请说!"

老人轻声笑道:"听好了,那就是过成这个样子。你该这么告诉自己……"老人略作停顿,然后继续说道:"我某某某……嗯,比如我说'我陈清都',你就得说'我陈平安'了。"

说到这里,老人自顾自笑了起来,陈平安也跟着笑起来。

老人双手负后,身形佝偻,眼神平静,望着那座静谧祥和的城池:"我这辈子处处讲道理,事事讲道理,已经讲了足够多的道理了,我问心无愧,结果你们还是这个鸟样。不好意思,我这一次,不跟你们讲道理了。"

陈平安只是安安静静地听着老人说话。

老人眯着眼:"当然不讲道理的次数不可以太多,一百年有个一两次,肯定没问题。比如这样。"

老人向北方缓缓伸出一手,剑气长城头顶的巨大夜幕,如黑布被撕裂开来,一瞬间大放光明,最终却只有一条极其纤细却极为璀璨的光线从天而降,砸入城池中的某处,随后地面上有无数的金色光芒炸裂开来,如有上五境的剑仙在这一刻金身崩坏。

陈平安张大嘴巴。

老人呵呵笑道:"喝口酒压压惊。"

陈平安傻乎乎摘下养剑葫芦,将其递给老剑仙。

老人本是打趣身边少年,便没有伸手接过养剑葫芦,他转过身,摇头晃脑地缓缓前行,而后轻轻跳下城头,自言自语道:"傻丫头找了个傻小子,绝配。"

剑气长城某处响起一声叹息,似乎此人并不认可老剑仙的暴起杀人,但是又不愿出面理论。

叹息之人身边,有个苍老嗓音随之响起:"玉璞境而已,何况陈清都出手事出有因,你就忍忍吧。"

叹息之人复叹息。

苍老嗓音无奈而笑,尽量劝解道:"跟陈清都讲你们这套儒家规矩,如鸡同鸭讲,有何意义? 再者,你们儒家学说是'近人之学',不求成佛,不求长生,脚下大道不高也不远,何必苛求陈清都事事奉行规矩,让他做圣贤完人? 你只要勿以圣人标准衡量陈清都,就很简单了。"

那人淡然道:"陈清都的任何一次不讲理,所造成的影响,恐怕凡夫俗子的一万次不讲理都比不上。"

老人笑了:"人家陈清都是剑修,你是儒士,不一样的。"

那位儒士沉默许久,最终喃喃道:"夫子何为者,栖栖一代中。"

劝解无果的老人又是叹息一声。

剑气长城以北的城池中,有人暴喝道:"陈清都!"一束长虹平地而起,裹挟着势不可当的风雷之势,直冲城头。

已经跳下城头的佝偻老人皱了皱眉头,轻轻挥袖,将站在城头上的陈平安扯到自己身后,而他刚好站在陈平安原先站的位置,直面那名气势汹汹的剑修。老人眯着眼道:"怎么? 家族子弟中出了妖族奸细,你还有理了?"

那名剑修悬停在城头以外四五丈处,他是一个须发和衣饰皆是雪白的高大老人,相貌极其威严,哪怕是面对剑气长城资格最老、剑道最高的老前辈,这位老者依旧毫无敬惧之意,满脸怒容质问道:"我董家自有家法家规处置叛徒。退一万步说,隐官尚未判定我孙子的罪行轻重,你陈清都凭什么处置董观瀑?!"老人咄咄逼人,骤然提高嗓音,"你当我董三更死了吗?!"

陈清都满脸讥讽之意:"在董观瀑死在我剑下之前,我确实是当你董三更死了。一个板上钉钉的妖族内应,你董家愣是查了一个月的工夫。你信不信如果换一个姓氏,比如姓陈,一天我都嫌多?"

董姓老人怒气冲天:"一个愿意悔改、将功补过的玉璞境剑仙,难道不比一具尸体更有利于剑气长城?"

陈清都甚至都不屑反驳,他冷笑道:"我一剑之下,竟然还有尸体? 难道这个小畜生偷偷摸摸跻身了仙人境?"

自称董三更的高大老人气得眼睛瞪圆，一身剑意汹涌澎湃，如惊涛骇浪拍打城头。

陈清都一挑眉毛："怎么，要出手？"

董三更一步向前踏出，怒极反笑道："别人都怕你陈清都，我不怕！出手就出手，有何不可？！"

一个稚气的嗓音在远处城头响起，有些哀怨委屈："行了，都怪我，是我舍不得董观瀑那么快死，毕竟小董是我最喜欢的几个家伙之一，我现在多喜欢曹慈，当年就有多喜欢董小鼻涕虫，既然现在已经死了……就死了吧。"出声之人，是那个身穿一袭大黑袍子的羊角辫小姑娘，剑气长城这一代的隐官大人。

这一处城头四周，已经遥遥出现了十数名剑气长城的顶尖剑修，或是大姓的家主，或是战力卓绝的剑仙。唯独少了那两位有资格与陈清都平起平坐的圣人。

一个俊美容貌的中年男子厉色道："董三更，这件事是你做得不对，一开始就错了！这么多年来，你对董观瀑寄予的期望太大了，才会让董观瀑的剑心变得那么极端，执意孤身前往妖族腹地历练，导致了这场祸事。他觉得剑气长城有了个董三更，有了个阿良，还可以多出一个董观瀑，我觉得不是。他年轻气盛，不听就算了，可是你董三更呢？难道你不知其中凶险？"

董三更脸色冷漠："我董家儿郎，就该有这种野心，我为何要劝他？我巴不得董家子孙一个个都比我董三更剑道更高！"说到这里，董三更嗤笑道："咱们董家，毕竟不是陈、齐、纳兰这样的家族，没那么多花花肠子。"

董三更这一棍子下去，几乎打死了半座剑气长城。

那俊美男子冷哼一声，不再说话。

齐姓老人此时缓缓开口道："事已至此，还能如何？大敌当前，我们难道还要闹内讧？"

一位相貌清癯的长衫负剑老者轻轻点头："不管如何，当下最重要的还是应对妖族的攻势，不可自乱阵脚，白白便宜了南边的那些孽畜。"

老剑仙根本不理睬这两位好心捣糨糊的，更没有息事宁人的意思，他盯着董三更，笑道："如果立功就可以赎罪，那我今天是不是可以宰了你董三更，然后让隐官撕去几页功劳簿，就当没事了？"

董三更哑口无言。

气氛尴尬，凝滞沉重。

陈平安在老剑仙身后看着这一幕，只觉得城头上的剑气，在这些人出现后，便开始有了重量，压得他几乎喘不过气来。

董三更突然环顾四周，怒喝道："看你娘的好戏，凑你娘的热闹，滚滚滚！"

十数位剑气长城的中流砥柱知道，这是董老匹夫在给自己找台阶下了，今天这架打不起来,便纷纷返回北边的城中。

众人纷纷退散,陈平安这才看到原来宁姚也在其中。她缓缓御剑靠近城头,董三更瞥了眼小丫头,没好气道:"宁丫头,莫要学你那废物爹娘,你,我还是很喜欢的。"

宁姚面无表情。董三更也不以为意,转身御风返回城内。

站在城头上的隐官大人,是最没心没肺的那个,一直在偷偷打哈欠,此刻她突然皱着脸,犹豫了一下,张大嘴巴,伸出拇指抵住那颗不安分的牙齿,轻轻晃了晃,最后还是不舍得拔掉,合上嘴巴后,转身嘟嘟囔囔地走向远处。

老剑仙陈清都对于今夜的风波好似见怪不怪,他对宁姚笑了笑,掠下城头,走向那间老茅屋。

陈平安重新跃上城头,与宁姚并肩而立。

宁姚没有太多情绪起伏:"剑气长城一直就这样,好在祖上留下来的一条规矩没怎么变。"

陈平安好奇地望向宁姚。

宁姚缓缓道:"剑尖朝南。"

简简单单四个字,就让开始学剑的陈平安心神摇曳,激荡不已。

陈平安忍不住转头望向南方。宁姚伸手摘下陈平安的养剑葫芦,开始喝酒。

陈平安收回视线,轻声问道:"那个做了叛徒的董观瀑,是不是你说的那种人?曾经是战场上的英雄,在城内则不太讲理?"

宁姚摇头道:"恰恰相反,小董爷爷一直是个不错的人,在剑气长城以北,从来深居简出,不太爱跟人打交道。我小时候偶尔见到他,他虽然不善言辞,但次次都会对我笑,就像自家长辈一样。"

宁姚盘腿而坐,无奈道:"谁都不知道,为什么小董爷爷要投靠妖族,可能是当年那趟以身涉险的历练,出了很大的问题吧。其实离开剑气长城,孤身去往蛮荒天下砥砺剑道的剑修很多,因为在那边,中五境的妖族都以修炼出人族相貌为荣,平日里就跟我们没什么两样,只有在战场上的危急时刻,才会现出真身,凭借强横的先天体魄抵御飞剑。所以剑修只要小心隐蔽,其实不太容易被妖族看破身份。"

人之所以为万灵之首,就在于人之窍穴气府,本身就是世间最玄妙的洞天福地,所以妖族才会孜孜不倦地修炼出人身,之后修行就会事半功倍。落魄山的青衣小童和粉裙女童便是如此。

宁姚继续说道:"当然,一些剑气长城天才剑修,早早就被巅峰大妖暗中记下,再以秘法记录在册,他们就难以行走蛮荒天下。但是那本册子,听说名额有限,上边写下名字的剑修不会太多,往往是我家乡这边战死一个剑仙,再添加一个。照理说,小董爷爷出门远游的时候,不过是寻常的元婴境剑修,不该在册子上,底蕴深厚的董家,又有独门秘术遮掩气机,很难被察觉。"

宁姚没有说一件事。她是那本古怪册子上记录在案的剑修之一,而且是剑气长城历史上被记录在册的年纪最小的剑修。宁姚在十岁之前就已经被记录在册。

历史上那些有此待遇的天之骄子,无一例外,都在三十岁之前,就被阵斩在剑气长城以南的沙场。

妖族对此从来不计代价。

往往一位天之骄子的生死,都会牵扯到一名甚至是数名大妖、剑仙的生死。

妖族觉得城头上有一个陈清都就足够了。万一再多出一个什么宁清都、姚清都,就不是只死一两个上五境大妖的事情了。

剑气长城的无奈之处,则在于这类天之骄子,若是不早早去沙场历练,不在生死之间迅速崛起,而只是养在剑气长城以北,哪怕有数位剑仙精心传授,仍是没有半点可能成长为下一个陈清都、阿良或是董三更。

陈平安突然问道:"我在这里,是不是会害你分心,妨碍你修行?"

宁姚点头,"嗯"了一声,没有否认,而且毫不犹豫,然后她说道:"但是你在这里,我会很开心。在家里斩龙台修行的时候,经常会忍不住想起你,就会发呆,发完呆,就会直接跑来找你,回去后匆匆忙忙处理些家族事务,然后一天好像就这么过去了,睡觉前又想着第二天见你。"

这就是宁姚。

齐静春曾经告诫过对她一见钟情的学塾弟子赵繇,最好不要喜欢上宁姚,因为她是一把无鞘的剑,锋芒毕露,很容易伤及旁人,甚至伤己。宁姚看待这个世界,始终黑白分明,几近无情。

只是如今多出了一个陈平安。

陈平安斩钉截铁道:"最多三天,我就要离开这里,然后去往最像剑气长城的俱芦洲,练拳也练剑,争取以最快的速度跻身武道第七境,有资格参与这边的战事,然后我再来找你!"

宁姚默然,她知道这样是最对的,可她就是不愿意说话,不愿意点这个头。相反,她还会抱怨身边这个家伙,为什么可以这么快就下定决心。

陈平安想喝酒,可是养剑葫芦被宁姚攥得紧紧的,她好像还故意换了一只手拿养剑葫芦,让它离陈平安更远。

宁姚突然说道:"历来妖族攻打剑气长城,都会持续二三十年,给你十年时间跻身第七境,够不够?"宁姚横眉立目,"就十年,不能再多了!"

陈平安挪动屁股,面对她而坐,笑道:"好的,但是你一定要等我。"

宁姚扭扭捏捏侧过身,与他相对而坐,将养剑葫芦递还给他,这才点头道:"好的。"

陈平安接过酒壶,仰头喝了口酒。

宁姚轻声道:"我有很多毛病。"

陈平安微笑道:"没关系,我喜欢你。"

宁姚眼眶红润。

陈平安伸出一只手,微微颤抖,轻轻抚在宁姚的脸颊上。

宁姚有些脸红,但是没有拒绝,她只是闭上了眼睛,不敢看他。

就在天地寂寥,仿佛只剩他们两人的时刻,有个不合时宜的咳嗽声轻轻响起。

陈平安赶紧缩回手,借喝酒掩饰自己的尴尬,宁姚则转头望去,狭长双眉上挂满了杀气。那个不速之客,正是老剑仙陈清都,他站在两人不远处,负手而立,满脸笑意:"突然想起一件事,怕回头就给忘了,要赶紧跟陈平安说一下。"

"你们讲就是了。"宁姚拿过酒壶后,面向城池而坐,背对着老剑仙。

陈平安跳下城头,问道:"陈爷爷,什么事情?"

老剑仙笑道:"南边老瞎子的画,好看,西边老秃驴的鸡汤,好喝,中土那个读书人的字,俊俏。这几个人,我都觉得很有意思。但是最有意思的是这些老家伙,一个比一个死不掉。"

宁姚忍不住转头道:"陈爷爷,按照你以前的说法,东海不是还有个臭牛鼻子吗?"

老剑仙点头道:"就是想到了这个家伙,才想跟陈平安说一声。"

宁姚疑惑不解。

老剑仙伸手指了指陈平安:"你的长生桥,修不修,其实意义不大,不如另辟蹊径,去找这个道人。虽然你极有可能会被拒之门外,但是我觉得你既然能走到这里,说不定会是个例外。"

陈平安心弦一震,问道:"陈爷爷,该怎么找这位高人?是去东海吗?好像我们宝瓶洲就在东海之上。"

老剑仙摇头道:"是去东南方的桐叶洲,找一座观道观。"

陈平安愣在当场,有些犹豫,这与他的初衷不太相符,但是既然老剑仙都这么说了,肯定有其深意。

老剑仙说道:"你这槐木剑匣,很有来历,不如借我十年,我可以拿一把剑跟你换,十年之后再换回来便是。这把剑会在你到达桐叶洲后,帮你指明寻找那个东海老道人的大致方向。至于你侥幸找到他之后,人家愿不愿意帮你,就得看你陈平安自己的造化了。"

陈平安点头道:"好!"

陈平安摘下剑匣,取出槐木剑降魔,宁姚问道:"能不能把木剑留给我?我也跟你换一把剑。"

陈平安挠头道:"槐木剑是齐先生送给我的,不能转送给你,但是你可以将它留在身边。还有,你不用给我剑,剑气长城这么缺剑,而我暂时也用不着剑。"

宁姚招招手,陈平安便将槐木剑轻轻抛给她,然后将剑匣递给老剑仙。

那张原本放置在剑匣内的符箓,早已在进入倒悬山之前,就被陈平安放入飞剑十五之中,否则那个枯骨女鬼恐怕早就在剑气长城灰飞烟灭了。

当老人手指触及槐木剑匣的一瞬间,它就凭空消失了。

老剑仙一手负后,一手双指并拢在身前迅速一抹,老人和陈平安之间,露出一把带鞘长剑的真容。

老剑仙以眼神示意陈平安接住长剑。陈平安伸出双手接住坠落的长剑,他本以为可以轻松接住这把剑,结果一个踉跄,差点摔了个狗吃屎。

老剑仙神色淡然:"剑名'长气',剑鞘与剑身不过七斤重,剑气却重达八十斤。负剑之人,可以日夜淬炼神魂。"

陈平安没了剑匣,暂时没办法背负这把长气,只好捧剑而立。

老剑仙打量了一眼陈平安,点头道:"总算有点剑修的样子了。"

宁姚猛然转头望向南方。

老人笑了笑:"现在知道为何打搅你们两个了吧。"

宁姚眼神凌厉,刹那间御剑升空。

老人转头对陈平安说道:"赶紧跟宁丫头告个别,我送你回倒悬山。"

陈平安抱剑而立,仰起头,望向宁姚,但是一时间却说不出一个字。

宁姚也低头望去,随后赶紧将养剑葫芦丢给陈平安。

老人笑道:"儿女情长,倒是不输剑气。那就这样吧,一肚子情情爱爱,留在下次见面再说。"

老人屈指轻弹,刚刚接住养剑葫芦的陈平安向后倒去。

下一刻,陈平安站定后,就发现自己已经不在城头,而在倒悬山孤峰山脚的广场上了。

这边唯有大日高悬,没有那座天下三月悬空的异象。

坐在拴马桩上的抱剑汉子,看着持剑拎葫芦的呆滞少年。

离别而已,却让陈平安都忘了自己有酒可以浇愁。

剑气长城的南方城头上,一个羊角辫小姑娘坐在边缘,晃动双脚,自言自语道:"我想变成一棵树,开心时,在秋天开花;伤心时,在春天落叶。"

第五章
天 真

　　小道童起身走出蒲团,将那卷道家典籍卷起来,轻轻拍打手心,看着失魂落魄的少年,这位能征善战却在浩然天下名声不显的天君,便有些高兴。多半是跟那个惹人厌的姑娘分手了吧?

　　小道童难得安慰人,尽力挤出一张自认慈祥、真诚的脸庞,笑眯眯道:"那样的臭丫头,脾气太差,性子太冷,也就模样好一点,家世好一点,资质好一点,前程好一点……你喜欢她做甚?所以说嘛,分开就分开了,你瞧瞧这倒悬山,街上随便一抓一大把的温柔姑娘,瞧那腰肢细的,跟一条条腌白菜似的,最不稀罕了。你看上了哪个?我帮你。"

　　陈平安无奈一笑,没有附和,这种法力通天的人物,就不要招惹了。

　　跟嬉皮笑脸的小道童,陈平安只是不缺礼节地告辞离去,至于那个抱剑汉子,只要是大白天,依旧万年不变地在打瞌睡,陈平安便没有打搅人家的白日美梦。

　　宁姚之前提起过这位,十三之战,此人出战第九场,输了,而且是输给一位不过百岁的十二境大妖,输得极为可惜。那个手握仙兵的年轻大妖横空出世,一战成名,其名号传遍剑气长城以南的那座天下,抱剑汉子则来此受罚,在倒悬山画地为牢。

　　抱剑汉子属于散修剑仙,五百岁高龄,在剑气长城却没有开枝散叶。传闻他在中五境之初,有过一个修为平平的道侣。她战死沙场后,这位剑仙在之后的漫长岁月里,就再没有迎娶过任何一个女子。他跟谁的关系都不错,但跟谁都算不得关系最好。

　　修道之人,尤其是上五境练气士,子嗣一事,既大又玄,尤其是女子想要登仙证道,需要早早斩赤龙,所以生育颇为不易,而且兵家之外的练气士,不太愿意沾染太多俗世因果。除非把握极大,能够诞下资质极好的修道坯子,否则生育一事,就会一直搁置下来,只等机缘。

不然在山上的仙家门第,如何安置那些平庸如凡俗夫子的子孙后代?养鸡犬不成?

若是这些资质差、眼界却高的可怜虫,愿意安分守己,一心等死也就罢了,可事实上,在历史上他们惹出的灭门祸事,不胜枚举。而且哪怕修道之人愿意对这些子孙给予耐心和亲情,可一场场白发人送黑发人的无奈离别,到底是伤心事。

富贵绵延,香火传承,是自家事。证大道,修长生,是自己事。

宝瓶洲大骊王朝上空的骊珠洞天,虽然是三十六小洞天里占地最小的一座,方圆千里而已,可它却备受瞩目,其原因就在于这座小洞天的人物,资质之好,匪夷所思,寻常市井男女成亲生子,就有望诞下洞天之外两位地仙眷侣苦心孤诣的结果。

陈平安回到鹳雀客栈,得知桂花岛已经返航。陈平安向年轻掌柜询问去往桐叶洲中部的渡船有哪些,大致是在倒悬山哪个方向的渡口。

年轻掌柜世代扎根倒悬山,对此如数家珍。桐叶洲的海域风急浪高,天然不适合渡船航行,桐叶洲南方地带极为闭塞,跨洲渡船的渡口几乎都在北方,北方桐叶宗之所以能够压过南方玉圭宗一头,与此有关。

最后年轻掌柜向陈平安推荐了一艘在海底航行的吞宝鲸渡船,由倒悬山上香渡登船,直达桐叶洲中部的扶乩宗。

吞宝鲸在一旬后起航,陈平安就在鹳雀客栈订了一间屋子。

年轻掌柜坐在柜台后打着算盘,瞥了眼少年背影,有些疑惑,背剑还是背剑,怎么木匣没了,还多出了一把陌生的长剑?他摇摇头,不再多想,反正在倒悬山奇怪事太多了。

这不前不久就有个中土神洲的少年,其武道破境的契机,竟是一步从剑气长城跨入倒悬山的瞬间,他引发了从未有过的天地异象,使得镜面大门出现剧烈震荡,以致坐镇孤峰的大天君都不得不亲自出手,才压下大门的骇人动静。

还有一拨海上甘霖宗的女子仙师,带来了无数具蛟龙之属的尸体,在倒悬山大赚了一笔。蛟龙真君是出钱最多的一个,他购买了大量的金银两色蛟龙之须,以致跟人赊账无数。没有人觉得这位倒悬山真君是傻子,因为如此一来,那把本就属于半仙兵中佼佼者的拂尘,现下多半已经趋近于仙兵。

甘霖宗的修士当中还有一名年轻男子,这名刚刚入赘甘霖宗的幸运儿,不但被大名鼎鼎的甘霖宗滂沱仙子相中为道侣,而且被甘霖宗祖师勘验出极佳的修道资质,随后又得一位享誉南海的雨霖仙子的垂青,与其结为夫妻。两位有望跻身地仙的金丹境仙子共侍一夫,如此良缘,羡煞旁人。

修行路上，命好与命不好，实在是云泥之别。

陈平安这趟去往剑气长城，到了城头就没挪过窝，在那边的时候，总觉得很多话可以慢慢说，等到被丢回倒悬山，才发现已经来不及说了。但是他愁归愁，也谈不上多伤心，担心倒是有很多。

陈平安领着钥匙来到住处，其实没有什么东西可放，一把剑，背着，一只养剑葫芦，挂着，除此就没什么外物了。在年轻掌柜的建议下，陈平安很快就离开房间，去往客栈附近的商铺购买必需品。

一部讲述浩然天下风土概况的《山海志》，这是仙家书籍，一页之上，能够记载十数幅图画和三四千字，画面与文字如水似云，缓缓流转。一本介绍桐叶洲雅言音律的书籍，一本介绍中土神洲大雅言的书籍。陈平安可不希望到了桐叶洲后，从头到尾都没办法跟人交流。虽说桐叶洲与宝瓶洲的情况大致相似，王朝藩国之间，多有官话和方言，可学会一洲山上仙门与王朝庙堂通用的雅言，势在必行。

倒悬山的物件，尤其是法宝灵器，几乎不存在走运捡漏的可能性，这里的练气士修为高，眼力毒，而且这些物件往往价格昂贵，要高出其他地方不少，但是有一点很好，就是几乎没有什么假货。有本事在这里开店的商家，几乎都是千百年的老字号，不存在什么一锤子买卖，因此格外珍惜招牌名声。

既然兜里有钱，暂时又没有什么钱生钱的法子，总不能把钱放着发霉，陈平安就想着为林守一和谢谢两人，分别购置一件实用的灵器，贵一点也不怕。至于小宝瓶、李槐和于禄，则不需要为他们购置，前两者都不算修行中人，年纪还小，于禄跟自己一样是纯粹武夫。

陈平安买了书之后，就去往灵芝斋。他第一次跟金粟来此游览时，走马观花，看得不够仔细。这次陈平安有了目的，就更加明确针对，价值连城或要求练气士有一定境界的法宝，看也不看一眼，陈平安希望找一样修行雷法的道书或是灵器，要不然就是当初张山峰机缘巧合之下获得的甘露碗，能够日积月累地帮助修行之人收集天地灵气。

哪怕缩小了范围，陈平安还是看花了眼。他在灵芝斋仔仔细细来来回回，足足转了半天，心里大致有了想法，挑选了十数样心仪之物，才返回鹳雀客栈，晚上再思量权衡一番，明天应该就可以入手了。这些物件有一部旁注为孤本的雷法道书；有两种洗髓伐骨的上品丹药，一种出自扶摇洲玄素宗，一种出自婆娑洲香炉山，都是道家丹鼎一脉的名门大派；灵器则有七八样。

其间陈平安无意中瞥见三颗兵家甲丸并排放在一只木匣内，按照旁边的文字注释，这就是古榆国国师披挂的那种神人承露甲，但是品相要高出极多，而且三颗甲丸能够同时穿戴于一人之身，披甲之人却不会有丝毫累赘之感，防御力之高，可想而知。就是价格太吓人——三万枚雪花钱!

一枚雪花钱,大致等价于千两纹银。一颗小暑钱,相当于一百枚雪花钱。一颗谷雨钱,等于十颗小暑钱。这就是山上神仙交易钱币的"千百十"规矩。

陈平安记得当初打醮山鲲船的镇船之宝,好像也不到这个价格。

更何况其中两枚甲丸都存在着略有破损的情况,修复得并不完善,称不上"无瑕"。

这还远远不是灵芝斋最贵的法宝,许多仙家法宝,干脆不用雪花钱或是小暑钱标价,而是用上了谷雨钱。

有个琉璃柜中,漂浮着一根带着火焰的金黄色羽毛,没有任何旁注,标价一百谷雨钱。

某些一看就宝光四溢或是瞧着极其不起眼的货物,连标价都省了,只写了"面议"二字。

陈平安看得直牙疼。

这天晚上,陈平安决定了最终要买的两件东西:那部灵芝斋自称"世间孤本,可惜残缺数十页,否则无价";送给林守一;还有一副无法恢复成甲丸状态的神人承露甲。其实两物的价格都大大超出了陈平安的预期,几乎相当于法宝的价格。

陈平安想好了之后,就不再犹豫。

脸色微白的陈平安开始走桩练拳。

他不是心疼钱才脸色这么差,而是因为背负着那把老剑仙暂借十年的长气,被丝丝缕缕的剑气不断渗透神魂。背着这把剑时间久了,就要大吃苦头,有点类似崔姓老人的神人擂鼓式,重在累加。

陈平安发现十八停运气法门,比起杨老头传授的吐纳之法,可以在更大程度上,帮他与这些"冻人心脾,洗涮魂魄"的剑气相抗衡,不过还是很辛苦难熬。

这种很熟悉的痛感,反而让陈平安感到心安。

第二天,陈平安去灵芝斋购买了这两件东西,一手交钱一手交货,没有任何意外。

唯一的意外,是钱货两清后,灵芝斋额外送了一枚羊脂美玉小件,上面雕刻着白牛衔灵芝。

灵芝斋的人说今天是一位掌教祖师爷的诞辰,灵芝斋每逢佳辰,都会给一些花钱足够多的贵客,赠送一件小礼物。只是这件小礼物是后天灵器之中最便宜的,属于富贵门庭的案头清供,让人随手把玩而已。

陈平安也发现今天的客人明显比昨天更多,某些在长辈护送下离开灵芝斋的孩子,手中确实有类似白玉灵芝如意的把件,心中便释然了。

陈平安回到鹳雀客栈。夜幕沉沉,在陈平安走桩的休息间隙,传来一阵轻轻的敲门声,他转头望去,轻声问道:"谁?"

门外有男人以剑气长城的方言笑道:"拴马桩上看门的那个,宁丫头要我给你捎个口信,顺便给你带一样东西。"

陈平安犹豫了一下,上前开门,然后悄无声息地后退数步。

好在的确是那位抱剑汉子,容貌可以掩饰,但是那份剑气的独有意味,作不得假。

男人这次前来,没有捧剑,他看到陈平安的疑惑眼神,笑道:"既然职责是看门,总得留点东西在那边,所以人来了,剑放在了拴马桩上边。"男人是直爽性子,他丢给陈平安一只比拳头略大的小包裹,"宁丫头送你的。你可以在倒悬山稍等一段时间。你不是有两根金色蛟须吗?我可以找人帮你制成一根不错的缚妖索。你要是不愿意等,我就省去一桩人情了。"男人自顾自坐在桌旁,给自己倒了一杯茶,"再就是宁丫头找人问过了,那件金色法袍挺值钱的,是一件品秩极高的法袍,寻常的陆地神仙也难求。它名为'金醴',是一位龙虎山天师府贵人的珍稀遗物。他与家族决裂之后,与世隔绝,仙逝于孤悬海外的南方岛屿,金醴被散修侥幸获得,最后被蛟龙沟的那头老蛟强取豪夺。你穿在身上,肯定会合身的,毕竟是实打实的法袍,大小宽窄,能够因人而异。拿出来吧,我帮你施展一点小术法,金灿灿的,太扎眼。"

陈平安这次没有任何犹豫,直接从方寸物拿出了金色长袍。抱剑汉子打了个响指,然后粗略地向陈平安解释了一下。男人所施展的障眼法,与魏檗给陈平安的养剑葫芦所施的障眼法差不多,依旧是地仙以下的练气士看不出端倪。当然如果遇上生死之战,法袍会自然而然地庇护陈平安,谁也不是傻子,肯定会发现蛛丝马迹。

男人离开的时候,拿走了那两根金色蛟龙长须。

陈平安关上门,轻轻打开那个棉布小包裹,里头是一块长条形的斩龙台,大小与手掌相当,关键是上边正反两面都刻了字:天真,宁姚。

这自然是唯有大剑仙才能造就的大手笔,多半是宁姚爹娘精心打造的,作为礼物送给小时候的女儿。

宁姚长大之后,有一天,她遇上了喜欢的少年,便送给了心爱的少年。

陈平安就在鹳雀客栈安静等待,离开了剑气长城那处无法之地,打拳又变得轻松起来,他不知不觉就打完了最后八千拳。

这一天,陈平安停下最后一次拳桩,默默坐在桌旁,掏出一枚翠绿可爱的小竹简。这枚竹简跟其他竹简不一样,没有刻上隽永优美的词章,而是陈平安用作计数的小道具,何时十万拳,何时二十万拳,何时五十万拳,上边都记得一清二楚。

陈平安伸出手指,细细摩挲着上边的一道道刻痕。有一些是一千拳甚至是数百拳的计数刻痕,那些时候,往往是陈平安心情最为烦躁的时期,比如在那座破败古寺与齐先生分别之后,比如桂花岛那场浩劫之后,等等,总之,心不静时的练拳,哪怕出拳走桩再多,陈平安都不会将其计入一百万拳之列。

就这样,一百万拳了。

平平淡淡,四境还是四境,陈平安还是陈平安。

陈平安收起那片竹简,这位老伙计就算解甲归田了。他拣选出一片崭新的青神山竹简,打算下一个百万拳,就刻在它上边。

窗外的阳光溜进了屋子,像一群不爱说笑的稚童,玩累了后,它们便懒洋洋趴在桌上、地上、少年的肩头。陈平安安安静静坐在原地,什么都不去想,或者想了些什么却不用记住,也挺好的。

一阵熟悉的敲门声响起,陈平安立即回过神,这次他没有问是谁。有关那名抱剑汉子的一切,陈平安都记得很清楚,说话腔调,面容神色,剑意气概,哪怕是敲门声这种无关紧要的细节,陈平安都没有放过。出门在外,小心驶得万年船,这份谨慎的重要性,一点都不比拳法低。

陈平安起身开门,果然是那位喜欢打瞌睡的剑仙。他进了屋子,将一根细软的金色绳索放在桌上,笑道:"以老蛟长须制成的缚妖索,是名副其实的法宝了。我找了倒悬山一位道家符箓派的世外高人,他截留了两段拇指长短的蛟须,象征性作为报酬,事实上他制造此索所耗费的天材地宝,肯定比这点损失要多出许多,光是从一份青词奏章上小心剥落的三朵云纹,就不比这两截蛟须差。之所以说这些,不是跟你邀功,有一说一罢了,归根结底,还是宁丫头的面子。"

陈平安一直没有落座,拱手抱拳道:"多谢剑仙前辈。"

抱剑汉子摆摆手,指了指金色的缚妖索:"粗略炼化之后,心意所至,中五境妖族都难逃束缚,只不过面对金丹、元婴两境,这根绳子支撑不了多久。缚妖索之所以流传天下,尤其是品相高的缚妖索最被云游四方的练气士钟爱,就在于它与龙王篓差不多,一招克敌,属于'一招鲜,吃遍天下'的上等法宝。"

汉子突然发现陈平安脸色古怪,问道:"怎么了?"

陈平安汗颜道:"我不知如何炼化法宝。"

汉子气笑道:"陈平安,你是在说笑话,还是觉得我好糊弄?你那只养剑葫芦里的两把飞剑,若非炼化圆满……"汉子不愧是剑气长城屈指可数的剑仙,脸色凝重起来,看了一眼陈平安腰间的养剑葫芦,点点头,不再计较此事,更没有刨根问底,直截了当道,"那我传你一道炼化法宝的通俗口诀,放心,不用承我的情,这门口诀在剑气长城那边是烂大街的货色,你就当是买一送一。以此诀炼化器物,好处是上手容易,坏处就是以此口诀炼化的缚妖索,一旦被地仙强行掳走,很容易削去你布置的禁制,成了别人的囊中之物。"汉子笑道:"所以,以后遇上浩然天下的高强妖族,能跑就跑,干脆就不要拿出此物,别想着靠它退敌,免得当了送宝童子。好了,我不能多待,我以心声传授你口诀和一些注意事项,如果一遍记不住,我可以多说两遍。"

陈平安点点头,心湖之上涟漪微漾,剑仙的醇厚嗓音在心头缓缓响起,陈平安默默记下。

男子问道:"记住了几成?"

陈平安老老实实道:"都记下了,但是恳请剑仙前辈复述一遍。"

男子笑道:"你小子倒是个不客气的。"

男子倒是没觉得丝毫麻烦,反而对陈平安的这种直爽有些欣赏,便再说了一遍口诀,比起第一次,还多讲了点他自己的心得,这些心得自然是高屋建瓴的见解。陈平安当下肯定体悟不出,只能死记硬背。

男子不是拖泥带水的人,说完了口诀,便起身离去,他走出屋子之前,对陈平安说道:"宁丫头这一代人,资质实在太好,好到了让所有老头子做梦都能笑开花的地步。而且不是三五个人,是多达三十余人,所以那座天下肯定不会坐以待毙。赢了我的那个年轻大妖,名头很大,但他未必就是百年之内妖族最强的天才。这几百年来妖族一场场攻势过后,我发现有一点很奇怪,那就是妖族那些稍稍逊色于宁丫头的修道天才,好像一个个都躲了起来,这很不合理。所以我有些担忧,总觉得蛮荒天下在谋划着什么大事,十三之战,不过是序幕罢了。"见陈平安听得认真,男子自嘲道:"跟你说这些,似乎没什么用。你听过就算了。"

陈平安执意要把这位前辈剑仙送到鹳雀客栈的门口。到了客栈外边的巷子,剑仙无奈道:"刚说过你不客气,现在就客气上了,那我也就不客气了。"剑仙化作一道虹光拔地而起,去往孤峰山脚,磅礴无匹的剑气瞬间远去。

陈平安有些头疼。客栈那边,几个客人面面相觑,年轻掌柜站在柜台后边,噼里啪啦地打着算盘,看似漫不经心,其实嘴角带着笑意。自家客栈的客人来历非凡,肯定不是坏事嘛,蓬荜生辉,能长脸的。

陈平安走回客栈的时候,那几位在倒悬山算不得出众的山上神仙,哪怕客栈大堂足够宽敞,仍是下意识地主动为陈平安让出道路。陈平安只好假装什么都没有看到,回到了屋子,开始凭借那位剑仙传授的口诀炼化缚妖索。和画符一样,他依旧无法长久驾驭这件上品法宝, 切只在纯粹武大那口真气的" 鼓作气"。

气长则力大。

不同于制成一张符箓,对长生桥崩碎的陈平安而言,使用缚妖索要更加棘手,好在跻身第四境后,换气更加隐蔽迅速,新旧交替,远远快过之前的三境。对付中五境中的洞府、观海和龙门三境的妖族,可以将缚妖索作为压箱底的撒手锏,出其不意,禁锢住对手后,然后在最短时间内给予敌人杀伤力最大的拳法。

当然,缚妖索对所有练气士都有用,只不过对付妖族效果更佳而已。

陈平安花了足足三个时辰，才一点点炼化缚妖索，大功告成之际，他早已大汗淋漓，好在屋内有那张屡试不爽的祛秽涤尘符，替他省去了许多麻烦。

陈平安摘下养剑葫芦，把它放在桌上，然后对着它发呆。

关于那场十三之战，宁姚说得全无保留，云淡风轻。

陈平安便听着她说，一点都不敢多问，还要装着只是听一个荡气回肠的故事而已。

宁姚当面跟他说："爹娘走了，我很伤心，我只是想着亲手杀敌，报仇而已，不会多想，你也不用多想。"说完这些话，宁姚仰头喝着酒，一手轻轻捂住心口。

在陈平安心中，宁姚的锋芒，在那一刻，远远比头一次见她御剑时更耀眼。

唯一能够媲美的，是在家乡小镇，宁姚双指并拢，抵住眉心，一丝金黄色光亮从眉心渗出，如开天眼，她扬言要斩开骊珠洞天这座天地，差一点就要祭出她的本命飞剑。

所以陈平安决定要练剑，要成为大剑仙。

终有一天，他要在剑气长城的南方城头上，刻字。

陈平安深呼吸一口气，收起养剑葫芦，将其别在腰间，其实最近陈平安都不喝酒了。

既然决定练剑，而且已经有了一部《剑术正经》，身后还背着一把老剑仙暂借给他的长气，陈平安便开始认真思量此事，甚至比起当初决定要练一百万拳，还要来得郑重其事。

陈平安站起身，闭上眼睛，绕着桌子缓缓踱步。

剑修用剑，江湖剑客也用剑，但是两者有着天壤之别。

当初牵走毛驴的风雪庙魏晋，其一剑风采，陈平安记忆犹新。

而问鼎一国江湖的梳水国剑圣宋老前辈也好，死在马苦玄手上的彩衣国剑神也罢，无论他们剑术再高，江湖名头再大，还是无法抗衡山上练气士，尤其是剑修。

之前陈平安之所以想要去往俱芦洲历练，就是因为听说俱芦洲的江湖剑客，其剑术造诣，比起宝瓶洲的江湖剑客要更高，高出极多。在那边，剑客如云，哪怕他们是山下的纯粹武夫，一样能够跟练气士掰掰手腕。

要成为剑仙，需要成为剑修；想成为剑修，先要有一座长生桥。旧的修复不成，而且修复了也成就有限，那就搭建一座新的，如何下手？去桐叶洲找那座东海观道观，找一个如今甚至还不知姓名的老道人。老道人既然能够被老剑仙念叨，想来肯定是一位相当了不得的老神仙，他见与不见自己，还两说。

陈平安围着桌子绕了一圈又一圈，有次不知不觉便摘下了养剑葫芦，差点就要喝酒，好在酒香扑鼻，沁人心脾，无形中提醒了陈平安，他赶紧将养剑葫芦别回腰间。

老剑仙的那把长气，到了桐叶洲后，可以为陈平安指出一个大概方向，所以陈平安才选择在桐叶洲中部地带登陆，先确定南北，然后一路追寻。

在陈平安思量桐叶洲之行的细节之时，一对夫妇来到鹳雀客栈，说是要找陈平安，他们与少年是旧识。

倒悬山上，伤人即死，这条规矩很管用，虽然也有诸多高深秘法，可以侥幸瞒天过海，可一经查实，哪怕是百年前的旧案，倒悬山师刀房道人，甚至蛟龙真君，仍会亲自出马，所以倒悬山始终是难得的太平清净之地。

年轻掌柜领着夫妇二人来到陈平安房间的廊道，指了指方向，没有继续跟随。

妇人与他道谢，年轻掌柜笑着说应该的，然后就放心离开，只是在拐角处，年轻掌柜忍不住回望了一眼，夫妇二人相貌平平，气质温和，年轻掌柜摇摇头，不再多想。

在陈平安的房间门外，男人埋怨道："直接在这小子的屋里出现，不就行了？何必这么麻烦？"

妇人瞪眼道："哪能半点礼数不讲，闺女已经是那样的性子了，还有一个你，如果我也是，真当陈平安是泥菩萨啊，谁都能欺负一下？怎么？就因为闺女运气好，找了这么好的一个孩子，就觉得什么都是天经地义的了？"

男人气呼呼道："就你看他最顺眼了！他找了咱们宝贝闺女，运气不更好？要是有祠堂，赶紧烧一百支高香都不为过。"

妇人也是个执拗性子，一听男人说这话，便停下敲门的动作，决定好好跟自己男人掰扯掰扯，省得进了屋子后乱说话，更难收拾。

自己男人糙，不爱讲究这些，可她一个妇道人家，哪能毫不在乎。

男人赶紧认错："行行行，都听你的。"

妇人狠狠瞪了眼自己男人，后者无奈道："真知道错啦。"妇人这才轻轻敲门，柔声问道："陈平安？"

屋内陈平安一下子紧张得无以复加，额头渗出汗水，应声道："等一下啊，我马上就出来。"

片刻之后，少年打开门，他换了一身衣衫，穿了那件金色法袍，他还脱下了万年不变的草鞋，换上了一双崭新靴子。

先前背着的长气，已经被他搁在桌上，腰间没了养剑葫芦，桌上也没有，竟是被少年给藏了起来。

妇人和男人相视一笑，看来是猜出他们的真实身份了。

夫妇二人跨过门槛，陈平安轻轻关上房门，然后问道："要喝茶吗？"

妇人落座后，笑着摇头，然后指了指一张凳子，说道："陈平安，你也坐。之前在敬剑阁那边我们夫妇二人遮掩面貌，是不得已而为之，毕竟倒悬山不是剑气长城，有自己的规矩，希望你能理解。"

陈平安在桌对面正襟危坐，使劲点头，双拳紧握，放在膝盖上。

男人斜眼瞥着拘谨万分的少年,越看越来气,这么不大气,不潇洒,怎么看都配不上自己闺女。结果男人给妇人狠狠踩了一脚,他只好眼观鼻鼻观心,一切交由妇人。

在妇人撤去障眼法后,男子也照做,两人露出真容。

女子绝色,男子英俊,大概这才是真正的神仙眷侣,才会有宁姚这样动人的女儿。

妇人看似多此一举地介绍自己:"你应该已经知道了,我是宁姚的娘亲,他呢,是宁姚她爹。我们两人其实早就已经战死在剑气长城以南,但是我们的残余魂魄被老大剑仙挽留,虽然与剑气长城风俗相悖,可是人都死了,还在乎这些做什么,一辈子打打杀杀,死了之后为自己'活'上一次,应该不算过分,毕竟当时宁姚还小……"说到这里,妇人便说不下去了。

男人只好顺着她的言语,接着说下去:"宁姚第一次离家出走,回来之后,我们就知道出了问题——"妇人轻轻咳嗽一声,男人只好改变措辞,"就知道了你。当时其实我们闺女还没想明白,后来她知道你要帮忙送剑到倒悬山,她有事没事的时候,就会等你。"

独自一人,坐在那座斩龙台上,看得男人心里直难受。

男人犹豫了一下,脸色谈不上半点和煦:"你真的能不辜负宁姚吗?你应该知道,宁姚跟寻常女子,很不一样,方方面面都是如此。"

陈平安虽然紧张得汗水直流,可仍正色道:"我想过,最坏的结果,是宁姚以后会后悔,会喜欢别的人,如果那个人对她比我对她更好,我就不再见宁姚了。如果宁姚一直喜欢我的话,我会努力,下次见面,我不会再像这次这样,只能成为她的负担。不管她是在北边的城池里,是在剑气长城的城头上,还是在更南方的战场上,我都会在她身边,尽我最大的努力,保护她。"

陈平安额头的汗水模糊了他的视线,他赶紧擦拭了一下,继续说道:"两个人相处,刚喜欢一个人时,可能会觉得她所有都好,但是以后在一起了,就要学会喜欢她的不好。这个道理,我是知道的。我很小的时候,爹娘也会吵架,但是从来不会当着我的面吵,吵完架之后,我爹也会在院子里闷着,但是第二天,两人就好了。虽然我一直觉得我的爹娘是天底下最好的人,但是天底下哪有什么都好的人。我会努力知道什么是对错,什么是好的,什么是不好的,然后把最好的,留给宁姚。"

男人一脸呆滞。话都给你小子说完了,我说啥?还有,你陈平安才多大一人,怎么这些道理你都懂?

妇人抬起手,用手背擦了擦眼眶,然后柔声笑道:"陈平安,小时候过得很苦吧?"

陈平安犹豫了一下,点了点头,没有说话。可是他忍着忍着,憋了半天,还是再次皱起了脸,两边嘴角往下压,颤声道:"娘亲走的时候,苦死了,我那会儿年纪太小,我能做的事情太少了,娘亲还是走了。"

上山采药,典当家里的东西,烧饭做菜,挑水,煎药,去神仙坟偷偷祈福,在背篓里放好大一捧野果,大半夜为娘亲掖好被角,问她今天好些了没有……

没有用,都没有用。

陈平安只说了这么一句话,就不再说什么。

那是一句否定当初自己的盖棺论定——年纪太小,做得太少。

妇人低下头,再次抬起袖子。男人叹息一声。

苦难一事,世间何其多,有何奇怪? 任何一个身世坎坷的孩子,谁缺这个? 可奇怪之处,在于"吃苦"二字,怎么一个吃法。

人间苦难,不消说也,说不得也。

妇人轻轻吐出一口气,抬起头,挤出一个笑脸:"陈平安,以后宁姚就交给你照顾了,她有不对的地方,你是男人,一定要多担待。"

陈平安颤声道:"你们要走了吗? 你们走了,宁姚怎么办?"

妇人站起身,微笑道:"宁姚是知道的,她都知道,所以你不用担心。我不是因为我是宁姚的娘亲,才说她的好,而是你陈平安喜欢的姑娘,是真的很好呀。"

陈平安只能点头。

妇人转头望向一同起身的男人:"有话要说吗?"

男人点点头。

妇人善解人意道:"那我去外边等你?"

男人"嗯"了一声,妇人走出屋子,在廊道拐角处站着。

男人望向少年,沉声道:"陈平安!"对陈平安一直不冷不热的男人蓦然笑了起来,他绕过桌子,伸出宽厚手掌,重重拍在少年肩膀,然后收起手,后退一步,依旧抬着手掌,手心朝向陈平安。

陈平安愣了一下,赶紧伸出手,和男人击了一掌。

男人重重握住少年的手掌:"陈平安,以后我女儿宁姚,就交给你照顾了! 能不能照顾好?"

陈平安大声哽咽道:"死也能!"

男人松开手,笑道:"什么死不死的,都好好活着。"

男人上上下下打量了一眼陈平安,满意道:"嗯,配得上我女儿。"

男人转过身,大踏步离去,陈平安想要相送,但是男人已经抬起一手,示意陈平安不用跟随。

男人始终没有转身,缓缓走向门口,笑道:"下次到了剑气长城,让宁姚带着你,去给我们上个坟,敬个酒,报个平安。"

男人跨过门槛后,突然转过头,笑道:"喝酒怎么了,藏什么酒壶,世间最潇洒的剑仙,都爱喝酒。"男人伸出拳头,跷起大拇指,指向自己,"比如你老丈人我!"

陈平安一直站在原地。

上香楼那边的渡口,今天会有一艘去往桐叶洲的吞宝鲸渡船起航。

陈平安在前往渡口之前,先去了趟孤峰山脚,因为没有倒悬山的入关玉牌,只是在围栏外远远看了眼那道大门,嘴唇微动,似在自言自语。

坐在拴马桩上的抱剑汉子,大白天还是在打瞌睡,只是喃喃自语,又说了三个字,相较于第一次,将"近"字改成了"远"字。

少年临近此门,即是剑气近;少年远离倒悬山,即是剑气远。

今天的泥瓶巷少年,一袭雪白长袍,背负长剑,腰别养剑葫芦,风姿卓然。

少年,思无邪,最是动人。

老龙城,风雨欲来。

大姓之一的方家如临大敌,因为好像有个成事不足败事有余的家族子弟,祸害了一名市井少女。

方家有钱,也愿意花钱,如果是用钱就可以解决的麻烦,无论大麻烦还是小麻烦,就都不是麻烦。可问题在于这名暴毙的少女,跟灰尘药铺有点关系,药铺是范家的产业,更大的问题,在于这么点淡薄关系,有人还当了真,较了真。而这个人,是范家很看重的贵客。

方家与他们世代交好的侯家和丁家,这三家之间,最近来往紧密,走动频繁。

迎娶了云林姜氏女子的老龙城符家,迎来送往,忙得很,根本懒得理会这种破烂事。

至于年轻人孙嘉树当家做主的孙家,对此袖手旁观,大概是想要隔岸观火。

孙氏祖宅,孙嘉树刚刚得到一封密信:当年帮着丁家续命的那位桐叶宗修士,今天带着那名丁氏女子重返老龙城。此人在桐叶宗地位尊贵,其随行扈从当中,就有一名元婴境地仙,更何况此人本身就是地仙之一。而传言那个姓方的纨绔子弟之所以如此横行无忌,是因其祖上结识了一位大修士,至于是谁,姓方的也好,他父亲也罢,都不敢明说。

于是几乎所有人都觉得大局已定。

孙嘉树如今喜欢上了钓鱼,他钓鱼的地点就是当初陈平安垂钓的地方。只要没有太要紧的家族事务,孙嘉树经常忙里偷闲,来这里坐一坐。

他有些犹豫,不知道这次要不要赌,如果要赌,那么到底该赌多大?

孙嘉树最近遇上了一位来无影去无踪的世外高人,这位高人只用了一句话,不但修复了他略有瑕疵的心境,而且令他百尺竿头更进一步。

那人只是笑问一句而已:"你孙嘉树怎么确定自己就错了?"如同佛家的一声棒喝。

孙嘉树收起鱼竿,将鱼篓里的收获全部倒回河中。他最终决定,这次不赌。

老龙城那片云海之上,一个绿裙女子轻轻跳着方格子,每次落地,都会溅起阵阵云雾。她偶尔拿出一颗拳头大小的琉璃珠子,丢来丢去。最后她瞄准云海某地一掠而去,她的双手垂放,紧贴大腿外侧,双腿并拢,整个人直直坠下,坠入老龙城内城某处。就像天上掉下了一棵绿葱……

触地前一刻,名叫范峻茂的女子飘然落地,她落下的地点正是灰尘药铺的后院。

掌柜郑大风蹲在台阶上抽着旱烟。

范峻茂问道:"怎么说?"

烟雾缭绕,看不清郑大风的神色面容,只听汉子缓缓道:"欠债还钱,欠命还命。我跟李二不一样,他只找老的,我是小的老的都要找。"

范峻茂看着这个原本成天嬉笑的汉子,眼神玩味。

狗改不了吃屎,这都过去多少年了,还是这样的性子,好像不正经了一辈子,就只是为了那唯一一次认真。

看守四道天门的三位神将都因为各种原因放弃了职守,为势不可当的"叛军"让出道路,唯独东边的那个,被视为最贪生怕死和最吊儿郎当的那位,不愿让开,死也不退。

当然,死也不退的结果,就是死——给人一剑钉死在天门大柱上。

无论敌我,所有人都觉得莫名其妙,这位神将的找死,实在让人找不出任何理由。

范峻茂在心中叹息一声,她倒是很不想知道,可惜偏偏知道。

圣人阮邛已经在西边大山之中正式开宗立派,正式弟子暂时只有三人。

龙须河畔的剑铺照样开着,并未关门,阮邛留下了开山弟子之一的少女,她缺了握剑之手的大拇指,于是就将剑悬佩在了右侧腰间,改为左手持剑。

阮邛的独女秀秀姑娘搬去神秀山的时候,据说随身携带了一只鸡笼。鸡笼被阮秀拎在手里,让各路神仙忍不住侧目,误以为里面有什么了不起的灵禽异兽。后来一些去过神秀山的练气士,事后提起这茬,都觉得好笑,原来就只是一窝寻常的老母鸡和鸡崽子。

于是周边山头一些仙家门派,就觉得秀秀姑娘这是童心未泯,这才算真正的道心。他们是很认真的,所以一些个搬迁到崭新府邸的年轻修士,也开始琢磨里头的学问,觉得其中大有深意。

不愧是秀秀姑娘,不愧是曾经被风雪庙寄予厚望的天才修士,果然做什么事情都透着玄妙,事事契合大道。

姓谢的长眉少年听说后,觉得有趣,便将这件事当作笑话说给了秀秀姐听。阮秀当时正坐在翠绿小竹椅上,看着那只趾高气昂的老母鸡领着一群小鸡崽子四处啄食,她只是说了句'这样啊',就没了下文。

福缘深厚的谢姓少年,望着心不在焉的秀秀姐,皱了皱眉头,这个动作让他的眉毛越发显长。

阮邛是玉璞境修士,又有"娘家"风雪庙作为靠山,而且他擅长铸剑,交友广泛,因此能够以宗字头作为后缀,将其宗派取名为'龙泉剑宗'。

其实起初阮邛想只以"剑宗"二字屹立于世,气魄极大,但是一则中土神洲早就有剑宗存世,不合儒家订立的规矩;二来前来道贺的某个至交好友,私下劝阻阮邛,在大骊版图开宗立派,已经足够树大招风,就不要在这种事情上太过招摇了。

阮邛虽然最后定下"龙泉剑宗"的宗派名称,但是内心还是有些不得劲,上山下山,都不爱从山脚悬挂匾额的那座牌坊经过。他让大骊官府领着卢氏刑徒开辟了一条小路,惹来旁人不少非议,总觉得这不是个好兆头,这不是故意不走大道,而行旁门左道吗?

阮邛对四个弟子撂下一句,将来谁能名正言顺地摘掉"龙泉剑宗"的前两字,谁就是下一任宗主。

龙泉剑宗如今在大骊王朝,风头一时无两。

除了大骊宋氏送的开山赠礼——宗门主山神秀山,周边宝箓山、彩云峰、仙草山这三座山头,陈平安租借给圣人阮邛三百年,算是早早纳入龙泉剑宗的版图。

修为不值一提却是龙泉郡大地主的陈平安,所做的这笔买卖,很划算。

别人是提着猪头都找不着庙,进了门想要真正烧香成功,又是一难。

新敕封的北岳正神魏檗,曾经带着陈平安巡游四方地界,又是一张金灿灿的护身符。

听说陈平安的书童和丫鬟,腰间都挂上了大骊朝廷颁发给功勋练气士的太平无事牌,这还是一张护身符。

有了这三张护身符,那幸运儿陈平安,在龙泉郡别说是横着走,想必倒着走都没问题。

只可惜那少年消失了,据说是远游去了,多半是个不会享福的。

神秀山有一侧是大峭壁,壁立千仞无依倚。峭壁上有四字远古崖刻,是"天开神秀"四字。阮邛开宗之后,几乎每天都会有练气士御风而至,欣赏那四个大字的风采,他们觉得阮邛选择神秀山作为宗门主山,说不定是那玄之又玄的天意神授。可是阮秀从来不去峭壁那边凑热闹，似乎一次都没有去过。

不爱动的阮秀好像个子高了些，胖了一些，下巴圆润了些。阮邛觉得挺好。

其实天底下的父亲看待女儿，多半是觉得怎么都好。

阮秀偶尔会挑一个天气晴朗的光景，去往神秀山之巅的凉亭，举目远眺，看着那些弯弯曲曲的溪涧，最后汇成龙须河，再变成水流汹汹的铁符江。

其实阮秀不喜欢看这些溪涧江河，她觉得它们很碍眼。

河伯河婆，江水正神，雨师云母，等等，只要是跟水沾边的神祇，她自幼就不喜欢，听到这些称呼头衔，就会心烦，就想要像对付新鲜出炉的剑条那样，一锤子砸下去，一了百了。

今天，阮秀慵懒地趴在栏杆上，打着哈欠。凉亭外传来一阵细碎的脚步声，阮秀转头望去，远远走来一行四人，皆穿着儒衫文巾。

阮秀瞥了眼，都认得。太守吴鸢，一个升官挺快的年轻男人，大骊国师崔瀺的得意门生。一个姓曹的是现任窑务督造官，还有个姓袁的。袁曹两姓，都是上柱国姓氏，这次建造在老瓷山和神仙坟的文武两庙，其祭祀供奉之人，就是这两人的老祖。最后一人，是披云山林鹿书院的一位副山长，黄庭国老侍郎出身，化名程水东，实则是一条老蛟。

阮秀站起身，走出凉亭，将最好的赏景位置让给他们。

四人相视一笑，倒是没有谁太过谄媚示好，而且阮秀毕竟是一位独自出现的女子，他们不好太过热络。换成其他练气士，肯定至少也要跟阮秀道一声谢，外加自报名号，混个脸熟。

四人是相约来此下棋的，吴鸢要与程山长对弈。吴鸢的先生崔瀺是当之无愧的大骊第一国手，吴鸢跟随崔瀺做学问的时候，棋力大涨，是京城有名的高手。曹、袁二人，这次只是观战而已。

曹、袁祖上是至交好友，这两姓是大骊双璧，可是数百年之后，曹、袁两姓却有点势同水火，相对而坐的曹、袁二人，几乎连眼神都没有交流。

如今大隋与大骊结成盟约，双方各自在大骊披云山和大隋东山订立山盟，大骊在整个宝瓶洲北方可谓一家独大，包括黄庭国在内，数个大隋的藩属国，都开始转向大骊宋氏称臣纳贡。当然其中有些波折，许多世家高门都觉得此举背信弃义，然后大骊铁骑的马蹄声便开始响起，马蹄停歇之后，掉了好多好多颗原本头顶官帽或是名士高冠的脑袋。

大隋朝野上下，山上和江湖，都陷入诡谲的沉默氛围。

堂堂大隋，宝瓶洲北方文脉之正统，国力强盛，竟然未战而降，割地求和！

一位文坛名士醉酒高歌，登山作赋，在坠崖自尽之前，留下一句遗言，"大隋自高氏开国以来,士人受辱至此,唯有一死,可证清白。"

一位名动半洲的大隋棋坛国手,将最心爱的棋墩劈了当柴火烧掉。

大隋京城庙堂,从部堂高官到员外郎中,辞官者陆陆续续多达百余人,传言京城的六部衙门瞬间空了一半。

不管如何,大骊铁骑开始南下了,宝瓶洲乱象已起。

凉亭那边时不时传来清脆的落子声响。

阮秀来到崖畔一棵古松下,一路上她从地上捡起石子,然后往峭壁外轻轻抛下。

云气如大江之水缓缓流过,天地茫茫。

她突然丢了手中剩余石子。今天还得帮着爹打铁呢,完了完了,迟到这么久,今晚是肯定吃不着咸肉炖笋了。

有一家三口,乘坐跨洲渡船,由南到北,总算到了目的地——北俱芦洲的一座名为狮子峰的仙家门派。

途中这家人的队伍之中,多出一对年轻主仆——一名满身书卷气的贵公子,一名牵着马的年少书童,马背上挂了花翎王朝独有的官制金银闹装鞍。书童一路上都没个好脸色,可是自家公子非要给人带路,他不好说什么。那一家三口土里土气的,关键是半点眼力见儿都没有。虽说那对粗鄙至极的汉子妇人,生了个不错的女儿,可是她生得再好看,哪里配得上自家公子?花翎王朝,是北俱芦洲屈指可数的大王朝,虽然皇帝姓韩,可谁不知道庙堂上戴官帽子的,真要算起来,半数都跟自家公子一个姓氏?而且公子虽然不是家族独苗,可家族这一代就公子和他兄长二人,长兄为庶子,公子却是嫡子,公子便是娶了公主都算委屈了,何必跟一个睁眼瞎的山野女子纠缠不休?一户来自宝瓶洲那种小地方的人家,真当不起公子您这般殷勤啊。

书童这一路气得几次掉下眼泪,可是公子最多也就是安慰他几句,依旧跟着那三人一起赶往狮子峰。

狮子峰的主人虽然是挺有名气的仙家,可那又如何?见着了公子的爷爷,不一样要夹着尾巴做人?

便是风里来云里去的那些个陆地剑仙,他一个伴读书童,这些年沾公子的光,都见到了一手之数。

这个眼界奇高的年少书童,见过数位货真价实的剑仙不假,可是对于那座狮子峰的山主,其实他还是小觑了。虽然狮子峰的山主只是十境的元婴境地仙,可北俱芦洲的地仙本就值钱,没点真本事,很难在北俱芦洲站稳脚跟。

狮子峰的山主,是地道的外乡人,可他在短短两百年间,仅凭一己之力,就打得花翎王朝一座宗字头仙家没脾气,这足以证明此人战力卓绝。

俱芦洲盛产高手、怪人、不讲理的人,以及三者兼具的,所以在俱芦洲坐镇山头,最容易遇上飞来横祸。

经常有大修士只是看你山门不顺眼,就往山门一通乱捶,打不过就跑,打得过就要你拆掉匾额。

硬生生抢走皑皑洲那个"北"字的俱芦洲,民风彪悍,朝野皆崇武,修士善战且好战,有许多喜好独行游历的仙家豪阀子弟,下山之后故意假扮成散修、野修,为的就是能够痛快出手。

这里,剑修如云。一些个享誉江湖的顶尖剑客,剑术通神,甚至能够与山上地仙较劲。

所以俱芦洲的三个儒家书院,其圣人向来是战力极高的读书人,至于学问高不高,可以先放一放,不然的话根本镇不住。

鱼凫书院的这一代圣人,原本名声不显,在书院常年深居简出,在土生土长的俱芦洲修士和君主将相眼中,此人又喜欢掉书袋,故而不是特别讨喜。有一次竟然有人公然叫嚣这位圣人传授的道德学问狗屁不通。此人当时距离鱼凫书院不过咫尺之遥,他说完后大摇大摆离去,俱芦洲仙家之中附和之人颇多。

书院之人黯然了许久。终于有一天,圣人离开书院,一月之间,接连将两位元婴境修士和一位玉璞境修士打得鼻青脸肿。听说每次打到最后,这位儒家圣人一边往人家脑袋上敲板栗,一边大声质问"现在通了没有",对方三人当然只好说通了,结果圣人次次回复:"你通个屁!"

兔子被逼急了还会咬人,更何况是一位离开中土学宫前被恩师赠予"制怒"二字的圣人。

狮子峰的山主,是那位鱼凫书院圣人难得看着顺眼的地仙之一。

到了狮子峰山脚的山门,书童想着既然到了这里,好歹去跟人家讨杯茶水喝,可公子又犯軸了,与那对夫妇和年轻女子说了一句"送君千里终须一别",便带着他掉头走了,小书童又委屈得差点满脸泪水。

在外边逛了小半年,打道回府是好事,可是走得一点都不豪气啊。

登山之后,妇人与女儿窃窃私语,唠叨了好些,无非是觉得这位富家子弟蛮不错的,待人和气,模样也不俗,而且一看就是读书人,比起林守一、董水井那些半桶水,瞧着就要更有学问。可惜她那个女儿,既不点头也不摇头,气得妇人拿手指戳了一下女儿,笑骂了一句"不开窍的蠢丫头"。大概已经不能算是少女的她,柔顺而笑,从小到大,向来如此。

她从来不生气,也没有大笑过,除了那个名叫李槐的弟弟,她对谁都不上心。妇人经常说她是软面团,谁都可以拿捏,以后嫁了人,是要吃大苦头的。

当然,妇人最主要的意思,还是觉得女儿这种软绵绵的性子,以后嫁为人妇,肯定无法持家,镇不住婆家人,那还怎么补贴弟弟?

妇人从不掩饰她的偏心。

好在妇人的丈夫——名叫李二的粗朴汉子,倒是从来不会重男轻女,儿子女儿,都宠着。只可惜他在家里地位最低,说话最不管用。而李柳大概就是天生逆来顺受的性子,没觉得有什么不对。

妇人听说这个狮子峰的当家人,跟自家男人那个窝囊师父有些关系,男人保证一家三口到了那边肯定不愁吃喝。一路颠沛流离、跨洲过海的妇人,这才少骂了杨老头几句,觉得李二给杨老头当了那么多年徒弟,总算有丁点儿用处,不然她下次回乡见着了杨老头不死,非得天天堵在药铺后院门口,骂得那个老东西每天不用洗脸。

妇人走着走着,没来由想起了无人照顾、肯定是在受苦受累的宝贝儿子,便来了气,拧了一下李柳的胳膊:"那个姓氏古怪的公子哥怎么就不好了?你就没有想过,嫁了他,咱们就不用在这狮子峰看人脸色了。让那姓司徒的,赶紧用八抬大轿娶你进门,然后咱们就可以正大光明地搬进他们家,再马上把李槐接过来,咱们一家四口,就算团圆了。"

李柳笑了笑,眉眼弯弯,似乎在认错求饶,又像在撒娇。

妇人最受不得女儿这副模样,便消了气,又拧了一下李柳的胳膊,只是这次下手的力道轻了:"你个没良心的,也不知道心疼自家弟弟,我算白养了你这么多年……"说到这里,善变的妇人又开心地笑了,伸手轻轻捏了一下女儿的脸颊,"臭丫头的模样,是真的随我,瞅瞅,这小脸蛋,多俊多俏,都能捏出水来了。"

背着个大行囊的李二咧嘴笑着。

可是妇人又有些哀愁:"好不容易熬到杏花巷那个老婆娘死了,泥瓶巷的狐媚子也搬家了,要是不用离开小镇,该有多好,已经没人吵架吵得过我了。"

这一路北行,妇人只觉得自己空有一身好"武艺",而无半点施展之处,实在是可惜。

李柳的娇俏模样,不一定随她娘亲,可是李槐的窝里横,肯定随他娘亲。

狮子峰山顶,山主正陪着一位富家翁模样的老人。老人油光满面,如果他不是出现在这里,不是有一位地仙恭敬作陪,多半会被误认为山下市井某个小店铺的掌柜,或是那种鱼肉乡里的乡绅老爷。

体态臃肿的老人手腕上系有一根碧绿绳子,他啧啧道:"杨老先生真是心胸开阔啊,换成是我,这种碎嘴婆娘,早投胎个千八百回了。"

这位富家翁旁边的老者则仙风道骨,符合市井百姓心中的神仙形象,他听闻这位客人的调侃，并未搭话，只是礼节性微笑。

胖老人笑眯眯问道："不说那废物金丹，只说像你这样的地仙，骊珠洞天最近千年，大概走出来多少个？如今你我是盟友，这点小事，不至于藏藏掖掖吧？"

老仙师微微躬身，致歉道："曹大剑仙，恕晚辈不能多言。"

原来这位富家翁，正是按照契约前来担任李柳护道人的婆娑洲剑仙曹曦。

曹曦又问道："那李柳为何迟迟不愿修行？这又是何故？"

身为狮子峰山主的老仙师无奈道："剑仙可以自己问我家祖师。"

曹曦愣了一下："她竟然是你这一脉的祖师转世？狮子峰这才传承几年，你们如何能够寻见对方？"

老仙师犹豫了一下，稍作权衡，小心翼翼道："自有秘法，而且不仅仅是我家祖师而已。"

曹曦问了一个最关键的问题："李柳是否自知？"

老仙师笑而不言。

曹曦啧啧道："捡到宝了。"

之后李二一家三口便在狮子峰住下，由狮子峰一名老管事接待。老管事名义上是药铺杨老头的远亲，在狮子峰管着一些杂务，他给三人找了一处寻常住处，暂时没有给妇人什么活计，只说需要等待几天才有结果，狮子峰规矩森严，不可打搅仙师修道，切莫随意走动，若是惹出祸事，他也无法担待。

妇人总觉得这些话都是对她说的，所以很是忐忑。她当然不知道，那位狮子峰掌法长老在离开屋舍后，赶紧抹了一把冷汗。老人甚至不敢多看那个名叫李柳的女子一眼。

过了没几天，妇人便待不住了，说想要在狮子峰旁边的小镇找点事情做。李二便找人借了钱，打算开一家铺子。之后某位狮子峰高人"凑巧"发现李柳有修道的资质，李柳便独自留在山上修行。

妇人是个见识短浅的，总觉得李柳嫁给有钱人才算有福气，她对此不太高兴，万一李柳真当了修道的仙师，几年几十年见不着的，还怎么给李槐好处？可最后妇人还是跟着李二去了小镇，租了屋子，四处晃荡，寻找合适的铺子，算是扎根了卜来。

李柳在山脚与爹娘告别，等到两人身影消失在道路上，女子身后出现了包括狮子峰山主在内的所有元婴境和金丹境，一个个毕恭毕敬，大气也不敢喘。

在山主的带领下，众人齐声道："恭迎祖师回山。"

李柳根本不予理会，不许众人跟随，独自上山，到了狮子峰一处封禁已久的山洞前，大步走入其中。地仙也难破开的重重禁制，李柳完全不放在眼中，或者说对她没有半点阻碍。

等她走出山洞的时候,腰间已挂上一枚金黄色的狮子印章。

曹曦站在门口等候已久,手中持有一把大小如匕首的短剑,他抬起系有碧绿小绳的手臂,笑道:"在炼化一条江水作为本命飞剑之前,这把短剑随我征战三百年,之后我不断温养积累剑气,等你跻身中五境,就能够随意使用这把飞剑。可出十剑,威力足以媲美玉璞境剑仙的全力一击。若是等你到了金丹境或是元婴境,将所有剑气一次性使出,那可就是仙人境剑修的一剑了。"

李柳柔顺而笑,一抬手,短剑便驭入她手,她随意抽剑出鞘,向山外轻轻劈下。

一道剑气长虹轰隆隆劈去,大有开天辟地之威势,吓得整座狮子峰修士都陷入沉默。

莫名其妙就一步登天,跻身中五境的李柳,点点头:"果然如此。"

曹曦感慨道:"见了鬼了。"

曹曦难得想起那个不肖子孙曹峻,他如今混迹在大骊行伍之中。

唉,看看别人家的孩子,再瞧瞧自家的,气人。

真武山。

作为宝瓶洲兵家两座祖庭之一,真武山比起游侠更多的风雪庙,其投军入伍的兵家修士更多。

最近一年下山的修士越来越多,有半数去往了北边的大骊,其余半数,顺着各自机缘,选择投身宝瓶洲中部一带的国家。

略显冷清的真武山最近热闹了起来。

马苦玄这个登山没几年的跋扈新人,又闹出了一桩天大风波——他出手打死了一名观海境修士。具体缘由,真武山并未公布,反正不是什么生死大仇,那名七境老修士与马苦玄素来就没有交集,哪怕起了冲突,最多就是口舌之争而已,必然是心狠手辣的马苦玄故意下了死手。哪怕有两位老祖帮着说话求情,最后马苦玄还是被禁锢在后山的神武殿,一年之内不得离开。

神武殿供奉着真武山历代祖师和十数尊无名神祇。据说真武山历史上有过一场牵连甚广的宗门浩劫,危难之际,那一代真武山宗主以不传秘术,请出了在大殿享受数千年香火的金身神祇,一同下山杀敌,声势浩荡,最终一口气灭掉了十数个仙家门第。

在神武殿禁足,绝对不是什么舒坦事,只有犯下重罪的真武山修士,才会被拘押在此,最终活着走出去的人,十不存一。据说神武殿中供奉的那一尊尊神祇,在一些传承已断的上古斋戒日,会"清醒"过来,拷问、鞭挞甚至是吞食修士的魂魄。

真武山一处仙气缭绕的宅邸,一位辈分极高的兵家老祖咋咋呼呼道:"如此处置马苦玄,会不会太过严苛了点?!"

对面一人,容颜年轻且俊美,手指纤细白皙如女子,他正在独自打谱,面对这个师弟近乎无礼的质问,这名男子无动于衷,竟是一句话也不愿意多说。

老人一巴掌拍在桌上:"马苦玄这小子,是我生平仅见的天才,真正的天才!你要是毁了他,我跟你没完!"

男人刚刚捻起一颗棋子,闻言默默将棋子放回棋盒,皱眉道:"宗字头的门派,毁在某个惊艳天才手里的惨剧,其实不少。"

老人冷笑道:"可是因一人而振兴宗门,一扫积弊颓势,更多!"

男人摇头道:"修行一事,首重'无错'两字,因为一两个人而坏了诸多祖辈规矩,获得短暂的兴盛气象,只是空中阁楼。再说了,真武山如今运转自如,并没有到需要谁来拯救的地步。刘师弟,我劝你一句,你看重马苦玄,愿意将一切法宝都交付于他,甚至还暗中帮他赢得那桩福缘,归根结底,只是你一人的事情,我不会插手,因为这没有坏我真武山规矩。"

原本气势汹汹的老人看着神色越来越冷峻的"年轻人",便有些心虚了,冷哼道:"马苦玄值得真武山为他坏一些规矩,风雪庙有神仙台魏晋,我们有谁?"

男人微笑道:"有我啊。"

老人给这句话噎得不行,半天也说不出一个字来。

男人似乎也觉得气氛太过僵硬,总算露出一个笑脸:"行了,儿孙自有儿孙福,更何况马苦玄还不是你子孙,你急什么?为了宗门大业?行了,你什么性子我还不清楚?说来说去,还是想着让马苦玄日后去风雪庙帮你报仇。"

那位以脾气暴躁著称于世的兵家老祖坦诚道:"初衷的确如此,可是相处久了,我看马苦玄越来越顺眼,我家那帮不成材的子孙,一万个都比不得马苦玄。"

男人破天荒地附和老人,点点头,"嗯,你家那些王八崽子,你当年确实就不该生下来,可说到底,还是怪你自己管不住裤裆里的鸟。"

老人气愤道:"你一个真武山宗主,说这种话,也不臊得慌?!"

男人笑了,打趣道:"听说你最近裤腰带又没拴紧?找了个身为凡俗的貌美侍妾?"

老人气焰骤降,低声道:"我是真心喜欢那女子,觉得她娇憨可爱,山上那些狗屁仙子,实在腻歪。"

男人无所谓道:"你喜欢就好。"

老人突然心生愤懑:"真武山现在的风气真要改一改,尤其是最近百年收取的弟子,心性极差,只一个马苦玄,就让他们鸡飞狗跳,道心大乱,一个个背地里说着酸话怪话,比市井长舌妇还不如!"

男人摆摆手:"不是道心大乱,是这些人的道心本就如此不堪。"

老人疑惑道:"你不管管?"

男人反问道:"那我要不要管管他们的吃喝拉撒? 管管你的裤腰带?"

老人翻了个白眼。

"放心,马苦玄死不了。"男人挥挥手,重新开始打谱。

兵家老祖哈哈大笑,猛然起身:"师兄你也真是,早说这句话,我何必跟你磨叽半天工夫?!"

男人头也不抬:"你裤腰带松了。"

老人嘿嘿笑道:"师兄还是这般爱开玩笑——"老人哎哟一声,赶紧慌慌张张地施展神通,一闪而逝。

原来是男子在挥手之间,就让一位元婴地仙的裤腰带粉碎了,而且后者毫无察觉。

若是他有心杀人?

在宝瓶洲人眼中,真武山强在对世俗王朝的影响力,论个人修为和战力,风雪庙的诸位兵家老神仙,要强出真武山一大截。

曾经有人笑言,两座兵家祖庭,如果各自拉出十人来捉对厮杀,强者如林的风雪庙,能够打得涉世极深的真武山喊祖宗。

男人放下那本早已烂熟于心的老旧棋谱。棋谱名为《官子汇》,记载了历史上许多著名的官子局。男人当下打谱那一局,名为"彩云局",对弈双方,一位是白帝城城主,一位是昔年文圣首徒。

男人轻轻叹息一声。

后山神武殿内,马苦玄盘腿坐在一尊居高神像的头顶,一只黑猫又坐在他的头顶。

一人一猫一神像。

黑猫伸出一只爪子,轻轻挠着马苦玄的脑袋。马苦玄不以为意,他从小就与黑猫相依为命,奶奶去世后,更是如此。

左手边一尊金身木雕神像,眼眶中蓦然泛起金色光彩,轰然而动。巨大神像缓缓走下神台,环顾四周,最后看到了坐在居中神像头顶的马苦玄。神像走到大殿中央,转身面向那少年与猫,身高三丈的神像单膝跪地。

马苦玄仿佛对此习以为常,只是像以往那样出声提醒道:"回去之后,记得守口如瓶。"

这尊木雕神像微微点头,起身后大步前行,跨上神台,站在原位,金色眼眸很快失去色彩,寂然不动。

大殿门窗极高极大,光线透过窗户缝隙,洒落在大殿之内,灰尘因此清晰可见。

马苦玄突然自嘲道:"法宝太多,福缘太厚,也挺烦人啊。"

黑猫抬起一只腿,轻柔地舔着脚掌。马苦玄后仰躺下,黑猫一个蹦跳,在马苦玄躺下后,刚好落在他胸口上。黑猫蜷曲起来,很快酣睡,时不时换一个更舒服的蜷缩姿势。

马苦玄跷起二郎腿,一只手抚摸着黑猫的柔毛,想起真武山上那些阴阳怪气者和趋炎附势者,觉得有些无趣:"你们不喜欢我,有什么关系呢?我也不喜欢你们啊。"

大殿空灵,唯有一人一猫的微微鼾声。

那些神祇的金身神像依次排开,像是在忠诚地守护着高高在上的君王,年复一年,千年万年。

观湖书院的贤人周矩没有跟随自己的圣人先生,去见俱芦洲的那位道家天君。他怕自己忍不住会对那个叫谢实的家伙出言不逊,害得先生为难。

先生离开了书院,肯定打不过天君谢实,先生又不能眼睁睁看着自己被谢实一巴掌拍死,难不成还要替学生给外人道歉?

周矩来到了离打醮山鲲船坠毁处不远的一座山头。

根据记载,冲天剑气正是从此而起,击毁了南下老龙城的那艘鲲船,船上死伤惨重,中五境以下的乘客,几乎无一幸免。

周矩在山上搜寻无果,没有半点蛛丝马迹,这也是情理之中的事情。因为这桩祸事,瞎子都看得出来,是幕后有人处心积虑地栽赃这个宝瓶洲最具实力的强大王朝。

但是周矩想不明白一件事,堂堂俱芦洲的一洲道主,为何愿意自降身份,蹚这浑水?甚至不惜与观湖书院"短兵相接"?如果持续这样下去,天君谢实极有可能成为宝瓶洲所有练气士的公敌。

难道你谢实真当自己是道祖座下二弟子?

这些天风餐露宿的周矩,打算下山了。他听先生随口提起一事,最近半年内,婆娑洲、桐叶洲和扶摇洲三个地方,出现了许多失传已久的无主法宝,甚至还有几件半仙兵的身影,引发了巨大震动,无数山泽野修蜂拥而至,根深蒂固的仙家豪阀,更是不会放弃这些莫大机缘,一时间鱼龙混杂,豺狼结伴。

周矩对这些不感兴趣,他对接下来的世道,更不感兴趣。

周矩抬起头,望向天空高处。

我周矩,观湖书院的小小贤人周巨然,尚且可以发现端倪,比我家先生位置更高的你们呢?

周矩黯然下山,懒散云游,或御风或徒步,最后到了一处热闹集市,喝了碗热腾腾的酸辣汤。周矩顿时笑逐颜开,什么烦心事都没了。

摊贩的女儿,正值妙龄,肌肤微黑却泛着健康的色泽,她偷偷瞥了几眼周矩。

家乡读书人不多,长得这么好看的读书人就更少了,她觉得能多看一眼都是好的。

于是周矩多要了一碗酸辣汤。

第六章
姑娘请自重

　　陈平安在登上那艘去往桐叶洲的吞宝鲸之前，专程去了趟上香楼外的集市，买了一只香筒，香筒里头装了八十一支倒悬山特制的三清香，清香扑鼻，无论是礼敬神灵，还是焚香静心，都是上佳之品，就是价格不便宜，总共花了一枚小暑钱，也就是一百颗雪花钱。

　　之所以如此破费，是因为陈平安想起自家落魄山有座山神庙，以后若是有朋友到访，不妨拿出此香送给他们。客有诚意，神享好香，到底是件美事。

　　除了这只上香楼的香筒，以及之前在灵芝斋重金购得的两件宝贝，陈平安还从敬剑阁外的铺子，买了一套婆娑洲丹青圣手临摹的《剑仙图》，总计五幅图，每一幅都是大长卷，绘有二十位剑仙，每位剑仙在画卷上不过一寸长，栩栩如生，飘然欲仙。《剑仙图》的初版，是一位画家祖师爷在剑气长城观战后的大手笔，之后被临摹无数。

　　敬剑阁的剑仙人数太多，这套名为石渠版的《剑仙图》，也只是按照丹青妙手的个人喜好，选取其中百人。店铺中还有数个其他版本，价格悬殊，其中又以石渠版最为昂贵。陈平安仔细对比之后，发现还是这个石渠版所绘剑仙，最合自己心意，便一咬牙买下了。这笔开销，真不算小，足足五十枚小暑钱。

　　眉开眼笑的店铺掌柜，不知是高兴遇上了冤大头，还是由衷觉得陈平安有眼光，说了些关于《剑仙图》的奇人趣事。他说天底下有好几位剑修，都是无意间获得了《剑仙图》原本的残卷，悟出了各自画卷上的真意，一步登仙，成为大名鼎鼎的陆地剑仙。

　　这一套《剑仙图》，陈平安打算以后作为贺礼，送给圣人阮邛。离开家乡龙泉郡时，阮师傅尚未举办开山立宗的庆典，现在应该已经办完了。五十枚小暑钱，对于阮邛而言，肯定不值一提，不过好歹是从倒悬山带往大骊龙泉的东西，隔了千山万水，多少有点礼轻情意重的味道。

人靠衣装马靠鞍。陈平安一路走向上香渡，竟有数名妙龄女仙师瞅了他几眼，还是瞅完之后再看一下的那种，不是一扫而过就算了。

陈平安这趟桐叶洲寻道之行，比起倒悬山送剑之行，心思要更重一些，他确定那些年纪轻轻的女子练气士并非心怀恶意之后，便不再多想。

上香渡比起捉放渡要更大，腰悬登船玉佩的陈平安，并没有看到那头身躯庞大的吞宝鲸，倒是看到了一头背甲上建有亭台楼阁的山海龟，以及一辆由青鸾仙鹤拖曳的巨辇，还有《山海志》上记载的扶摇洲独有之物——一座绿树成荫的小山峰。就是不知道它是飞来山，还是飞去峰。相传由这类山峰灵气凝聚而成的山根，是世间蛟龙的大补之物。远古陆地大蛟走江化龙，在选好某条通海大渎后，还会请人搬来一座座飞来山、飞去峰丢在水畔，为的就是能够及时进食，防止筋疲力尽，气血耗竭。

陈平安才刚开始学中土神洲的大雅言，尚不能流畅地问路，实在不行的话，就只能拿出竹简刻字问路了。好在陈平安找到了几个悬挂相同样式登船玉佩的渡船乘客，便默默跟着他们，走了一段路程，很快来到一处人头攒动的地方。陈平安松了口气，不料左边肩头被人轻轻一拍，他直接转头望向右边，看到了一张熟悉的面孔。那人见陈平安没有中计，觉得有些无趣，懒洋洋道："怎么，你也是去往桐叶洲的扶乩宗？这么巧？你该不会是对我有所图谋吧？垂涎美色？"

恶人先告状？

陈平安对这个头戴珠钗，身穿粉裙，腰系彩带的……貌美男人，印象不好也不坏。

如果说一起从老龙城乘坐桂花岛来到倒悬山，是缘分，那么又在同一天从倒悬山去往扶乩宗，极有可能是心怀叵测的设计。

这位曾经被看门小道童打出上香楼的陆姓子弟，明显也看出了陈平安的戒备，他拍了拍腰间那块登船玉牌，哈哈笑道："如你所想，我这次去往扶乩宗，是守株待兔，专程等你的。"

这算是哪门子的开诚布公？

陈平安有些摸不着头脑，他在心中打定主意，绝对要对此人敬而远之。这家伙不但模样如绝色女子，嗓音也清脆悦耳，难分雌雄，之前"无意间"一起游览捉放亭，从他的言行举止来看，他就是一个性子跳脱、不按常理行事的人。陈平安虽然不反感此人的装束、性情和癖好，但是也不希望有人打破自己的平静生活。

那人双手负后，十指交缠，下巴微微翘起，眯眼望向陈平安，姿态娇柔，比女子还要风流，他柔声道："不管你信不信，我都要把真相说出来。我呢，姓陆名台，陆地的陆，上阳台的台,我是中土神洲的陆氏子弟,在家族内不怎么受待见,就自己跑出来游历天下了。我走了浩然天下九大洲里的五个了,原本是不打算去桐叶洲的,可如今实在囊中羞涩,就想着能找个蹭吃蹭喝又不觊觎我美色的好人,我觉得你就是。反正已经欠了你一枚谷雨钱,你应该不介意我再多欠一枚。说不定到了桐叶洲,我路上踩到狗屎,就能把钱还你,顺便还可以挣到回家的路费。"陆台见陈平安面无表情,显然根本不愿意相信他的这套鬼话,他叹息一声,"好吧,我实话实说。我出身阴阳家,精于占卜算卦,兜里没钱是真,挣不到钱是假。但是我欠了你一颗谷雨钱后,给自己算了一卦,上上卦,卦语是东游吞宝,桐叶封侯。此卦的意思很粗浅,但是为防意外,我仍是在这里待了足足两旬,这就是之前我说'守株待兔'的由来。最后见到了你,我就知道,这趟老祖宗显灵保佑的桐叶洲之行,不去是要遭天打雷劈的。"

陈平安没有恶语相向,更没有流露出丝毫不耐烦的神色,而是用一种商量的和善口气询问道:"陆公子,你循着大吉卦象去往桐叶洲,我当然不会拦着你,也拦不住你,但是你我二人能不能各走各的? 若是陆公子你急需钱财,我可以再借给你一些小暑钱——"

陆台突然打断陈平安的话语,语气神色俱是天然妩媚:"什么陆公子,为了少些麻烦,你喊我陆姑娘就行了,不然别人看我的眼神,会很怪的。"

陈平安头皮发麻,你既然介意别人看你的眼神,怎么就不介意我如何看你?

陆台竟是开始撒娇:"陈平安,行行好? 捎我一程嘛。我可以对天发誓,如果对你有任何坏心思,就被天打五雷轰,被丢进雷泽泡澡,被镇压在穗山底下,被拘押在深海龙宫的熔炉之中,被流放到万里无人烟的荒凉秘境……"他嘴上鬼话连篇,还伸出一只比女子还要修长白皙的手,试图扯住陈平安的一条手臂。

陈平安一身鸡皮疙瘩,顾不得什么客气不客气,拍掉陆台的那只手,义正词严道:"公子……陆姑娘请自重!"

陆台悻悻地收回手,站在原地,咬着嘴唇,眼神幽怨,泫然欲泣。

陈平安转身就走,陆台如影随形。陈平安停步,陆台就停步,陈平安转头,陆台就转头。陆台不知道从哪里掏出了一柄玲珑精巧的小铜镜,手指间还捻着一只打开的胭脂盒,如美人在闺阁对镜梳妆。

陈平安只觉得毛骨悚然,倒是四周许多男性练气士眼神荡漾,一些个上了岁数、道行高深的地仙,哪怕看穿了陆台的障眼法,知晓了他的男子身份,可眼神依旧炙热。

修行路上,漫漫长生,百无禁忌。

陆台就像一个可怜兮兮的弃妇,不敢对负心汉抱怨什么,只敢这么恋恋不舍地跟随。四周视线充满了玩味。

陈平安从来没有经历过这种恶心人不偿命的阵仗,一肚子火气,可又拿这个陆台没辙。

随着渡口前方不断有人凭空消失,陈平安才意识到吞宝鲸的登船地点,就是铺在地上的一幅幅锦绣地衣。吞宝鲸贩卖的渡船玉牌,分云在峰、旖旎园、碧水湖三种,价格不一。陈平安选了居中的碧水湖。此时看那三幅地衣,景象迥异,有云雾飘渺,一峰独出;有碧波浩渺,一栋栋湖上屋舍星罗棋布;有花团锦簇的庭院楼阁。

身后不远处的陆台怯生生解释道:"总不能从吞宝鲸的嘴中登船吧?这艘吞宝鲸规模很大,在金甲洲首屈一指。吞宝鲸体内有四座小秘境,其中三座被打造成乘客居住之地。老龙城的那艘吞宝鲸只有一座秘境,与之相比,简直寒酸。这三幅地衣,其实就是三张品秩极高的缩地符,可以帮助乘客直通三座秘境。"

陈平安恍然大悟。

关于秘境一事,包罗万象的《山海志》有过详细记载,因为涉及洞天福地,跟骊珠洞天很有关系,所以陈平安尤为上心,还特意去找鹳雀客栈的年轻掌柜,请教了一些书上没有的学问。

在倒悬山土生土长的人物,无论修为高低、家世好坏,言谈之间,往往口气都很大,见识都很广,圣人天君地仙,张口就来,毫无忌讳。他们所见所闻之驳杂宽泛,确实要强于倒悬山以外的任何地方的人。

年轻掌柜本来不太爱说话,兴许是将陈平安当成了贵人,当时难得畅谈一番。

许多自行老旧腐朽,或是被外力摧毁破坏的洞天福地,在破碎之后,往往会遗留下来一些大小不一的地界,这些地界不知所终,故而被称为秘境,其实倒悬山那座贩卖忘忧酒的铺子,正是黄粱福地仅剩的一块秘境。

修道之人的诸多机缘,经常离不开秘境。秘境既能锦上添花,也可雪中送炭,可以说,大大小小的秘境的存在,让练气士充满了憧憬和盼头。大半野修散修,之所以能够崛起,都归功于他们在秘境的收获。

若有人无意间闯入一座未被占据的秘境,或是草木精华的世外桃源,或是瘴气横生的蛮夷之地,或是仙人兵解的洞窟,运气好点的话,就可以青云直上,一飞冲天,运气不好的话,说不定就要老死其中,或者惨遭横祸,死后的一身遗物,沦为后人的机缘之一。

陈平安很想知道,骊珠洞天破碎下坠后,是否有秘境遗留人间。回头倒是可以问问魏檗。

此时,陈平安走向通往吞宝鲸碧水湖的那块地衣。陆台哀叹一声,加快步伐,姗姗而行,挡住陈平安的去路,伸出手道:"我本来也是去往碧水湖,既然你如此厌恶我,那我就不碍你的眼了,我可以添些钱,找人换一下,去往那座久负盛名的旖旎园。咱俩就这样分道扬镳吧。陈平安,先前你说可以借我一些小暑钱,还作数吗?不然我可去不了旖旎园……"

一个楚楚可怜的男人，怎么看怎么别扭。

陈平安直接掏出一大把破财消灾的小暑钱，走近几步，迅速交给陆台。只要此人不再纠缠自己，让自己这一路好好练拳和练剑，陈平安愿意花这笔钱。

陆台接过小暑钱后，怔怔望向陈平安，一双秋水眼眸说不尽的委屈，他黯然转身，多半是去找人更换住处了。

当陈平安走上那张古怪缩地符后，却看到一脸欢天喜地的陆台在朝他眨眼。陆台扬起手中新换来的一枚玉牌，玉牌上边篆刻着"碧水"二字。

原来陆台的囊中羞涩，千真万确，所以当初他只能购买一枚最便宜的云在峰玉牌，然后陈平安听了他一通天花乱坠的骗人言语，给了他一把小暑钱……

陆台脚步轻盈，得意扬扬，活泼俏皮地走向陈平安，其容颜越发娇艳。

陈平安在身形消失之前，忍不住对陆台骂了句"你大爷"。

陈平安来到一座湖心台上，环顾四周，碧水湖水波浩渺，云雾升腾，湖上悬有百余座阁楼，阁楼之间以小路相互衔接，各自系有泛湖赏景的三两小舟。

高台四面八方皆有亭亭玉立的绿裙少女，她们大多豆蔻年华，姿色出众，正在为客人指明方向。

陈平安所住阁楼名为"余荫山楼"，楼高三层。当初购买玉牌的时候，对方建议陈平安可以与数人合住此楼，如此便可省下一大笔钱，但是陈平安思量一番，还是婉拒。

吞宝鲸渡船方面不觉奇怪，修道之人，喜好独来独往，亦是常理。不过若是挣钱不易的山泽野修，习惯了精打细算，还是愿意跟陌生人同住一楼，说不定可以笼络关系。大道之上，多个朋友，哪怕是萍水相逢的点头之交，仍然不是坏事，说不定就是一桩大机缘。

在问过碧水湖绿裙侍女后，陈平安走下湖心台，沿着一条湖上小径缓缓前行，他的两边或是头顶，时不时有仙师御剑或御风而行。陈平安走了没多久，身后就有位"美人"拎着裙摆，踩着小碎步，一路小跑而来，俏皮娇憨。

陈平安是一个很不怕麻烦的人，在龙窑时他是任劳任怨的学徒，之后护送李宝瓶、李槐他们去往大隋书院，事无巨细，都是陈平安操心和照顾。陈平安虽不怕这种麻烦，却很怕另外一种虚无缥缈的麻烦，比如这个名叫陆台的阴阳家术士。虽然陈平安直觉上对他没有什么不适，没有当初面对符南华、崔瀺的那种压抑和阴沉，可是在不确定一件事是好是坏的时候，陈平安习惯了先保证让一件事"不坏"。

陆台与陈平安并肩而行，他转头望向陈平安的侧脸，嫣然笑道："生气了？男人这么小气怎么行？大度一点，度量大，能够容纳的福缘也会跟着大。儒家的君子不器，总该听说过吧?"

陈平安停下脚步,转头望向这个古怪的家伙:"你跟在我身边,到底图什么? 你那大吉卦象跟我又没有关系——"

陆台笑眯眯道:"怎么没有,我可是用你给我的那颗谷雨钱算的卦,你的关系大了去了,你就是这场机缘棋局里的那个———"

这次轮到陈平安打断他的言语:"谷雨钱不是给,是借。"

陆台皱起纤细妩媚的黛眉,用心想了想,柔声问道:"总谈钱多伤感情,不如咱们做笔小买卖,我拿一样心爱法宝跟你多换一些谷雨钱?"

陈平安摇头道:"那还是先欠着吧。"

陆台委屈道:"你为什么这么怕我,视我如洪水猛兽? 你想啊,修行路上,一见投缘,携手游历,看遍山河,是多美好的事情?"

陈平安头都大了,原来天底下真有道理讲不通的事情,他都不知道如何开口解释。

陈平安默默前行,陆台左顾右盼,自顾自说道:"这处秘境曾是垂花小洞天的一部分,为一位喜好收集世间泉水的女仙人占据,只可惜她最终飞升失败,不但身死道消,还被天道反扑,连累整座垂花小洞天支离破碎,绝大部分消散在天地间。这座碧水湖算是比较出名的一个秘境,因为这三百里湖水,都是女仙人当年收集的名泉之一,其中泉水精华所在的一条条细微水脉,最适合拿来煮茶。"

陈平安一言不发,走出四五里路后,他看到了那座高三层的余荫山楼,楼台四周是檐下走廊,围有白玉栏杆,还有一座小渡口,停靠有两小舟。余荫山楼附近有一大片荷花,有采莲女摇舟穿梭其中,哼着乡谣小曲,柔弱动人。

陈平安停下脚步,提醒道:"我到了。"

陆台点点头。陈平安见他装傻扮痴,只好直截了当地问道:"我今天就不请你进去坐了,有空的话我去找你,你住在什么楼?"

陆台伸手指了指余荫山楼。

陈平安苦笑道:"陆公子不要开玩笑了。"

陆台抬起双手,捧着一大把小暑钱:"方才在湖心台那边,我迫于生计,想着咱俩关系这么好,你总会给我一个落脚的地儿,便将住处卖给 位极其有钱的神仙了。"

陈平安的脸色有点难看。

陆台赶紧说道:"放心,我绝不会打搅你修行,你借我一条小舟就行了,我每天就睡在上边,没有紧要事情,我绝不走入余荫山楼。我自己带了些果腹的吃食,你不用管我,人生在世,我辈修士,哪里不是逆旅,你千万不用内疚,吃苦也是修行的一种……"

陈平安脸都黑了,世上怎么会有这么死皮赖脸的牛皮糖人物?

陆台蓦然一笑:"好啦好啦,我便与你坦诚相告了,我除了算出这趟桐叶洲之行,是

'封侯'的上上签,其实还算出了这次机缘不在宝物,而是'上阳台观道'五字。与你同行,借由你的心境,无论好坏高低,都可以砥砺我的道心,这叫借他山之石可以攻玉……"说到这里,陆台呵呵一笑,改口道:"错了错了,是借他山之玉可以攻石!"

陈平安没有计较陆台的措辞,当陆台说出"观道"二字后,陈平安既放心又忧心。放心是陆台多半没有胡说八道,这不是刻意针对他陈平安的阴谋;忧心是自己寻找那座观道观和老道人,多出一个身世不明的陆台,不正是节外生枝吗?

陆台犹豫了一下,似乎做了一个天大的决定,他咬牙道:"你若是这般处处提防我,肯定会影响到我的'观道封侯'契机。我可以认认真真帮你算一次卦,只要别牵扯到太厉害的大人物,我算得都还算准,可如果牵扯到上五境的神仙,我就有大苦头吃了,比起什么睡在小舟上,要遭罪千百倍! 陈平安,机会难得,不要错过!"陆台似乎害怕陈平安不相信,死死盯住陈平安,"不骗你!"

陈平安叹了口气,摆摆手,拒绝了陆台的提议,说道:"你就在余荫山楼住下吧,但是之后你我各自修行,井水不犯河水。"

陆台神色古怪,望向陈平安的背影,发了一会儿呆,他恍然回神,脸上有些如释重负的神情,快步跟上。

陈平安住在一楼,陆台选了三楼,两人之间隔了一个二楼。

陆台舒舒服服躺在三楼的床榻上,笑了笑,满脸的慵懒满足。

既来之则安之,陈平安不再管那个云遮雾绕的阴阳家子弟,除了背上的长剑和腰间的养剑葫芦,他身无外物,孑然一身,很轻松,美中不足的当然就是身边多出了一个莫名其妙的陆台。

陈平安坐在靠窗的桌旁,从方寸物十五当中取出一叠书:神仙书《山海志》,介绍中土神洲大雅言和桐叶洲雅言的两本书,还有在彩衣国获得的几本山水游记。他将这些书整整齐齐地放在桌上,然后取出一些来自竹海洞天青神山的珍贵竹简,打算在看书之余随手刻字。

每天早上练习撼山拳,下午练习《剑术正经》,晚上看书,学习两洲雅言。

很奇怪,明明只是破碎的秘境,碧水湖仍然有日月升落于湖水的奇异景象,因此也有了昼夜之分,不知是仙人的上乘障眼法,还是洞天福地破碎后的独有规矩?

陈平安的练拳走桩,就围绕着余荫山楼的那圈廊道。

凉风习习,荷花清香徐徐而来,在依稀可闻的采莲女的歌声中,白衣少年悠悠出拳。

下午陈平安就只在宽敞的一楼练剑,并不去楼外廊道,依然是虚握持剑式。

因为背负长剑剑气能够淬炼魂魄,本身就是修行,陈平安哪怕到了晚上睡觉,都不会摘下长剑,他会选择侧身而眠的姿势。

养剑葫芦高高挂在床前,如今不再经常喝酒,就不用总是悬挂腰间。他与初一和十五这两位小祖宗一路上朝夕相处,越来越心有灵犀,交流起来越来越顺畅,似乎两把本命飞剑的灵智也越来越成熟。陈平安入睡之后,就让它们帮着看家护院。初一没答应,但也没拒绝,更加温驯的十五则在养剑葫芦内欣然"点头"。

晚上看书期间,陈平安会从方寸物中临时取出那本《丹书真迹》。跻身武道第四境后,他发现自己可以多画两种符箓。第一种是山河剑敕符。剑敕符为护身符的一种。山为三山之山。何谓三山,书上并未详细介绍,而此符的'河'字注解也很笼统含糊,只说曾有神人坐镇江河,职掌"斩邪灭煞",喜好"吞食万鬼"。第二种是求雨符。求雨符可令"天地晦冥,大雨流淹",此符顾名思义,属于坛符之一,多是道门的高功法师所擅长,陈平安则兴趣不大。

比起阳气挑灯符、祛秽涤尘符和宝塔镇妖符,这两张符箓的品秩要略高,陈平安对剑敕符尤为上心,就以最普通的黄纸符书写了一张,有些勉强。陈平安跻身武夫炼气境后,魂魄大定,越发浑厚,他经常能够听到三魂路过心湖之时,那种冥冥之中的叮咚滴水声。

一旬光阴,陈平安偶尔会听到二楼的轻微脚步声,但是次数不多,陆台一次都没有下楼打搅陈平安。陈平安略微心安。

一桩没来由跑到自己跟前的缘分,只要不是孽缘就可以了,不用刻意追求善缘。

这天夜里,陈平安写完了第二张剑敕符,还是不太满意。

难道说真要找到一座古战场遗址,与那些战场英灵、阴魂不断厮杀,才能使得武道第四境趋于圆满?然后才可以娴熟地驾驭这种剑敕符?

陈平安皱眉沉思,突然转过头去,只见陆台走下楼梯,然后停步伸手敲了敲墙壁,如客人叩响门扉,然后他笑着坐在台阶上,仍是没有走入一楼。

陈平安刚想要拿起那本《山海志》以盖住剑敕符,陆台忍俊不禁道:"藏藏掖掖做什么,一张失传的上古符箓而已,品秩又不高,就是胜在返璞归真而已。我方才不小心瞥了一眼,心肝疼得直打战,现在还在疼呢。"

陈平安问道:"何解?"

陆台指了指桌上那张剑敕符:"这张护身符很有年头了,估计整个陆家,像我这般年纪不大的家伙之中,找不出第二个认得出它的根脚的人。我之所以心疼:一、你一个纯粹武夫,写出这么糟糕的纯粹古符,实在是丢人现眼——"

陈平安忍不住插话道:"武夫画符,才不合理吧?"

陆台扯了扯嘴角:"哦?这样吗?那看来是我陆家藏书记载有误,不然就是我见识短浅了。"

陆台并不太想在这个话题上深入,继续说道:"二、你画符,更多是靠那支笔,并非是你对画符一道有多深的钻研和悟性。嗯,可能你看到了正确的风景,可是你去往那处风景的路线,歪歪扭扭,所以画出来的符箓,可以用,但是不堪大用。三、符纸品相好,却给你做了一锤子买卖,暴殄天物。这要是给道家符箓派高人瞧见了,估计他们会恨不得一拳捶死你。"

陈平安眉头紧皱,细细嚼着陆台的言语,先分辨真假,再确定好坏。

陆台笑问道:"能不能拿起那张符箓,我仔细瞧瞧材质,之前仓促一瞥,不太确定。"

陈平安犹豫了一下,还是捻起那张剑敕符,只不过只给陆台看了背面。

陆台微微一笑,对陈平安的谨小慎微不以为意,他看了片刻后,点头道:"果然是回春符的宝贵材质,在它上边画符,可以重复使用。符纸的好坏,直接关系到一张符箓品相的高低和威力的大小。世间真正好的符箓,除去那些极端追求威力的,大多可以重复使用。你呢,按照符箓派一位老祖的谐趣说法,叫'朱颜辞镜花辞树',嗯,归根结底,就是'留不住'。陈平安,你自己说可不可惜?符纸,尤其是回春符,很烧钱。唉,我算是替你心疼了一把,反正你陈平安家大业大,不在乎这点小钱。"

陈平安看了眼陆台,又看了眼重新放在桌上的剑敕符。

陆台有些好奇,双手托着腮帮,望向那个有些懊恼的桌边少年,笑问道:"赠予你这些珍贵符纸的人,没有说过这些?教你画符的领路人,就没有跟你讲过,要你这半吊子符师能省则省?"

陈平安重重叹息了一声。

陆台幸灾乐祸道:"七八九境的纯粹武夫,大概可以仅凭一口真气,一气呵成,写出不错的符箓了。可惜到了这个层次的武夫,一步步走到山顶,早已心志硬如铁,谁会跑去画符?你也就是运气好,有这样的珍稀符纸和符笔,才能画出不错的符箓。常人每画一张符就等于烧了一大摞银票,嗯,你略好一些,只等于烧了半摞银票。"

陈平安狠狠瞪了一眼往自己伤口撒盐的家伙。

陆台呵呵笑道:"陈平安,你也真够有意思的,武夫画符,还有养剑葫芦和飞剑,最过分的是还每天勤勉读书?你就不怕不务正业,耽误了武道修行,落得个非驴非马,万事皆休?"

陈平安没有理睬他的冷嘲热讽,收起剑敕符,开始翻看那本《山海志》。陆台悄然起身,返回三楼住处。

之后陆台便时常离开余荫山楼,或是泛舟游览碧水湖,或是去参观每条吞宝鲸都会有的宝库。吞宝鲸之所以有此称呼,就在于它在漫长的岁月里,会将那些沉在海底的失事大船吞入腹中,而能够跨洲的渡船,往往当得起"宝船"的说法,所以一条成年吞宝鲸的肚子里,必然是奇珍异宝无数,千奇百怪。甚至有可能藏有仙人兵解后遗留人间的金身遗蜕。

陆台在一天的下午，从方寸物中取出一套使用近乎烦琐的茶具，以秘术撷取碧水湖的泉水精华，在一楼廊道开始优哉游哉地煮茶。

茶香怡人。

陈平安没有去讨要一杯茶水喝，只是在屋内练习剑术。

随后陆台每天都会煮茶，独自喝茶赏景，往往一坐就是一下午。

有天临近中午，陈平安走桩练拳即将收功，看到陆台自己划着小舟从远处返回。系好小舟后，陆台跳上廊道，站在原地，在陈平安练拳经过他身边的时候，高高举起手，掌心叠放着好几盒胭脂水粉，应该是在跟陈平安炫耀他今天的收获。离碧水湖湖心台不远处，有几栋楼是渡船专门经营货物的销金窝，陈平安只去过一次，觉得他们太黑心了，他拣选了几件相似物品，发现价格比倒悬山还要夸张，就彻底没了买东西的心思。

陆台脚尖一点，往后轻轻一跳，坐在白玉栏杆上，打开其中一盒口脂，拿出小铜镜，开始抿嘴，之后还跷起一根手指，以指肚抹过长眉，动作轻柔且细致。

陈平安只是继续沿着廊道练拳，从头到尾，目不斜视。

在陈平安又一次路过陆台身边的时候，坐在栏杆上仔细画眉的陆台，微微挪开那柄小铜镜，笑问道："好看吗？"

陈平安没有去看陆台，也没有搭话。

然后每一次陈平安走桩路过，陆台都要问一次不一样的问题。

"陈平安，你觉得腮红是不是艳了一点？"

"这儿的眉毛，是不是应该画得再细一点？"

"用花露斋的细簪子，从盒子中挑出胭脂，果然会画得更匀称自然一些，你觉得呢？"

陈平安只是默默走桩，按照原定计划，到了时辰才停下练拳。

最后一次陆台没有询问陈平安，只是将小铜镜、簪子和几只胭脂盒都放在身边的栏杆上，转头望向那一大片荷叶，妆容精致，眼神迷离。

陈平安刚打算走回一楼正门那边，陆台没有收回视线，再次开口："你是不是觉得我这样的男人，很……可笑？甚至还有些恶心？"

陈平安停下脚步，转身走向陆台，离着陆台大概五六步远的地方，他面对湖水背对廊道，也坐在了栏杆上。

没有得到答案的陆台也不恼，自顾自嫣然一笑，他挑出一盒胭脂，觉得它成色不佳，名不副实，便要将它随手丢入碧水湖。

陈平安突然问道："这盒胭脂卖多少钱？"

陆台愣了一下，也转过身坐着，一起面向湖水，笑道："不算太贵，每盒一颗小暑钱。这盒是今年新出的，名气很大，好些中土神洲的出名仙子都爱用它。唉，多半是那些被猪油蒙了心的商家子弟的伎俩,我给他们合伙骗了。"

陈平安感慨道:"一颗小暑钱,那就是一百颗雪花钱,十万两银子,我觉得……"停顿片刻,被清风拂面的陈平安轻声道,"千金难买心头好,你买它,不算贵,但是有些人听到价格后一定会傻眼吧? 他们打死都不会相信世上有这么好的胭脂水粉。"

陆台有些疑惑:"嗯?"

沉默片刻,一袭雪白长袍的陈平安将双手叠放在膝盖上,与陆台说了家乡龙窑那个娘娘腔汉子的故事。陈平安说得不重,语气不重,神色不重,将一个已死之人的可怜一生,说给了身边的男人听。

他身边的陆台,腰系彩带,神采飞扬,恰似神仙中人,比世间的真正女子还要绝色。而家乡的那个男人,只是身材消瘦了一些,甚至会有胡茬,长得不比市井妇人好看丝毫。哪怕他每天早上会把自己收拾得干净清爽,可到了收工的时候,一样会指甲盖里满是污泥,所以那个男人捻着兰花指,不会有半点动人之处。而且他根本不懂什么飞霞妆、桃花妆,也分不出点唇、画眉的种种胭脂水粉。

陈平安望向远方,有些伤感:"直到现在,我还是觉得他是一个很奇怪的人,明明是男人,为何喜欢像女人一样装扮自己。但是那天他用瓷片捅死自己之前,求了我一件事,我没有答应,直到今天,我还是很后悔。如果我知道他会那么做,我肯定会答应下来。"

"他那天跟我聊了很多,最后笑着说他打算再也不像女人一样装扮自己了,所以希望我能够帮他保管那盒胭脂,免得他又忍不住。

"我当时哪里会答应这种事情,死也不会答应的。他劝了我两次,就不再劝了。

"他死了后,谁也没看到那盒胭脂,其实谁也不在乎。"

陈平安转过头,笑望向那个如倾城美人的陆台:"那么贵的胭脂,扔了做什么?"

陆台歪着脑袋,那支精致的珠钗便跟着倾斜,微笑道:"不然送给你? 以后回到家乡,你拿着这盒胭脂去那家伙坟上,告诉他天底下就是有这么好的胭脂水粉,让他下辈子投个好胎,做个姑娘家家,往自己脸上可劲儿抹,几斤几斤地抹,都不用再心疼钱了。"

陈平安转过头,望着远方,轻轻摇头:"我连他的坟头都找不到,怎么给他看这个? 怎么跟他说这些?"

眉眼清秀干净的白衣少年,双手抱住后脑勺,不言也不语。

故事而已,一坛老酒揭了泥封,就只能喝光为止。

这坛老酒,这点小事,就像陈平安肚子里的陈酿,一打开后,遇上对的人,就会有酒香,而且也只有遇上对的人,陈平安才会与他对饮。

陆台便是那个与他对饮的人。

陈平安和他所尊敬的、亲近的人,比如宁姚、阿良、刘羡阳、顾璨、张山峰,都没有说起过这一茬。

可惜陆台听完这个故事后,似乎没有太大感触,最后反而打趣陈平安:"跟我讲这个,是不是说我这样悖理违俗的男人,没几个有好下场,到最后连个坟头都留不住?"

陈平安哑然失笑,只得跳下栏杆返回一楼。

不知为何,跟陆台说过了这件陈芝麻烂谷子的事,陈平安觉得心里舒服多了,如解开了心结。当天下午的练剑,同样是雪崩式,感觉少了些凝滞,多了几分圆转如意。

在这天之后,陆台便换了一身装束,头别玉簪,身穿青衫,手持黄竹折扇,从一位绝色佳人变成了翩翩公子,这让陈平安如释重负,所以哪怕陆台时不时走到一楼,随手翻阅他的藏书,或者煮一壶茶看他练习《剑术正经》,陈平安都没有说什么。

陆台不愧是博闻强识的阴阳家子弟,跟陈平安说了许多他以往不曾听说过的事情,比如拳架分内外、剑架分意气,还说了打磨第四境的注意事项和一些建议。一名纯粹武夫跻身炼气境后,如何打熬三魂,讲究很多,人身三魂,胎光为太清之阳气,武夫淬炼此魂,最好是拣选旭日东升、朝霞绚烂之际,练拳不懈怠,精诚所至金石为开,说不定会有机缘巧合,让胎光更为强壮,更加生机勃勃。

陆台提及此事的时候,陈平安大为汗颜,心虚不已——在老龙城孙氏祖宅破开三境之初,有金色蛟龙从朝霞云海之中汹涌扑下,却被他一拳拳打了回去,而且还不是一次,是两次。

陆台跪坐在靠窗位置,喝着以碧水湖的泉水精华煮出的茶水。换了装束妆容后,他高冠博带,大袖逶迤,士子风流。他的心眼何等活络,他一下子就看出了陈平安的窘态,便刨根问底。陈平安和盘托出,陆台当场喷出一口茶水,朝陈平安伸出大拇指,说教你陈平安符箓和拳法的老师傅,估计都是不拘小节的性情中人。

陈平安询问是否有补救之法,陆台想了想,说到了桐叶洲,陈平安可以碰碰运气,去一些个犹有神灵巡游阳间的武圣人庙。历史上不少令人惊艳的天才武夫,都是在武圣人庙瞎猫碰上死耗子,得到了一份很大的机缘。说到这里,陆台便有些唏嘘,说他在离家游历之前,听师父说过一名大端王朝的年轻武夫,资质天赋好到惊世骇俗,厉害到了让数位武圣人庙神灵主动找上门,给予他一份武运的地步,而那个家伙比他陈平安还要过分,竟然一拳拳打退了那些主动示好的武庙神灵。

陈平安猜测这人多半是在剑气长城上结茅修行的曹慈了。

陆台随便提了一嘴,既是告诫陈平安,又仿佛是在自省,说纯粹武夫也好,山上修行也罢,大道之上,运气很重要,但是接不接得住,更重要。福祸相依,天才夭夭的例子不计其数,便是此理。

陈平安深以为然。

但是陆台随即话锋一转，说你陈平安这般深居简出，害怕所有麻烦，从不主动追求机缘，一心只想着避开机会，很不好。

陆台之所以有此"怨言"，除了起先陈平安死活不愿与他有交集，还源于这艘吞宝鲸前段时间打开了第四个破碎福地的秘境入门禁制，准许乘客入内探寻，而陈平安却视若无睹。只要乘客交付一枚谷雨钱，就能够进入其中历练修行，一切所得，渡船均不会向乘客索取，如果有人愿意将其中所得折算成雪花钱就地售卖，吞宝鲸当然欢迎。

这条吞宝鲸是金甲洲五兵宗的独有之物，这块秘境多上古术法残留，极难打开，代价极大。得到这块秘境之后，五兵宗按照惯例，吃独食吃了足足一百年，到最后发现竟然得不偿失。五兵宗干脆将这个名为"登真仙境"的秘境对外开放，学那宝瓶洲的骊珠洞天，收取一笔过路费。

登真仙境方圆有千里之大，只是一块残破之地，大小就已经媲美整座骊珠洞天，它的前身为七十二福地之一，其广袤程度，确实要远远胜出三十六洞天。

这块秘境每十年打开一次，只许元婴境之下的练气士进入，对于纯粹武夫则无门槛要求。在两百年前有一位扶摇洲的幸运儿，其修为不过洞府境，竟然得到了一把威力巨大的半仙兵。他大概是觉得自己守不住那把神将大戟，这把大戟也不适合自己，便卖给了五兵宗，可谓一夜暴富。之后他财大气粗，硬生生靠钱把自己堆上了金丹境，一枚谷雨钱换来了一个金丹修为，谁不艳羡？

此事轰动金甲洲，一时间涌入登真仙境的练气士有如过江之鲫，需要有很硬的关系才能排上队，已经不是钱的事情了。经过三百年，登真仙境才逐渐变得没那么炙手可热，但依然是让人觉得物有所值的一方胜地。

不过陆台当然知道这种"开门红"，多半是商家高人指点五兵宗的手笔，跟那盒风靡数洲的胭脂一个德行，是合伙坑人呢！

对于登真仙境的虚实和深浅，陆台一清二楚，师父说过如果他有兴致，又有闲暇，不妨走上一遭，看能不能捡到一些值点小钱的破烂货。

陆台此次为何乘坐吞宝鲸？当然上上签卦象和大道契机最重要，可是进入登真仙境，寻得一笔钱财，也是他陆台志在必得的。

陆台极力邀请陈平安一起进入登真仙境，可是陈平安到最后只答应再借给陆台一颗谷雨钱，他自己还是执意不去。

陆台只得独自进入登真仙境，两旬之后他风尘仆仆地离开登真仙境，当天就还给陈平安三颗谷雨钱，多出的一颗，说是利息。陈平安听陆台讲完游历经过和巨大收获后，便心安理得地收下。原来陆台凭借家传阴阳术，破开了一座上古仙家府邸的禁制，一路有惊无险，差点成为那座古老仙府的主人，只是碍于五兵宗订立的规矩，才主动放弃对那座福地府邸的掌控，他跟五兵宗私下交易，换了一大堆谷雨钱。因为五兵宗在跨洲商贸的很多地方需要用到小暑钱和谷雨钱，所以五兵宗暂时赊欠陆台大部分钱款，并向他保证半年之内就会全数偿还，而且会额外加上一笔红利。

别觉得五兵宗亏大了，原本鸡肋的仙府在被陆台成功打开后，由于灵气充沛，适宜修行，吞宝鲸的贵客，就会愿意居住其中。细水长流，五兵宗半点不亏，商家挣钱，暴利当然很好，可是这种有稳定收入的"钱脉"，才是长长久久的立身之本。

陆台一举成为登真秘境历史上收获第三的幸运儿。

除此之外，陆台从仙府拿到了一门上古登仙术法，和一件名为"鳌山幻楼"的上乘法宝。陆台并未售卖这两份机缘。

哪怕陆台实实在在证明了陈平安与一桩洪福失之交臂，陈平安还是没有太多情绪起伏，只是将那枚赚到的谷雨钱放在桌上，看书乏了，就以手指翻转谷雨钱，让它在手背上滚来滚去。对于陈平安，这是一个解乏的好法子，立竿见影。

这让陆台很是郁闷。说了好些苦口婆心的言语，可是陈平安始终不为所动。

所以陆台每次煮茶，都没有邀请陈平安共饮，当然，估计陈平安自己也没有想法。

陆台是个地地道道的讲究人，他生于千年豪阀、仙人之家，不是寻常的人间世族子弟可以媲美的，所以陆台的气质，浑然天成，既是钟灵毓秀，也是耳濡目染。

斗茶之茶，要新；手法和茶具，要古；煮茶泉水，要清且重；饮茶之人，要净且灵。

陆台跟陈平安相处久了，始终觉得陈平安太死板了，所以是净有余而灵不足，一样还是会辜负他的好茶。

就像今天，陆台又借机提起这桩"天上掉了钱如雨哗哗落下，你陈平安却去屋檐下躲雨"的痛心事，陈平安只是默然不语。

陆台觉得实在敲不醒这个榆木疙瘩，就要放弃说服陈平安了，便随口说了一句大而无当的空洞言语，可世事就是如此无常，陈平安不仅听进去了，而且还用心记下了："陈平安，你练拳练剑，心都很定，这是你厉害的地方，但是你要小心，心定不是心死，心境可以静如止水，切忌一潭死水。"

这是陆台随口说说的，连他自己都觉得是一些废话，可陈平安竟然第一次主动停下那套翻来覆去的枯燥剑架，坐在他面前，学陆台摆出跪坐饮茶的姿势，有些别扭，与陆台的潇洒风流有着云泥之别，就像是庄稼地里的老农学那老夫子坐而论道，只会摇头晃脑，装模作样。

陈平安摆出这副姿态，陆台觉得挺好玩的。在中土神洲年轻一辈当中，被誉为斗茶无敌手的陆氏俊彦，斜眼打量着浑身不自在的陈平安，怎么看怎么有意思。给他这么一瞧，陈平安自然越发拘谨。

对于真正的读书人，陈平安还是心向往之的，比如齐先生、李希圣，还有彩衣国城隍爷沈温。哪怕是张山峰临时兴起的吟诗作对，都会让陈平安心生向往。

陈平安克服心中的不适,问道:"你是说我的心性,走了极端?"

陆台愣了一下,聪慧至极的他,没有敷衍应付,也不敢妄下断论。

若是面对常人,陆台可以随口胡诌,或是说些不错不对的言语,可是面对陈平安不行。

两人对坐,陈平安一脸认真神色,陆台心中苦笑,好像自己画地为牢了。

陆台心中一动,有些恍惚,来得这么早? 本以为只有踏足桐叶洲的陆地,与陈平安相伴游历,经历种种坎坷和磨难,才会出现此契机的苗头,不承想如此措手不及。陆台稳定心境,开始屏气凝神,郑重其事地递给陈平安一碗茶:"慢慢饮,等你喝完,我再说一点我的见解。"

陈平安不知其中讲究,只当是一场找人解惑的普通问答,就点点头,接过茶碗,喝了一小口。

在桂花岛风波过后,陈平安遇上那位爱慕桂夫人数百年的中年汉子,在渡口中年汉子挥手造就的小天地之中,跟中年汉子有过一番问答,以致那位中年汉子竟然说了句"你别想坏我大道"。

当时陈平安便是在说一把尺子两端的道理。他认为舟子的道理走了极端,看似有理,实则无理,因为它还不够完善,不如书上所说的"中庸"。

而道家的根底,是"道法自然"四字。

那次梦中读书,陈平安依稀记得有人说过,儒家的道理,从不在高处,不在到底有多高,而在道理是否落在了实处。那人甚至笑言,咱们儒家的至圣先师,学问已是何等的深远高超,可有一次问道之后,他曾对一名弟子私下感慨,甚至带了点自惭形秽,说某人的道,真高,可是……

只可惜"可是"之后的内容,陈平安已经记不得一星半点了,也有可能是那个人或者那本书根本就没有说。

陈平安这两次"游山玩水",其练拳的初衷已经从最初的"我这一拳要最快",变成了"这一拳可以更快,但是必须最有道理"。

陈平安一生中最有分量的一句话之一,是在返乡的一座客栈中,他对粉裙女童和青衣小童所说的那句"如果我哪里做错了,你一定要跟我说"。

无论落魄山竹楼老人,在他身上和神魂上打下多少拳,无形之中,陈平安始终在怀疑自己。

其实在倒悬山上,陈平安对宁姚爹娘说的那句无心之言已经道破了天机,那意味着陈平安一直在否定自己:"是我做得不够好。"

做得不够好,就是错。世间有几人,会如此苛求自己?

这种心态不是无缘无故形成的,而是陈平安本命瓷一碎,之后又经历种种困苦艰辛,种种机缘巧合,使得陈平安不得不试图拼凑出自己的完整心境。

成了,便是日月在天的奇观,群星黯然。

不成,大概便是种种失约,种种失望。

一个人没东西吃,就会饿死,可若是心田干涸,一样会死,只是浑然不自觉而已,今日不死他年死而已。

拼命求生,逆境绝境,愤然而起,奋发向上;可又悄然求死,暴饮暴食,不知节制,七情六欲,心猿意马,种种弊端,即是人心古怪处。

人心之复杂,便是圣人仙人都不敢自认看透。崔瀺在小镇为何会输,便是例子。

循着这条心路,陈平安的心境便很明了。刘羡阳之所以差点死了,是因为我陈平安做错了,所以我死了就死了,讲完自己那点对方都不愿意听的道理,一了百了。

齐静春愿意在小巷与他对揖,但是陈平安还是只记住了剑灵所说的"齐先生在赌,赌那万分之一",至于为何齐先生愿意相信他,没有对这个世界失望到底,陈平安反而从未想过。

当一个人真正开始认识这个世界,看过了高耸入云的大山、蜿蜒无尽的江河,看过了那些无比高远的壮阔景象,看过了那些读书人的风流,那些象征着一国威严的衙门、官服,看过了人生无常的生老病死,看过了看似壮烈实则冷血的铁骑阵阵,看过了昔日的朋友变得陌生,愈行愈远而无可奈何,看过了父母逐渐老去,你却始终无法挽留……他在某一刻,就会突然觉得自己很渺小。

这种感觉,大概就是孤单。

对于他人的悲伤人们很难感同身受,他人分享的快乐总是一闪而逝,人生只是一场场告别……

陈平安对这个世界,其实充满了畏惧。

刘羡阳、李宝瓶、顾璨都不会像陈平安这样。

顾璨会一门心思想着报仇。

李宝瓶会觉得天地间总有这样那样的有趣事情,沉浸在自己丰富多彩的内心世界里,几乎从不质疑自己,更不会轻易否定自己,所以她才能够说出那一句:"怎么会有不喜欢李宝瓶的小师叔?"

刘羡阳则会发自肺腑地说:"我要去看更高的山更大的河,我一定不要老死在这个小地方!"

而陈平安可能会去做很多事情,比如带着李宝瓶他们去大隋,但是陈平安的心境意象,会躲起来。

陈平安的心思和念头,大体上都是"不动"的。

在龙窑烧瓷多年,少年一直在求手稳,其实就是在执拗地追求心定。

心不定,他就会记恨宋集薪的有钱,嫉妒他有人相依为命,会读书;他就会嫉妒刘羡阳学什么都快,任何事情都是一上手就会;他还会厌恶和看不起那个娘娘腔男子,会在大山之中第一个找到他,不给娘娘腔指出一条隐蔽山路。

凡事有利则有弊,心定了,走了极端,就像陆台所说的,容易"心死",这其实就是道家所谓的"假死"。

这就是阮邛哪怕对陈平安没有成见,却从来不把陈平安当作同道中人,不愿收他为弟子的根源所在。

这也是为何陆台会觉得陈平安灵不足的原因。

所以剑灵当初看到的少年心境,是一个年幼孩子守着坟头和山头,是草鞋,唯一的"动",是向南方追逐着某个人的身影。

那个身影,其实正是御剑离去的宁姚。

陈平安送剑给心爱的姑娘的那趟旅程,比起去往大隋的战战兢兢、如履薄冰,终于多了一份自主意愿——"是我想走这趟江湖"。

我陈平安要为自己做点什么。

所以哪怕羡慕老龙城的范二,哪怕到了剑气长城后,陈平安肩头又多了一副担子,陈平安反而在心境上,比以前更加轻松。

所以陈平安换下了草鞋,穿上了一袭长袍,想要成为剑仙,而且是能够在剑气长城上刻字的大剑仙。

当初文圣老秀才为何会在醉酒之后,拍着陈平安的脑袋说少年郎要喝酒,不要想太多太过沉重的事情,就在于老人一眼看穿了少年的心境问题。

少年不该如此,当静极思动,应该卸下担子,轻松地去做少年郎该做的美好事情。

只是世间道理,听没听说,知不知道,是一回事,如何去做,又是一回事。

书里书外的道理,如何落在实处,难上加难。

陈平安一口一口喝着茶水,在陆台即将说出他的答案之前,陈平安突然开口说道:"我之所以不愿意跟你接触,更不愿意去登真仙境,答案其实很简单,因为我怕死。"

在家乡小镇,接连面对蔡金简、符南华和搬山猿,陈平安认为自己差不多等于死了一次。在蛟龙沟,是第二次。

事不过三。

陈平安缓缓放下已经喝完的茶碗,笑道:"不管你信不信,靠运气的好东西,我从来拿不住。"陈平安自顾自说道,"我方才想了想,觉得可能以前我是对的,但是现在我还是这样的话,就是错的。想要以后的修行走得更远,得慢慢改正了。"

陆台神色古怪,还有些凝重。他方才其实在以陆氏不传之秘观心神通,偷窥陈平安的心境。

陈平安端起茶碗:"能不能再来一碗?"

陆台没好气道:"你当是喝酒啊?"可他仍给陈平安添了一碗茶水。

陈平安继续说道:"但是不跟着你去登真仙境,我觉得没错,说不定我跟你一起进入登真仙境,会害得你一点钱都挣不到。现在,你挣了大钱,我挣了三颗谷雨钱,挺好的。"

陆台自己早已不再饮茶,他将双手放在膝盖上,笑道:"两颗是你借我的,你其实只挣了一颗。"

陈平安犹豫了一下,还是坦诚相告:"我觉得是三颗。"

陆台哭笑不得,敢情这家伙根本就没想过自己会还钱?

陈平安喝着他肯定喝不出名堂的茶水,轻声道:"要余一点,错过了就错过了,不能事事都求全占尽。陆台,你觉得呢?"

陆台愕然,随即大笑道:"陈平安,你竟然在躲那个一!"

陈平安喝着一碗茶水,同时一头雾水。

陆台随即满脸愤懑,身体前倾,一把从陈平安手中抢过茶碗,随手挥袖,收起所有茶具,气呼呼站起身,狠狠瞪着陈平安:"上阳台观道,到底是谁观道?是谁桐叶封侯?你都知道了,我一个小小的桐叶封侯算个屁!亏死我了!"

陆台咋咋呼呼登楼离去,踩得楼梯噔噔作响。

陈平安茫然挠头,只觉得自己像个丈二和尚,摸不着头脑。

之后很长一段时间,陈平安有点惨,陆台又换回了女子装束,打扮得花枝招展不说,还每天搔首弄姿,来一楼这边故意恶心陈平安。

陈平安脾气再好,也受不了那层出不穷的脂粉味和兰花指,以及让人极其腻歪的挤眉弄眼和娇声娇气,于是在某天早上陆台坐在栏杆上哼小曲的时候,一拳打得陆台摔入碧水湖中。

怒气冲冲从水里掠出的陆台,落汤鸡一般,他强忍着拿针尖、麦芒两把本命飞剑戳死陈平安的心思,只是对着陈平安破口大骂:"你就这么对待自己的半个传道人?!你陈平安还有没有半点良心?"

在提到传道人的时候,陆台明显有些底气不足,但他在骂陈平安没良心的时候,倒是理直气壮。

在那之后,陆台不再理睬陈平安。

光阴悠悠流转,拂晓时分,吞宝鲸到达桐叶洲扶乩宗渡口,陈平安去三楼提醒陆台可以下船了,但是早已人去楼空。

陈平安没有多想,只觉得陆台真是个怪人。

他便独自一人,从海底的吞宝鲸登上桐叶洲的陆地。

陈平安走上渡口，跺了跺脚，就像当年第一次由泥瓶巷走入福禄街，从黄泥烂路走上青石板路，充满了新鲜感。

陆台不在身边，陈平安觉得挺好，虽然这么想，有点对不住那家伙。

就在陈平安脚步很是轻松轻快的时候，在渡口一家热闹的店铺旁边，他见到了一个熟悉的身影，顿时龇牙咧嘴。

换上了青衫长袍、玉带簪子的陆台正蹲在街边，啃着一个肉包子，见到了陈平安后，他转头看了眼蹲在他身边的一条土狗，土狗正眼巴巴地望着陆台，陆台便把手中的肉包子丢给了路边的土狗。

陆台对陈平安挑了挑眉头。陈平安走过去后，陆台还在那啃着另一个皮薄馅美的肉包，摇头晃脑，很是欠揍。

陈平安先弯腰摸了摸那条狗的脑袋，然后直接就给了陆台一脚。

陆台一屁股坐在地上，好在手里的肉包子还没丢。

踹了自己一脚，那家伙竟然还有脸笑？口口声声说自己怕死，怎么到了我陆大爷这边，你陈平安就不怕死了？真当我的针尖、麦芒，与那些废弃的胭脂水粉一般，只是摆设？

陆台突然有些郁闷，因为他才记起，陈平安根本就不晓得这两把本命飞剑的存在。

陆台站起身，恶狠狠吃掉肉包子，警告道："吞宝鲸那一拳，渡口这一脚，两次了！"

陈平安笑道："事不过三。"

陆台厉色道："敢有第三次，我要么打死你，要么换回女子装束，恶心死你！"

陈平安立即抬起手臂，双指并拢，佯装对天发誓状，可言语内容却是："如果有第三次，请你务必选择打死我。"

陆台蓦然一笑。

见陆台没有追究计较的意思，陈平安便仰头望去，远处有一座巍峨大山，在半山处即有云海遮蔽景象，使得世人看不见山上风光。据说一年之内只有数次机会，山下之人才得以窥得此山全貌，山巅矗立着一大片宫观殿阁。

神仙书《山海志》上就记载了这个扶乩宗，其中让陈平安印象最深的有两点：首先扶乩宗与龙虎山天师府一样，不属于道家三脉之一，擅长"神仙问答，众真降授"，简单来说就是与宝瓶洲的风雪庙、真武山有异曲同工之妙，能够请神下凡，区别在于请下人间的是神祇，还是真仙；其次扶乩宗的山头豢养精怪鬼魅之多，冠绝桐叶洲，其半山腰处有一条喊天街，无奇不有。

陈平安对于那些活泼可爱的古灵精怪一直很有兴趣，就想着在扶乩宗开开眼界。若是以往，他也就只能在心里想一想，可是现在倒是愿意做一做。

而且他那把长气，当陈平安向北而走时，便有剑气微颤，震动他的神魂，若是他向南而行,剑气便无动静。这让陈平安松了口气,往北走,好歹距离宝瓶洲越来越近。

陆台对于游览喊天街一事,举双手赞成,他说那儿的一些小玩意儿,不但珍稀罕见,而且价钱公道,这是练气士游历桐叶洲时的必去之地。

望山跑死马,瞧着距离那座大山头不太远,但其实能走上好久。陈平安一路上时不时望向那座云雾缭绕的高山,他如今已经不是初入江湖的雏鸟了,很清楚扶乩宗的厉害,若是搁在宝瓶洲,就只比神诰宗略逊一筹。

这座位于桐叶洲中部的扶乩宗,既然是宗字头仙家,意味着它最少有一位玉璞境修士,而且比起版图最小的宝瓶洲,桐叶洲的山顶仙家更有分量和底蕴。桐叶洲南北各有桐叶宗和玉圭宗,两宗分别掐住这块陆地的两端,好似占据了桐叶洲半壁江山的气运,所以在桐叶洲还能够脱颖而出的宗门,往往都是杀出一条血路的强大势力。

闲来无事,陆台便聊了些桐叶洲和宝瓶洲的不一样之处。宝瓶洲是小地方,如果不是神诰宗祁真跻身仙人境,获得中土上宗赐下的天君头衔,明面上一个仙人境都没有,所以陈平安在师刀房那堵墙壁上,看到有人悬赏大骊藩王宋长镜,其理由只是觉得宝瓶洲不配拥有一个十境武夫。

反观桐叶洲,桐叶宗和玉圭宗的当家大佬,都是在仙人境趴了好几百年的老王八。扶乩宗有两位玉璞境修士,一男一女,是一对道侣,羡煞旁人。

相传扶乩宗的那位玉璞境女修喜好饲养精魅,她成为地仙后,还是愿意经常露面,专程下山收集种种精怪。扶乩宗宗主便干脆大手一挥,倾尽私人财力,打造了喊天街,只为了让道侣近水楼台先得月,不用多跑那几步路。

说起这桩恩爱,陆台满脸陶醉和憧憬,看得一旁陈平安毛骨悚然,因为他并不知道陆台是将自己想象成了扶乩宗宗主,还是宗主的道侣。

大概是被勾起了心中的那份缠绵悱恻,陆台哪怕当下是一身世家子衣饰,仍然不厌其烦地与陈平安说起了那些梅花妆容、额黄酒靥,几种腮粉的色泽晕染和扑面次序,中土神洲仙子与别洲仙子的穿衣喜好,浓妆重彩和淡抹小点妆的各有所好……

陈平安忍了半天,终于还是忍不住了,转头对这家伙正色道:"陆台,算我求你了,你跟我聊这些,我不想听,何况听了也没有用啊。"

类似言语,陈平安只对马苦玄说过一次,那次是马苦玄在大战之间碎碎念个没完。只不过他对于马苦玄是厌恶,而对陆台更多的还是无奈。

陆台一挑眉,然后痛心疾首道:"没用?你就没有喜欢的姑娘?万一有的话,就不想她更好看?你好歹也能靠这个跟人家聊聊天吧?你真以为仙子不放屁,个个不爱美?活该你打光棍!"

陈平安一下子开了窍,斩钉截铁道:"有!想!"

他当然有喜欢的姑娘,想她更好看……嗯?不对不对,宁姚已经最好看了!

陆台看得直摇头："傻了吧唧！估计有了姑娘也留不住。"说完之后，陆台犹不罢休，凭空变出那把竹制折扇，啧啧道："留不住啊留不住。"

陈平安呵呵一笑。

察觉到陈平安有动手的迹象，陆台斜眼提醒道："别动手啊，你一个天天翻书的人，哪怕不是君子，好歹也算半个读书人。这才几步路，说好的事不过三呢？"

渡口本就是扶乩宗的私产，他们一路往扶乩宗山头而去，路上多有神神怪怪的景象，有十数人乘坐在一条名为"紫髯公"的紫色大蟒身上，风驰电掣，但是乘坐之人个个四平八稳。他们头顶经常有充满剑气的虹光掠过，转瞬即逝。

见过了老龙城和倒悬山，陈平安对此已经见怪不怪。

陆台说，桐叶宗跟零零碎碎的宝瓶洲很不一样，山头数目不多，但大部分都是庞然大物，在这里不是随便扯一杆破烂旗帜就能自封山大王的，桐叶宗的王朝和江湖，这两股势力不容小觑。

当然事无绝对，不入流的仙家门派肯定有，毕竟桐叶洲疆域实在太大了，再说了，哪块田地还没个老鼠窝。可像观湖书院以南的宝瓶洲，几乎国国有仙府的景象，在桐叶洲肯定没有。

两人在宽阔道路一侧并肩而行，十分惹眼。来往车辆的女子，无论是仙师还是富家千金，都抛来好奇打量的眼神。这主要还是归功于风度翩翩的陆台，陈平安站在他身边，更多的是起到了绿叶的作用。

陆台没来由感慨道："婆娑洲不去说，很强大，文风鼎盛，仙师如云，尤其还有一个醇儒陈淳安坐镇。咱们脚下的桐叶洲性子喜静，跟贤淑女子相似，与世无争，又有地利之便，连跨洲渡船都没几艘，上天无路入地无门，所以比较排外，算是一块很大的世外桃源。西南方的扶摇洲可就热闹了，山上山下没个界线，整天打打杀杀，练气士的江湖气都很重。"

陈平安突然小声问道："陆台，你是什么境界？可以说吗？"

陆台轻摇折扇，鬓发飞扬，微笑道："陆氏子弟，不太在意境界高低，只看'观河'的眼力有多远。"

陈平安点头道："那就是不高了。"

陆台扯了扯嘴角："相较于中土神洲的修道天才，当然算不得高，可比起你嘛，绰绰有余。"

陈平安笑道："我认识一个比我略大的人，他已是七境武夫了。我在家门口遇上一个长得像狐狸的婆娑洲年轻剑修，好像是九境。我家里有两个小家伙，一条火蟒一条水蛇，估计快要六境和七境了。你呢？到底是几境？"

陆台仍是不愿泄露自己的境界高低，只是得意扬扬地道："我的两个师傅，一个授业,一个传道,都是上五境。"

陈平安"哦"了一声。

陆台瞥了眼陈平安:"啥意思?不服气,还是不入眼?"

陈平安点头道:"服气。"

陆台笑眯眯道:"陈平安,你这副口服心不服的德行,是不是希望躺着被人敬酒啊。"

陈平安疑惑道:"什么意思?"

陆台啪一声收起折扇:"死了之后,总该有人上坟祭酒吧。"

陈平安没好气道:"弯弯肠子。"

陆台爽朗大笑,又打开了折扇,清风阵阵而来,真是秋高气爽。

两人步行半日,才在黄昏中走到扶乩宗山头的山脚。山名垂裳,按照陆台的说法,寓意君王拱手垂袖而治,可为何扶乩宗的山头却用了儒家的说法,陆台也说不出一个所以然来。一个时辰后,暮色之中,陈平安和陆台终于见到那条喊天街,街上灯火辉煌,亮如白昼,哪怕是晚上,依旧游人如织。

走入人满为患的大街后,陆台让陈平安见识到了何谓花钱如流水,什么叫老子一掷千金,眼睛眨一下算我穷。

陆台走入第一家铺子,就买了两头陈平安听都没听过的小精魅,其中一头名叫瞳子。听了店铺掌柜近乎谄媚的介绍,陈平安才知道此物可以豢养在主人眼瞳之中,不但可以每天帮主人汲取些许天地灵气,最重要的是每当瞳子见到倾国倾城的绝色佳人,便能够帮助主人"明目"。许多修行天眼通之类术法的练气士,此物最是其心头之爱。

陆台花了足足八百颗雪花钱购得此物,说是要送给陈平安。陈平安当然不会收下,陆台便摇头惋惜,说你就不想每天都能够眼神精进?言下之意,有我陆台在你眼前,而你眼中又有瞳子,岂不是看我即修行?

老掌柜看了眼俊逸非凡的陆台,又瞥了眼陈平安,笑容玩味。

陈平安一身鸡皮疙瘩,假装什么都没听懂。

相比被陆台收入囊中的瞳子,当时瞳子旁边的一伙活泼小人,其实更让陈平安心动。它们小如米粒,被称为"耳子",谐音"儿子",是一种生活在耳朵中的精魅,以人的耳膜为鼓面,在人入睡时便悄然擂鼓,主人和旁人都不会耳闻其擂鼓之声,却可以激发主人的阳气,无形中震慑那些行走于夜间的诸多邪魅。

这是山下豪门显贵在不小心"闹鬼中邪"后,必然重金购买的一种精怪。许多下五境的练气士,如果需要行走山林湖泽,由于境界低微,也会随身携带一只。

除了瞳子,陆台还买了一只指甲盖大小的蜘蛛,这蜘蛛五彩斑斓,十分讨喜,可光是它的名字就足够让陈平安敬而远之——春梦蛛，喜好采撷、收集那些春光旖旎的梦境，当人入睡之后，它就可以在主人头顶织出一张五光十色的小网，而主人就会在梦中消受那千金春宵。因此春梦蛛经常被宗门用作砥砺弟子道心的道具，它也是崇尚双修的道派山门必备品之一。

春梦蛛附近的一排小笼子，还装有包括漆黑如墨的噩梦蛛在内的诸多蜘蛛，各有其奇特之处。

陈平安当然欣赏不来这类精怪。可是陆台偏偏很喜欢，为春梦蛛花了六百颗雪花钱，就因为他觉得春梦蛛长得很可爱。

于是那个老掌柜的笑容更加有深意了。

之后陆台在一间铺子跟一名中五境修士，为了一只罕见精怪起了意气之争。这次陈平安倒是没觉得陆台大手大脚，他认为那十二颗小暑钱花得物有所值。陆台之所以能拿下，还是因为竞价的对手身上没有太多神仙钱币，加上陆台气势十足，一副你愿意抬价我就陪你玩到底的架势，才让那人骂骂咧咧离开铺子。

陆台手心托着一只极其少见的羊脂兽，小家伙在他手掌上活蹦乱跳，通体美玉质地，是由玉石精魄凝聚而成。它的身躯就是上品的天材地宝，是制造符箓玉牌的最好材质之一。羊脂兽性情刚烈，成年后，只要被抓到就会选择自尽，因此无法饲养。而陆台手心这只，被修士无意间捕捉时尚且年幼，才没有"玉石俱焚"，存活了下来。只要饲养得当，它就有可能成为价值连城的"活灵宝"。唯一的缺点，就在于豢养羊脂兽，比买下它的开销更大，因为它只吃雪花钱。

掌柜是名姿色平平的妇人，笑言如果不是扶乩宗已经有了一对羊脂兽，否则这样的好东西，肯定当天就会被重金收走。

两人沿着街道兜兜转转，进进出出，

陈平安其实也看中了三样，只是犹豫不决，终究不太舍得一掷千金。

一头三足金蟾，属于天地灵兽之一，据说持有者可以增长自身财运。一只银白色的寻宝鼠，对天地灵物有敏锐的嗅觉。还有一种名为"酒虫"的小家伙，只会从陈酿美酒中诞生。如果将它放入新酿酒水中，只需要几个时辰，就有埋藏了数年美酒的醇厚口感，自然是世间所有嗜酒之人的心头爱。

陈平安没有花钱，陆台则依旧花钱不停。他买了一条巴掌大小的龙须鲤，龙须鲤身为鲤鱼，却长有两根蛟龙长须，其须是天材地宝之一，只是比起被陈平安制成缚妖索的那两根金色蛟须，品相自然逊色太多了。这类龙须鲤，胜在可以繁衍生息，试想一下，一座仙门买下数条龙须鲤，精心培育，千百年之后，那就是一池塘的龙须鲤。

陆台还买了一条牛吼鱼，牛吼鱼的体长不超过手指长度，却能发出如雷吼声。陈平安根本不理解陆台买它做什么，吓唬人？

最后陈平安还在街道尽头的铺子里看到了一群符箓纸人。这些符箓纸人价格不一，被裁剪成各色样式，大致按照身高分为三种：一指高度，一掌高度，一臂高度。它们栩栩如生，能够打扫庭院、养花养鸟、帮忙搬书晒书，等等。

纸人在山下人家，尤其是富裕门庭中颇为流行，它也分等级品次，画符之人的道行、名望、流派，很大程度上决定了纸人的价格，纸张的质地也有关系。有专门制造纸人的宗门经营商号，利润极高。

这些憨憨的小纸人，陈平安觉着极其好玩，却绝对不会动心购买，因为贵，而且不划算，买来无用，跟价廉物美半点不沾边。

陆台却一口气砸下五百颗雪花钱，买了一大摞折叠起来的符纸小人，全是最矮小的那种，说是无聊的时候，就让它们在桌上演武厮杀，一定很解闷。

陈平安在花钱这件事上跟陆台根本没话聊。

在喊天街再往上走个三四里山路，一座行止亭，这座亭意味着所有外人在此停步，不可继续登山。

陈平安和满载而归的陆台一起走入那座行止亭。一路上陈平安忍不住多瞥了几眼陆台，很好奇他将那些灵怪精魅藏到哪里去了。陆台确实拥有方寸物，只不过符纸符箓尚可储藏其中，但是精魅这类带有阳气的活物，万万不可放入，一放就会爆裂，甚至有可能害得方寸物崩碎。

在亭子里稍作休憩，远观扶乩宗周边的夜景，之后两人就返回喊天街附近，寻找客栈下榻。结果两人直接分道扬镳，因为陆台要住神仙府邸，陈平安自然是随便找家客栈就能对付一宿。

一夜无事。

在扶乩宗眼皮底下想要出点事情都难，前提是不要招惹那些眼高于顶的扶乩宗子弟。

昨日两人约好在行止亭碰头，然后下山北行，可是陈平安早早到达亭内，看过了日出东海的壮丽景象，一直待到日上三竿，还是不见陆台身影。他正要下去寻找，才看到陆台打着哈欠登山而来。陆台看见陈平安，朝陈平安招招手，就再不愿挪步向前，反正多走一步都是冤枉路。陈平安叹息一声，走出亭子，跟他一起下山。

陈平安昨夜还担心陆台在喊天街的大手笔会惹来风波，行走四方，到底是财不露白的好，等到两人下山，一路向北行出六七百里，还是没有任何异样，陈平安这才放下心来。

陈平安按照其背上长剑的偶尔"提醒"，数次调整方向，循着大致方向前行，因此难免要绕过官家大道，跋山涉水。

陆台对此毫无意见，遇上城镇闹市、酒楼店铺，他都会停下脚步，闲逛一番，陈平安也不拒绝。

这一路，陈平安走得平淡无奇，无非是在寂静无人烟的山林水泽练拳练剑。他从不见陆台修行，只有到了车水马龙的繁华市井，陆台才会打起精神，好似闯入了洞天福地，十分雀跃。久而久之，陆台让陈平安知道了一件事——富人的讲究，到底是怎样的。

陆台总能花最少的钱吃喝上最好的酒食，每一道菜，都能吃出百年千年的文化，扯出几个文豪圣贤；每一壶酒，都能说出几句美文诗篇。

陆台偶尔拿起一部从书肆淘来的古书，一手持书，明明是很慵懒的翻书姿态，可落在陈平安眼中，总觉得读书人就该如此。

只要在客栈停留，陆台每天都会给自己煮上一壶茶。他从不喊陈平安一起喝茶，独自坐在那边，一言不发，只是饮茶。他身上的那种气定神闲，充满了合规矩、明礼仪的意味。

他独自打谱时的那种风采，陈平安在崔东山身上见到过。

陆台还有一支竹笛，他的笛声，在山水之间尤为悠扬悦耳。

他手持竹扇，慵懒随意地坐在某处，仰头望月，也是风流。

陈平安知道一个说法，叫附庸风雅，十分贬义。

但陆台不是。

就像他陈平安骨子里就是个泥腿子，陆台是天生的风流人，读书种子。

有钱为富，知礼为贵。这才是真正的富贵子弟。

范二的灿烂心性，陈平安学不来；陆台的潇洒写意，陈平安觉得自己还是学不来。

这天陈平安站在一棵高树上居高远眺，竟然发现在人迹罕至的雄山峻岭之间，有一座城堡。在这之前，两人沿途没有遇上任何山水精怪。

此处距离桐叶洲中部一家独大的扶乩宗，已有千里之遥。

陈平安本来不想告诉陆台那边有座城堡，只想埋头赶路，可是一直对山水景象不感兴趣的陆台，今天破天荒掠上枝头，摇动竹扇，哈哈笑道："不错不错，是一处杀人越货然后栽赃嫁祸的风水宝地。"

陈平安起先还不理解这句话的意思，但他很快就懂了。四周山林，有鬼祟身影簌簌作响，虽然隐蔽且细微，可是陈平安眼力耳力都极好，一下子就知道他们给人包了饺子。

陈平安环顾四周，缓缓说道："武道四境，还有本命飞剑两把，符箓若干。"

陆台心有灵犀，微笑道："练气士龙门境，巧了，我也有两把本命飞剑，法宝若干。"

一个白袍负剑，腰挂许久没摘下喝酒的养剑葫芦。

一个青衫悬佩，君子无故玉不去身。

陆台轻轻摇扇,笑眯眯道:"动手之前,不先跟他们讲一讲道理?"

陈平安扯了扯嘴角,拍了拍腰间葫芦,没有说话。

要讲的道理都在这里了。

第七章
对故

山林之间，秋风肃杀。

陈平安心情沉重，这次被人围追堵截，让他不由得想起在梳水国山林中，买椟楼楼主和古榆国剑尊林孤山的联手伏击，如果不是青竹剑仙苏琅临阵倒戈，最后谁生谁死，还真不好说。

这趟向北而行，陈平安已经足够小心谨慎，经常登高望远，哪怕跟随陆台在市井坊间晃荡，也时刻留心有无盯梢，这拨人竟然始终没有露出半点马脚，这已经很能说明问题。对方以有心算无心，若是没有把握，肯定不会泄露踪迹。

大战在即，陆台有些心虚："陈平安，你该不会真的只是四境武夫吧？"

陈平安愕然，不知陆台为何有此问，点头道："当然是真的。"

陆台悻悻然，坦白道："我还以为你是第五境，一直故意在我面前隐藏实力。其实这才正常，行走江湖，谁还没点障眼法，我就将自己的境界提升了一点点，其实我不是龙门境，而是第七境观海境。"

陈平安瞪了他一眼："都这种时候了，还耍心眼？！你找死？"

陆台理亏，没有还嘴，只是在肚子里腹诽不已。他脚尖一点，高枝晃荡，整个人往树顶而去，他神色看似闲适，实则心中有些不安，他已经合起了那把竹扇，用其轻轻敲打手心。

陆台终究是一名观海境练气士，而且家学渊源，藏书极丰，他又喜欢东一榔头西一棒子地学东西，所以一身术法驳杂，只是都算不得精通。但是相比那些靠着一鳞半爪的术法秘卷,侥幸跻身中五境的山泽野修散修,陆台无论是眼力还是手段,都要高出他们一大截,只不过能否将这些优势,转变成搏杀的绝对胜算,不好说。

那些个将脑袋拴在裤腰带上的山野散修,哪怕不算什么亡命之徒,可一旦身陷绝地,或是利益足够诱人,让他们不惜与人拼命,他们与那些传承有序、养尊处优的宗门子弟就会截然不同,他们凶狠、狡猾,愿意以伤换死。

陈平安轻声问道:"需不需要我帮你拖延时间,你先大致查探一下他们的根脚底细? 跟练气士放开手脚厮杀,我经验不足,而且我们相互之间并不熟悉,很容易拖后腿。"

陆台以心声回答:"好。"干脆利落。

陆台大概是害怕陈平安误会自己要袖手旁观,补充道:"我只要一有发现,就会立即告知你术法来历以及防御和破解之法。"

陈平安点了点头,从袖中捻出一张方寸符以防不测,说道:"生死之战,不可马虎。"

陆台笑了笑:"晓得了。"

陈平安深呼吸一口气,依然站在枝头。虽然这样很容易沦为箭靶子,但是视野开阔。两军对垒,冒些风险,看一眼大局,总好过苍蝇乱撞。

这拨自扶乩宗喊天街就开始密谋的剪径匪人并未扎堆出现,三三两两,光是明面上的人数,就多达十余人。

豺狼环伺。

陈平安沉声问道:"来者何人?"

无一人作答。

往往一个看似豪迈的自报名号,就容易泄露自己的看家本事和门派的撒手锏。

有些人甚至喜欢在出手之前故意大声喊出招式名称,这不是自找麻烦是什么? 运气不好的,找死都有可能。

例如桂花岛剑修马致的飞剑凉荫,一听就知道是偏阴近水的本命飞剑。所以在与他对战时,使出阳气充沛的招式、法宝,往往就可以发挥更加显著的威势。

试想马致若是与人狭路相逢,骤然为敌,能主动跟死敌报出飞剑凉荫的名号吗?

陆台以心声默默告诉陈平安当下的情形,敌方阵营之中,在陈平安的正前方,有一个手持铁鞭的壮汉,他身边所站之人,陈平安必须多加留意。此人显然是一位剑走偏锋的剑师,并非练气士。剑师跟纯粹武夫不太一样,他们虽然没有本命飞剑,只是耍剑花俏的江湖莽夫,专精以气驭剑,称不上御剑,只是剑师出手,会让旁人瞧着像是驾驭一把飞剑。至于那身材魁梧的铁鞭壮汉,是按照兵家旁门法门走横炼体魄路数的练气士,还是纯粹武夫,不好确定,但是后者可能性更大。

壮汉一身肌肉虬结,身高将近九尺,气势凌人,手持双鞭,透过稀疏的树林枝丫,仰头望向陈平安,冷笑道:"好小子,真够油滑的,去往行止亭的步子故意深浅不一,害得老子差点看走眼,只将你当作三境武夫。离开垂裳山,走了几百里路,才发现你小子的脚印,如此轻浅均匀。不谈修为,只说这份机敏谨慎……"壮汉扬起左手铁鞭,狞笑道:"当得起老子一鞭敲烂你的头颅!"他说的是桐叶洲雅言。

陆台不再是那个喜欢胭脂水粉的娘娘腔,也不再是那个满身风流的世家子,他给陈平安指点着那些死敌的来历,语速极快,简明扼要:

东南方向,是一名使符箓的道人。多半是因为没有招徕到真正的兵家修士,退而求其次,要以符甲担任陷阵步卒。如果再加上一两只墨家机关术的傀儡,我们两个飞剑杀敌的威力,就要大打折扣,毕竟这两类死物,一个符胆难破,一个核心难寻。

只是不知这名道人,有无专克剑修和本命飞剑的符箓。有的可能性不大,一般只有金丹境和元婴境修士,才用得起针对剑修的那几种珍贵符箓。但是如果咱俩运气太差,就不好说了。比如有两种名为"剑鞘""封山"的上品符箓,专门对付神出鬼没的本命飞剑,让本命飞剑自投罗网后,暂时将其封禁一段时间。剑修若是没了本命飞剑,哪怕只是一时半刻,战力也会跌入谷底。

你我最大的依仗是那四把飞剑,所以我们最需要提防这点,如果飞剑不得不出鞘杀敌,就要时刻留心符箓派道人两只袖子的细微动静。

西南方向,是一名研习木法的练气士,应该就是他遮蔽了所有痕迹。他多半饲养有花妖木魅,记得到时候小心草木树藤之类,因为不起眼,反而比剑师的飞剑还要阴险难缠。

陈平安一边默记在心中,一边盯着那壮汉和剑师,眼角余光则盯着符箓派道人,他冷笑道:"既然我和朋友敢在扶乩宗喊天街当着所有人的面砸下那么多钱,就没担心过会因此惹来祸事。"

壮汉乐不可支:"小崽子,莫要拿话诓我了,两个连桐叶洲雅言都说不顺畅的外乡人,就算你们是宗门出身又如何?有地仙师父又如何?了不起啊?!"

魁梧大汉身边的剑师,是一名身材修长的黑袍男子,脸色苍白,眼眶有些凹陷,显得有些阴沉,他笑道:"当然了不起,只可惜鞭长莫及罢了。"

壮汉蓦然大笑起来,剑师亦是会心一笑。

关系熟络的两人都望向了更高处的陆台,中年剑师问道:"这一路你们两个卿卿我我,恩恩爱爱,看得我一肚子邪火,你要负责啊!若是识趣,说不定你还能够保住一条小命。"

陆台没有理睬此人的挑衅,神色自若,继续给陈平安讲解形势:

你我身后的北边,是一名正在排兵布阵的阴阳家阵师,附近还有一对少年少女,应该是此人的得意弟子,其实这个阵师最麻烦。陈平安,我一有机会,就先杀此人。

他们现在之所以不急于动手,就是在等阵师完成这个半吊子的搬山阵。放心,我会找准时机出手,绝不会让他们师徒三人成功。但是在我出手之前,你一定要分散他们的注意力,哪怕只是让他们稍稍分神,足矣。

陈平安悄然点头。

陆台继续道破天机:

除了那个阵师和他的两名弟子,还有一名邪道修士,人不人鬼不鬼的,一身邪祟阴气极重。这类练气士,常年游走于乱葬岗和坟茔之间,可以将孤魂野鬼拘押在灵器之中,招为己用,以养蛊之法培育出厉鬼。

我们身后更远处的左右两边,还站有两人,他们负责压阵,万一你我逃脱,他们就会出手拦截。

以此推断,敌方阵营的主力,是在南边。

那中年剑师见陆台无动于衷,心中除了邪火,便又有了些恼火,满脸坏笑道:"你俩上手了没?"

陈平安完全听不懂,只当那个剑师在说什么山上的行话。他感到陆台刹那间出现了一抹罕见的怒意。

于是陆台不再以心声与陈平安交流,竟然改变了主意,死死盯住那个中年剑师,脸色阴沉道:"陈平安,这桩祸事本就是我惹来的,你只管北行,我自己解决他们。"

陈平安问道:"你一个人,能杀光他们,然后顺利脱身?"

陆台不说话。

陈平安没好气道:"就这么喜欢死无葬身之地,让人连个坟头都找不着?"

陆台呸了几声,笑道:"别咒我啊。"

陈平安站在原地,纹丝不动,闷了一会儿,总算回了陆台一句:"那就少说废话,多杀人。"

陆台突然传给陈平安一道心声:"动手!"

陈平安没有任何犹豫,捻动袖中那张出自《丹书真迹》的方寸符,一闪而逝。

中年剑师心弦骤然紧绷,便知大事不妙。好在那魁梧壮汉已经一步踏出,横在剑师身前,迅猛一鞭向身前空中砸去:"有点意思!"

凭空出现在两人身前的陈平安,非但没有避其锋芒,反而打定主意要近身搏杀,去势更为坚决,但他也做出一个微微歪斜脑袋并猫腰的动作,以所背长剑长气硬抗那条铁鞭,一拳神人擂鼓式当胸砸中那壮汉。

一拳至,而后十拳至,百拳至。若是意气足够,由我拳拳累加,哪怕你是传说中的大罗金仙,不败金身也给我摧破殆尽!

中年剑师只是出现片刻失神,很快从大袖中飞掠出一抹青芒。

　　壮汉一口鲜血喷洒而出,踉跄后退五六步,一手铁鞭在身前挥舞得滴水不漏,同时竭力吼道:"护住阵师!"

　　与此同时,陈平安心意一动,心中默念道:"十五。"腰间养剑葫芦内,一抹碧幽幽的纤细剑虹瞬间掠出。

　　那名符箓派道人冷冷一笑:"竟然还真是一个剑修。"

　　那魁梧汉子只觉得左侧肩头传来一阵撕裂痛楚,心神震撼,怎么可能这么快?!

　　十五才离开养剑葫芦没多久,只听叮的一声,它刚刚拦腰斩断中年剑师的出袖剑芒,就被一道红光乍现的符箓笼罩,它四处乱撞,碰壁不已。

　　剑师神色狠辣,大袖一挥,又有一把"飞剑"飞出袖子。

　　陈平安继续无视剑师的这一手精妙驭剑,神出鬼没地来到汉子身后,将第三拳结结实实砸在那壮汉的后心,刚猛拳劲直透此人心脏。第四拳下压且右移,直接打在了那个壮汉的脊柱之上。

　　道人又以珍贵异常的秘法符箓,困住了那个再次斩断剑师青芒的初一。

　　老道脸色铁青,眼皮子直打战,只觉得心头滴血,这个小王八崽子竟然拥有两把飞剑?!少年腰间的朱红色小酒壶,莫不是那养剑葫芦?

　　想到此处,老道眼神炙热,好好好!不枉费贫道一口气丢出两张压箱底的宝贝,只要事成,仍是赚大了!

　　壮汉一身浑厚的护体罡气,在三拳之后就已经被打得崩溃消散,所以陈平安这第四拳,是真真切切打在了脊柱上。

　　响起一连串轻微的咔嚓声响,别人可以不上心,可是魁梧汉子已经吓得魂飞魄散。再来一拳,可就真要被打断了!

　　汉子不敢再藏掖,重重一跺脚,左手握住右手手腕,右手双指并拢,然后身躯摆出一个如同狮虎抖肩的姿势,他的眼眸瞬间雪白一片,气血和筋骨骤然雄壮起来,犹如神人降世。

　　结果他还是被陈平安的第五拳打得宛如断线风筝,笔直向前飞出去,重重摔在地上。

　　陈平安也不好受,他先前以后背硬抗了壮汉的一记铁鞭,虽然铁鞭砸在了长气之上,可还是有四五分劲道轰入体内。之后初一、十五被符箓道人以秘法拘押,暂时无法脱困,为了成功递出第五拳神人擂鼓式,又硬生生挨了中年剑师的一道透肩而过的剑芒,鲜血淋漓。

　　然而陈平安整个人的气势不降反升,魂魄之凝聚,拳意之汹涌,几乎肉眼可见,绝无半点垂死挣扎的气象。

　　仿佛日出东海,总有高悬中天的时候。

阵师实在惧怕那个家伙再给自己来一剑，掏出一大把雪白珠子，挥袖撒出，数十颗珠子在他四周悬停，三才、四象、七星、八卦、九宫，数目不等的珠子的悬停位置极有讲究，形成一座座护身阵法。结阵之后，光芒璀璨，将年老阵师映照得无比光明伟岸。

只是如此一来，先前的布阵就被耽搁了，要延误不少时间。

那邪道修士在驾驭黑烟扑杀陆台的同时，出声提醒道："抓紧布阵，否则咱们跑了千里路程，就要白费功夫。而且一旦宰不掉那两个，肯定后患无穷。你自己掂量掂量！"

老阵师脸色阴晴不定，一发狠，撤去半数小阵，收回数十颗珠子，如此一来，其布阵速度又加快几分。

南边的战场上，魁梧汉子扑倒在地，呕血不已，好似要将心肝肠子都吐出来，面前土壤被浸染成鲜红一片，十分惨烈。

他是一名货真价实的五境武夫，一身日积月累的横练功夫，十分难缠。他在武道路上，未曾遇上明师指点，走得坎坷艰难，炼体三境的底子打得漏洞百出，能够由四到五，可谓不计后果，所以没有意外的话，他终生无望第六境。

大活人总不能被一泡尿憋死，于是他便走了歪门邪道，他的请神之法，来自半本残卷，这当然是"打野食"而来的。因为只有上半本，故而他只知如何请，不知如何送，请神容易送神难。

每一次请神附体的代价极大，他摸索了将近二十年，跟人求爷爷告奶奶，大肆购买这类仙书密卷，才好不容易控制住这门请神术的后遗症。

今天请神请了一半，竟然给那白袍少年一拳打得"神灵"退回神坛，对于规矩森严的请神降真而言，简直无礼至极，所以反扑得厉害，一缕缕神魂从窍穴飘荡而出，如三炷香袅袅升起。

烧完三炷香之后，还是没有停下的迹象，壮汉整个人的后背云雾蒸腾，要知道这些烟雾，可是五境武夫的气魄显化，是一名纯粹武夫的根本元气。

汉子沙哑含糊道："救我！"

那名精通五行木法的练气士眉头紧锁，不得已撤去了针对白袍少年的一门搬山拔木之法，来到壮汉身边蹲下，双手手指掐诀，满脸涨红。从地下飘出星星点点的幽光，萦绕指尖，练气士猛然将其拍入壮汉后心。

壮汉趴在泥地里的身躯一弹，脸色瞬间红润起来，全身上下各大关节处传出黄豆爆裂般的清脆声响，如枯木逢春。魁梧汉子转过身来，一个鲤鱼打挺，手持双鞭站起身，神采奕奕，再无半点颓态。

那名出手相救的练气士沉声道："记在账上。"

汉子咬牙切齿地望着陈平安，点头道："拿下这两头肥羊，一切好说！"

那夜在扶乩宗喊天街，那个长得比娘们还水灵的家伙出手阔绰，简直让金丹境的野修都自惭形秽。倒不是说一名金丹境修士拿不出那么多小暑钱，要知道那个俊俏公子所买之物，尽是些羊脂兽、春梦蛛、符箓纸人这类烧钱玩意，不是杀敌的攻伐法宝，不是保命的防御重器！

两个明显来自外乡的年轻人，这一路上只走山林和市井，北上千里，没有一次拜访过沿途的仙家山头，也从来没有大修士主动拜见。这说明了什么？这意味着这两个雏儿，出身显贵，腰缠万贯，肯定自幼过惯了舒坦日子，不知江湖水深，山上风大！

不拿下这两个富得流油的愣头青，对得起自己那么多年的苦修吗？他们除了四处寻找机缘，刀口舔血，还要给山上的仙师们低头哈腰当条狗，帮他们摆平仙师们不屑亲自做的腌臜事，背负了恶名，流窜逃命，换一个地方从头再来。如此循环往复，何时是个头？

从壮汉被接连五拳神人擂鼓式打得半死不活，再到练气士以秘法窃取此地山水气运，成功治疗壮汉，这一切，不过是几个弹指的短暂工夫。

陈平安被中年剑师驾驭的一道道剑气所阻，没能一鼓作气彻底打死铁鞭壮汉。

以气驭剑，在江湖上，是很了不得的仙家神通了。在许多偏僻的小地方，其诗书典籍上，所谓的飞剑千里取头颅，其实不是说剑修，而是指经常在世人面前冒头的剑师。相比山上剑仙和江湖剑客，半桶水的剑师，高不成低不就，尤其喜欢沽名钓誉。

一位剑师驭剑杀敌，出袖之物，往往剑气和真剑皆有，前者胜在量多，后者强在力大。正如轻骑掠阵，赢得优势；重骑凿阵，取得胜果：两者相互配合，缺一不可。

与陈平安对峙的这名剑师，显然是此道大家，他双袖鼓荡，袖口表面泛起阵阵青色光华，从中掠出的一条条青芒剑气，凌厉异常。

好在剑师每次至多驾驭两缕剑气，陈平安躲闪得还算轻松，远远不至于捉襟见肘，但是被牵制得很死。

陈平安没有用上杀敌一千自损八百的手段，先前他重伤魁梧壮汉后，剑师为阻止陈平安彻底击杀壮汉，将一缕剑气早早停在壮汉附近守株待兔，结果陈平安一个骤然加速，直冲剑师，差点闯入剑师身前一丈。

吓出一身冷汗的剑师，不得不使出真正的撒手锏。那把实质小剑并非从袖中飞出，而是从头顶发髻之中悄然出现，原来那根碧玉簪子，是用来遮掩小剑的"剑鞘"。那是一把形状如翠绿柳叶的无柄小剑，极其纤细，围绕着剑师滴溜溜旋转，带起一股股嫩绿色流萤。

那个符箓派道人厉声提醒道："贫道的两张枯井符最多再支撑二十弹指！速战速决，赶紧斩掉这个小王八蛋！一旦他的飞剑破开牢笼，到时候咱们就排队等着给人抹脖子吧！"老道人面容枯槁，十指干瘦，言语之间，双手缓缓转动，应该是在掌控那两张抓住初一、十五的符箓，老道人气得嗓音颤抖，"你们给的密报上说，这小子不是武夫剑客吗？如今不单是剑修，这崽子竟然还有两把飞剑，两把！要不是老子还有点家底，攒出两张原本打算传家的宝符，这次咱们就全玩完了！之前算好的分红，不作数！"

那壮汉脸色难堪，大踏步走向陈平安，看也不看那老道，闷声道："更改分红一事，好说，总不会亏了你。"

老道人冷哼一声，心中翻江倒海，死死盯着那个白袍少年。

何时剑修也有这般强横的体魄了？

那名仍然站在树上的俊俏公子哥，居然也是一名拥有本命飞剑的剑修，难怪两个人胆敢在异国他乡横着走。两名剑修，三把本命飞剑，就算他们大摇大摆地从桐叶洲玉圭宗走到桐叶宗，只要不主动挑衅那几座仙家府邸，寻常时候，几个野修敢惹？

他们这拨人鱼龙混杂，原本走不到一块，虽然每个人的境界修为都算不得太高，可是各有所长，这一路又有幕后高人出谋划策，所以哪怕是一名金丹境修士，只要对方事先没有察觉，一行人都可以与其掰掰手腕，说不定就有一桩泼天富贵到手。

他们其实已经足够高估这两个年轻人了，没想到还是这般难缠。

这一次中年剑师放开手脚牵扯那少年，而木法练气士在这山林之间如鱼得水，竟然驱使一棵棵古木拔地而起，如一个个老人蹒跚而行。壮汉掏出一颗朱红丹丸，丢入嘴中，脸上肌肤变得滚烫通红，他要再次请神降真！

大树的树枝如一条条长鞭，狠狠砸向陈平安，陈平安不仅要躲避树枝，还要及时避开一两条阴险刁钻的青色剑芒，一时间险象环生。

好在陆台很快传来心声，传授陈平安应对那些古怪树木之法，之后陈平安每一拳都精准地砸烂了贴在大树之上的一小串隐蔽字符，随后银光崩碎，大树随之倒塌，绿油油的树木瞬间枯萎。

陆台还提醒陈平安，囚禁两把飞剑的符箓派道人所说的二十弹指，未必是真，极有可能是三十弹指，甚至时间更加长久。

陈平安面无表情，全神贯注，他打烂了所有古怪树木后，那名已经弃了铁鞭的壮汉已经请神成功，一双眼眸雪白，没有半点人性光彩，如一尊神祇冷漠俯瞰人间。

陆台心中有些诧异，因为他察觉到陈平安在听到自己的提醒后，根本就没有泛起任何心湖涟漪，显然是早就洞悉老道人的那份算计，才能如此镇定。

小小年纪，却是个老江湖啊。

陆台一手撑在树干上，相比陈平安与各路豪杰的一通乱战，他这边就很无聊了。

他的飞剑针尖，已经杀不掉那个老阵师了；陶罐里冒出的阴魂黑烟，也奈何不了他陆台。何况陆台还随手取出了一根五色丝绳，系在了手臂上。此物虽然比起他女装时的彩色腰带差了十万八千里，可是对寻常练气士而言，已是相当不俗的法宝，它的强大之处，在于攻守兼备。

　　有陈平安牵制住敌方主力,"闲来无事"的陆台,破天荒地有些愧疚情绪。这次确实是大意了,没想到对方胆子这么大,敢吆喝这么多人一起围剿他们,毅力恒心更是一绝,足足跟了他们千里路程。

　　北边战场,那名邪道修士约莫是心疼不断消散的黑烟,对老道人高声喊道:"还有没有枯井符?有的话赶紧丢一张出来,先欠着,回头我和他一起凑钱还你!"

　　老道人气得跳脚,骂道:"有你爹!"

　　邪道修士心头一怒,但是当下只能隐忍不发,想着来日方长,以后要好好与这臭牛鼻子老道计较一番。

　　老道人根本就瞧不起那人不人鬼不鬼的邪道修士,悄悄抖了抖袖子,似乎在准备着什么。

　　两张关押飞剑的符箓,颤动幅度越来越大。

　　起先老道人大声开口,说只能困住飞剑二十弹指,确实如陆台所猜测那般,是故意蒙骗陈平安,希望陈平安误以为二十弹指后就能够召回飞剑,大杀四方。可是现在老道人哑巴吃黄连,有苦说不出,原来那两张价值连城的宝符,因为初一和十五的反抗,真的只能困住这两把飞剑二十弹指左右,而不是他预期中的四十弹指!

　　符箓名为枯井符,能够厌胜本命飞剑。

　　用雷击木制成的七枚小钉,成北斗七星状,以秘术嵌入特殊符纸,再刮下从不周风中落下的一两飞土,符箓图案为剑困井中,符纸背书"不动"二字。这还只是"主干",其余符箓"枝叶",还有许多细节。

　　这是桐叶洲符箓派旁门的一道上品秘符,虽然比不上陆台口中的剑鞘符和封山符,但也不容小觑,是中五境练气士对付剑修的保命符,价值千金。在方圆十丈内,只要祭出此符,就可使得剑修的本命飞剑,如人立井中,不能动弹。若要打开禁制,只需开诀拂袖吹气,"井中"飞剑即可自由远去。

　　别人是十年磨一剑,老道人则是十年磨一符,如何珍惜都不为过。

　　两处战场,大战正酣。

　　山林深处,有两人远远眺望此处,隔岸观火。

　　其中一人正是在扶乩宗店铺跟陆台争夺羊脂兽的客人,他五短身材,其貌不扬,脸上略有得意。另一人则是腰佩长剑的红袍剑客,身材修长,器宇轩昂。他伸手按住剑柄,看着那边的战场形势,微笑道:"先前所有人都认为你小题大做,就连我也不例外,现在看来,亏得你这般谨慎,省去我不少麻烦。"

　　红袍男子是一名武道六境巅峰的剑客。他在桐叶洲的山下江湖,已经算是名副其实的剑道大宗师,虽然已是古稀之年,可是依然面如冠玉。数十年间,他仗剑驰骋十数国,罕逢敌手。

他忍不住咧嘴一笑，这点小伤，算什么？

白袍少年身陷包围，不退反进，数拳之后，已经打得那名壮汉毫无还手之力。这让所有参与围猎一事的家伙，都难免心中惴惴。

若非壮汉出声提醒，北边的那名阵师很可能就要当场暴毙。

为众人打造一座搬山阵法的老人，当时正蹲在地上，布置数杆土黄色小旗，听到壮汉提醒后，哪怕没有察觉到丝毫异样，他仍是毫不犹豫地一掌拍在胸口，击碎一张隐蔽的昂贵替身符，于是他与那名少年弟子瞬间互换位置。

刹那间，一把虚实难测的飞剑从天而降，速度极快，如筷子插水，牵扯出阵阵涟漪。一脸茫然的少年被巨大飞剑当场劈开，从头颅到腰部一分为二，两片尸身倒地，肠肚流淌，惨绝人寰。

远比寻常剑客佩剑要巨大的飞剑，没入土地，一闪而逝，地面没有发生丝毫变化。

这无疑是一把剑修的本命飞剑。

下一刻，阵师又一掌拍在心口处，似乎又用上了替身符，打定主意要舍了第二个嫡传弟子的性命，以保全自己的性命。

只是这一次，先前措手不及的邪道修士有了反应时间，他没有袖手旁观，遥遥站在远处，掏出一只刻满符文的漆黑小陶罐，默念口诀，将陶罐轻轻晃荡数下，一股阴森黑烟从陶罐中冲天而起，然后分成三股，分别指向阵师、少女和立于高枝之上御剑的陆台。

飞剑再次凭空出现，依然是当头斩落，但是这次并非直指阵师，而是指向那个满脸惊骇的少女。

由无数头阴物鬼魅汇聚而成的滚滚黑烟，遮蔽在少女头顶，如同为她撑起一把雨伞。可是巨大飞剑实在太过势如破竹，迅猛破开了黑烟屏障，一剑将少女从头到尾劈开。

豆蔻少女，就此夭折在大道之上。辛苦求长生，到头来反而没能活过二十岁。

一手扶住大树主干的陆台脸色不太好看。

真是道高一尺魔高一丈，那名阵师竟然没有真正使用替身符，第二次拍打胸口只是虚晃一枪，诱使陆台将剑尖指向少女。

棋差一着的陆台，倒也没有气急败坏，山上修行之人，每一个都不是省油的灯。

那把本命飞剑虽然巨大，可是速度之快匪夷所思，陆台就站在原地，任由那道黑烟汹涌扑杀而至，飞剑斩杀少女之后，转瞬之间就来到主人陆台身前，将那道充满哀号着的狰狞面孔的黑烟给搅烂。

邪道修士不断摇晃掌心陶罐，阴森地笑道："敢坏我阴物，我倒要看看，你还有几两灵气可以挥霍！"

一道道黑烟从陶罐中飞出，像是在他手心盛开了一朵黑色的硕大花朵。

剑客腰间长剑，是一把锋利无匹的仙家法宝，使得他胆敢自称"金丹地仙之下，一剑伤敌。龙门之下，一剑斩杀"，而且山上山下少有质疑。

而且他风流无双，不知有多少女子爱慕这位不求长生的江湖剑仙，甚至有小道消息说，云麓国的皇后赵氏都与此人有染。

不起眼的汉子笑道："我马某人的谨慎，是习惯使然。我年轻的时候吃了太多亏和苦头，所以我始终牢记一事，对付这些出身好的仙师，咱们混江湖的，就得狮子搏兔，一口气吃掉他们，否则哪怕侥幸赢了，也是惨胜，收获不大。"

红衣剑客笑道："马万法，之前说好的，我帮你们压阵，以防意外，白袍少年背着的那把剑，早早就归我了。现在意外出现了，当真需要我亲自杀敌，那么……"

男人点头道："养剑葫芦不能给你，而且你也不是剑修，但是两个小家伙身上，最少也有一件方寸物，里边的东西，我要拿出来分红，你可以拿走方寸物，如何？"

红衣剑客眯眼而笑："极好。"

汉子犹豫了一下："虽然大局已定，但我们还是要小心。那白袍少年多半已经捉襟见肘，不过那个长得跟娘们似的家伙，多半还留有余力。要不你先对付这家伙？"

红衣剑客摇头道："树上那个，手臂上有件法宝护身，又有飞剑暗中乱窜，我很难悄无声息地一击功成，倒是那个白袍少年，我可以一剑斩杀。到时候没了同伴，比娘们还细皮嫩肉的小家伙，肯定会心神失守，到时候是我来杀，还是你亲自出手，都不重要了。"

汉子想了想，点头答应道："如此最好。"然后他笑道："老道士的两张枯井符马上要扛不住了，你何时出手？"

"正是此时！"红衣剑客身形已经消失，原地尚有余音袅袅，先前脚下的树枝竟是丝毫未动。

可见这位江湖大宗师身形之迅捷，以及武道之高。

南边战场上，因为魁梧汉子得两人相助，陈平安与他厮杀得难解难分，看似乱局还要持续许久。

一抹赤虹从天而落，快若奔雷，刹那间撕开战场，剑气森森，充斥天地之间。

出鞘一剑戳向白袍少年心口，一剑戳中，毫无悬念。

红衣剑客嘴角微翘，又是这般有趣又无趣，又宰了一个所谓的修道天才。

但是下一刻，红衣剑客就企图暴掠而退，甚至打算连那把佩剑都舍了不要，因为命最重要。

在场众人，一个个目瞪口呆，实在是这位剑道大宗师气势太盛，所有人不敢画蛇添足，都停下了手，省得被那位大宗师一剑斩杀少年后，随手一剑又轻描淡写地戳死他们，最后美其名曰误杀。到时候少了一人分一杯羹，就意味着其余人都多出一点分红，活着的家伙，谁会不乐意？

可是接下来的一幕，让众人毕生难忘。

陈平安身上的一袭胜雪白衣，在被红衣剑客一剑刺中心口后，以剑尖心口处为中心，一阵阵炫目的涟漪荡漾开来，露出了这件长袍的真容——一件金袍！仿佛有一条条蛟龙隐没于金色的云海。

陈平安不再故意压制这件海外仙人遗物的威势，不再故意多次露出破绽，自求伤势，让自己瞧着鲜血淋漓，所以这一剑没能将金袍刺破半点。

陆台之前没有出声示警，但是陈平安偏偏一直在等待这一刻，等着躲在幕后的高人来一锤定音。

不来，陈平安不亏；来了，陈平安大赚。

这一路行来，从第一次离开骊珠洞天去大隋书院，再到第二次离开家乡去往倒悬山，无时无刻不谨小慎微，日复一日地追求"无错"，陈平安终于得到了回报。

转瞬之间，红衣剑客刚刚松开剑柄，不管不顾大踏步抵住剑尖前行的少年，伸手抽出背后长剑，一剑削去了红衣剑客的头颅。

陆台也惊得目瞪口呆，他环顾四周，对着那些肝胆欲裂的家伙嫣然一笑："你们呀，千里送人头，真是礼轻情意重。"

陈平安反手将长气放回剑鞘，向前走出数步，另一只手轻轻握住那把长剑，身形站定，以倒持式持剑。

有那么点小风流。

红衣剑客那具无头尸体的腰间，有一抹不易察觉的淡淡金光一闪而逝，而滚落地面的那颗头颅，其眉心处，露出一滴缓缓凝聚而成的鲜血。

陈平安转头望向高枝上的陆台，后者一挑眉头，伸出一根手指，轻轻旋转，有一丝金黄色的小玩意在陆台的手指间萦绕，缓缓流转。若非陈平安眼力极好，根本就发现不了。

陈平安身上的金色法袍金醴，其肩头那处被剑师剑芒割破的地方，早已自行修缮，毫无瑕疵。

一位上五境仙人的遗物，能够被元婴老蛟常年穿在身上，当然不会是寻常的法袍，桂花岛上那位玉圭宗元婴供奉的法袍墨竹林，都要比这件金醴逊色不少。

它如让人惊鸿一瞥的美人，很快就转入屏风之后，遮掩了倾城之姿，重新变回了白袍样式。

两张枯井符在空中砰的一声炸裂，初一和十五两把飞剑，就此脱困，再无束缚。

陈平安能够清晰感受到初一的那股愤怒神意，这很正常，因为就连性子温顺的十五，此时都充满了火气。

陈平安只好在心中默念道："你们别急，说不定敌人还有后手。"

飞剑初一在空中肆意往来,带起一条条白虹,令人触目惊心。幽绿颜色的飞剑十五明显有些幽怨,围绕着陈平安缓缓飞旋,很是疑惑不解。

它们当然是世间一等一的本命飞剑,不过却不是陈平安的本命之物。

双方不是那种君臣、主仆的关系,而像是陈平安带着两个心智初开的稚童,一个脾气暴躁,一个性情温驯。

陈平安觉得这样也不错。

山林间的气氛凝重且诡谲。

作为定海神针的红衣剑客已死,死得那叫一个毫不拖泥带水。如果不是他身形化虹而至,来势汹汹,随后那刺心一剑的风采堪称绝世,估计所有人都要以为这家伙是个欺世盗名的江湖骗子。

请神降真的魁梧壮汉,其银色眼眸逐渐淡化,恢复常态。此人先前气势最盛,风头一时无两,这会儿脸色苍白,嘴唇颤抖,一副欲言又止的可怜模样。他瞥了眼远处的两条铁鞭,站在原地不敢动弹,生怕下一刻自己就要被飞剑透心凉。

中年剑师眼神晦暗不明,已经心生退意。他双手自然下垂,之前清光满满的双袖,再无异象。而那把以中空玉簪作为剑鞘的柳叶小剑,悬停在他肩头上方,像是一条忠心耿耿的看门犬,庇护着主人。

一场本以为无异于郊游踏青的围猎,居然落得个死伤惨重的凄凉境地。而那两个外乡年轻人,一个尚有一战之力,一个更是毫发无损。

这一刻,这些在各自地头都算呼风唤雨的山泽野修,对于山上仙家洞府的那种恐惧油然而生,再度笼罩心头。

老阵师心如死灰,阵法只差些许就要大功告成,结果被这个挨千刀的剑道大宗师毁了。偷鸡不成蚀把米,两个得意高徒也横死当场。那两个倒霉孩子,资质算不得惊艳,可是乖巧听话,使唤起来顺手顺心。老阵师重新掏出那些收入袖中的宝珠,依次结阵,座座小阵结成一座护身大阵。

修行五行木法的练气士,始终沉默不语。他这一类可攻可守的修士,除了能够搬山拔木,还会饲养花妖虫宠、草木精怪,而且他们往往擅长疗伤和祛毒的术法。他们无法一举奠定战局,但却是备受欢迎的一种练气士。

没有人愿意主动开口说话,众人各怀鬼胎。

陈平安倒持红衣剑客的长剑,低头望去,剑身恰似一泓秋水,在透过枝叶的阳光的映照下,水纹荡漾。

肯定是一把好剑,就是不知道值多少钱。

那个邪道修士,是唯一一个有所动作的胆大人物,他鬼鬼祟祟,一手绕在背后,托起一只银白色的瓷瓶。瓷瓶高一尺,窄口宽肚,表面不断有狰狞面孔游弋而过,就像一座囚禁魂魄的残酷牢笼。此人默念口诀，想借助手上灵器，偷偷收拢红衣剑客死后的魂魄。这可是千载难逢的机会，一旦得逞，自己的实力就可以暴涨，只要将一位六境巅峰的武道宗师的浑厚魂魄，成功炼化成一尊阴将，温养得当，再让它去乱葬岗或古战场待着，不断汲取阴煞之气，说不定可以重返六境，甚至有望成为一尊七境的英灵阴物。到时候自己哪里还需要看别人脸色？恐怕那些个小国君主，都要看自己的脸色。

陆台一下子看穿了邪道修士的小动作，怒道："敢在我眼皮子底下偷东西?!"名为"针尖"却无比巨大的那把本命飞剑，在邪道修士的头顶上空笔直落下。

邪道修士慌忙逃窜，同时收起那只银色瓷瓶。他不得不打消收拢魂魄的主意，以收集在黑色陶罐里的阴物，抵御那柄可怕飞剑的追杀。无论邪道修士如何辗转腾挪，飞剑针尖始终如影随形。

这次围剿，算上幕后主使马万法，如果老阵师的阵法顺利完成，红衣剑客没有暴毙，所有人众志成城，那么他们对付一位金丹境修士都绰绰有余。若是所有人不惧一死，恐怕就算两位金丹境修士，对上他们都讨不到半点便宜。

只是世上没那么多如果。

因利而聚的一群人，形势占据上风时，那是人人猛如虎；可只要落了下风，那就是人心涣散，沦为乌合之众。

已是强弩之末的壮汉突然满脸惊喜，高声道："我家主人说了，他马上就会赶来，亲自对付两人！诸位，我们会将窦紫芝的佩剑痴心，还有原本答应给窦紫芝的那件方寸物，再加上窦紫芝的家产，全部拿出来分给大家!"魁梧壮汉近乎竭力嘶吼，慷慨激昂道："富贵险中求，是回去当老鼠钻地洞，还是从此有资格跟山上人平起平坐，在此一举!"

中年剑师脸色冰冷，杀气腾腾，沉声道："我同意，这两个小子该死!"只见他手腕一拧，袖中青芒蓄势待发。

老阵师微笑道："搬山阵即将完工，可以一战。只须帮我拖延最多半炷香时间!"

被飞剑追杀得灰头土脸的邪道修士喊道："算我一个！事先说好，除了重新分红，老子还要那窦老儿的魂魄，谁也别跟我抢!"

木法练气士点点头，依然不苟言笑。

魁梧壮汉仰天大笑，伸手一扯，将地上两条铁鞭驭回手中，率先大踏步走向陈平安。他的家主，先前确实密语传音给他，要亲自赶来，势必将这两头肥羊斩杀在此。

然而几乎同时，中年剑师挥动大袖，转身掠去，快若惊鸿。老阵师使出了不止一张缩地符，每次身形出现在十数丈外，几个眨眼，就已经消失不见，身形没入山林深处。木法练气士脚尖一点，身后倒掠而去，明明撞上了一棵大树，但是骤然间便没了踪迹。唯独那个邪道修士还在往陈平安这边赶。

魁梧汉子愣在当场，骂了句娘，再不敢往前送死。自己这点斤两，已经不够看了，这般作态，不过是抛砖引玉罢了。

陈平安先是错愕，随即释然，这才合情合理，自己又学到了一些。

陆台深呼吸一口气，对陈平安说道："那个主谋刚刚跑了，我去追他，这边你应该对付得过来，回头我来找你。"

陆台收起了那把名不副实的飞剑针尖。他的双手手腕和双腿脚踝处，各有紫金色的含苞待放的莲花图案。

陆台轻声道："开花。"四朵栩栩如生的紫金莲花，瞬间绽放。

陆台一咬牙，身形高高跃起，然后就此御风而行。他身体前倾，眯眼远望，大袖鼓荡，猎猎作响，鬓角发丝絮乱飘荡。他左右张望一番，然后找准一个方向，一闪而逝。

邪道修士咽了一口唾沫，一手托着装满阴魂的陶罐，一手竟是做了个僧人拜礼，谄媚笑道："这位剑仙公子，此次是我冒犯了，失礼失礼。下次相见，在下一定主动退避三舍，若是到时候公子愿意吩咐在下做点小事情，一定在所不辞。"

言语之间，邪道修士一直在留意那白袍少年的眼神和脸色，身形暴退而去。此人也是个杀伐果决的，逃离之前，当场捏爆了那只蓄养阴魂的黑色陶罐，顿时黑烟弥漫。

壁虎断尾。

一抹纤细金光在滚滚黑烟之中迅猛游荡，浓稠如墨汁的阴森烟雾，以肉眼可见的速度消散，但是距离这抹金光彻底打消这些污秽黑烟，还有一会儿工夫。

陈平安皱了皱眉头，几步前冲，跃上一棵大树的树冠之巅。

有一道化作淡淡灰烟的飘忽身影，在山林之中飞快远遁。

初一已经自行追去，陈平安心意微动，十五也紧随其后。

陈平安飘落回地面，落地之前，在空中翻转手腕，换作正常持剑姿势。窦紫芝的佩剑痴心虽然比槐木剑要重上不少，可陈平安总觉得还是太轻了。

那魁梧壮汉抬起头，望向陆台之前消失的方向，最后低头看了眼手中铁鞭，惨然一笑。他心知今日必死无疑，怨恨、失落、愤懑，一一浮现，又皆在心胸间一一淡去。

这辈子活得窝囊憋屈，总要死得像个英雄好汉。

壮汉将两条铁鞭狠狠丢到地上，开始第三次请神降真。汉子使劲一跺脚，双手重重合十，眼眶布满血丝，脸色苍白，痛快大笑道："敢不敢稍等片刻，让我酣畅一战?!"

陈平安随手丢出手中那把痴心，长剑从魁梧壮汉的心口处一穿而过，钉入一棵大树的树干上。

长剑穿透汉子心脏之后，陈平安清楚地看到剑身上红光流淌，一闪而逝，如饥汉饱餐一顿，酒鬼畅饮一番。

陈平安打定主意，要找一处仙家渡口或是山上的神仙铺子，卖出这把剑。

那道璀璨金光依然在孜孜不倦地消融黑烟，不愧是由老蛟长须制成的上品法宝。

两根蛟须就已经如此神通广大，真不知道倒悬山上那位蛟龙真君手中的拂尘，该是何等威力无匹。

陈平安收起思绪，犹豫了一下，取回长剑，捡了一根粗如手臂的树枝，以剑将其削尖，然后默默挖了几个大土坑，将红衣剑客、魁梧汉子和阵师的两名弟子分别埋入其中，最后添土掩盖，尽量掩饰痕迹，不至于被无意间路过此地的人一眼看到。

陈平安坐在高枝上，耐心等待初一、十五以及陆台返回。他将那把多了剑鞘的痴心随意横放在膝上。

远处，与金光纠缠不休却节节败退的阴魂黑烟，虽然早已失去了灵智，可仍然畏死向生，顿时有一大股滚滚黑烟要离开此地，逃往别处肆虐山水。

陈平安突然想起远处还有一座城堡，若是其中是不谙术法的江湖人，恐怕就要殃及池鱼。

陈平安持剑起身，环顾四周，确定并无异样后，这才将魂魄真意浇灌于法袍金醴中。一瞬间，出现了一个身高十数丈的缥缈法相，法相面容模糊，可是金光湛然。法相在天地间屹然而立，刚好拦阻在那股黑烟之前，大袖一卷，就将那些阴魂兜入袖中。阴魂如入雷池，滋滋作响，很快就悉数烟消云散。

陈平安坐回原地，脸色雪白，头疼欲裂。这次毫不保留地显露法袍金醴，用掉了他整整一口真气，而且还有难以为继的迹象。若是与人捉对厮杀，除非万不得已，还是不要轻易使用这种手段。一旦对方有出人意料的保命本事，陈平安等于自己双手奉上头颅。

不过说实话，那种魂魄好似出窍远游的感觉，极为玄妙——居高临下，俯瞰山河。

陈平安伸出手指，轻轻捻动柔顺细腻的法袍的衣角，感到阵阵清凉。一番生死厮杀，提心吊胆，几乎耗尽了心力，当下陈平安有些困意，背靠大树主干，开始闭目养神。约莫半炷香后，陈平安才平稳心神，呼吸重新顺畅起来。

缚妖索幻化成一根金色绳索，回到陈平安的手腕上。很快一道绚烂白虹和一道幽绿光芒飞掠而返，双双进入养剑葫芦中。虽然两把飞剑极其细微，可是两条流萤拉伸出十数丈，十分扎眼。

陈平安感受到它们在养剑葫芦内传来的心意，应该是顺利杀敌了。陈平安便放下心来。

初一、十五是头一次离开陈平安这么久远。

既然无事，陈平安就开始坐着练习剑炉立桩。

背剑是修行，穿衣也是修行。曾经伴随一位仙人百年甚至千年光阴的法袍金醴，对于练气士而言，就是一座小小的洞天福地，可以集聚灵气；可对一名纯粹武夫来说，金醴虽然是罕见的护身符，却也有些小麻烦，那就是武夫需要抵御那些源源不断往金醴靠近的灵气,毕竟纯粹武夫一开始就要毅然决然地打散气府中所有灵气,才称得上纯粹,才算登上武道一途。

陈平安在倒悬山时,由于那边灵气充沛,所以抵御得比较辛苦。离开吞宝鲸后,他行走山林,就轻松惬意许多,毕竟寻常的山野之地灵气淡薄,大多可以忽略不计。

陈平安等了将近一个时辰,陆台才大摇大摆地从山林之中向陈平安这边快速赶来,他满身尘土,所幸身上没有任何血迹。看样子,很像一个满载而归的人。

陆台一边走向陈平安所在的大树,随手将老阵师遗留在四周的诸多阵旗纷纷收入袖中,一边好奇问道:"你倒是菩萨心肠,为何不由着尸体曝晒,野兽啃咬,飞鸟剥啄,这才是他们该有的下场。你可怜这帮歹人做甚?"

陈平安摇头道:"我不是可怜他们。我只是在意'人死为大,入土为安'这件事。"

陆台摇摇头,懒得多想,他突然转身跑向血腥气最重的"坟头",跟陈平安问了那几个尸体的大致位置,然后信誓旦旦地答应,稍后会重新填土。不等陈平安点头,陆台就一掌拍去,尘土飞扬,他屁颠屁颠跑过去,做起了翻检尸体的勾当,就连老阵师的两名弟子都没有放过。很难想象,这么一个喜欢胭脂水粉、腮红黛眉的家伙,做起这种刨坟勾当,如此娴熟,毫无心理负担。

陆台难免沾染上鲜血和泥土,只是有那五彩丝绳缠绕手臂,他全身上下很快就被清理得干干净净,仙家法宝,种种妙用,匪夷所思。

陆台在那边独自絮絮叨叨:"好歹是一位江湖宗师,可你真是个穷鬼啊!瞅瞅,这是马万法的方寸物,里头堆满了金山银山,再看看你,你真该羞愧得活过来再死一次。

"唉,不是我说你啊,比起你家主子,你身上这点家当,真是寒酸,唯独这摞银票,倒是解了我们燃眉之急。在山下购物,给人家雪花钱,店家是要打人的……

"你们这两个苦命鸳鸯,下辈子投胎做人,记得找个好一点的师父,哪怕本事差点,也莫要再找这种了。"

陈平安也没打搅忙碌的陆台,只是看着那个背影,觉得很陌生。

最后陆台重新填土,拍拍手,看着平整的地面,有些心满意足:"那个幕后主使已经死翘翘了,万事大吉!"

陆台走回陈平安这边的树下,仰着脑袋,招手道:"分赃喽!"

陈平安问道:"关于今天这场风波,你之前是不是算过卦,早就有了答案?"

陆台抬起手,顿了一下,然后捋了捋鬓角发丝,眼波流转,手势妩媚,笑道:"我每天都在算,这是阴阳家子弟的日常课业,不然这次早就喊你逃命了。只是这种事情,与你说不得,说了就不灵了。"

陈平安打量着陆台:"下不为例。"

陆台撇撇嘴,不以为然道:"顺势而为,有什么不好? 有便宜不占,天打雷劈。"说到这里,陆台手腕一翻,手心中变出一块青绿玉笏,"马万法的方寸物,他的宝贝都在里头了。比起习武的窦紫芝,马万法混得相当不错,一个龙门境修士就能拥有方寸物。但是你知道这家伙最厉害的地方在哪里吗?"

陈平安摇摇头。

陆台呵呵笑道:"马万法是一个罕见的养蚕人,擅长抽丝剥茧,他有把握在我们死后,捉出我们的方寸物,所以他才对咱俩如此垂涎。估计马万法一开始没想到咱俩是两位'剑仙',我的两把本命飞剑他自然夺不走,至于你的那两把,可就不好说了,一旦给人夺了养剑葫芦……"

陈平安默不作声。对于本命物和法宝灵器的炼化入虚,陈平安在倒悬山时因为法袍金醴和缚妖索的缘故,大致有所了解。本命物,就像剑修的本命飞剑,人死即无,神仙都难留住。

可寻常的炼化之物,虽然藏匿于气府窍穴,但是死后有一定可能,会游离于神魂之中,并不会快速消散。若是炼化之物品相极高,寄身之所的魂魄飞散后它甚至有可能"蹦出"气府,重返人间。世上那么多洞天福地破碎后的秘境,其中的仙家府邸被破开禁制后,许多兵解、尸解的仙人遗蜕附近经常会有上品法宝,就是此理。

对于练气士而言,本命物注定极为稀少,而炼化之物数量略多,但也是屈指可数。毕竟品相越高的灵器法宝越难炼化,其所消耗的天材地宝和时间精力,足以让地仙之下的绝大部分修士知难而退。

像中土神洲龙虎山天师府的那把仙剑,哪怕持剑之人是道法通天的大天师,一样无法炼化为本命物。道老二的那把,亦是如此。

九洲多剑仙,仙剑自然也多,但是真正意义上的仙剑,九座天下加在一起,其实也就四把。

只有四把,万年不变。

所以风雪庙阮邛,才会立誓要铸造出一把前无古人后无来者的崭新仙剑。

若是今人处处不如古人,这得多没劲。

而兵家大修之所以被誉为行走的武库,就在于他们能够炼化更多法宝傍身。

试想一下,兵修身怀三头六臂之类的秘术神通,手持一件件神兵,披挂一件上品的神人承露甲,再加上本身体魄强横,谁敢与之为敌?

兵修以打不死出名,更以能够轻易打死别人著称。

陆台心情极好,为陈平安详细解释何为养蚕人:"方寸物比较特殊,与法器、飞剑不同,它类似一座小洞天,无法被立即销毁,而且方寸物极难炼制成本命之物。所以如何从练气士身上剥离出方寸物,成了一门大学问,一旦得逞,那就是三年不开张、开张吃三年的暴利买卖。山上专门有一种养蚕人,自有家传或是师门传承的秘法,能够从练气士神魂之中剥取方寸物。"

陆台啧啧道："马万法如果宰掉我们,拿到你的养剑葫芦加上我的方寸物,那他就发大财了。说不定他只需要靠砸钱,就能砸出一个陆地神仙。"陆台突然眯起眼,笑问道："你就不问问,我到底是怎么杀死龙门境修士的?"

陈平安后退一步,养剑葫芦内掠出初一和十五,一左一右护在陈平安身旁。

陆台好奇地问道："你是怎么看出来的?"

陈平安面无表情,指了指陆台的手臂——并无五彩绳索缠绕陆台的手臂。

而且虽然眼前这个陆台故意做出一些女子姿态,可陈平安总觉得不如以往那般自然。再加上陆台刻意解释马万法的养蚕人身份,有点此地无银三百两。

陆台先是神色阴冷,然后憋着笑,最后终于忍不住捧腹大笑。他伸出手指,点了点陈平安："换成别人,我故意这样折腾,又是收起五彩索,又是假装神态扭捏,还要悄悄流露出一点杀气,就是媚眼抛给瞎子看,可是对付你陈平安则恰到好处。行了行了,那窦紫芝先前戳中你心口一剑,你赶紧把淤血吐出来,不然会有后遗症的。"陆台见陈平安仍是全然不信,差点笑出眼泪,声道："针尖、麦芒,出来。"

一把巨大飞剑悬空而停,旁边还有一丝金黄色的"麦穗尖芒"。

陈平安如释重负,确定了陆台身份后,这才赶紧转头,朝地上吐出一口血水,怒目相向道："陆台!"

陆台打了一个响指,针尖、麦芒两把本命飞剑返回气府栖息。他手中多出那把竹扇,轻轻扇起清风,开心笑道："谁让你放跑那些个杂鱼——"

陈平安气得想要一脚踹过去,然而陆台蓦然弯下腰,伸手捂住嘴巴,鲜血从指缝间渗出。

追杀一名老奸巨猾、拥有方寸物的龙门境修士,不算太难,可要将其截杀,恐怕金丹境修士也很难轻松做到,所以陆台付出的代价,肯定不小。

陈平安伸出双指,捻住身上法袍金醴的一角,微微一扯,直接将一整件金醴给"剥"了下来。他轻轻将其抛给身躯微颤的陆台,皱眉道："穿上试试,我已经撤去袍子上边的禁制。"

陆台伸手抓住那件金色法袍,不见他有所动作,金醴就瞬间穿在了身上。他一屁股坐在地上,深呼吸一口气,盘腿而坐,伸出一根手指使劲抹了一下猩红嘴唇,骂骂咧咧,可是即便如此,还是不让人觉得如何粗鄙:"如果不是为了时刻保证自己具备巅峰战力,将那丹药和琼浆当了馒头茶水,哪里会这么狼狈? 这笔买卖,若是咱俩对半分了马万法的方寸物,你是大赚,我却亏死了。"

陈平安蹲在旁边,将那把痴心随手插入地面,没好气道:"窦紫芝的这把佩剑归我,其余你都拿着便是。"

陆台瞪圆眼睛，气呼呼道："这把剑才是最值钱的好不好，炼神境的武道宗师都用得着！窦紫芝当初为了得到这件法宝，肯定砸锅卖铁，甚至已经倾家荡产，所以这次才会被马万法喊来打家劫舍。"

陈平安咧嘴一笑："这个我就不管了。"

陆台穿上金醴之后，气息平稳许多："好了，咱们来复盘。"

"那个阵师布置的阵法叫搬山阵，能够让人身处其中，魂魄流转凝滞，就像背着一座山峰，对付金丹境以下的练气士，很管用。那些小旗帜，品相倒也不高，只不过数目多，还值点钱。

"我来的路上，刚好撞见了那个不走运的符箓派老道人。老家伙差点给针尖劈成了两半，吓得赶紧跪地求饶，一把鼻涕一把泪的，我便要他交出所有的看家法宝。老家伙哪里愿意，垂死挣扎，与我拼命，我只好了结他的性命。再加上我查探了老道人的神魂，是否藏有方寸物或是炼化法宝，这才会伤上加伤。

"可惜只得到这本《帛鱼符箓》。原来禁锢住你那两把飞剑的符箓，就是这本符书的精华所在，叫'枯井符'。此符品秩不如我说的剑鞘符和封山符，但是也算有意思的了。我将其拿回家族，放入藏书楼，也算立了一功。

"你若是宰了老道人，东西咱们对半分，我就不会加重伤势。我拼了半条命宰掉老道人，还是要跟你对半分，你说我气不气？"

陈平安说道："那个邪道修士破罐子破摔，先前这边阴气冲天，黑烟滚滚，如果不是这件法袍，差点没拦住它，否则那座城堡就要被咱们害惨了。这岂不是殃及池鱼，白白让那座城堡受了一场无妄之灾。"

陆台扬起手中的玉笏："这块青绿玉笏，材质比谷雨钱还稀少，可遇而不可求，所以比起寻常的方寸物，价格要高出不少。里头的东西，其实不太出奇，俗世的金银财宝、古董珍玩一大堆，其中赝品无数，几瓶丹药也不咋地，折算在一起，抛开玉笏本身不说，也就是约莫一万颗雪花钱的样子。同样是一个龙门境的家底，桐叶洲确实远远不如中土神洲。"

陆台的言语之间充满了遗憾，以及身为中土神洲人氏的那份自豪。

陈平安无奈道："也就 万颗雪花钱?!"

陆台反问道："不然呢？"

陈平安记得俱芦洲打醮山的那艘鲲船，在这几百年间，其售价最高的几件法宝器物也就值一两万雪花钱。

春水、秋实姐妹两人听人说到这个，就好像陈平安还是龙窑学徒的时候，听到刘羡阳神神秘秘地对他说，那福禄街的大宅子值几千两银子。那会儿，陈平安连碎银子都没见过几次。

第七章 对敌

179

陆台忙着凭借金醴蕴含的灵气疗伤，没有发现陈平安的怅然神色，冷哼道："跟马万法厮杀搏命后，我那五彩索破损严重，另外一样护身法宝也彻底毁了。不提五彩索的修复价钱，你知道后者值多少钱吗？"陆台眨了眨眼睛，"如果方寸物里的财宝全部归我，加上那些零零碎碎的阵法旗帜，我勉强不亏，略有小赚。"

陈平安一板一眼道："你少说了那本可以收入家族藏书楼的《帛鱼符箓》。"

陆台"恍然大悟"："哈哈，给忘了。"

陈平安指了指他手中的方寸物："还有这块玉笏，退一步讲，你我如果真的对半分，半块玉笏值多少钱？一件方寸物，怎么都不便宜吧？"

陆台愤然道："陈平安！受了这么重的伤，你还不许我哭穷啊？"

陈平安针尖对麦芒道："我都说了，除了这把剑，全都归你，你弯来绕去的，图什么？"

陆台叹了口气："我这不是觉得自己占了便宜，不太厚道嘛，就想找个法子，让自己既赚了一大笔，又能心安理得。"

陈平安哭笑不得："你无聊不无聊？"

陈平安拔出身边的长剑，递向陆台，大致说了一剑穿心后的异样。陆台摆摆手，没有接过痴心，直截了当地道："根本不用我上手掂量，就知道这只是旁门左道的路数而已。"

陈平安愣了一下："对了，先前那汉子说的'上手'，是什么意思？"

陆台笑眯眯道："以后多逛青楼，多喝花酒，就知道了。"

陈平安不理睬他的打趣，横剑在前，缓缓拔剑出鞘，一泓秋水照人寒，像是四周的光线都凝聚在了剑身之上。

陈平安又问起那老阵师拍碎符箓后的转移术法。陆台也是头回亲眼瞧见这种术法，但不是头回听说。这个见识广博的陆氏子弟，向陈平安娓娓道来，顺便给陈平安说了一些符箓和阵法的配合之术。陈平安这才知道原来将两张缩地符"重叠"使用，就能够产生意想不到的效果。

山上术法神通，确实千奇百怪。

"差不多了，伤势已经压下，接下来只须安静调养即可。"陆台站起身，亦是用指尖"揪出"金色法袍，随手将其丢给陈平安。陈平安张开双手，金醴便自行上身。

陆台将那块青绿玉笏收入袖中，笑道："坐地分赃，最怕什么？"陆台自问自答，"分赃不均，窝里死斗。所以我算了一下，我现在欠你陈平安一半玉笏，折算成雪花钱的话……"陆台突然哎哟一声，捂住心口，愁眉不展，"提及此事，我就有些心疼。"

陈平安一巴掌拍在陆台脑袋上，笑骂道："皮。"落魄山上，魏檗经常对青衣小童做此事。

陆台愣了一下，没跟陈平安计较。

"我先看看周边的动静，不着急动身。"陈平安说完之后，掠上高枝，举目远眺四方。

陆台抬头望去，犹豫了一下，终于还是壮起胆子站在树枝上，他急忙一手扶住主干，这才略微觉得心安。

陈平安一手持痴心，一手摘下养剑葫芦，难得喝了口酒："陆台，其实我知道，如果不杀了马万法，后患无穷，接下来一路上都会有很大麻烦。我曾经在梳水国领教过，一个练气士铁了心死缠烂打。所以我有这把剑就够了，你不用再给我额外的雪花钱。"

陆台正要说话，陈平安转头微笑道："认识你后，我越发觉得不能只讲自己的道理，万事最怕走极端。你要是实在良心不安，钱，我也收。"

陆台没有说什么，干脆背靠树干，笑着拿出铜镜，左顾右盼，开始哼着小曲儿，仔细梳理鬓角。

陈平安受不了这个，不再看他，突然皱眉道："有人在往这边赶。"

陆台顺着陈平安的视线望去，很快继续对镜梳妆："一伙江湖莽夫而已，应该是那座城堡的人。你身穿金醴，站着让他们砍上几十刀都没事。"

陈平安说道："多一事不如少一事，你要是行动无碍，我们就动身继续往北。"

陆台犹豫了一下，试探性问道："咱们能不能停步休养几天?"

陈平安点点头："也行。"

一支队伍从城堡进入山林，其中个个身形矫健，都是底子扎实的练家子。只不过这种扎实，只是相对一般的江湖武夫而言。

为首一人，是名青衫长髯的儒雅老者，呼吸绵长，脚步轻灵，应该是内家拳高手。

他身后有一男一女，年纪都在二十左右，男子俊逸，女子温婉，两人有三四分相似，应该是兄妹。男子背负角弓，女子脚踩锦绣小蛮靴，手腕上戴着一只精巧的蛇形金钏，好一对金童玉女。

再往后，就是十数名青壮扈从，俱是一身简单爽利的紧身衣装。

他们在山林之中，看到两个年轻公子迎面走来，所有人立即停步不前，纷纷握住兵器，充满了戒心，以及忌惮。

为首老人笑着拱手抱拳道："仕下飞鹰堡管事何崖，不知两位公子可曾见到附近有仙师和妖魔的身影?"

陆台笑眯眯道："世上哪来的神仙妖魔? 老先生是在说笑吗?"

老人哑口无言。

那年轻女子见到了好似书上谪仙人的陆台，眼前一亮，顿时神采奕奕。她的兄长，要更加老成持重，打量着两名不速之客。

飞鹰堡附近方圆百里，并无名胜可以游历，只有最寻常的山水，而且两条通往飞鹰堡的山路,一宽阔一羊肠,那条宽阔山路是断头路,为的就是防止外人循着大道找到隐居世外的飞鹰堡。

飞鹰堡在三四十年前,还是沉香国的一方武林霸主,在遭遇一场浩劫之后,飞鹰堡之人便开始避世不出,并主动毁去那条大道,其家族子弟极少外出游历。不过谈不上与世隔绝,还是有一些必需的商贸往来,偶尔也会有一些世代与其交好的江湖中人,来此做客散心,或是切磋武艺。

眼前这两人出现在此地,本就奇怪。先前他们在城堡中发现这边的神仙打架惊世骇俗,不是黑烟滚滚,就是流光溢彩,最后竟然还有一尊气势威严的金身法相飘荡在空中。飞鹰堡绝大多数人都不曾领略过这等风光,一时间风声鹤唳,议论纷纷。

于是经过一番商议后,堡主让管事何崖来此查看。至于那对年轻男女,则是瞒着众人偷偷溜出来的。他们半路出现,让管事何崖无可奈何,何崖只好让队伍越发放慢脚步,故意绕了一些远路,这才慢慢悠悠来到此地,最终见着了好似正在闲游山水的眼前两人。

何崖看似神色自若,实则心弦紧绷,就怕那两个瞧着像神仙中人的公子哥暴起伤人。

飞鹰堡中绝大多数人涉世不深,不曾亲眼见过那些江湖上的古怪秘事,何崖则不然,老管事闯荡过江湖,去过几次"半山腰"。

飞鹰堡在何崖的坚持下,有着诸多让年轻人倍感莫名其妙的规矩,例如每逢新年、重阳等节日,飞鹰堡几座重地的大门,都要张贴从外边道观求来的丹书符纸;小孩子受到惊吓后,老人会经常在道路岔口独自上香,摆上糕点果盘。还有每次飞鹰堡有人去世,若不是正常死亡,例如溺水、急症等,老人的规矩就更多,哪些青壮汉子抬棺下葬,葬在何处,哪个时辰出生的人负责哪几天的守灵,头七的香火供奉怎么摆,等等,简直能让年轻人烦死。

陆台先问了老人是不是来自那座城堡,得到肯定答案后,便笑着说要去借宿,最近都是露宿荒郊野岭,实在难熬。

老管事犹豫不决,那腕有金钏的女子已经率先点头。

陈平安微微摇头,这女子心太大了,真不怕引狼入室啊?

老管事看着那个笑眯眯望向自己的青衫公子,突然哂然一笑:"来者是客,两位公子远道而来,既然遇上了,飞鹰堡理当盛情款待。"

陆台和陈平安跟着一行人,去往十数里外的飞鹰堡。

山路逶迤,可就不止十数里了。一路上都是那女子在跟陆台闲聊,老管事何崖在前边始终竖着耳朵,一个字都不愿错过。

飞鹰堡姓桓。女子叫桓淑,她哥哥叫桓常。按照桓氏族谱,桓氏是六百年前为了躲避战火，由北方常沂国迁入沉香国的，其堂号为重英堂。

陈平安听不懂这些，陆台什么都能聊，与女子说这个"桓"是好姓氏，旁征博引了一大通。

临近飞鹰堡，众人脚下已出现了一条平整道路，陆台抬头望去，笑了笑。

城堡最高的一栋楼的栏杆处，有一个裹着貂裘的畏寒妇人，正在焦急望向城堡外的道路，她依稀看到子女的身影后，这才放下心来。只是妇人自己并不知晓，飞鹰堡也从来没人能够看到，这个妇人七窍淌血、潺潺而流的凄惨模样。

栏杆之外，阳光普照，栏杆之内，有些阴凉。若是在妇人旁边站得久了，便会觉得肌肤微凉，像是身躯浸入河水中。

所以妇人身边这些年换了又换的丫鬟婢女，无一例外都成了病秧子，而她们离开妇人之后，多半又能痊愈。

久而久之，见怪不怪，便成自然。

第八章
小巷雨夜

城堡高耸于青山绿水之间，若是不细看，就不会发现大门高处的左右各自张贴着一张黄纸丹书的古朴符箓。陈平安眼力本就好，性子又细心，一下子就看到这两张不太显眼的符箓。他转头看了眼陆台，后者正忙着跟女子桓淑闲聊沉香国江湖往事，便默默记下了符箓图案。

世上符箓千万种，流派驳杂，有资格被誉为符箓正宗的唯有三家，中土神洲龙虎山天师府就是其中之一，其余两脉分别是南婆娑洲的灵宝派，和桐叶洲的桐叶宗。

陈平安和陆台这两名不速之客，被管事何崖安置在飞鹰堡东边的一间独门小院，何崖亲自领着两人去往住处。

桓常、桓淑兄妹二人与陈平安和陆台告别时说，他们今天只管安心住下，好好休息，明晚主楼会有一场接风宴，希望他们按时赴约。

飞鹰堡的居中青石主道直达主楼，其余街巷纵横交错，黄泥土的巷弄，让陈平安仿佛回到了家乡的泥瓶巷和杏花巷，街坊邻里都是世代居住在此的飞鹰堡子弟。这边的巷弄，相较于到处是鸡粪狗屎的泥瓶巷，收拾得干净整洁，几乎家家户户都栽种有桃李杏花。往来奔跑打闹的稚童，或拿着小小的竹剑木刀相互比拼，或者骑着竹杖马嚷嚷着"驾驾驾"，他们见了老管事何崖，都不惧怕，停下脚步，称呼一声何先生，有模有样地作揖，之后很快就呼啸而去，童稚笑声悠悠回荡在巷弄。

在领着陆台和陈平安住下后，一身书卷气的老管事很快去往主楼顶层，向飞鹰堡堡主桓阳禀报。

桓阳是一名面如冠玉的美男子，虽然已是双鬓微白，不再年轻，风采却不减当年。桓阳坐在一张造型古朴的罗汉床上，伸手示意何崖落座，老管事低头看了眼满是泥土的靴子，笑着摇了摇头，搬了条椅子坐在旁边。

桓阳皱眉道："何叔，怎么将两个外人领进了飞鹰堡？他们可是与西边山上的仙师有关？"

何崖无奈道："有没有关系，暂时不好说。等我们赶到的时候，那边已经没了动静，估计是大战落幕，那些仙人妖魔各自撤去了。我偷偷在那边留了两人，可是他们并未发现任何蛛丝马迹，应该是胜出的一方，以仙家秘术遮蔽了天机。"

桓阳苦笑道："若是那两个年轻人真是传说中的仙师，倒也好了。我托关系找人去请的世外高人，算来已经晚了将近一个月。我曾让人捎去密信，询问高人为何迟迟未到。就在方才，我收到了京城世交朋友的回信，他在信上训斥了我一顿，说高高在上的山上仙人，神龙见首不见尾，便是京城的将相公卿都难见一面，他能够递出口信，最终让仙人点头答应帮忙，已经是天大幸事，要是得寸进尺，惹恼了仙人，小心好事变成祸事。"

桓阳满脸忧容，轻声问道："何叔，你是老江湖，知晓些山上事，觉得此事应该如何处置？难道就一直苦等下去？城堡里头这些年接连出现怪事，要是再有一两件，就真要纸包不住火了，到时候必然人心惶惶，如何是好？"

何崖斩钉截铁道："堡主的朋友所言不虚。山上仙家一心向道，性情难测，我们常人根本无法揣测，只能老老实实等着。"

桓阳叹了口气，抓起一只酒壶，小酌了一口飞鹰堡自酿的高粱酒："那就等着吧。可飞鹰堡实在是拖不起，若非如此，我哪里会让你去山中冒险，主动求见那什么练气士。我就想着如果运气好，遇上一位会仙术的高人，死马当活马医，帮咱们飞鹰堡解决了麻烦，便是散尽家财，也值得。"

何崖犹豫片刻，字斟句酌，小心翼翼道："之所以将那两人请入飞鹰堡，是我觉得那两人虽然年纪不大，但有可能真是某座山头出门历练的仙家子弟。来的路上，我仔细观察过他们的呼吸、脚步和面相，那个背着剑的白袍少年多半是扈从，另一位年轻公子，一看就不是凡俗夫子，气质太好，实在太好。"

桓阳抚须笑道："难怪淑丫头要黏在他身边，看来是一眼相中了人家。不错，眼光不错，不愧是我桓阳的女儿。"

何崖笑道："我当初跟随老堡主一起行走江湖，只见过寥寥两三人能够有此气象。一个是现今的京城刘枢密使。早年那会儿他还只是个纨绔子弟，酒色不忌，但是分明精华内敛，那些行径不过是蒙蔽世人的自污手段罢了。

"再就是初出茅庐便锋芒毕露的窦紫芝。其实那时候看好窦紫芝的人不多，世人只当他是寻常天才而已，算不得鹤立鸡群。可老堡主当时就认定未来沉香国江湖，窦紫芝最少要占尽三十年风流。老堡主眼光独到啊。

"最后一人，我并不知道他的姓名、来历。当时我和老堡主登上山岳欣赏日出，结果登顶之后，发现一个白衣男子在那边呼吸吐纳。他发现了我们，笑着向我点头致意，起身后便一闪而逝，再无踪迹。要知道那可是千丈之高的山岳之巅，除了神人御风或是仙人御剑，还能怎么下山？"

老人长吁短叹，却也神采飞扬，只是到最后，他还是有些黯然。

他们身处的江湖那么大，正邪之争，生死荣辱，江湖儿女，义字当头，都在里头了。到头来，这个江湖，难道只是某些人眼中的小水洼？想要跨过去，就是他们抬抬脚的事情。如果懒得抬脚，一脚下去，就可能让江湖掀起惊涛骇浪。

桓阳听得有趣，无形之中，积郁的心情舒朗了几分，笑问道："何叔，以前怎么不聊这些？"

何崖自嘲道："聊这些做什么？好汉不提当年勇，再说了，何叔我这辈子就没出息过一天半日的，一刀劈碎灵官像的老堡主，那才是真英雄。我也就给老堡主背背包袱，给你牵牵马，以后争取多活几天，再给少堡主操办一下婚礼，这辈子就知足了。"

桓阳感慨道："仙人真能证道长生吗？"

何崖笑道："等堡主朋友引荐的那位神仙到来，堡主不妨一问。"

陆台对于这间院落比较满意。院落位于小巷尽头，环境安静，院子里的墙上爬满了薜荔。

陆台仰起头，对远处屋檐笑着挥了挥手。屋脊那边，一名飞鹰堡子弟大口喘气，猫腰下了屋顶，跑去跟何管事通风报信。自己的行踪已经被人察觉，再待下去，恐怕会被误认为心怀歹意，极有可能捅娄子。

陈平安坐在石凳上，轻声道："我觉得这里有点怪。"

陆台不以为意，随口道："放心，我只是找个舒服的地儿休养，绝不惹事。只要别惹到我头上，不管这间院子外边发生了什么，我都懒得管。"

陈平安记起飞鹰堡大门上的两张古旧符箓，伸出一根手指，依葫芦画瓢，凌空画符，问道："知道这是什么符吗？"

陆台此时正在屋内寻找茶具。既然寄人篱下，就要入乡随俗，两个人都没有携带包裹行囊，总不好随随便便凭空变出东西来。不用如何翻箱倒柜，陆台就搬出一套物件来，然后拿着小水桶准备出门。他跟陈平安说，方才路过的一座水井有点意思，本来井水是最下等的煮茶之水，但是那边的井水质地极佳，说不定会有意外之喜。

至于符箓一事，陆台说得直白，他哪里有认识天底下所有符箓样式的本事。大门上那两张脉络不明，有可能是桐叶洲符箓派的旁门手笔，反正符胆品秩不太入流，灵气早就消逝一空,也就飞鹰堡这帮不识货的莽夫,才傻了吧唧地当个宝贝供奉在上头,估计是图个心安吧。

陈平安总觉得飞鹰堡中有淡淡的阴气盘桓不去,只不过相比那个邪道修士打破陶罐后的黑烟滚滚、煞气滔天,不值一提。

不久后,陆台提着个空桶回来了。

陈平安问道:"怎么,井水不适合煮茶?"

陆台撇撇嘴:"飞鹰堡的风水明显给人动了手脚,井水格外阴沉,别说煮茶,就是烧水做饭,日积月累之下,也会让阳气不够重的凡夫俗子遇到点小麻烦。我猜这十几二十年来,飞鹰堡中诞下的女孩肯定比男孩多出很多,长此以往,就要阴盛阳衰了。"

陈平安皱眉不语。

陆台笑问道:"不管管?"

陈平安瞥了他一眼:"我们现在什么都不明不白的,是要帮人还是害人?"

陆台笑道:"那我就放心了,我还怕你一个热血上头,就要路见不平拔刀相助来着。"

陈平安没好气道:"我没刀。"

陆台将水桶丢在一旁,双手负后,打量着陈平安,啧啧道:"哟,陈平安,可以啊,如今都会讲笑话了。"

陈平安一笑置之,开始在院子内练习六步走桩。

陆台坐在台阶上,抬头看了眼天色,轻轻挥动竹扇:"要下雨了。"

暮色里,很快就有一场瓢泼大雨如约而至。雨点滴滴答答,落在院子里的石桌上,小巷中,天地间。

陈平安身穿法袍金醴,无须担心衣衫被雨水浸透,便继续练拳不停,而且每次出拳,骤然打碎一片雨水的感觉,让陈平安沉迷其中。

陆台为了躲雨,已经坐在屋门口。虽然天气阴凉,可他还是在那边摇着扇子,要么发呆,要么偶尔瞥几眼陈平安的拳法。

陆台见到陈平安由练拳转为练剑,依然是虚握长剑的古怪路数,笑道:"古人一直将下雨视为天地交合,阴阳交泰。古人的想法,真是有趣,不知道后人又会如何看待我们。"

陈平安没有说话,陆台经常这么神神道道,不用理会。

当天夜里,陆台已经熄灯睡觉,陈平安像往常那般挑灯夜读,翻阅那本《山海志》。

窗外依旧大雨磅礴,这么大的雨,少见。

陈平安耳朵微动,依稀听到院子外边的巷弄,有稚童追逐打闹的嬉笑声一闪而过。

片刻之后,陈平安刚刚翻过一页书,又听到外边响起细微的女子嗓音,如泣如诉。之后又有一连串老翁的咳嗽声响,渐渐远去。

要知道,这间院子位于巷子的尽头,而这条巷子,是死胡同。

陈平安合上手中书本,拿起桌上的养剑葫芦,一边喝酒一边走出屋子,打开门后,骤然之间,仿佛天地间的雨水,都是血水。眨眼之后,就又恢复正常,除了空气中的寒意,与小院四周弥漫的水汽,并无异样。

陈平安搬了把椅子,坐在门槛外边,稍稍外放气势,内敛拳意缓缓流淌全身,将那些扑面而来的雨水,悄然遮挡在数尺之外。

院门传来一阵屈指敲门声响。

陈平安刚要起身开门,敲门声便骤然而停。

三番两次如此后,陈平安便干脆不闻不问,开始练习剑炉立桩。

大概一炷香后,大雨渐渐停歇,转为淅淅沥沥的连绵细雨。院门那边又传来手指挠门的瘆人声响。

陈平安睁开眼睛,叹了口气,从袖中捻出一张黄纸材质的宝塔镇妖符,站起身,缓步走向院门口。他指尖那张黄纸符箓熠熠生辉,散发出金色光芒,如一轮骄阳撕裂夜幕。

陆台突然打开门,打着哈欠说道:"赶紧收起来,一不小心会把鬼魅给吓死的。"

陈平安没理睬这个冷笑话,他打算不管不顾,先往巷子里丢出这张符箓再说。

陆台提醒道:"可别打草惊蛇啊。"

陈平安想了想,仍是径直走向院门,拔出门闩开门,门外阴气森森,泥泞小巷明明空无一人,却有窃窃私语四处飘荡,地上还会随之出现一个个深浅不一的脚印。

陈平安转身将符箓张贴在大门上。进门之前,他转头望去,发现小巷远处,有一大一小两人冒雨而行,皆是身穿素白麻衣,孩子没有转身,却"拧转"整颗脑袋,与陈平安对视,他咧着嘴巴,无声笑着。

那面容青白、身穿缟素的孩子,脑子足足转了一圈,这才继续跟随大人一起前行,身形消失在小巷深处。

陈平安神色自若,也不继续张望那边的诡谲景象,瞥了眼张贴在大门上的镇妖符。这张符只是普通的黄纸材质,用起来不算太过心疼。先前一场大雨,门扉为雨水浸透,镇妖符被陈平安随手贴在门板上,牢固异常。

门上张贴着市井坊间最常见的两位武门神,不知是在桐叶洲享受香火的武庙圣人,还是沉香国历史上的功勋大将。今年已经过去大半,彩绘门神被风吹日晒雨淋,褪色得厉害,还有点黯淡无光,有一丝迟暮腐朽之气。

陈平安跻身武道四境之后,气血雄壮,魂魄坚韧,看待这方天地的方式,也有了些变化，类似练气士的望气，能够捕捉到丝丝缕缕的流转灵气，尤其是在身穿金醴后，与这件法袍汲取灵气的程度相互验证，收获颇丰。

这两尊看似装束威严的门神，实则一点神性灵光早已消逝于光阴长河，被这条古怪巷弄的阴煞之气点点蚕食，消磨殆尽。

这算不算英雄气短？

陈平安叹息一声，踮起脚尖，用手指抚平那张符箓的细微褶皱。一张宝塔镇妖符，按照市价来算，能买多少对彩绘门神了？一想到这里，陈平安就有些恼火，那些鬼祟阴邪的大致意思，陈平安心知肚明——这是下马威，大概是想要他和陆台这两个阳气旺盛的外乡人识趣一些，早早离开此地，双方井水不犯河水。

陈平安走入院子，关门上门，陆台已然醒了，彻底没了睡意，跟陈平安一样搬了把椅子坐在门口。没等陈平安开口，陆台就主动解释道："一些个道行浅薄的阴物，也就吓唬吓唬人，最多祸害那些先天阳气薄弱的市井百姓。要么在他们走夜路的时候，突然吓他们一跳，趁着魂魄颤动的瞬间，吸取一点魂魄；要么在那些祖上没积德、门神失灵的门户里，挑选老百姓做噩梦的时候，做那鬼压床的勾当。嗯，还有一些家伙是自己找不自在，不懂规矩，在一些个阴物游荡的鬼路岔口撒尿，自己惹祸上身。"

陆台拿出那把竹扇，哗啦啦扇动起来，院内凉意顿消，没来由多出几分和煦暖意，雨水之中，一丝丝灰烟袅袅升起，旋而消散。

陆台笑道："这帮鬼魅没啥见识，跟飞鹰堡的活人们一个德行，半点看不出咱俩的深浅。可惜了那张镇妖符，要是换成张家天师，或是灵宝派的高功法师，凭借这种材质……"陆台停顿片刻，故意在陈平安伤口上撒盐，"只须画一张符贴在飞鹰堡大门口，就能够庇护这几百口人最少三年五载，让其不至于被阴物袭扰。像你这种门外汉，只靠吐在符上的一口纯粹真气，注定无法勾连天地灵气，这张符箓就是无源之水，所以能有几天风光？"

陈平安坐在对面的椅子上说道："你怎么早不露面？"

陆台微笑道："我露面做什么？跟他们唠嗑，聊一聊这边的风土人情啊？问它们，为了吓唬你，是如何安排出场次序的？是如何让那雨水变作血水的？我只会语重心长地告诉它们，它们吓人的手段，实在不够看，我可能会忍不住教它们几招绝活……"

陆台越说越不像话，陈平安提着养剑葫芦指了指门外，示意陆台可以出去跟它们套近乎了。

陆台坐在原地，不动如山，啪一声收起折扇："我自幼就喜欢跟饲养在家族里的妖魔精魅打交道，甚至可以说是朝夕相处，早就习惯了。如果不是你陈平安嫌它们烦，有它们在外边飘来荡去，我睡觉只会更安稳香甜。"

陈平安疑惑道："你们阴阳家子弟，不用忌讳这个？"

陆台仰头望向雨幕，轻声道："不近恶，不知善。"

陈平安好奇地问道："飞鹰堡是不是隐匿着真正的厉鬼？"

陆台点点头："不然为何当初在打架之前，我要说一句'栽赃嫁祸的风水宝地'？"

陈平安点点头，他还清楚地记得此事。

陆台将两只手慵懒地搭在椅子把手上，大袖垂落："若是我们俩死翘翘了，在那边的深山老林做了'亡命鸳鸯'，你觉得栽赃给飞鹰堡这帮武林莽夫，会有人信吗？自然是嫁祸给这里边的那窝阴物鬼魅。"

陈平安心头一动，猛然站起身，走向大门。院外小巷传出一阵动静，大门上的那张镇妖符上金光大放，随后一闪而逝。

陆台转头笑道："不用去了，那些鬼魅不死心，一定要吃点亏才长记性，现在领教过了，近期应该会对我们敬而远之。我以后想要再听到那些动人的天籁之音，想要睡个好觉，难喽。"

陈平安打开院门，跨过门槛，抬头打量了一下宝塔镇妖符。除了一枚浅淡的污渍，符箓并未出现符胆崩碎、灵光摇晃的迹象。前来试探符箓的鬼魅，如陆台所说，确实道行不高。

陈平安返回院子，他打定主意，如果鬼魅还来挑衅，那就别怪他当个恶邻了。

陆台双手抱住后脑勺，道："这桐叶洲是一个很守旧的地方，不太喜欢别洲的外乡人。天君谢实如果是在这，早就给人围殴得半死了，哪像你们宝瓶洲，竟然还能客客气气坐下来喝茶、讲理、讨价还价。"

陈平安在台阶上蹭了蹭靴底的泥泞，想了想，缓缓道："宝瓶洲距离俱芦洲太近，大骊跟谢实的关系也很神秘，都有关系，不全是一洲风土民风的事情。陆台，你觉得呢？"

陆台啧啧道："可以可以，陈平安，你如今越来越能够站在山上看待问题了，不愧是闯荡过倒悬山和剑气长城的人物。"

陈平安准备将椅子搬回屋子，陆台突然说道："陈平安，如果把马万法计算在内，其实他们对付一个金丹境修士并不难。我们两个能打赢这场架，其实挺不容易的。"

陈平安站在椅子旁边，问道："如果我们俩对上一个金丹境练气士，有胜算吗？"

"有，但是胜算不大。"陆台笑道，"几乎每一个金丹境修士，都是心性坚韧之辈，而且他们的术法神通层出不穷，所以我们只能跟他拼命，不然就会被他活活耗死。你应该知道吧，练气士的第九境金丹境，纯粹武夫的第七境，与之前的那些个境界相比，可以说是'翻天覆地'。"

陈平安坐回椅子，摇头道："我其实不太清楚，你给说道说道？"

陆台眼睛一亮："给你讲了这些，能不能下次正式分赃的时候，少给你一百颗雪花钱？"

陈平安哭笑不得："你还会在意一百颗雪花钱？"

陆台哈哈笑道："我当然不在意这些雪花钱，我只是喜欢这种占便宜的感觉。"

陈平安伸出一只手，示意陆台可以挣钱了。

陆台心情大好，踢了靴子，在椅子上盘腿而坐，微笑道："纯粹武夫六升七，被誉为'覆地'。第七境御风境，能够使武夫像仙人那般御风远游，而且还使魂魄胆凝为一体。展现在武夫眼前的天地，就是另外一番光景了。

"至于练气士嘛，'结成金丹客，方是我辈人'，这句金科玉律，几乎给人说烂了。其实真正的玄妙，在于结成金丹之前，修士运用术法神通时瓶颈很大，从他们开辟出几座气府，就可以大致推算出其储藏灵气的总数，他们与人对战，就像你陈平安花钱，总想省着点花。可结成金丹后，修士储藏灵气，不局限于有几座气府，而是如同富人造出了一个冰窖，酷暑犹可吃冰，更重要的是还能够临时跟天地借用灵气。长生桥长生桥，说了那么多，到底为何物？除了踏上修行，再就是为了能够跟天地相接，自身小洞天，天地大福地。"

陈平安听得认真用心。

陆台笑问道："所以我们两个人打死了马万法这么多人，却未必能打赢一个金丹境修士。"

陈平安点点头："原来如此。"

陆台一脸活见鬼的模样，疑惑道："教你拳法、剑术和符箓的人，都不曾跟你说过这些？"

陈平安摇头道："不教这些，传授我拳法的老人，只教我……"陈平安站起身，轻轻一拳递向雨幕，"要随手一拳，打退雨幕十丈百丈。"陈平安收起拳头，轻轻拧转手腕，如提笔画符，"要在笔端流泻符箓真意，一点浩然气，千里快哉风。"陈平安再虚握长剑，轻轻向前一挥，"大千世界，无奇不有，我唯有一剑。"

陆台蜷缩在椅子上，双手笼袖，怔怔地看着对面屋檐下，那个跟平常不太一样的白袍少年，久久无言。

陈平安咧嘴一笑，拿了椅子就要回屋："你也早点睡。"

陆台认真问道："陈平安，拳、剑、符，这三者之间，如果只能选一样，你会选什么？"

陈平安愣在当场，这个问题还真没有想过。他思量片刻，回答道："当初练拳，是为了延续寿命，算是我的立身之本，以后我还会一直练拳。如果活得够久，我希望我能够打上一千万拳，当然在这期间，我一定要跻身武道第七境。至于画符，只是保命的手段，我会顺其自然，不会钻进去太深。真正想要走得远的，还是……"陈平安伸出大拇指，指了指背后的那把剑，"练剑。"

陈平安神色平静，眼神坚毅："我要成为一名剑仙，大剑仙！"

陆台歪着脑袋:"图什么呢?"

陈平安嘿嘿笑着,不说话,搬了椅子小跑回屋子,关门睡觉。

陆台翻了个白眼,他没了睡意,便百无聊赖地哼着乡谣小曲,最后干脆站起身,在椅子上缓缓起舞,大袖翻转如流水。舞毕,他坐回椅子,打着哈欠摇着扇子,时不时以手指掐诀推算运势,或者,把脑袋搁在椅子把手上,翻白眼吐舌头假装吊死鬼……就这么熬到了天亮。

陈平安按时起床,先去开门,收回了镇妖符,然后在屋檐下来来回回走桩练拳。

陆台瞥了眼陈平安的靴子:"回头给你找一双咱们仙家穿的,你就不用再担心雨雪天气。贵一点的,甚至可以水火不侵。"

陈平安没好气道:"要那玩意儿干啥,跟人打架还得担心靴子会不会破,多碍事,白白多了一件心事。"

陆台叹息道:"你就没有享福的命。"

陈平安问道:"昨夜后边没发生什么怪事吧?"

陆台点了点头:"还真有,好像飞鹰堡有人撞见鬼了。离着这边不算太远,双方大打出手,挺血腥的,不过没死人。"

陈平安想了想:"那咱们白天走动走动,看看能不能发现真相。心里有数之后,再确定要不要出手。"

陆台对此不置可否。

风水堪舆,寻龙点穴,奇门遁甲,医卜星相,他都挺擅长的。没办法,祖师爷赏饭吃,哪怕学得不用功,整天变着法子偷懒,可还是在同龄人当中一骑绝尘,这让他很烦恼啊。

陆台以三言两语,轻描淡写地概括了一场血腥厮杀。其实这场厮杀对于当时的局中人而言,远远没有这么轻松。

昨晚的雨幕中,有一个腰挂朴刀身穿黑衣的年轻人,与一个游历至此的道士结伴夜行。斗笠之下,一个慷慨赴死,一个忧心忡忡。

滂沱大雨转为软绵小雨后,两人走入一条巷弄,来到一栋荒废已久的破败屋舍前。

身披蓑衣的年轻道人脸色微白:"今夜的凶煞之气,格外重!"

肌肤微黑的年轻人手握朴刀,压低嗓音,咬牙切齿道:"再等下去,不知道要枉死多少人,拖不得了!"

这条巷子中的住客极少,稀稀疏疏三四户人家而已,多是上了岁数的孤寡老人,也不常与外边联系。飞鹰堡的习武子弟,比拼胆识的一种方式,就是挑一个深夜时分,尝试独自走过这条狭窄阴暗的巷弄。

这条巷子曾经有过一场血战。趁着老堡主刚刚去世，有一伙拉帮结派的仇人摸进飞鹰堡内，他们一个个手染鲜血，不是魔教高手就是邪路宗师，都是当年被老堡主打伤打残的各路江湖枭雄。

他们不小心泄露了风声，被早有准备的飞鹰堡瓮中捉鳖，堵在这条巷子里。那一场厮杀，血流满地，双方杀得人头滚滚而落，其中既有凶人头颅，也有飞鹰堡老一辈人的脑袋，遍地残肢断骸，几乎没有一具全尸。据说最后飞鹰堡的收尸之人，就没有一个不吐出胆汁的。

飞鹰堡是祖上阔过而家道中落的那种武林帮派，曾有长达百年的辉煌岁月。哪怕桓氏如今沉寂了数十年，飞鹰堡在沉香国江湖中的名气仍是不算小。尤其是已经过世的桓老爷子，德高望重，当初在江湖上赫赫有名，是朝野皆知的江湖豪杰。

只可惜这一代堡主桓阳的武道造诣平平无奇，未能撑起飞鹰堡的威名，而桓常年纪还轻，便有了当下青黄不接的惨淡格局。

可是随便翻翻老黄历，从桓老爷子再往上推两代人，飞鹰堡可以拎到台面上讲的东西，实在太多。所以偌大一座飞鹰堡，上上下下四百余人，都很自傲。

少堡主桓常，自幼就展现出出类拔萃的习武天赋，天生膂力惊人，他时常与那些名动江湖的少侠切磋过招，其招式可圈可点。而堡主千金桓淑，据说跟沉香国十大高手中某人的嫡长子，定了一桩娃娃亲，只等那个年轻人前来迎娶。

但飞鹰堡年轻一辈的领袖，不是桓常，而是一名外姓人——陶斜阳。他是堡主桓阳的嫡传弟子，从小跟随大管家何老先生学习儒家典籍和高深功夫，说起人缘，比少堡主桓常还要好。

陶斜阳古道热肠，在飞鹰堡有口皆碑，他性情开朗，好像天塌下都不怕。

上回进山入堡的一伙人，其为首宗师是大名鼎鼎的江湖豪侠，其中还有个被誉为仙子的漂亮女子，与陶斜阳关系极好，他们经常一起在飞鹰堡内外同行，她与陶斜阳喝着街边最便宜的酒水，也能笑靥如花。

陶斜阳最近几年已经开始帮着堡主和管家何崖打理飞鹰堡事务，接触到了许多内幕，日子过得并不轻松。八方客人，待人接物，需要滴水不漏，飞鹰堡祖辈遗留下来那一支支香火，不能让它们无声无息地灭了，得暗中续着香火情。跑京城，跑山头上的名门正派，跑大城池里的强横帮派，给豪门官邸送银子，跟郡城地头蛇笼络关系，都需要陶斜阳这个外姓人出面，所以陶斜阳的江湖见识和经验都很出众。

今夜这个来到这条巷弄的刀客，正是陶斜阳。而与之同行的年轻道人，是陶斜阳在江湖上一见如故的至交好友。陶斜阳知道年轻道人能够看得见那些阴秽东西，还有一些江湖上闻所未闻的厌胜手段。年轻道人收到陶斜阳的密信求助后，二话不说就来到飞鹰堡。一番小心探寻后，年轻道人心情越发沉重，果然如陶斜阳信上所说，飞鹰堡中的确有鬼物作祟,而且鬼物道行高深,直接坏了飞鹰堡的风水根本。

年轻道人知道自己从来不是什么真正的山上人,他跟随那个喜欢云游四方的师父,修习道法不过五年,只学到了一些望气、画符的皮毛功夫,而且他画的符箓时灵时不灵,他背上的那把由七七四十九颗铜钱串成的法剑,至今还没有出鞘的机会,是不是真的能够镇煞斩邪,他的心里完全没谱。

年轻道人名叫黄尚,是个科举无望的士族子弟。传授道法的师父常年不在身边,黄尚几乎花光了所有积蓄,才凑出了这把以前朝神册、元光、正德三代通宝串成的法剑。师父说过这三种通宝铜钱,九叠篆,蕴含的阳气最足。

让他这么个半吊子道士,对付飞鹰堡的凶煞恶鬼,实在是勉为其难,只是他与陶斜阳相交莫逆,他见陶斜阳铁了心要为民除害,总不能眼睁睁看着兄弟夭折在这边。

两人的称兄道弟,并非那江湖豪客在酒桌上的推杯换盏,而是换命。

这栋宅子的门槛颇高,其原先的主人应该家境殷实。大门也是上好的柏木,还装饰有兽面门环,古老而深沉。

道士黄尚从袖中摸出一张黄纸符箓,先前大雨滂沱,黄尚看着湿漉漉的大门和高墙,苦笑道:"天时地利都不在我们这边啊。"

刀客陶斜阳"嗯"了一声,死死盯住那扇大门,一手按住刀柄,突然转身,余下一手狠狠拍了一下道士的肩膀:"我先行一步,若是形势严峻,救我不得,你不用管我,回头帮我找个风水好点的阴宅即可!"

黄尚正要说话,陶斜阳已经咧嘴而笑:"这可不是客气话!若是两人都死在这边,在下边还不得抢酒喝?!"陶斜阳收起手,气沉丹田,一刀劈向大门,"给我开!"

刀势凶猛,竟是直接劈开了大门,陶斜阳大步踏入其中,毅然决然。

一时间步伐沉沉,如陷泥潭,陶斜阳毫无畏惧,轻喝一声,挥刀向前,一刀刀劈在虚空处,刀光森森,略带荧光,显然是在武道窥得门径了。

陶斜阳以刀开路,笔直向前。藏在他怀中和腰间的两张君子佩符,瞬间黑化,如染满墨汁一般,本就不多的灵气,消逝干净。

黄尚正要快步跟上,阵阵阴风从门内扑出,他只得在大门内壁找了两处稍稍干燥的地方,张贴了两张镇宅符箓,这才稍稍好受,不至于呼吸凝滞。然后他双手各捻住一张符箓,分别是光华真君持剑符和黄神越之印章符,皆是上古遗留下来的广为流传的著名护身符。

只是黄尚才顶着阴风向前走出三步,就发现持剑符和印章符变得大半漆黑,好像刚从砚台里扯出来。年轻道人心中大骇,忍不住高喊道:"煞气浓重似水,此地鬼魅绝不是当年死于小巷的冤魂!必然是游荡百年以上的厉鬼!斜阳,速速退出宅子——"

话音未落,远处的正屋房门自行打开,陶斜阳挥刀而入,房门砰的一声关闭。

黄尚满脸悲痛,竭力往手中的两张符箓,浇灌入淡薄的灵气,怒喝道:"移殃去咎!"

持剑符毫无动静,被凶地煞气凝聚而成的墨汁浸透,捻符的双指如被火烫,黄尚赶紧丢了持剑符。好在那张印章符灵光荡漾,骤然亮起,映照出四周的异象。

在黄尚周围,阴恻恻的嬉笑声此起彼伏,却不见半点人影。脖颈处好似被冰凉长舌舔过,让年轻道人起了一身鸡皮疙瘩。

黄尚丢了烧完的印章符,正要再从袖中摸出一张压箱底的符箓,往袖子伸去的左手手背处,好似给人用针刺了一下。黄尚打了个寒战,头顶又有莫名其妙的骤雨淋下。黄尚环顾四周,小雨绵绵,年轻道人怔怔抬手抹了一把脸,摊手一看,竟满是鲜血。黄尚下意识抬起头,一张没了眼珠的苍白脸庞近在咫尺,几乎要贴上黄尚的鼻尖。

黄尚呆若木鸡。

刹那间,他的肩膀被人使劲按住,往后一拽,黄尚整个人倒飞出宅子,摔在外边的泥泞巷弄中,晕晕乎乎。他看到一个熟悉的高瘦背影,正是飞鹰堡老管事何崖,陶斜阳的师父。

老人双手持符,符纸材质应该不是普通的黄纸,荧光流淌,晶莹剔透,在阴风煞雨之中仍是光彩飘荡,如大风之中的两支烛火,符箓灵光始终摇而不散。

老管事脚踩罡步,口中念念有词。

黄尚刚刚松了口气,脖子就被指甲极长的雪白双手掐住,一下子往后拽去。黄尚的双手胡乱拍打泥泞地面,他的后脑勺和后背重重撞在巷弄墙壁上,像是渗透在墙壁之中的某人,希望黄尚这个大活人也跟着进入其中。

黄尚一翻白眼,晕厥过去。年轻道人清醒过来时,已经回到了飞鹰堡主楼的那间客房,隔壁就是陶斜阳的住处。

黄尚摇摇晃晃起了床,刚好看到何老先生脸色凝重地走出房间。

何崖叹息一声:"斜阳的身上并无重伤,只是……"老人没有继续说下去。

何崖本想对黄尚说,他不该如此冒冒失失,陪着陶斜阳擅自闯入那条巷弄。只是看着仓皇失措的年轻道士,尤其是脖颈处黑如浓墨的一条条抓痕,过了一宿尚未淡去,老人便有些于心不忍,叹息一声,快步离开,要去煮一服药,帮着徒弟固本培元。

黄尚站在陶斜阳房门口,几次想要推门而入,都收回了手,失魂落魄。

今晚陈平安和陆台要去桓家府邸赴宴。白天两人四处闲逛,大小街道、各处水井、桓氏祠堂、演武场、飞鹰堡的行刑台,等等,都走了一遍。

陆台观察了家家户户大门上的各式门神,陈平安则偶尔蹲下身,默默捻起一小撮土壤,放入嘴中嚼着。

回到院子后,陈平安突然想起一事:"何管事让我们进入飞鹰堡,将我们安排在这里,是不是有他的私心?"

陆台点点头:"驱狼吞虎之计,多半是飞鹰堡已经走投无路,死马当活马医。说不得今晚宴席上,若是我们撕破脸皮,问责此事,飞鹰堡就要开诚布公,道歉赔罪,然后砸钱给咱们,要我们帮飞鹰堡渡过难关。"

陈平安叹了口气,若是他们俩道行低微,敌不过那些游魂荡鬼,是不是昨晚在那座宅子死了就死了? 两张烂草席一卷,让人丢出飞鹰堡了事?

陆台好似看穿了陈平安的心事,笑道:"在感慨江湖险恶? 那你有没有想过,可能飞鹰堡与那何崖都有难言之隐,听过他们诉苦之后,说不定你就会义愤填膺,奋然挺身。"

陈平安摇摇头,轻声道:"事有先后,对错分大小,顺序不可乱,之后才是权衡轻重,界定善恶,最终选择如何去做一件事。"

陆台笑道:"听着简单,做起来可不容易。"

陈平安"嗯"了一声:"难得很。"

没过多久,桓常、桓淑兄妹二人联袂而至。今天桓淑换了一身暖黄色的衣裳,亭亭玉立。桓常还是那般装扮,只是摘掉了那张牛角弓。

此前陆台询问陈平安,要不要给飞鹰堡和桓淑一个惊喜。不等陆台说完,陈平安黑着脸,一拍养剑葫芦,陆台立即住嘴,双手合十,做求饶状。

远处高楼栏杆处,一个心情不错的妇人容光焕发,笑意温柔。她昨夜听女儿说了些闺房话,说有位外乡的翩翩佳公子,今儿要和朋友一起登门拜访,要她这个当娘亲的帮着掌掌眼。妇人觉得有趣,便答应下来。

早年那桩有些儿戏的娃娃亲,别说飞鹰堡不再当真,对方更希望根本没这回事,省得被落魄不堪的飞鹰堡拖累。

贤淑妇人一想到将来有一天,女儿会跟她这个娘亲一样,在岁月最好的时候,穿上最漂亮的鲜红嫁衣,嫁给最喜欢的心上人,妇人既欣慰,又不免有些失落。妇人眼眶通红,微微低头,掏出一方绣花帕巾,轻轻擦拭眼角。

妇人并不自知,飞鹰堡也无人看穿,她那张七窍流血的脸庞,出现了不计其数的裂纹,纵横交错,就像一只将碎未碎的瓷器。

飞鹰堡的千金小姐桓淑对陆台有意,陈平安又不是瞎子,自然看得出来。

至于兄妹二人在客气热络之余,眉宇间挥之不去的那份阴霾,陈平安也看得出来。

看来此地鬼魅作祟,近乎肆无忌惮地袭扰市井百姓,给飞鹰堡带来极大的隐忧和困扰。山下江湖,任你是豪门大派,对付这种事情,仍是力不从心。

一行人去往飞鹰堡主楼。楼建得气势巍峨,名人手笔的匾额、楹联,等人高的彩绘门神,左右两侧的玉白蹲狮,都彰显着飞鹰堡桓氏昔年的荣光和底蕴。

宴客大厅灯火辉煌,厅里点着一支支粗如婴儿手臂的红烛,还摆着许多老物件,以及大幅的山水字画、绘有仙家景象的对屏。堡主桓阳和夫人、老管家何崖以及几位桓氏长辈,在大厅门口恭迎两位初次莅临飞鹰堡的年轻后生。他们身后站着诸多家族俊彦和旁支子弟,这些人对陆台和陈平安都充满了好奇,毕竟飞鹰堡摆出这么大的阵仗,罕见。

陆台以心声告知陈平安:"伸手不打笑脸人,你信不信,飞鹰堡桓氏如果足够聪明的话,会在酒过三巡之后,跟咱俩主动请罪。"

陆台很快就没个正经,环顾四周,在陈平安心湖说道:"老古董还不少,这飞鹰堡桓家祖上挺阔绰啊。搁在桐叶洲山底下,算是不错的了,如果不是遭了变故,不得不龟缩至此,恐怕根本不需要咱们露面,早就请了沉香国或是周边国家的仙师摆平了那帮阴物。"

入座之前,陈平安敏锐察觉到了堡主夫人的异样,她整个人的气息显得云遮雾绕,只不过是乌云黑雾,明显沾着污秽气息的那种。看上去妇人容颜艳丽,保养得当,实则元气衰竭,即将油尽灯枯。陆台一眼都没有看她。

晚宴谈不上山珍海味,野味河鲜加时令蔬果。桓阳从头到尾都没有摆谱,架子放得很低。就连陈平安都能够清晰感受到那些桓氏子弟的不自在,他们举杯喝酒和下筷夹菜都很敷衍,往往是堡主提议敬酒,才稍有动作。

陆台猜错了,哪怕宴席临近尾声,堡主桓阳也没有提及两人下榻古怪巷弄一事,只说飞鹰堡穷山恶水,照顾不周,还望两位公子多多海涵。等喝完最后一口酒,外人纷纷起身离去,桓阳和夫人亲自带着陈平安陆台游览主楼。登上顶楼的一处露台后,众人一起登高远眺,桓常和桓淑分别拿来一样礼物,都装在木匣内。桓阳说是飞鹰堡祖传的老古董,不值钱,但还算稀罕,一点见面礼,不成敬意,希望两位公子以后多来飞鹰堡做客,一定扫榻相迎。

陆台应酬得滴水不漏。他摸着栏杆,默念道:"好地方。"

于是就这样宾主尽欢而散,桓淑想要送两人去那巷子,但是被桓常找了个借口拉住。桓淑虽然心有不满,最终还是没有执意离开主楼。她看着两人并肩走在宽阔街道上的背影,桓常小声道:"斜阳受了那么重的伤,你怎么也不去探望一下?"

桓淑皱眉道:"爹和何爷爷都说了,让他不要轻举妄动,还这么鲁莽。如果不是今夜有仙师驾临飞鹰堡,如何收拾烂摊子?陶斜阳这么大一个人,还管着飞鹰堡的半数事务,怎么还如此意气用事?不过是混了几天外边的江湖,就不知道天高地厚……"

桓常恼火道:"不管怎么说,斜阳都是为了咱们飞鹰堡才受了重伤,你少说一点风凉话!这要是给斜阳听见,负气离开飞鹰堡,都没人有脸拦阻!你当真不知道,这些年有多少名门正派看中了斜阳的习武天赋和经济才干?"

桓淑撇撇嘴:"那就庙小容不下大菩萨呗,飞鹰堡还能如何? 哭着喊着求陶斜阳留下来?"

桓常转过头,厉色教训道:"桓淑,你怎的越说越混账了! 莫不是良心都给狗吃了?! 斜阳跟你是青梅竹马一起长大的自家人,跟我更是好兄弟……"

桓淑头一次见到如此生气的哥哥,她眼眶通红,有些委屈,颤声道:"可是我不想嫁给他啊。他喜欢我,可我就是不喜欢他啊,我有什么办法?"

桓常叹了口气,家家有本难念的经,此事心结难解。

秋夜凉爽,星河璀璨,星星点点,仿佛都是人间的愁绪。

这天夜里,陈平安和陆台还没走到那条巷弄,飞鹰堡大门外的道路上,就来了一位仙风道骨的方外之人。

唯有堡主桓阳和管家何崖,肃手恭立,出门迎接。气氛不热闹,但是比起迎接两个年轻人的宴席,明显要更加实在。

迎面走来之人,是一个双眼绽放精光的高大男子,他牵着一匹通体雪白的骏马,瞧着约莫不惑之年,手持拂尘,腰悬桃木符箓牌子,飘然而至。

他的马鞍两侧悬拎着两捆松柏树枝,十分奇怪。那柄拂尘,篆刻有"去忧"二字。

堡主桓阳和老人何崖连忙作揖:"恭迎太平山仙师。"

中年男子微笑点头道:"无须客气,下山降妖除魔,是我辈山人的义之所在。"不等桓阳开口,男子举头望向城堡上空,"阴煞之气果然很重。如果我没有猜错,飞鹰堡应该刚刚下过一场大雨。你们要晓得,那可不是一场普通的秋雨,而是盘踞此地的邪魔鬼魅在施法布阵,要教你们飞鹰堡断子绝孙。"

桓阳和老管事视线交汇,桓阳拱手抱拳道:"只要仙师救下我飞鹰堡五百余口人性命,飞鹰堡愿意为仙师造生祠,交出那柄先祖无意中获取的宝刀停雪,桓氏子孙供奉太平山和仙师最少百年时光,竭尽所能,报答仙师!"

男子哂然一笑,一摇拂尘:"救下再说,否则好好一桩善缘,就成了商贾买卖,岂不是一身铜臭气了。"

桓阳激动万分,泣不成声道:"仙师高洁! 是桓阳失礼了……"

男子不予理会,牵马前行,尽显神仙风范。

这天夜里,又有一个风尘仆仆的邋遢老人拜访飞鹰堡,差点大门都没给进,后来黄尚闻讯赶去,才将老人接入了飞鹰堡,随便将其安排在一条巷弄住下。黄尚满脸愧疚,老人倒是不以为意,在深夜里走走看看,其间还趴在井口上,闻了闻几口水井的味道。

老人住下后,"咦"了一声,脚尖一点,从院中掠上屋顶,举目望向一处,仔细端详片刻,返回院子后,问道:"飞鹰堡已经有了高人坐镇?"

年轻道人愣了愣："是不是高人,弟子并不清楚,只知道飞鹰堡前两天来了两位年轻公子哥,一位风度翩翩,生得真是好皮囊;另一位背负长剑,不太爱说话。"

老人问道:"你和陶斜阳先前遇险,那两人没有出手相助?"

黄尚苦笑道:"是老管家救了咱们,那两人并没有出现。"

老人点点头:"何崖确实会一点道法皮毛,但是比起那两人贴在门口的那张符箓水平,差得就有点远了。"

年轻道人愣在当场:"那两人跟我差不多岁数,难道就已经与师父一样,是那道法通玄的仙师?"

老人嗤笑道:"年纪轻怎么了,年纪轻轻,就能够搬山倒海,那才叫真正的仙师。像你师父我这样的半吊子,靠着一大把年纪熬出来的微末道行,根本就不会被真正的山上仙家视为同道中人。"

黄尚依旧不太相信,总觉得师父是真正淡泊名利的世外高人,不喜欢吹嘘自己的神仙修为。

老人不再多说什么,相比那些腾云驾雾、御风远游的仙家,自个儿一大把年纪都活到狗身上去,这终究不是什么舒坦事。

陈平安又在院门外贴了张宝塔镇妖符。

两人都无睡意,就在院子里闲聊。陈平安神色凝重,陆台依旧笑眯眯坐在椅子上扇扇子。

陈平安刚要说话,陆台伸手阻止:"说了可就不灵了。"

陆台转移话题,打趣道:"一件金醴法袍,养剑葫芦里两把飞剑,一条法宝品秩的缚妖索,等你哪天跻身了七境武夫,那还了得?"

陈平安会心一笑,开朗道:"其中辛酸,不足为外人道也。"

陆台叹了口气道:"你是不是很奇怪,为何我从不觉得自己是一名剑修?"

陈平安没好气道:"有什么奇怪的,不就因为你恐高? 你从老龙城去倒悬山,是乘坐桂花岛;从倒悬山来桐叶洲,是坐吞宝鲸。那你坐过鲲船吗?"

陆台涨红了脸,一把将手中竹扇丢向陈平安,陈平安伸出并拢双指,轻轻一旋,竹扇如有丝线牵引,滴溜溜旋转起来,绕着陈平安飞行一圈,返回陆台那边。陆台接住竹扇,啧啧道:"学以致用,很快嘛。"

剑师驭剑术,在江湖上可能很神秘,可对于跻身武道四境的陈平安而言,一法通,万法通。

秋日和煦,陆台今天又在院子里独自枯坐打谱,陈平安在一旁练习《剑术正经》。

自从上次陆台察觉到飞鹰堡弟子的查探后，飞鹰堡就再没有私底下冒犯。

陆台趁着陈平安停下剑架的间隙，突然问道："陈平安，我教你下棋吧？"

陈平安还在那边拧转手腕，找寻最合适最顺畅的握剑姿势来应对变招。出剑想要快，就得从细处不断求变，这跟烧瓷当中极其高明的跳刀手法是一个道理，粗看是"不动"，实则不然。

听到陆台的提议后，陈平安摇头道："算了吧，我学过，但是下不好。第一次出门游历的时候，我见过高手下棋，我还是更喜欢看人下棋。"

林守一、谢谢、于禄、改名崔东山的少年国师，一个比一个棋力深厚。陈平安经常观棋，可他始终连棋着的好坏、远近和深浅都看不出来，所以自认没有下棋的天赋。

不过就像看到陆台煮茶，会让人觉得赏心悦目，去往大隋的路上，林守一跟谢谢下棋，同样让陈平安心向往之。

棋盘对弈，下棋人那种坐忘的感觉，陈平安觉得很美好。

陆台也不纠缠，笑问道："知道下棋的最高境界是什么吗？"

陈平安当然不知道。

陆台捻子落子，眼神炙热："身前无人。"

陈平安想了想，点点头："嗯。"

这下子轮到陆台诧异了，抬起头，斜眼看着陈平安："你真能懂？"

陈平安在院子里缓缓行走，气沉丹田，拳意倾泻，乍一看毫不起眼，原来已是水深无声的境界，他笑道："有个人的剑，还有帮我打熬武道三境的老人的拳，感觉都是这样的，就像你说的，'身前无人'。"

陆台微微一愣。

哪怕陆台见过太多的奇人美景，见过钟鸣鼎食、黄紫贵人、羽扇纶巾、餐霞饮露，看陈平安打拳，还是一种享受。但是陆台觉得陈平安可以做得更好。

陆台站起身，深吸一口气，只见他耳鼻之间，有四缕白色气息缓缓飘荡而出，却并不离开，也未消逝，如四条纤细白蟒倒挂面目之上。

陈平安有些疑惑，不知陆台此举为何。

陆台走到院子中央，缓缓道："纯粹武夫炼气，练气士也养气炼气，呼吸吐纳，都逃不掉一个'气'字。气若游丝，搁在凡夫俗子身上，是形容一个人命不久矣，但是搁在剑修身上，是另外一种景象。"

陆台缓缓吐出一口气，气凝聚如丝，最终在他身前变作一把袖珍飞剑，陆台轻轻一吹，陈平安心弦一震，迅速撇头，一抹白光从他耳畔疾速掠过。然后那抹极其纤细的白光，在整座院子迅猛飞掠，不断拉扯出一条条经久不散的流光溢彩，将一栋院子编织得如同一座剑气牢笼——一座充满凌厉剑气的雷池。陆台一跺脚，异象瞬间消散。

陆台微笑道:"我虽不是纯粹武夫,但是道理还是懂的,你陈平安练拳疯魔,只是一个最普通的拳架,就打了一百万遍,所以拳意浑然天成,但是你其实并不理解其中的真意。"陆台面向陈平安,一手负后,一手伸出,手掌摊开,"世间的拳架,除了壮筋骨气血,温养魂魄神意,真正的玄机,在于一股'不借助于天地之力,反而要敕令天地'的真气,衔接紧密,为的就是出拳快到不讲道理!"

陆台笔直伸出一拳,砰砰作响,拳罡炸裂,传出丝帛撕裂的声响。陆台又出拳,略有倾斜,一划一滑,出拳最终地点,仍是原先位置,虽然悄无声息,但是被拳头触及的空中气机崩碎,声势惊人。

陆台解释道:"两拳,我用了相同的气力和神意,一拳出去,看似最短的路径,但是就像跋山涉水。最快的,是找到山路,顺流而下,你一路直行,反而走得不够快。传说中的武道真正止境,是十境,再往上,是武神境,那才是让练气士都要艳羡和畏惧的天上风光。"陆台收起拳头,叹了口气,望向天空,眼神恍惚,"天下乱象已起,陈平安,你一定要活下去。能够撑到最后,就是……"陆台嘴角渗出血丝,"你一定要活下去,坚守于某地,做那中流砥柱千万不要被大势裹挟。时来天地皆同力,陈平安,不要争一时得失,我相信你会比那个曹慈走得更远,会重建长生桥,会成为大剑仙……"

天机不可泄露,对于寻常练气士而言,可能就是一句可以随便挂在嘴边的戏言,但是阴阳家不同。精于卜卦、算命和星象之人,往往不得寿终正寝,偶尔有,也莫要奢望恩泽子孙,甚至有可能寅吃卯粮,祖上失德,贻害后人。

陈平安已经看出不妙,轻声喝道:"陆台,够了!"

陆台点点头,抬起手背抹去血迹,坐回石桌旁,灿烂笑道:"既然我找到了这里,在飞鹰堡找到了上阳台,那么之后你就需要独自游历了。"

陈平安坐在他身边,点点头:"此间事了,我会独自北上,你不用担心。"

陆台问道:"有什么打算?"

"当然有啊。"陈平安笑道,"近的,就是找到一座古战场遗址,寻找那些死后还凝聚不散的阴魂英灵,淬炼三魂,夯实武道四境的底子。远的,回到家乡后,继续跟老人学拳,一步步走得踏实些,跻身第七境的可能性就更大。"

陆台点点头:"你不用管我,我没事,这点天道反扑,陆氏子弟的家常便饭而已。"

陈平安确认陆台不是打肿脸充胖子后,便放下心来,双手抱住后脑勺,悠然道:"我还有一件之前就想过,但是来不及做的事——给家乡铺一条路,每隔三五里就建一座小巷行亭,花再多钱,我也不心疼。"

陆台没好气道:"一条路而已,也花不了几个钱。"

难怪这家伙的两把本命飞剑叫针尖和麦芒,看来他天生喜欢跟人顶针较劲。

陈平安也不跟他较劲,继续道:"到了家乡那边,我会试着亲自打理骑龙巷的两间铺子，只要能挣钱，哪怕每天入账只有几文钱，都行。再就是神仙坟的那些残破神像。虽然之前回家了一趟，已经做了点事情，搭建了许多棚子，修缮了一些，可还是不够，还需要为它们正式地重塑金身。"

"这就是你购买那几本造像书的原因？"

"嗯。尽量多知道一些忌讳和规矩，省得自己好心办坏事。"

陆台笑道："真够忙的。"

陈平安始终望向远方："再远一点的话，愿意听吗？"

"说吧，如果说得差了，污了我耳朵，我就一头扎进水井里，洗一洗。"

陈平安不理睬他的讥讽："我想要家乡落魄山那边，竹楼之外，有更多的建筑一栋栋立起来，从山脚……算了，从半山腰，一直延伸到山顶，瓦当、滴水、飞檐、藻井、卯榫，都要有。"陈平安说到这里，伸出一只手，狠狠往上比画了一下。

陆台翻了个白眼："好可怕的雄心壮志。"

陈平安有些泄气。

陆台赶紧举起双手："好好好，你继续说。我不再取笑你便是。"

陈平安这才继续说道："我要购买很多的藏书，三教圣人、诸子百家、先贤笔札，都要有一些。骊珠洞天在破碎之前，像我家泥瓶巷这种市井坊间，一本书有多难得，你肯定无法想象，比见着一粒银子还难。

"我想要山上的大楼小楼，都放着很多灵器法宝，我还要收集天下各国的特产，比如彩衣国锦绣地衣和斗鸡杯，还有活泼可爱的精灵古怪，帮人梳妆打扮的精魅，会站在盆栽枝丫上拱手作揖、开门迎客的小家伙，都养上一些。奇花异草，高山流水，亭台楼阁，茂林修竹，每天都会有像江河一样的云海涌过山畔……

"李宝瓶、李槐可以在那边安心读书，林守一可以潜心修道，于禄可以武道登顶，跟崔姓老人请教拳法技击，谢谢可以在那边……不用受崔东山的欺负，青衣小童和粉裙女童可以在那边想修行就修行，想偷懒就偷懒，有个叫阮秀的姑娘，可以经常来我家里做客，我可以拿出自己铺子做的糕点待客……

"每逢初一十五，会有很多百姓去落魄山的山神庙烧香。我要把山路神道修得更宽，铺上跟福禄街、桃叶巷一样的青石板，下雨天都不怕泥泞沾鞋。在山神庙准备好许多蓑衣斗笠，哪怕临时下雨，老百姓也不怕，借去便是，下次烧香再还回来。

"不管天下怎么样，山下怎么个活法，别处山上如何，我只希望我那边，人人相亲相爱，每天的日子都过得舒心些。我希望自己和身边的人，不要再像刘羡阳那次那样，感觉什么都做不了。我们占着道理的时候，别人不听，那就让他们听，不管是靠拳头还是靠剑……"

陆台一直安安静静听着，就像亲眼看着陈平安在夏天堆着自己的雪人。

陆台当时指了指院门口那边,说贴了那张宝塔镇妖符,门外是江湖,门内就已是山上了,陈平安被说得想喝酒。

之后飞鹰堡热闹了起来,比起之前那种近乎死寂沉沉的安详,当下的飞鹰堡明显要更加让人心安。

因为飞鹰堡来了两个人,不是飞鹰堡熟悉的那种游历四方的大侠,或是大名鼎鼎的宗师,而是神神道道的外乡高人。他们比起已经足够古怪的何老夫子,更让人觉得新鲜。

那位堡主盛情邀请而来的中年男子,在飞鹰堡的大街小巷牵白马而行,马鞍两侧挂了两大捆松柏枝条。每次人马停步,手持拂尘的男子就会烧掉一根树枝,也不见他使用火石,双指一搓,松柏树枝便会燃烧起来,泛起阵阵清香,袅袅升空。

凑在远处旁观的飞鹰堡人士,其中有些略通老黄历的白发老者,开始显摆起学问来,说这叫庭燎,是一门了不得的仙家术法,能够驱邪祛秽。因为松是万木之长,被誉为十八公,相当于朝廷的国公爷,柏树则是仅次于松木的侯爷,尤其是一些名山大岳上的松柏,显贵着呢,所以燃烧松柏,配合仙家口诀,就能够通神。

相较高大男子的拂尘白马,另外一位邋遢老人,就显得俗气多了,卖相比不过同行,手段也透着股乡土气,故而跑去凑热闹长见识的飞鹰堡百姓,实在不多。老人据说是年轻道人黄尚的师父,是位居山道士,跟老堡主是江湖上结识的故交。这次老人家在山上掐指一算,算准了飞鹰堡有难,才下山来帮着祈福消灾。

邋遢老人既没有身穿道袍,也不会画符踏罡,只是让人抓了七八只雄鸡,分别挂在了飞鹰堡大门、祠堂门口、水井、校武场等地,然后就一天到晚盯着那些大公鸡。他的腰间挎着只小米袋子,装满糯米,还有一壶清水,用来伺候那些雄鸡。壶中水,却不是飞鹰堡日常饮用的井水,而是让弟子黄尚从远处深山打来的山泉之水。

陈平安和陆台兵分两路,陆台喜欢看那所谓的太平山仙师,装神弄鬼,陈平安则去观摩老人的手法。外行看热闹,内行看门道,陈平安介于两者之间,虽然不清楚老道人这种行径的渊源,但是能够确定每处悬挂雄鸡之后,阴风煞气就要浅淡几分,如同两军对垒,一方避其锋芒,只不过这种逼退,并无伤亡,躲在暗中蓄势而已。

在老道人给雄鸡喂养糯米和清水的时候,陈平安从他忧心忡忡的脸色中就能够看出,老道人也瞧出了端倪,心情并不轻松。

至于那位招摇过市的拂尘男子,神色自得,像是弹指间就要让一切邪祟灰飞烟灭。

桓常、桓淑兄妹,负责为此人开道。

陶斜阳脸色苍白,经常咳嗽,只与黄尚一起跟在老道人身后。

陆台并未明言两人道行的高低,只说那男子肯定不是什么桐叶洲太平山的练气士,而邋遢老人是个名副其实的山居道人,讲究一个幽潜学道,仁智自安,与山水为邻。

太平山是桐叶洲中部首屈一指的大宗门,是内外丹法集大成者,比起扶乩宗只强不弱,只是隐世到了近乎厌世的地步,极少有修士下山外出,陆台在中土神洲都有所耳闻,所以在世间的名气远远不如桐叶、玉圭两宗。

又过了两天安静祥和的日子。

就算是居住在市井巷弄的飞鹰堡百姓,都察觉到了天色的异样。

本该旭日东升的晨曦时分,飞鹰堡的上空,却是黑云翻滚,层层叠叠,像是活物一般在对着飞鹰堡张牙舞爪,压得所有人心头沉甸甸的。担任教书先生的老管事何崖,放出话来,今天学塾不用上课,要蒙学稚童们赶紧回家待着,让他们好一阵欢天喜地。回去的路上,他们成群结队,对着那些黑云指指点点,说这像一只蜈蚣,那像一头水牛,最后瞧见了如同一张女子狰狞面孔的黑云,孩子们被吓得顿时作鸟兽散,赶紧跑回家中。

陈平安在院子里练习拳桩,早早发现了天象的诡谲。陆台坐在石桌旁默默掐指推演,神色自若。

本该日头高照的清晨时分,昏暗如深夜,阳光竟是半点洒不进飞鹰堡。

陈平安又听到了巷子外边飘来荡去的阴森嬉笑声。陈平安停下拳桩,跑去打开门,转身抬头一看,那张普通材质的镇妖符,随着时间的推移,符胆中蕴含的灵气也在不断流逝,已经变得黯淡无光。一张原本崭新的黄色符纸,像是张贴了大半年的春联,褪色严重,皱得厉害,还有几处被渗透的黑色墨块,难怪那群阴物鬼魅胆敢现身挑衅。

陆台双手拢袖走出院门口，与陈平安并肩而立，仰头看着那张趋于腐朽的丹书真迹，自言自语道："距今极其遥远的时代，相当于七境武夫修为的人，画出来的符，不过是刚刚抓到了一点皮毛，九境实力的人，画符才算登堂入室，所以那会儿的符箓，威力之大，可想而知。其中隐晦难明的三山九侯先生，被视为'符箓正宗'，只可惜我们这些后人，甚至不知道这到底是一个人，还是一群人。"

陈平安踮起脚尖，摘下那张符箓，收入袖中。

四周顿时响起鼓噪之声，雾气从小巷泥路升起，迅速弥漫开来。雾气先上升至脚踝，然后是膝盖，很快就到了半腰。陈平安就像打开了锅盖，立即就是雾气腾腾，只不过灶台雾气是热腾腾的米香菜香，小巷这边是黏糊糊的潮湿阴雾，泛着淡淡的腥臭气味。

陈平安转头望去，好在雾气并未一鼓作气，涌入那些市井门户的院子里。家家户户张贴在大门上的各类门神——武圣人或是文武财神什么的，发出一阵细微的滋滋声，本就涣散浅淡的那点灵气，烟消云散，再也庇护不得主人家。

在陈平安视野中，小巷尽头，又出现了那对身穿缟素的大小人物，小孩子依旧盯着陈平安，一对鲜红的眼珠子，不断有血迹渗出，流淌在雪白的脸庞上，只是鲜血并不会离开那张脸，像一条条蚯蚓爬来爬去，从双眼进进出出，将孩子的眼窝子，当作巢穴。牵着孩子的大人，脸上竟然没有五官，像是覆着一层厚重的白布，让人瞧不见耳鼻眉眼口。

还有许多瘆人的污秽阴物，一并往巷弄尽头的这座院子走来，有生了一双死鱼眼的老妪手脚着地，灵活攀爬在院墙上，对着陈平安不断重复呢喃着要吃肉。

还有许多蹲靠在墙根下的稚童，双手抱膝，脑袋抵住膝盖，从牙齿缝渗出呜咽声。这呜咽声断断续续，随风飘摇，像是想要诉说一个悲伤的故事，可又说不出个真切。

陈平安虽然从小就敬鬼神，可真谈不上害怕。试想一下，一个四五岁的年幼孩子，就敢一个人往神仙坟里头跑，风雨无阻，然后练了拳，加上这趟桐叶洲之旅，总共三次远游，一路上见过的山水奇怪何其多也，哪里还会被这种阵仗吓到。

所以哪怕那一大一小已经晃晃悠悠地走到了院门正对着的巷子，陈平安还是无动于衷，反而上前一步，站在台阶边缘，好像在等待它们动手的那一刻。

那个满脸鲜血如蛛网的孩子，一直凝视着陈平安，它在侧过头与陈平安对视的时候，开口道："你的肉很香，能让我吃上几口吗？我只要你的半副心肝，可以吗？"

孩子的言语说得极为缓慢，而且前行的脚步不停，等到"心肝"二字说出口的时候，已经在陈平安身前。它虽背对着陈平安，头颅却拧转过来，依然在"正视"着陈平安。它还伸出一条漆黑的舌头，舔弄着嘴角的血迹。

那位在墙壁上爬行的老妪率先发难，一个纵身而跃，扑向陈平安。

陈平安看也不看，一步向前踏出，走下台阶，不等靴子触及巷弄地面，轻描淡写一拳砸出，击中那个老妪的头颅。阴物老妪被打得向后倒撞回对面的墙壁，砰然粉碎，它甚至来不及哀号。

看到这一幕后，小巷之中的阴物凶性爆发，黑烟涌动，一头头死后怨气凝聚而成的阴物，疯狂扑向陈平安。

陈平安一手负后，收在袖中，只以右手对敌。拳意依旧点到为止，只在右臂流淌，罡气凝聚而不外泻，可是每一次出拳，就打烂一头来势汹汹的阴物。

这点拳意，对于如今的陈平安而言，就像从一口深井中汲水一桶罢了。

在那群阴物的视野之中，那白袍少年的那条胳膊，就像一小截割破了夜幕的"阳光"，灼热刺眼。

不过几个眨眼工夫，浩浩荡荡的小巷阴物就十去七八。

陆台不知何时已经坐在门槛上，袖手旁观，笑意吟吟。

那个扬言要吃掉陈平安半副心肝的小孩子，挣脱大人的手，一闪而逝，来到陈平安身后，手掌作刀，戳向陈平安后背心，试图以一记手刀从背后剖出心脏。

那孩子刚刚误以为自己就要得逞，就痛苦号叫起来，原来当它的五指触及那一袭白袍后，如同撞入一座火炉，雪水消融，根本来不及收手，大半条胳膊就这么没了。

陈平安负于背后的左手，依旧不见丝毫动静，眼角余光始终盯着那个没有五官的阴物。他向后一靠，撞在孩子阴物身上，身上的法袍金醴触及后者，孩子刹那间便如蜡烛熔化，化作一缕极为精粹的黑烟，就要掠向远方。陈平安转过身，拧转手腕，画弧一拳，打得黑烟无头也无尾。

陆台打趣道："这就有点欺负人了啊。"

陈平安撇撇嘴："哪里是人。"

陈平安猛然转头，望向小巷尽头。邻近街道的那口水井中，有阴沉井水攀缘水井内壁，借着街面上的雾气遮掩阳气，迅速流出了井口，向陈平安这条巷弄倾泻而来。井水闯入巷口之后，刚好"看到"了陈平安镇压孩子阴物的光景，稍作犹豫，井水竟然倒退而回。

陈平安右手出袖，指尖捻着一张崭新的宝塔镇妖符，心中默念一声"十五"，一柄幽绿玲珑的飞剑掠出养剑葫芦，划过陈平安身后。十五的剑尖钉住那张黄纸符箓，转瞬即逝，在空中拖曳出一条符箓散发的金色光彩。

这张符箓本该用来针对牵着孩子的那头阴物。一番交手后，陈平安心中大定，出拳足矣。

既然那口水井里的"古怪"主动跑了出来，陈平安就让十五带着镇妖符，掠去厌胜水井，断了井水的退路。

井水去势极快，可是哪里快得过飞剑十五的飞掠速度。十五到了如有怨妇抽泣声的水井旁，剑尖往井口一戳，将那张金光灿灿的宝塔镇妖符钉在井口边沿，然后缓缓升空,绕着井口飞旋起来。

那股爬出井底的井水布满四周,涟漪阵阵,露出一张张怨恨仇视的女子扭曲面容。井水不甘心地分出一小股支流,冲向井口,很快就全部化为烟雾。三番五次之后,贴在井口上的符箓岿然不动,灵光饱满,不断翻涌的井水这才死心,它们不断汇聚在一起,最终变成了一头依稀可见四肢的人形阴物,身高一丈,身上井水滚动不停,让人认不出容貌。

飞剑十五自然而然将其视为挑衅,在那井水阴物的额头一穿而过,骤然悬停,又从后背心口掠回,以此反复,乐此不疲。

兴许是根本没有想到这把飞剑的剑意如此充沛,刚刚化作人形的井水,哗啦啦散去,重新变作一层漫延四方的水面,开始翻涌远遁。

十五不管这些把戏,剑尖只是一次次戳在水中。

小巷那边,原本希望井水"上身"的男性阴物,流露出一丝胆怯,非但没有跟陈平安交手的念头,反而掠向巷弄尽头的那堵墙壁。

陈平安一个蹬踏,抢先来到断头路的墙壁之前,一掌拍在墙上,又是一张镇妖符。

墙壁顿时现出原形,骸骨累累,其中夹杂着许多年幼孩童的骨架,甚至还有一些像是被人剖腹而出的婴儿,惨绝人寰。

当这堵墙出现后,那些蹲坐在墙根的抱头孩子,立即呜呜咽咽。这一幕,看得陈平安心中大恨。

那男子刚要升空离开巷弄,就被怒极的陈平安转身伸手,一把抓住那张没有五官的脸面。陈平安五指如钩,法袍金醴的袖口飘摇,散发出一阵阵如同享受千年香火的神龛光彩。那头阴物发出来自神魂深处的祈求哀鸣,陈平安右手抓住阴物,左手一拳打穿阴物心脏,整条胳膊金光暴涨,既有自身拳罡,也有金醴的灵气。陈平安搅动左手手臂,硬生生在阴物心口处捅出一个大窟窿。

陈平安犹不罢休,还要试图将阴物所有魂魄扯碎,他故意控制力道,一丝一缕,抽丝剥茧,好似剥皮抽筋的刑罚,将魂魄一点一滴扯入法袍金醴的袖口,要这头阴物受那千刀万剐之痛。

陆台站起身,轻声提醒道:"陈平安,可以了。"

陈平安深吸一口气,右手松开五指,左手从阴物心口拔出,一拳打碎阴物,猛挥衣袖,将魂魄全部收入法袍袖中,最后抖了抖袖口,细细碎碎的烟灰,簌簌而落。

陈平安看了眼前方,那些蹲坐在墙根的孩子阴物,没有逃跑,只是瑟瑟发抖,双手死死抱住膝盖,束手待毙。它们咿咿呀呀,带着哭腔,不知道在哭诉着什么,好似正遭受着巨大的痛苦和煎熬。

陈平安转头看了眼那张贴在尸骸墙壁上的符箓,赶紧扯了下来。收起镇妖符后,他一步跨出七八丈,蹲下身,来到一个抱头蹲坐的孩子阴物旁边。陈平安伸出一只手掌,哪怕他已经竭力收敛拳意和金醴灵气,尽量让法袍变得与寻常衣衫无异,可是那孩子还是颤抖得越发厉害。

陈平安赶紧卷起两只袖口,几乎快要卷到了肩头,轻轻拍了拍那孩子的脑袋。

陈平安说不出话。

世间万般苦难,哪怕是在劫难逃的前世因果报应,可总该等到孩子稍稍长大,略微懂事之后吧?

陈平安觉得这样不对,这样不好。因为他最能感同身受。

陈平安收回手,抬起手背,抹了抹眼眶,转头望向陆台,问道:"有法子吗?"

陆台缓缓走来,没有了先前的那种云淡风轻,点头道:"你不是会阳气挑灯符吗?只要反画此符,就是阴气指引符,然后我再画一张冥府摆渡符,就能够超度这些小家伙。你画的那张符,是为了说服这些灵智未开的阴物,要它们凭借本能起身行走;我那张,是为它们打开一扇门,要它们前行有路不断头。"

陈平安在心中轻声呼唤了一声飞剑十五。它从巷口那边迅速掠回。

陈平安从方寸物中取出一张黄色符纸和那支小雪锥,盘腿而坐,一手持笔,一手掌托符纸,在陆台的指点下,开始第一次尝试着反画阳气挑灯符,因为心境不稳,最终失败。陆台也没有说什么,陈平安深吸一口气,再次取出符纸,竟然还是功亏一篑,这对于练拳以后的陈平安而言,是极其罕见的事情。

陈平安自己都有些茫然。陆台叹息一声。陈平安心境上的一块碎片,在摇晃。

陆台干脆拿出那把竹扇,轻轻扇动起来,看也不看陈平安,微笑道:"不要人人事事都设身处地,要学会置身事外。"

"不用着急画符,这么多年的苦头都吃了,那些小家伙应该不介意多等这么一会儿。"

陆台扇动清风,帮着这条散尽阴风的巷弄,重新遮掩那些从头顶黑云中渗透落下的无形阳气,缓缓道:"等到解决掉这边的事情,我会直接去竹楼找到那个堡主夫人。陈平安,你不用跟我一起,因为我需要你帮我打散那些黑云,以及潜藏在暗处的一些阴物,这些阴物的道行可能不会太低。我这边你不用担心。"

陈平安"嗯"了一声。

陆台仰头望向天空:"大致可以确定真相了,飞鹰堡这几十年的阴盛阳衰,是幕后有人故意为之,为的就是让那位天生极阴之身的堡主夫人,孕育出一头百年难遇的鬼婴。鬼婴从女子心窍之中诞生,需要耗费数年时光,以女子气血和元气为食,即俗语所谓"心怀鬼胎"。那位堡主夫人不是修行中人,所以元气不够,这才有了飞鹰堡的诸多古怪,为的就是维持她的性命。鬼婴破心而出,就是妇人死绝的时候,而且造孽太深,妇人死后魂魄多半是不得安宁了。活着的时候，生不如死；死了的时候，死不如生，真是凄惨。"

陈平安眉头紧皱。

陆台缓缓道："根据我家藏书楼上的几本道家典籍记载，这种肮脏东西一生出来，就拥有六境修为，颇为难缠，聚散不定，除非一击必杀，否则很难消灭。它嗜好吞食活人的内脏，如果没有人约束，无须百年，只要给它祸害个几座城池，吃掉十几万人，就可以顺顺利利跻身元婴境。鬼婴本就极难捕杀，而一位地仙鬼婴，恐怕没有三位地仙联手追杀，根本不用奢望将其铲除。一个元婴境修士独自捕杀，沦为它的饵料还差不多。"

陆台冷笑道："这等手笔，在中土神洲算不得什么，可搁在这桐叶洲，算是很大了。"然后陆台不再多说什么，手摇竹扇，清风拂面。

陈平安沉默片刻，轻声道："可以继续画符了。"

陆台瞥了眼身边的陈平安，笑了笑。

这一次总算成了！陈平安抹了抹额头汗水，就要将那张阴气指引符收起来，陆台一脸茫然，道："这是做什么？"

陈平安答道："符纸材质不高，只是拿来练笔的……"

陆台一把夺过那张符箓，没好气道："傻了吧唧的，一群小不点，这张符箓已经绰绰有余，再好一些，说不定引来它们的贪恋，继续选择在阴阳缝隙之间，做这种孤魂野鬼，反而是坏事。"

陈平安点点头，先将那支小雪锥递给陆台，在取出符纸之前，问道："你那张冥府摆渡符，毕竟要破开阴阳界线，跟我这张简单的指引符很不一样，所以是不是材质越好越灵验？"

陆台欲言又止，没有开口说话。陈平安便已经知道了答案，直接取出一张金色的符纸。

陆台没有去接，问道："值得吗？"

陈平安点点头。

陆台摇头道："我觉得不值得。"

陈平安转头看了眼墙根的孩子，转头对陆台咧嘴一笑，眼神坚定："你只管用这张符纸，但是千万别画错了。"

陆台叹息一声，先闭眼片刻，郑重其事地屏气凝神，这才睁开眼，握紧小雪锥，在金色符纸上画那摆渡符。这是中土神洲阴阳家陆氏的独门符箓，图案为一片孤舟，舟上有老翁撑篙，两边各有一串古篆文字。

陈平安相信陆台的画符，转头望向那些孩子。

曾经有个人在杨家铺子，听到过"不值得"三个字。陈平安看着那些孩子，就像是看着数十个自己在等待一个答案。

片刻之后,陆台笑道:"大功告成!"

陆台交还那支小雪锥,之后两人起身,陈平安捡起那张阴气指引符,浇灌入一缕纯粹真气后,符箓灵光流溢,光线轻柔,与阳气挑灯符是截然不同的光景。果不其然,墙根下的那些孩童便懵懵懂懂抬起头,痴痴望向陈平安手中的符箓,充满了眷念和欢喜。

陆台将金色符纸的冥府摆渡符,往巷弄尽头的那堵尸骸墙壁上一丢,符箓贴在墙上,符箓四周边框各自出现一条金线,符纸中央地带则开始消散,金线不断往外扩张,最终出现了一道金色的门框。

陆台让手持指引符的陈平安走向那道大门,脚步要缓。阴物孩童们纷纷站起身,跟着在前方指引方向的陈平安,一起走向巷弄尽头。陆台坐在院门口台阶上,单手托起腮帮,望向陈平安的背影。

陈平安按照陆台的吩咐,轻轻将阴气指引符放在大门内,符箓在地面上方悬停不动。数十个阴物孩童先后走入其中,有人蹦蹦跳跳,有人摇摇晃晃,还有大一些的孩子牵着小一些的孩子。它们陆陆续续走入大门之后,突然所有脑袋都挤在门槛后边,对着那个站在门外的白袍少年笑了起来。

它们虽是阴物,这一刻的笑脸,却是那般天真灿烂。

陆台看不到陈平安的神色表情。身穿男子青衫的她,其实本名"陆抬",高高抬起的抬。她取这名字,好似与那老祖宗陆沉赌气作对。

她只看到陈平安在跟那些孩子挥手作别。

飞鹰堡主楼内有数十位桓氏的顶梁柱,人人脸色铁青,心如死灰。

堡主桓阳如何都想不到,让世交重金聘请来的那位太平山仙师,竟然才是真正的罪魁祸首。

大堂四周角落,搁着四只火盆,里头的松柏枝条早已燃烧殆尽。之前那位仙师说这栋主楼是那些邪祟妖魔觊觎已久的关键地点,所以必须在此召集众人,然后他再以庭燎之法,辅以太平山独门符箓,布阵祛秽,那么居心叵测的邪魔外道,就没了可乘之机。还说只有主楼安全后,他才会独自出门,斩妖除魔,替天行道。

飞鹰堡众人当然没有异议。外边黑云压顶,让人胸闷作呕,明显是遇上了货真价实的妖魔作祟,他们飞鹰堡一帮江湖莽夫,为了家族存亡去对敌提刀,哪怕是迎上沉香国的那几尊魔道枭雄,也义无反顾,死则死矣。

可要他们去跟阴物鬼魅交手,实在是想一想都头皮发麻,心惊胆战,一身阳气便又弱了几分。

桓阳先前并非全然信任这位太平山仙师。哪怕此人仙风道骨,好似不世出的谪仙,并且是世交好友的牵线搭桥,桓阳依然不敢掉以轻心,这是江湖豪门必须要有的心性。故而那人在大街小巷牵马晃荡的时候,桓阳专门让老管事何崖以带路的名义,贴身跟随了一程。那时候此人点燃松柏,清香扑鼻,的的确确透着股浩然正气。何崖机缘巧合,粗通道法,虽然算不得行家,可早年跟随桓老爷子走南闯北,也算一位见多识广的老江湖。他确定那位仙师的手段,是正大光明的仙家路数,本就走投无路的飞鹰堡,这才彻底吃下一颗定心丸。

在半个时辰前,那位白衣仙师,一手捧拂尘,一手卷袖提笔,在大堂楠木大柱之上书写一幅幅丹书符箓,行云流水,赏心悦目。担任飞鹰堡教书先生的何崖,甚至还一直陪伴左右,主动为仙师拿着那盒鲜艳欲滴的朱砂。

当下老夫子何崖瘫坐在一张椅子上,瞋目欲裂,眼眶布满血丝,死死盯着那位站在桓阳和夫人之间的白衣男子,恨不得饮其血食其肉。他这般年纪的老人,早已看淡世事,又无子嗣,每多活一天就是老天爷法外开恩了,死有何惧?可是何崖无法想象自己死后,有何颜面去面对那些桓氏的列祖列宗。

大堂内有资格落座的,多是飞鹰堡桓姓老人,他们上了岁数,加上当年那场小巷厮杀,大多受了积重难返的伤势,气血衰竭,吸入了那些火盆庭燎而生的松柏烟雾后,一个个脸色乌青,四肢抽搐,恐怕不用白衣男子如何动手,就会自己断气身亡。而没有座位的年轻子弟,原本站在各房长辈身后,他们中大多数人武艺不高,瘫倒在地上,修为好一些的苗子,还能盘腿而坐,打坐运气,尽量让自己保持清醒。

身材高大的白衣男子还是手挽那柄雪白拂尘,只是一只手轻轻按住堡主桓阳的肩头,笑道:"桓堡主无须自责,觉得自己是引狼入室,我如此算计飞鹰堡,不过是想着省些气力,真要厮杀起来,你们这帮武林好汉,还是难逃一死。数十年潜心经营,有心算无心,还是山上算山下,你们不死谁死?"

桓阳身旁的那位夫人,她身躯颤抖,大堂之上,唯独她的脸色并无异样,应该并未受到庭燎烟雾的毒害,但是她早已吓得失魂落魄,毕竟她只是飞鹰堡土生土长的女子,又喜静不喜动,除了偶尔的踏春秋游,这辈子都没有走出过飞鹰堡百里之外,哪里经得起这种风波?

高大男子从桓阳肩头抬起手,拧了拧妇人的脸颊,动作轻柔,充满了爱怜。却不是那种男子觊觎美色的淫邪眼神,而是像一位匠人,在看待一件生平最得意的作品。

他恋恋不舍地收回手,笑道:"幸好那场莫名其妙的交手,没有殃及咱们飞鹰堡,一旦给有心人窥破这桩谋划,那我们可就真要血本无归了。其实按照之前的计划,你们还能再享受半年的太平岁月,但是我家师尊实在是怕那帮打生打死的同道修士,万一再惹来扶乩宗的注意,如何是好?所以我一接到密信,就立即赶来了。"

大堂之上,没有人能够开口言语,所以这位仙师觉得有些无趣,无人捧场,多少有点美中不足。

高大男子望向在座众人，讥讽道："你们是不是心存侥幸，觉得那老道士和小道士能够救你们？劝你们死了这条心，一个五境散修，我一巴掌拍不死他，都算他运气好了。之所以留着他不动，无非是师徒二人的那点气血灵气，还有些锦上添花的用处。"他有些后悔，早知道如此，在那些松柏树枝里就不该放那么多秘药，一屋子的哑巴，连句谩骂都没有，更别提磕头求饶了，真是太没意思。

趁着师尊尚未出手，加上大局已定，他便想要找点乐子。他环顾四周，最终眼神停留在一位运气抵御药物的妇人身上。事先还真看不出来，这么个娇柔女子，还是位深藏不露的四境武夫，女子有此武道修为，殊为不易。

他缓缓前行，蹲下身，捏住她的下巴，妇人面色坚毅，眼神锐利。他微微一笑，从袖中拿出一只光可鉴人的精致瓷瓶，转过头，瞥见一位容貌酷似妇人的孱弱少年。少年早已倒地不起，四肢抽搐，翻了白眼，口吐白沫，命不久矣。

男人眼前一亮，有点意思，竟然有些修道的资质，丢到三流门派，说不定还是个备受器重的嫡传弟子。既然闲来无事，那就顺水推舟帮他一把，这小子能否活下来成为自家师门的外门弟子，就看他的造化了。只不过在这之前，少年无论生死，都有一桩艳福要好好消受，至于大堂其他人，则要大饱眼福了。

这名伪装成太平山修士的男子，伸出手指抵住少年眉心，然后随手一提，带出一缕腥臭的碧绿烟雾。烟雾凝聚为一粒圆球，男子轻轻弹指，那团烟雾便消散于大堂之中。

清秀少年立即清醒过来，刚要说些什么，就被男子往嘴中拍入一粒朱红色丹药。他将少年丢入大堂中间，再一挥拂尘，打散妇人体内那口艰难抵御松柏毒雾的纯粹真气，再将她腾空挪到少年身旁。

男子笑眯眯道："诸位，好好欣赏。"

少年面色潮红，身体蜷缩颤抖，当他看到妇人，眼神逐渐炙热起来，缓缓爬向她。

男子啧啧道："我们这些个邪门外道，比不得那些稳稳当当、步步登天的宗门大派，一些个观想之法，与世俗礼仪相悖，不但只能剑走偏锋，最可恨的是最终成就有限，连摸着金丹境的门槛，都是奢望。"

说到这里，男子有些愤恨难平，随即一笑，对那个少年微笑道："不过也别瞧不起观海、龙门两境。小家伙，你吃了我的那颗妙用无穷的南柯丹，现在心神松懈，有一种难得的羽化感受，但是心中的七情六欲，某一种会被无限放大，这亦是我们师门的不传之秘。我打赏给你的那颗，最是昂贵，你可别浪费了。只要从头到尾维持住一丝清明，其间只管纵欲享受，熬到最后，活了下来，我就收你为弟子，你前期的修行之路，必然一路坦途，跻身中五境都有一定可能。"

妇人惊慌失措，可是身体无法动弹，流露出一丝绝望和恐惧。

男子蛊惑那个少年道:"放心,大堂所有人都会死,所以你不用有任何顾忌,天道无情,修行哪来的善恶……"

高大男子心中一震,猛然抬起头,握紧拂尘,如临大敌。只见横梁之上,有人懒洋洋打着哈欠,他低头望向那个邪道修士,从袖中拿出那把竹扇,微微扇动起来:"你够无聊的,这么喜欢自说自话?"正是陆台。

男子眯起眼:"这位朋友,你跟背剑的少年,此次是路过看戏呢,还是要坏人好事?或者说,当初在飞鹰堡外边的大山之中,你们两位正是局中人?"

陆台瞥了眼地上那个色欲熏心的少年,发出一连串的啧啧啧,满脸嫌弃道:"你是不是觉得一切归咎于那颗害人的丹药?我不妨实话告诉你,你此刻情欲,最少有三四成,是由你自己心中生发而出。你啊,难怪会被这个家伙一眼相中,因为本来就不是个好东西。"

那一只手几乎就要触及妇人膝盖的少年,内心与身躯都开始挣扎起来。他的七窍渗出黑色血丝,满脸血污,满地打滚。

高大男子无动于衷,只是有些可惜那颗丹药,被那位"梁上君子"一语道破天机后,少年的脆弱道心,也就崩碎了。本来少年如果没有旁人帮他戳破那层窗纸,能够一条路走到黑,其实也算一条出路,还真有可能成为男子的入室弟子,从此踏上修行之路。

陆台神色淡漠,双指并拢,由上往下轻轻一划,名为针尖的本命飞剑,破空而出,直直斩向痛苦不已的少年。那名妇人喷出一口鲜血,对陆台高声喊道:"不要!"距离少年脖颈只差一寸的飞剑针尖,骤然停下。

陆台望向满脸泪水的妇人,道:"他死了会更轻松一些,今天活着从这里走出去的话,要么他一狠心害死你,然后再次堕入魔道;要么他在接下来的岁月里,被别人的言语活活憋死。"

妇人只顾摇头,重复呢喃:"求仙师不要杀他,求你不要杀他……"

男子手持拂尘,笑问道:"我很好奇,你是怎么悄无声息地闯入此阵?"

陆台一手持扇,一手撑在横梁上,笑道:"论及阵法,天底下比我家祖传更厉害的,好像还没有。你说气不气人?"

男子哈哈大笑,笑声戛然而止,瞬间身形开始辗转腾挪,手中那柄刻有"去忧"二字的雪白拂尘,在空中发出阵阵呼啸的风雷声。他每一次挥动拂尘,就会有一根由某种山泽灵兽尾须制成的丝线,脱离拂尘,激射向头顶横梁的陆台。拂尘丝线在半空中变作一条条粗如手臂的白蛇,生有一对羽翼,通体散发寒气,去势快若闪电。

对于那几十条白蛇,陆台根本不予理会,啪一声合上竹扇,将竹扇当作毛笔,在横梁上画符。在竹扇顶端的"笔尖"之下,不断有古朴的银色文字和图案流泻而出,然后那些宛如活物的字符,开始沿着横梁、大柱、地面四处流动,浸入原本存在的那些丹书符箓之中，一一覆盖——喧宾夺主。而离开拂尘的白蛇，只要接近陆台身边两丈，就会自行化作齑粉。

那男子根本就看不出这是什么道法秘术，这才是最可怕的地方。但是比这还可怕的事情出现了，那个长得比女人还有姿色的青衫公子，自己泄露天机，微笑道："我方才在四周布置了一座小阵，能够禁绝一切外人术法，自己居中当圣人，是不是一听就很厉害？"

男子心中激荡不已，犹豫了一下，还是停下手中拂尘，重重搭在手臂上："这位仙师，不但家学源远流长，而且一身本事神通广大，我拜服！只要仙师高抬贵手，我与师尊愿意拿出足够的诚意，比如这飞鹰堡一切秘藏，赠予两位仙师。我还可以做主，私下拿出一笔报酬，回头再去跟师尊讨要一件上等灵器。仙师意下如何？"

陆台答非所问："你家师尊是金丹境界？"

男子微笑点头："为表诚意，我愿意报上师尊法号，他正是当初斩杀两位太平山龙门境修士的——"

陆台赶紧摆手道："打住打住，你这人的用心太险恶了！"

男子一脸无辜："仙师为何有此说？"

陆台叹了口气："一个桐叶洲的小小金丹野修，被你这个观海境搬出来狐假虎威，吓不死我，但是能笑死我啊，你差点就得逞了。"然后陆台开始捧腹大笑。当然，幕后主使是不是真有金丹修为，还两说。

男子脸色阴沉。他娘的碰到个脑子有坑的。关键是这个不男不女的家伙，道行还贼深，深不见底的那种。

陆台收敛笑意，擦了擦眼角，看来是真的挺欢乐："除了你们师徒在饲养那头鬼婴之外，还有高人盟友吗？"

男子心中震撼不已，苦笑道："山下人觉得此地离那扶乩宗有千里之遥，很远，在你我眼中，这可不算远。你觉得只凭两人，就敢布下这么大一个局？就能掌控这桩谋划？"

陆台"哦"了一声："看来你们师徒是想要吃独食了。"

男子脸色故作镇定，心中早就骂娘不已。

陆台打趣道："是不是很尴尬，我想要的报酬，你们根本给不起，可是跟我们两个外乡人打生打死，又有可能坏了数十年的苦心经营？"

被说破心事，男子脸上杀气腾腾："你真要铁了心插手到底，就不怕玉石俱焚？！"

男子怒气填胸："确实如你所说，我与师尊无法给你俩足够丰厚的好处，可是话说回来，你们横插一脚，又有什么裨益？鬼婴是我师尊以独门秘法养育而成，天底下独一份，何况鬼婴早已认主，退一万步说，给你侥幸夺了去，你养得活吗？！"

陆台翻转竹扇，以尾端轻轻敲击横梁，十分闲适惬意："还不许我做点正气凛然的善举啊?"

男子几乎气炸,嘴唇颤抖,若非心怀鬼胎的妇人在场,稍有损伤,就会影响鬼婴诞生后的成长,坏了师尊将来的百年大计,他还真想拼尽全力,跟这个家伙来一场死斗。

陆台火上浇油道:"现在是不是不会觉得无聊了?怎么谢我?"

这次轮到那男子变得脸色铁青,不比那些中了阴毒秘术的飞鹰堡人士好多少。

陆台突然没了闲聊的兴致,收起竹扇,从袖中倒出一粒粒雪白丹丸在手心,然后纷纷丢入那些燃烧松柏的火盆当中。拂尘男子不是不想阻拦,可是那柄夸张的巨大飞剑再次出现,一次次从天而降,没入地面后,又从空中浮现,他躲闪得吃力。

之后真正的杀机一闪而逝。拂尘男子差点中招,怒喝一声,拂尘只留下"无忧"长柄,那些雪白丝线全部脱落,化作无数条生有羽翼的白蛇,快速飞旋,嗡嗡作响,密密麻麻地将他护在中间。男子摸了摸脸颊,被割出一条深可见骨的血槽,如果不是扭头够快,恐怕就要被一剑刺透头颅。

两把本命飞剑!还精通阵法!并且大言不惭,自称家学阵法,天下无双!

陆台嗤笑一声:"自投罗网,可怪不着别人。"

大柱之上,那些银色符文熠熠生辉,然后相互牵引,将一座大厅编织成网。这张渔网的线,正是那些悬空的文字和图案。在渔网之中,除了不小心画地为牢的男子,还有陆台的针尖和麦芒两把本命飞剑。

陆台从横梁上飘然而落,不再理会那座牢笼,走向那名面无血色的堡主夫人,妇人双眼无神,大汗淋漓,座椅上还散发出一股淡腥味。

他经过大堂中央的女子身边时,这位偷偷摸摸跻身四境武夫的妇人,已经手脚自如,将神色枯槁、满脸呆滞的少年抱在怀中。

先前陆台将那把丹丸丢入火盆之后,扬起一阵阵雪白粉尘,粉尘消散四方,被飞鹰堡桓家老少吸入后,渐渐恢复了红润脸色,每个人虽然身体无恙,但是神魂损耗颇大,折损阳寿,在所难免。

妇人突然转头,对着陆台的背影厉色质问道:"你为什么要说那些话,你也是罪魁祸首!"

陆台转过头,看了她一眼,微笑问道:"要不然我现在就做掉你们两个,一了百了,无忧无愁?"

妇人抱着少年,赶紧低下头,不敢再看陆台。

陆台走到堡主夫人身前,双手负后,弯腰看着她:"你的性命本元已经所剩无几,怎么都是一个死,现在就看你是选择死得其所,还是被人为民除害了。"

在陆台眼中,妇人那张看似秀美的脸庞,早已支离破碎,沟壑纵横,渗透出丝丝缕缕的黑色死气,一双凡夫俗子眼中十分灵动水润的秋水眼眸,更是漆黑一片。

这位养尊处优的妇人茫然无知，没有反应。

陆台笑道："别装了。我知道你回神还魂了，趁着你现在回光返照，还有精神气自己做出选择，我会尊重你的意愿，再过半炷香，你就会身不由己，到时候我可就不跟你客气了。"

桓阳正要起身说话，被陆台一挥袖，瞬间封禁了五感，如一具乖巧傀儡，端坐原地，只是眼中充满了痛苦和哀求。

妇人缓缓抬起头，喃喃道："可以不死吗？"

陆台叹了口气，一时竟是无言以对。沉默良久，陆台转身面向大门那边，斜靠着妇人所坐的椅子，柔声道："那就多活一会儿。"

飞鹰堡主楼之外。

邋遢老人眼睁睁看着那些吃糯米、饮清泉的雄鸡，一只只毙命。

今天桓常、桓淑凑巧跟在了道士黄尚和陶斜阳身边。兄妹二人不愿躲在主楼那个"安乐窝"，不愿躲在那位"太平山仙师"的羽翼下，既然老人还在外边行走，他们兄妹就想着争取助老人一臂之力。

老人抬头看了眼不断下压的黑色云海，一咬牙，只得祭出压箱底的手段，拿出两只大白碗，一手端一只，转身对兄妹说道："我要借取你们二三两鲜血，才能请得动你桓氏祠堂大门口的那两尊石狮子，这是你们爷爷当年跟高人求来的镇宅之物，飞鹰堡真正的撒手锏。"

老人举起双手，沉声道："赶紧，然后我们速速赶往祠堂！拖不得了！"

桓常、桓淑对视一眼，然后毫不犹豫地抽刀割破手心，让鲜血流入老道人的掌心白碗之中。

老人手腕一翻，两只白碗凭空消失："一路上可能会有鬼魅阴物阻拦，我未必顾得上你们，你们四人好自为之，甚至还要帮我清扫道路，死了都没人帮你们收尸，所以去与不去，你们现在就想好。"

兄妹二人，好友二人，同时点头。

老人轻喝一声："走！"

果真如老道人所料，隐匿在飞鹰堡各处的阴物，好似洞悉老道人的企图，终于不再藏掖，纷纷涌出。

一位白袍少年突兀出现在一座屋顶，站在一处翘檐之巅，正在举目远眺，所看方向，正是跃上屋脊、飞奔向祠堂的老道一行人。

陈平安双手指尖各捻一张符箓，轻轻松开，默念道："初一，十五！"

两抹剑光带着两张符箓，风驰电掣，去往桓家祠堂那边，分别将宝塔镇妖符瞬间钉在两根柱子之上,柱子上顿时炸出两团璀璨金光。之后两抹流光返回陈平安身边,又是两张黄纸符箓,被带往老道人前方不远处的两处屋顶。最后一趟往返,初一和十五,又捎去两张帮助邋遢老人开路的镇妖符。

陈平安用完所有镇妖符,便不再关心祠堂那边的动静。

行走江湖,降妖除魔,生死皆须自负。作恶是如此,行善亦是如此。

头顶黑云即将压城,仿佛天幕低垂,让人觉得触手可及,市井坊间的几句高声言语,就可以惊动那天上仙人。

陈平安仰头望去,飞鹰堡的江湖人看不到黑云上边的景象,他看得到。

一名不知深浅的高冠老人,盘腿坐于一块红色蒲团上,口中正在念念有词,驾驭这块刚好覆盖飞鹰堡地界的黑色云海,一点点坠落人间。时机已至,老人要血洗飞鹰堡,汲取所有血肉精华,喂养那头即将破心而出的初生鬼婴。

陈平安在一个个屋顶蜻蜓点水,一闪而逝,速度极快,他身穿一袭白袍,其身形有如一条雪白长虹。

他最终落在飞鹰堡的校武场上。校武场中,除了陈平安,空无一人。陈平安轻轻跺了跺脚,深吸一口气,双膝微蹲,缓缓摆出一个气势磅礴的古意拳架——云蒸大泽式。

陈平安身上那件被施展障眼法的法袍金醴,此刻也露出真容——金色长袍,蛟龙游走。

陈平安闭上眼睛,体内那一口纯粹真气,以十八停剑气的运转法门疾速流淌,如大江之水奔流入海。陈平安猛然睁开眼睛,一抬脚,重重一跺脚。不但整座校武场轰然震动,木架上无数兵器跌落地面,周边临近的几条街道,几乎同时尘土飞扬。

一拳率先向天递出,之后便是拳拳递出。

这是云蒸大泽式的拳架,可是拳意,却是神人擂鼓式!竹楼那位崔姓老人,可从来没有教过陈平安这种拳法。

陈平安一次次出拳,一次次跺脚借力。大地震动,轰隆隆作响,简直如同地牛翻身。

老人曾言,云蒸大泽式第一次现世,就打得天上雨幕倒退百丈,不敢染指人间。

陈平安没想太多,他只想要此时此刻的滚滚云海,如同当年老人头顶的那重重雨幕,在我拳法之前,都滚回天上!

不知不觉,身前无人。

云上老者头顶所戴的五岳冠,绘有五岳真形图,流光溢彩,隐约传出松涛、鹤鸣、泉水流淌山涧的声响。

老者驾驭云海下坠,如手握千军万马,压制一个弹丸之地,自然胸有成竹。老人眯眼望向飞鹰堡的校武场,哑然失笑,黄口小儿,也敢蚍蜉撼大树,真是不知死活。为了孕育藏于堡主夫人心口的鬼婴,他们师徒二人谋划了将近四十年,志在必得,其中艰辛困苦和一掷千金,与那玄之又玄的机缘巧合,不足为外人道也。

这座隐于山林的飞鹰堡,其建造初衷,恐怕早已跟随第一任堡主埋入黄土,而老者却是知晓。当初有两位地仙分属桐叶洲中部地带最大的两座仙家豪阀扶乩宗和太平山起了冲突,大打出手。扶乩宗那位金丹修士,万万没有想到自己惹到的太平山修士,竟是一位深藏不露的元婴巨擘!

后者自知大限将至,破境无望,交代完后事后就离开山门开始游历四方,虽是体魄神魂皆腐朽之人,可毕竟瘦死的骆驼比马大,打得扶乩宗金丹修士差点当场丧命。后者一路逃遁,仍是被太平山元婴拦截在如今的飞鹰堡一带。太平山元婴得理不饶人,丝毫不将扶乩宗放在眼中,铁了心要将金丹修士打杀。

金丹修士眼见逃生无望,便有了玉石俱焚的决绝念头,于是使出了一门扶乩宗的禁术。当时金丹修士已是强弩之末,无法从宗门正统传承的请神降真请下那些神通广大的神灵,于是他不惜以所有性命精血,招来一头扶乩宗秘典上记载的远古魔物。魔头身高十数丈,阴煞之气凝为实质,如同披挂了一件漆黑重甲。金丹修士在请出魔物之后,就已经气绝身亡,早已中空的皮囊化作灰尘消散天地间。

那太平山元婴未必没有撤离战场的可能,可最终他还是选择与远古魔头一战到底。元婴修士法宝迭出,术法如雨点般砸向魔物,打得自己皮开肉绽,魂魄摇荡,直至金丹崩碎,出窍作战的气府阴神率先阵亡,元婴修士仍是大呼痛快,与那尊魔物来到人间的分身同归于尽。

一场惊世骇俗的大战,打得双方脚下的地界,方圆百里都阴气凝聚,不亚于一座埋骨十数万武卒的古战场。

太平山的元婴修士仍是放心不下世俗,担心此处阴气流散,会影响附近千里山河的气运,其残余魂魄便强自苟延残喘,就近找到一名入山砍柴的少年樵夫,授予他一门厌胜秘法,与一种至刚至阳的刀法。元婴修士还让那少年樵夫在此建造一座城堡,开枝散叶,借助纯粹武夫子孙后代的生人阳气压下那份阴气。而且,桓氏子嗣在此练习那门刀法,因为无形阴气如同一块最佳的磨刀石砥砺武道,桓氏子弟的武道精进往往事半功倍,这也造就了飞鹰堡后世的江湖地位。

包括桓老爷子在内,几代堡主都喜欢在武道有成之后,明面上闯荡江湖,为飞鹰堡赢得声誉,实则暗中踏遍名山大川,寻访仙人。这其中未必没有一劳永逸地解决飞鹰堡阴气过重的想法。桓老爷子当年死得蹊跷,武道天赋并不出众的嫡子桓阳匆忙接任堡主,很快就又有沉香国魔道中人联手攻打飞鹰堡,元婴神仙和樵夫祖宗的那段仙家福缘就此断了线索,许多祖辈辛苦经营的关系也没了下文,比如桓老爷子和年轻道士黄尚的师父的这份香火情,桓阳就全然不知,他反而跑去求助京城朋友。飞鹰堡所有人甚至连祠堂门口那两尊石狮子的存在都茫然不知,于是便有了这桩泼天祸事。

高冠老人在桐叶洲中部是凶名在外的魔道修士,曾经是一等一的金丹大佬,战力卓绝。老人身为野修,即便是对上乱宗、太平山的金丹修士,也毫不畏缩。可是在做出那次斩杀两名太平山龙门修士的壮举之后,他很快迎来了太平山雷霆万钧的追杀。一名太平山年轻金丹独自下山,追杀万里,打得老人倾家荡产,连仅剩的方寸物都崩碎了,最后不得不舍去半数修为和身躯,才瞒天过海,侥幸从那个好似天庭神祇的年轻修士手中逃过一劫。

心中大恨的老人便时时刻刻想着向太平山复仇,因此就有了飞鹰堡这场绵延数十年的精心谋划。跌回龙门境的老人先是亲自出手,悄悄打碎年幼时的有修行资质的堡主夫人的长生桥。其长生桥碎而不断,出现数以千百计的缝隙,唯独在心口处的“桥段”完好无损,使得她就像一只不断汲取地底阴气的瓷罐,阴气主动汇入她心口处的“泉眼”,最终在老人的秘法导引之下,孕育出了那头嗷嗷待哺的鬼婴。

一旦事成,鬼婴破心而出,再找一个远离山上视线的偏远小国随便当个国师,或是扶植几个庙堂傀儡,甚至是秘密掌控小国君主,发起一场场大战,喂饱鬼婴,百年之后,鬼婴跻身地仙,哪怕根深蒂固的太平山,不至于因为它的袭扰而灭亡,但一定会伤筋动骨,元气大伤。

山上修士的恩怨,百年光阴真不算长。至于这段恩怨之间山下凡俗夫子的死活,有人全然不在乎,例如云上老者,但是同样有人在乎,比如那位太平山的元婴修士。

不过这般悲天悯人的陆地神仙,依旧无法跻身上五境,到头来只能束手待毙,亦可见大道无情,不分人之善恶。

云上的高冠老人,在那少年武夫递出三拳后,仍是觉得少年滑稽可笑。气势再盛,若无实打实的境界作为支撑,那就是一座瞧着华美的空中楼阁而已。老人对于少年身上那件金灿灿的法袍,那是真的垂涎欲滴。这简直就是天大的意外之喜,竟有这等身怀重宝的江湖雏儿,不晓得珍惜性命。

好东西,的确是好东西,说不定就是一件名副其实的仙家法宝。难道风水轮流转,轮到自己飞黄腾达了?再不用当地底打洞的老鼠,而且会比预期更早恢复昔日荣光?

至于那金袍少年是不是仙家子弟,高冠老人哪里管得着这些,跟太平山都撕破脸皮了,债多不压身!

随着黑云下沉,飞鹰堡中人人开始头晕目眩,一些身体孱弱、阳气不盛的老幼妇孺,已经开始在家中呕吐起来。大街小巷,高屋矮院,哭声连绵不绝。许多习武的飞鹰堡青壮汉子,仰头痴痴看着那座当头压下的漆黑云海,只觉得四肢百骸都会被压成齑粉。一些个心志不坚的年轻武夫，更是毫无反抗之心，浑身颤抖，哪怕会因此断了武道前程，也要逃过今天此劫。

循着好似地震的巨大动静，有人发现校武场方向，在飞扬的尘土之中，有着金光熠熠的瑰丽场景。一道道如虹拳罡，先是手臂粗细，碗口大小，然后逐渐增大，变成井口大小。拳罡势如破竹，一次次冲向天上，好像有人在对云海出拳。

校武场上，陈平安并非站在原地朝天出拳，他每出一拳之后，就会快步转移。他施展撼山拳的六步走桩，加上剑气十八停，以及云蒸大泽式的拳架，和神人擂鼓式的拳意。

在递出第十拳后，一拳声势，已经彻底压过脚踩大地的动静。

拳罡冲天而起，裹挟着呼啸的风雷声，校武场周边的屋脊瓦片，由内向外，层层叠叠，噼里啪啦猛然碎裂。以陈平安为中心，四周墙壁裂开了一张张杂乱的蛛网。校武场的青石地面上，早已坑坑洼洼，被踩踏出十个深浅不一的坑。

起先九拳，虽然声势一次比一次浩大，可是次次只是洞穿云海而已，可陈平安的第十拳，直直撞向了高冠老人所坐的蒲团。老人心中微微悚然，已经默默将少年视为必杀之人，可他面对这气势如虹的一拳，仍是不觉得棘手，反而有了点争强好胜之心。只见老人冷笑一声，伸出一只手掌，掌中骤然绽放一大团碧绿幽光，他翻转手心，往下一覆，刚好迎向那道破开黑色云海的拳罡。

砰的一声巨响，蒲团微晃，高冠老人身下的整座云海却是剧烈一摇。来自校武场的拳罡与萦绕老人手掌的绚烂绿光，同时轰然崩碎，化成点点星光。拳罡散入附近云海，使得原本死气沉重的漆黑云海，像是研磨出一层墨汁的砚台，洒了一撮金色碎末，滋滋作响，发出灼烧声响。

老人抖了抖手腕，透过被拳罡打穿的云海窟窿，俯瞰相距不过三十丈的校武场，阴森笑道："好家伙，小小年纪，放在山底下，也算称雄一方的武道宗师了，不好好混你的江湖，非要跟老夫作对，不知天高地厚！"

言语之时，高冠老人抬起一手，双指并拢，在五岳冠附近轻轻一划，从中撷取出一抹某座远古东岳大山的真意，往窟窿处急掷而下。山岳真意离开五岳冠之初，先是拇指大小的袖珍山峰，等到下坠到老人脚边，大小已经不输那块蒲团，滑出云海窟窿之后，更是大如案几。老人猖狂大笑，快意至极："当那缩头乌龟，隐忍多年，老天爷不负苦心人，老夫终于时来运转，只要将你小子的血肉精气研磨殆尽，说不得鬼婴破开心关的现世瞬间，就能够冲击观海境了！"

校武场上，陈平安眼见着山岳从天上倾轧而来，没有半点畏惧。当初在老龙城孙氏祖宅，云海蛟龙汹涌扑下，气势比起眼前这份仙家神通，可是半点不弱，他不一样出拳了？

拳意盎然雄浑，他坚信一拳可破万法。一袭金色法袍，鼓荡飘摇，衬托得泥瓶巷少年,生平首次如此像一个山上神仙。

第十一拳,极快。

神人擂鼓式的拳意真正强大之处,就在于只要出拳之人能够承受体内那份气机流转带来的剧烈痛苦,成功递出新的一拳,就能够拳拳累加,撼山摧城,这绝非痴人说梦!

陈平安一拳打得那座大如屋舍的"山岳"倒退数丈。他二话不说,又是轰然一跺脚,一拳向上。

高冠老人脸色凝重几分,不再心存戏弄,他默念法诀,并拢双指,接连在五岳冠附近四次划下。

哪怕会耗去不少灵气,头上这顶五岳冠也会暂时失去神通,他也执意要一鼓作气宰掉这个碍手碍脚的少年。

这顶五岳冠是高冠老人唯一一件法宝,是他从秘境之中获得的。他为了独占此物,分赃之时暴起杀人,做掉了一起出生入死的兄弟。后者死时,哀求他照顾好自己的子嗣,保证他们享受俗世百年荣华。老人点头答应,只是回头就用了点小手段,将一座府邸百余口人,悄无声息地斩草除根。

当初被太平山年轻金丹追杀万里,这顶价值连城的五岳冠,依然保存完好,破损并不严重,经过他百年修缮,如今已经恢复巅峰品相。只可惜老人翻阅典籍无数,依然没有找到五岳冠上所绘五岳真形图的根本,使得至多只能发挥出法宝一半的功效,实为天大憾事。不然当初与那个太平山小王八蛋狭路相逢,到底是谁追杀谁还两说。

两座山岳上下叠加,下坠势头,快若奔雷。陈平安迅猛出手的第十三拳,只打得底下那座东岳上浮丈余高度。

很快又有一座山岳压下。

是山岳之重,占据优势,还是拳法之高,更加无敌?

老人头顶上的五岳冠已经黯淡无光,再无悠扬的鹤鸣松涛之声。陈平安气血翻涌,尚未出现衰竭迹象。陈平安并不想被这三座山岳困住,天晓得高冠老人还有什么山上秘法,借着神人擂鼓式的拳意牵引,暂时能够藕断丝连,于是就准备撤离校武场,转移战场,然后赶紧递出第十四拳。

然而早早准备好方寸符的陈平安,惊讶地发现他身处山岳压顶的阴影之中,如同置身于一座陆台所谓的"无法之地",数次大战都立下奇功的方寸符,竟是没了丝毫反应。

不得已,养剑葫芦内初一、十五两把飞剑一左一右散开,高高掠入云海。

陈平安只好继续递出新的一拳,打得山岳下坠势头微微凝滞,之后他迅猛前冲,试图离开山岳阴影笼罩之地。

高冠老人哈哈大笑:"想跑?!"他一掌向下压去,第四座山岳砸下。

四岳相叠,轰隆隆砸向陈平安头顶,"山脚"的校武场被磅礴灵气镇压,陈平安前掠身形慢了几分。

那个拳法惊人的金袍少年,总算被山岳成功镇压。

得逞之后,高冠老人微微错愕:"什么时候纯粹武夫也能使唤本命飞剑了?"

高山往往与流水相伴,老人感知到两柄飞剑的破空而至,又从五岳冠上"摘下"两条江水。江水显化之后,最终如女子腰肢般纤细,一条浑浊泛黄,一条碧绿清澈,围绕老人蒲团,滚滚而流,一次次挡下两把飞剑的凌厉攻势,水花四溅,江水的分量不断减少。高冠老人还是将更多注意力放在那座校武场上。

此刻云海相距地面已经不过二十丈,老人所坐的蒲团几乎就要触及第四座山岳之巅。视野被遮蔽,高冠老人便伸出一指,在眉心处一敲,默念一声"开",其眼帘之中,先是漆黑一片,然后如同夜幕的云雾散去,露出明月真容,天地清晰,高冠老人的视线成功透过四座叠加大山,看到了那个金袍少年的身影。

好家伙,跟条泥鳅似的,还想溜走!

那少年先是低头弯腰,以肩膀力扛山岳,向前奔走,随着四座大山的下沉,少年干脆猫腰前冲,以后背顶住山岳。他身上那件金色法袍,发挥出令老人感到惊艳的效果,硬生生帮助少年赢得千钧一发的宝贵时间,使得少年能够在山岳距离校武场地面只有四尺之际,一个翻滚,堪堪躲过了被大山碾压成肉泥的下场。

高冠老人心中冷笑不已,道高一尺魔高一丈,就等你小子误以为逃出生天的这一刻了。

一直蓄势待发的第五座山岳,正是地位最为尊崇的中岳,依稀可见山势险峻的真身。

少年能够抵挡住四座大山,已经出乎高冠老人的意料,他本以为三山叠加,就能够压死这个小家伙。

那种仿佛威势递增就没有一个止境的拳法,委实古怪!这本拳法秘籍,未必比那件金色法袍逊色。

老人轻喝一声:"去!"中岳刚好砸向在地上翻滚的陈平安。

与此同时,先前四座山岳开始陆续飞散,围绕中岳,纷纷向下"落地生根",有山岳碾压校武场的房屋,有山岳压垮高墙,有山岳落在校武场之外的街道上,还有山岳砸在校武场隔壁的一个私人庭院。

一旦四方山岳屹立地面,加上中岳居中坐镇,就会形成一座天然大阵。

云海上方的两把飞剑,似乎与身陷死地的少年心意相通,越发拼了命攻击那两条江水真意。

高冠老人爽朗大笑:"怕了你们两个小东西了,好好好,老夫与你们玩一玩捉迷藏便是。回头你们主人一死,看你俩怎么办。"

老人双手左右一探,抓起两股黑色云雾,然后双手重重一拍掌,云遮雾绕,老人身形消失不见。

被五岳围困的陈平安,已是生死一线。初一、十五虽然剑气凛然,可是面对一个躲藏起来的高冠老人亦是无可奈何,只能尽量消减黑色云海。

陈平安祭出了那条以老蛟两根长须制成的缚妖索。金光灿灿的缚妖索蓦然变大,如一条金色蛟龙盘踞在那座中岳之上,硬生生将其拔高数丈,使其不至于一压而下,与大地接壤,五岳大阵暂时没有成形。可是即便缚妖索不断收缩,中岳上不断有碎石崩裂而落,可这座中岳始终在缓缓下沉。

而飞鹰堡上空的云海,离地不过十丈。若是站在主楼的那座观景露台眺望四方,则宛如置身于高出大地千百丈的大山之巅,波澜壮阔,风起云涌,惊涛拍岸。

飞鹰堡主楼内,画地为牢的拂尘男子,被那一大一小两把本命飞剑,追逐得疲于奔命。

那些飞鹰堡桓氏成员,真正亲眼领教了山上神仙的炫目手段。人人庆幸之余,亦有人难免心生绝望,我辈江湖武夫,面对这些神通广大的山上仙师,实在不值一提。

陆台没有静观其变,并未由着针尖、麦芒两柄品相极高的飞剑,慢慢耗死那个高大男子,而是从那条彩带之中,取出了从四处搜刮而来的法宝器物。这些法宝器物借着飞剑劈斩而出的牢笼缝隙一穿而入,阴险袭击高大男子,使其苦不堪言。

高大男子先是百般求饶,苦劝陆台万事好商量,只要陆台收手,他愿意交出一切家当,并且任由陆台在他的神魂上动手脚。眼见着陆台无动于衷,手中只余下一支拂尘铁柄的男子,便开始厉色,扬言要与陆台的两把本命飞剑来一个玉石俱焚,威胁着一定要陆台神魂受损,此生修为再难精进。

陆台斜靠在堡主夫人所坐的椅子旁边,手摇折扇,根本不理睬捉襟见肘的高大男子。厅堂大门已经被他强行打开,外边的景象一览无余。

天昏地暗。

想必飞鹰堡数百人,这辈子都不会忘记今天的场景,那种无力感,深深刻在了骨头上。这种影响,注定极其深远,只要这些人能够活下来,那么今日神仙打架凡人遭殃之事,就会代代相传下去。

一座浩然天下的九大洲,如果都是这般百无禁忌,早就乱得不能再乱了,所以才有了儒家三大学宫和七十二书院的出现。

学宫书院的存在,就是为了防止山上神仙,动辄一拳打烂山峰江河,一件法宝随意砸烂人间城池。

毕竟山上人，终究来自人间。人间都没了，还有什么山上？

有些练气士，求的是长生大道的自在逍遥，我既然已经站在山上，还管你人间是死是活。

有些修士，要么清心寡欲，不问世事；要么恪守规矩，愿意为了人间的太平，让自己活得没那么痛快，不去追求绝对的自由。

世间百态，各有所求；是非对错，一团糨糊。

这世上有太多人，道理只是说给别人听的，而不是用来约束自己的本心，山上山下皆如此。

陆台是一个陆氏阴阳家子弟，对于人之本性，理解更深。

陆台无论是家族身份，还是自身，都很特殊。他的存在，在中土神洲的陆氏，有些禁制意味。对于那些沉默寡言、暮气沉沉的陆氏老祖而言，这个晚辈，太让人感到"别扭"了，同时又让人倍感惊艳，他仿佛契道而生，这在历史上几乎没有先例，所以对于陆台的态度，庞大的陆氏一直很是含糊不清。

圣贤有言：大人虎变，小人革面，君子豹变。陆台的那副身躯皮囊，本身就像是一件法宝，甚至比起陈平安的那个"学生"——崔东山早年谋夺的那副遗蜕，更加妙不可言。

陆台关注着楼外的云海，在寻找最佳的出手时机。主楼大堂此处景象，早已被陆台遮蔽起来，高大男子想要传递信息出去，难如登天。

那个堡主夫人轻声道："仙师，我想好了。"

陆台有些疑惑，低头望去："怎么说？"

妇人面容凄然却眼神坚毅，她伸手捂住心口，道："他能活下来吗？"

妇人虽然不是修行中人，可是其心脏处的异样，已经持续数年时光，她又不是痴儿，联系飞鹰堡的飞来横祸，以及拂尘男子与陆台的对话，当然已经猜出个七七八八。

陆台摇头道："小家伙先天就背离大道，天性暴戾，残忍嗜血，就算你死它活，以后还是祸害。到时候一座小小的飞鹰堡，给它陪葬都没资格，极有可能是整个沉香国……"

妇人哀泣道："可是我想让他活下来，我能感觉到他的存在，他毕竟是我的子女……"

陆台既没有感动，也没有鄙夷，只是淡然而笑，为可怜妇人陈述了一个事实："那你知不知道小家伙早已开了灵智，所以故意传递给你虚假的情绪。它甚至会凭借本能，潜移默化地影响你这位寄主的心智，不然你为何明知道自己身体有异样，却始终不曾开口跟丈夫说清楚此事？"

妇人一手使劲捂住心口，一手抬起，捂住嘴巴，满脸痛苦之色，她茫然无助，只是对着陆台摇头。妇人默默承受那份揪心之痛，望着陆台，眼神充满了哀求。

陆台叹息一声："你这是何苦来哉？难道你真要弃于飞鹰堡几百条人命不顾？丈夫桓阳，子女桓常、桓淑，还有生你养你的这座城堡，都不管了？就为了这个脏东西？"

妇人含泪摇头，放下胳膊，满嘴漆黑如墨的血污立即涌出，极为瘆人。妇人顾不得什么主妇仪容，已经有些神志涣散，眼神恍惚，她开口向陆台祈求道："让他活下来吧，求求仙师了。他有什么错？不过是害死了他娘亲一人，我不怪他，一点都不怪他啊！仙师你以后多教教他，劝他向善，让他不要误入歧途。仙师你道法通天，无所不能，一定可以做到的，我的这个孩子一定会做个好人……"

妇人就像一块千疮百孔的瓷片，随着心脏的剧烈颤动，不堪重负，终于彻底碎了，她始终死死地盯住陆台的那张脸庞。

陆台微笑点头："好吧，它可以活。"

妇人这才嘴角抽动，缓缓闭上眼睛，触目惊心的黑色鲜血，犹然从她的眼眶中潺潺而流，她的眼睑都破碎了，两粒眼珠子坠落，从衣裙上滑落至地面，滚动到了椅子后方。

大堂上死寂一片，没有任何人胆敢出声。被封禁五感的桓阳，被束缚在椅子上，眼眶通红，对那个朝夕相处的枕边人，充满了刻骨铭心的怒气——她怎么可以如此自私！

她一定是鬼迷心窍，走火入魔了！她的死一点都不冤枉，就应该跟那个小杂种一起去死！

陆台来到已死妇人的身前，弯下腰，凝视着她被鲜血浸透的心口处，喃喃道："你娘亲为了你，付出了这么多，什么都给了你，连为人的良心都不要了，你呢？怎么还在疯狂汲取尸体的灵气和魂魄。她活着的时候，你就折腾得她够呛，现在她死了，就不能让她有片刻的安宁吗？"

妇人起伏不定的心口骤然静止，似乎有细细微微的哭泣声来到人间，一如世上所有的婴儿——哭着来到。

"晚了。"陆台将手中竹扇猛然一戳，穿透妇人心脏，钉入椅背，面无表情地道，"人间很无趣的，不如不来。"

刺破耳膜的一声尖叫，蓦然响彻大堂，烛光熄灭，一根根大柱同时响起碎裂的声音。

众人肝胆俱裂。唯有桓阳如释重负，继而失落，他眼神空洞，怔怔地望着旁边的那张椅子。那个青梅竹马的温婉女子，死得很丑。

这个愤愤不平的男子，自己都不知道，其实他早已泪流满面。

桓家祠堂外，众人好不容易杀出一条血路，邋遢老人在以桓老堡主传授的秘术，用盛放有桓氏子嗣鲜血的双碗施法。之后老人等待片刻，颓然跌坐在地上，失魂落魄，喃喃道:"为何如此,不该如此的……"

浑身浴血的桓氏兄妹脸色苍白。黄尚嘴唇颤抖:"那些妖魔鬼魅,不知道用了什么阴毒法子,早就耗尽了两尊石狮子蕴含的灵气。"陶斜阳一屁股坐在地上,以刀拄地。

老人转头望向校武场那边的云海,山岳下沉,拳罡迎敌,云海之上更有剑光纵横。老人生出一丝渺茫希望,挣扎着站起身,对四个年轻人说道:"你们四个,赶紧离开飞鹰堡。先前你们护送我来到这里,现在轮到我护送你们几个孩子一程。你们应当为飞鹰堡桓氏留下一点血脉香火,不要犹豫了,赶紧离开此地,走得越远越好,以后不要想着报仇!"

陶斜阳根本没有起身的意思,他抬头望向那个心仪多年的桓氏女子,沙哑道:"桓淑,你和桓常一起走吧,我要留在这里,走南闯北这么多年,真的有点累了,今天就不走了。"

黄尚正要说话,陶斜阳对他摇头道:"黄尚,别劝我了,我意已决!"

老道人喟叹一声,带着徒弟和桓氏兄妹,一起杀向近处的飞鹰堡北门。

陶斜阳盘腿而坐,面朝祠堂大门,开始以袖口擦拭长刀。黄尚跟随师父奔跑,视线朦胧,始终不敢回头看那个年轻武夫。桓淑突然转头望向那个熟悉男人的落魄背影,有些于心不忍,心中千言万语,到了嘴边,便烟消云散。

生死之间,最见真性情。

年轻女子被兄长一拽而走,不再停留。

陶斜阳低下头,凝视着雪亮刀身映照出来的那截脸孔,扯了扯嘴角——还是不喜欢啊。

鬼婴被陆台一竹扇透心戳死,其哀号传出主楼厅堂。楼外的那片黑色云海之上,顾不得两把飞剑还在肆意飞掠,高冠老人再度现身,脸色难看至极,整个人气恼得连五岳冠都开始颤颤巍巍,几乎已经淹没屋脊的云海,更是翻滚如沸水。

老人对着主楼那边怒吼道:"废物,废物!留你何用?!"

高冠老人伸出一只手,猛然攥紧。大堂之内,苦苦应对两把飞剑的拂尘男子,其在学道之初,就被老人以师门秘法控制,此刻的一颗心脏毫无征兆地炸开,然后瞬间魂飞魄散,骨肉分离,所有鲜血都被干干净净剥离出来,化作一大团猩红血球,不计代价地向外冲撞。一个观海境练气士的气海爆裂,将那座被陆台鸠占鹊巢的符阵,炸得七零八落,摇摇欲坠。猩红血球好似倦鸟归巢,试图掠向云海老人。

陆台皱了皱眉头,收回针尖和麦芒,以免被那些污秽鲜血沾染,到时候可就不是耗费天材地宝那么轻松了,也不再往符阵灌注灵气。于是血球化作一条溪涧,拉伸出一条纤长的河道,从大堂漫延到了云海之上,涌入老者的手心之中。

老人如饥汉饱餐一顿，双眼绽放血光，他双手挥袖，两股鲜红气机从大袖中汹涌而出，一时间罡风大作，初一、十五两把飞剑在云海之中四处飘散。

高冠老人脸色狰狞，低头看着那座尚未触地的中央山岳，大怒道："垂死挣扎！本来还想着鬼婴初生，胃口不济，才将你压在山岳磨盘下，一点点榨取精血。既然现在害得老夫万事皆休，老夫就不用这般讲究！去死！"

陆台来到飞鹰堡主楼的那座观景台，驾驭两柄飞剑掠向云海老人，畅快大笑道："老贼！我太平山等这一天很久了！"

老人脸色一凝，随即癫狂大笑道："老夫就算今天死在这里，也要你们太平山两个天才修士一起陪葬！"老人一手不断挥袖，竭力阻拦初一、十五和针尖、麦芒四把飞剑的刺杀，一手握拳，向下凶猛砸下，"小兔崽子，死也不死？！"

陆台眼神微变，默念一声"走"，一根色彩绚烂的彩带一闪而逝，配合那条如金蛟缠绕山峰的缚妖索，一起往上提拽。绝对不能让这座中岳与其余扎根大地的四岳汇合，到时候五岳结阵，别说陈平安只是四境武夫，就是六境的体魄，恐怕都要被活生生碾压成一摊肉泥。

陆台怒喝一声："给我升起！"山峰往上拔高了几尺。

"拼命谁不会？！"那高冠老人不愧是以狠辣著称于世的山野散修，他肆意大笑着站起身，收起那张蒲团后，他的下半身立即如枯木般腐朽，不断有灰烬飘散。老人依然不管不顾，一掠而至那座中岳，双脚触及山巅之后，轰然下压，使得被五彩腰带和金色缚妖索束缚的山峰，成功一压到底！

这座中岳落地时，整座飞鹰堡都开始颤动不已，以致城堡外的山脉也开始出现裂缝。

金色的缚妖索沿着山体向地面颓然滑去，高冠老人哈哈一笑，伸手一抓，就将缚妖索握在手心。

五岳齐聚之后，阵法已成，上阳台那边，陆台吐出一口鲜血，踉跄前行数步，好不容易扶住栏杆，手指微动，艰难开口道："回来……"原本捆住中岳的五彩腰带亦是失去了绚烂光彩，开始恢复原形，向主楼那边掠去。老人眼前一亮，再次探臂一抓，将彩带扯在手中。缚妖索刚刚到手，又将这根彩带收入囊中，天无绝人之路，此次自己虽然吃了大亏，可好歹并不是颗粒无收。

老人重新盘腿而坐，蒲团凭空浮现，经此一役，头顶五岳冠已经灵气稀薄。头顶云海那边，唯有主楼那名剑修的两把飞剑还在挣扎，之前那两把袖珍飞剑，在中岳成功压死那金袍少年后，便向地面坠落，落在了远处的两处巷弄之中，多半是就此销毁了，实在可惜。

今日大仇得报，老人心中有些快意，他要赶紧离开飞鹰堡，免得被扶乩宗或者太平山的老王八拦阻截杀,再次沦为丧家犬。

事已至此,太平山依然没有金丹或是元婴修士出手,看来这一死一伤的两个崽子太过托大,才给了自己安然离去的机会。不过这两个年轻人,绝对是太平山最拔尖的嫡传弟子,说不定还是那位山主的得意高徒,不然哪有胆子带着一身法宝招摇过市。如果自己不是早就跟太平山结下了不死不休的梁子,恐怕早就避其锋芒了。

高冠老人默念"收山"口诀,五座山峰瞬间拔地而起,体形越来越小,最终重返五岳冠之中。

老人一边挥袖驾驭云海,阻挡陆台的针尖和麦芒,一边盘腿坐于蒲团上,笑着往校武场那边下降。

地上有一摊亮眼的金色,就像从竹竿上不小心掉落的一件金色衣裳,随意铺在地面上。明明一件法宝唾手可得,高冠老人却脸色剧变,双手在虚空一拍,整个人连同蒲团一起猛然升空,那座十不存一的黑色云海疯狂涌向老人。

校武场地上那抹金色,从刚好能平躺一人的大坑中一跃而起,高声喊道:"陆台,针尖借我一用!"

陆台没有丝毫惊讶,心意微动,巨大的飞剑针尖便出现在陈平安脚下。先前初一、十五"坠落"时,陆台其实就发现了蛛丝马迹。陈平安说过,它们是本命飞剑,却不是他陈平安的本命之物。所以陈平安如果真的死了,初一、十五只会更加拼命地杀敌,只有陈平安假死,才会故意让两把飞剑演戏。

之后那条缚妖索同样"装死",陆台忍得很辛苦才没有笑出声。依葫芦画瓢,灵机一动的陆台也故意失去对五彩腰带的控制,任由高冠老人将其取走。

老人去势极快,可是早早隐匿在附近的初一、十五,来势更快。它们一左一右,瞬间戳穿了那蒲团,使得高冠老人远遁速度微微凝滞。

又有陆台的飞剑麦芒在高空阻拦。最关键的是陆台的五彩腰带和陈平安的金色缚妖索,重新活了过来,同时绑缚住高冠老人的手臂,如两条蟒蛇缠绕人身。

而陈平安,踩在飞剑针尖之上,追着空中的高冠老人和云海,飞掠而去。

御剑远游!

在山岳镇压之下,陈平安在出拳之前,踩脚裂地,硬是临时开辟出一个可供他躺下的大坑,这才得以逃过粉身碎骨的下场。但是被五岳大阵的磅礴气机当面压下,好似置身于密封棺材内的陈平安,可一点都不好受,当下肋骨断了好几根,如果不是在竹楼习惯了这种伤势,也就只能眼睁睁看着高冠老人离去。

陈平安在踩剑"飞升"之前,就以剑师驭剑之法,将先前那把丢在一旁的长剑痴心握在手心。

彩带和缚妖索捆住老人双手,并且两物能够破开云海遮掩,准确牵引三把飞剑去戳破那块蒲团,这使得初次驭剑的陈平安很快追上高冠老人,对着那家伙的后脑勺就一剑劈去。

老人拼了老命裹挟云海加速向前,好不容易躲开了那一剑,可是剑气流溢,仍是在高冠老人脑袋上留下了一条血槽。

上阳台那边,陆台一咬牙,再次说出"开花"二字,青衫飘飘,御风追去,速度犹胜飞剑针尖。

陆台在空中划出一道圆弧,十数个眨眼工夫,就飞快截住高冠老人的去路。

老人吃足了苦头,竟是不敢硬闯,转弯绕行,结果被后边两次出剑都慢上一线的金袍少年,给一剑刺穿,透心凉!

这柄剑极其古怪,老人的生机连同灵气,骤然流失,被透体而过的长剑不断汲取。

老人停下身形,蒲团下的云海随之径直悬停。他低头看了眼剑尖,凄然一笑。

取我性命者,竟然还不是那四把本命飞剑。帮助这把长剑取我性命者,竟然只是一张自己瞧不起的方寸符。

现在这些宗字头仙家的小家伙们,怎么比我们这些山泽野修还要奸猾狡诈了?

陈平安本想乘胜追击,再出一拳,但是陆台已经近乎嘶吼地以心声提醒陈平安,让他借着飞剑针尖,赶紧后撤,越远越好。

高冠老人扶了扶头上那顶歪斜的五岳冠,也不去拔出那把刺破心脏的痴心,阴恻恻地笑望向陆台。

两件法宝依旧死死捆住老人的双手,竭力限制老人灵气的流转。蒲团已经破碎不堪,被三把飞剑刺出数十个窟窿,四处漏风了。

陆台与高冠老人相对而立,心有余悸,当时他故意自称太平山修士,为的就是吓退这个老家伙,哪里想到老人一听说他们来自太平山,就跟疯狗一样乱咬人,陈平安当时的境地,是名副其实的命悬一线。

陆台稳了稳心神,平静道:"我们其实不是太平山修士。"

老人扯了扯嘴角,皮笑肉不笑道:"方才老夫就想明白了,太平山教不出你们两个小娃儿。"

四方云海逐渐消散,无功而返,重归天地。

神仙打架总在天上,可是悲欢离合,多在人世间。

飞鹰堡主楼厅堂内,气氛诡谲。

堡主桓阳已经行动自如,但是看都没看一眼身边椅子上的妇人尸体。

老管家何崖,眼神复杂地瞥了眼堡主夫人,于心不忍,欲言又止,却被桓阳以冷厉眼神制止。

桓阳一只手扶在椅子把手上,沉声道:"今日大堂之事,谁都不要对外宣扬,谁敢泄露一个字,不但家法伺候,还要连累一房所有人,打断手脚,悉数逐出飞鹰堡!"桓阳并不转头,只以手指随意点了点身旁的椅子,"夫人积劳成疾,重病不治……"桓阳略作停顿,冷声道,"死后牌位不放入我桓氏祠堂! 不许葬在——"

大堂众人噤若寒蝉,不敢有半分质疑,只有何崖终于忍不住,上前一步,打断桓阳的后半句话,惨然道:"堡主,夫人是有过错,可是希望堡主看在这些年夫人相夫教子、操持家业的分上,准许夫人葬在后山吧。堡主,就算我何崖求你你……"说到最后,这个为飞鹰堡鞠躬尽瘁的老管事,为一拨拨稚童传道解惑的老夫子,竟是泣不成声。

桓阳勃然大怒,重重一拍椅子把手,打得整张椅子瞬间断折垮塌,他脸色阴沉,思量片刻,冷哼道:"此事稍后再议!"一向待人和善的桓阳,此刻如一头饥鹰饿隼般环顾四周,看得所有人头皮发麻,都不敢与之对视,纷纷低头。

"飞鹰堡能不能存活下来,现在还不好说,你们暂时都不要离开这里,谁敢擅自离开大门,何崖,杀了他!"桓阳撂下这句话后,独自离开大堂,登楼而上,来到那座连父亲都不知为何要命名为"上阳台"的地方。这辈子从未如此铁石心肠的男人,举目远眺,试图早点看到那场大战的结果。只可惜他武道修为平平,目力有限,看不出半点端倪,只依稀可见云海散去、剑光纵横而已。

桓阳压低嗓音,咬牙切齿道:"若是那鬼婴生下来,真有他们说的那么厉害,由我飞鹰堡全权掌控,倒好了!"

老道人带着三人顺顺利利逃离了飞鹰堡,一路往北边大山深处钻。这一路,顺风顺水到了匪夷所思的地步,除了零星的阴物鬼魅出来搅局,并无太大的波折。

不说劫后余生的三个年轻人,就连老道人自己都觉得无法想象,一时间四人都有些恍若隔世。

站在山坡之上,桓常突然说道:"我要回去。"

邋遢老人暗中点头,有此心志,且不去谈幼稚与否,将来才有希望帮助桓氏重振旗鼓。若是只顾着仓皇逃窜,老人不会看轻女子桓淑,却要打心眼瞧不起桓老兄弟的这名嫡孙。

原先那片漆黑如墨的云海已散,虽然暂时还不知道飞鹰堡是否已就此脱离死局,可到底是一个好兆头。

老道人举目望去,以山门道法粗略观其气象,飞鹰堡内的浓郁阴气几乎消散殆尽,于是他出言劝慰桓常:"别着急回去,如今大势好像已经转向我们这边,你在这个时候,绝不可节外生枝。"

桓常握紧腰间刀柄,手背青筋暴起,闷声道:"父母还身处险境,我做儿子的却要袖手旁观,不当人子!"

老人哑然失笑,耐心解释道:"无谓的牺牲,并非真正的勇气。桓常,要做你爷爷那样的男人,只有真正到了退无可退的时候,才去做那一刀劈开灵官像的壮举!便是我们隐居山上的修行中人,听过你爷爷的事迹之后,也要拍案叫绝,称呼一声英雄。这份胆识气魄,可不是匹夫之勇。"

桓常默默点头。这个被家族寄予厚望的年轻武夫,到底不是钻牛角尖的性子,如果心性不宽,身为飞鹰堡下一任堡主,早就容不下在飞鹰堡蒸蒸日上的外姓人陶斜阳。

桓淑轻轻扯住桓常的袖子,桓常抬头一笑:"我没事,放心吧。"

老人有些欣慰,如此江湖,才有滋味。

年轻道士黄尚喃喃道:"师父,那两个外乡人,难道真能将那尊魔头斩杀在天上?"

老道人哭笑不得,叹息道:"有能耐布置下这么大一个局,颠倒百里风水气运,极有可能是一个金丹境的大魔头,那搬动山岳之术,别说是师父我,就是你那位天纵之才的师祖,在修为巅峰之际,一样做不到。那两个年轻人,如果能够赶跑强敌,就已经是万幸,根本不用奢望他们成功杀敌。"

脱离险地后,老人那根时刻紧绷的心弦便松了,顿时显得神色萎靡,今日一战,让这个山居道人实在是心力交瘁。

老道人靠着一棵大树:"除非是扶乩宗的大修士闻讯赶来,否则很难拦下那个驾驭云海的魔道巨枭。"

三个年轻人脸色凝重,桓淑咬紧嘴唇,心情尤为复杂,爹娘还在困境之中,祠堂外还有个自愿等死的傻子,自己和兄长哪怕苟活,仍然前途渺茫。何去何从,桓淑当真不知道。

黄尚神色黯然,辛苦修道数载,片刻不敢懈怠,本以为已经道法小成,逢山遇水,不在话下,哪里想到在这世外桃源一般的飞鹰堡,就差点丢了性命。

老人打破这份沉闷气氛,大口喘气之后,笑了笑:"你们放心,只要这次魔头铩羽而归,肯定会引起扶乩宗的重视,那魔头百年之内,绝对不敢再兴风作浪了。扶乩宗有两位结为道侣的仙人,一旦惹恼了他们,任何一人下山灭杀魔头,易如反掌!"老人似乎犹不解气,做了个翻手的动作,加重语气,"易如反掌!"

祠堂外,陶斜阳忧心忡忡。他并不是担心飞鹰堡沦为人间炼狱,而是担心将年幼的自己丢入此地的家族老祖。此役折损太重,恐怕会害得他无法一步步成长为沉香国宗师第一人。

他要将心仪美人收入怀中。那个他看着从小女孩变成少女,再变成婀娜女子的桓淑,他是真心喜欢。

美人，他要。江湖，他也要。说不得以后还有机会去山顶看一看风光。

他偶尔假借为桓氏奔波江湖的机会，与老祖宗私底下碰头。那位老祖曾经教诲他，只要是喜欢的东西，就应该抓在自己手里，实在抓不住的，要么干脆别多想，要么直接毁掉。陶斜阳深以为然。

四下无人，卸下面具的陶斜阳，神色阴晴不定。他收起杂乱心绪，觉得那对早已无用的石狮子碍眼，先后两刀劈下，将两尊石狮劈作两半，轰然倒地。

发泄完心中郁气之后，年轻人立即醒悟这件事做得差了，一旦老祖谋划失败，不得不退回老巢休养生息，自己这般赌气行径，很容易露出蛛丝马迹，被那个该死的老家伙看出点什么。于是心思缜密的陶斜阳快步向前，以浇灌纯粹真气的刀柄，一点点敲烂颓然倒地的石狮雕像。然后他快步走向飞鹰堡主楼，半路上一掌拍在自己胸口，打得自己口中鲜血四溅，这才罢休。

山上凶险，风大人易倒；江湖险恶，水深船易翻。人心起伏最难平。

心定且赤诚，何其难也。

第十章

人 间 多 不 平

人间大势，其实多是由山上决定。

远离飞鹰堡的天上，双方对峙。他们的胜负，几乎决定了一座飞鹰堡的生死存亡。

三把本命飞剑加上两个年轻人，又被缚妖索和五彩腰带缠身，高冠老人可谓身陷重围。面对两个莫名其妙的年轻怪物，高冠老人自知必死。他神色怅然，充满了无奈，缓缓道："若非如此，方才那金袍少年刺我一剑的时候，我就自行炸裂金丹了，再以残留阴神炸死你。老夫早年是摸着元婴门槛的大金丹修士，哪怕你躲得过，也绝对不会好受，说不得这副漂亮皮囊，就要没了。"

陆台点点头，并不否认，其眼角余光则一直盯着高冠老人的两条胳膊，那才是真正禁锢住老人的撒手铜。

老人何等老辣，低头望去，啧啧道："都是好东西啊。"老人环顾四周，有些落寞，"当初若非太平山一位老祖的高徒，觊觎我的五岳冠，我却不愿双手奉上，哪里会沦落到今天的境地。他索要无果，便私通散修，出钱请他们大开杀戒，杀得我亲朋好友一个不剩……"说到这里，老人嘿嘿而笑，"老夫也不是吃素的，便找机会宰了他们两个龙门境修士，那可都是真正的天才，与你们两人差不多，运气好的话，有望跻身元婴境。太平山气疯了，再顾不得什么风度，明面上是一个年轻金丹与我捉对厮杀，最终杀得我境界大跌。事实如何？哈哈，好一个太平山，那年轻金丹背后可杵着一个元婴地仙呢，就是要我给那年轻金丹喂招，既得了打杀一个老金丹的声望，又得了稳固境界的实在好处，美其名曰物尽其用。你们说这些个名门正派，厉害不厉害？"

陆台的视线越过蒲团老人，望向远方的陈平安。

明知道两个年轻人在"眉来眼去"，穷途末路的高冠老人，没有理睬这些，艰难抬臂，伸出一根手指，轻弹从心口透出的锋锐剑尖，这个颇有英雄气概的动作，使得老人呕血不已。老者神色自若："如果没有认错，这应该是那名沉香国第一剑客，从扶乩宗重金购买的佩剑吧。本来就算半件山上法宝，吃掉老夫的心头血后，总算是百尺竿头更进一步，坐实了法宝称号。"高冠老人哈哈大笑，转头望向那个踩在飞剑之上的金袍少年，伸出三根手指，"小子，真是有钱啊。你背后所负的那把长剑，从头到尾都没出鞘，该不会还是一样法宝吧？"

陈平安无动于衷，一言不发。

高冠老人收回视线，望向天空，深吸一口气，天上大风，吹拂得狼狈老人双袖猎猎作响。

"我这一身物件，你们两个小兔崽子坏我大道，就别想拿到手了！"老人蓦然放声大笑，"我这一死，也算值了。心口长剑，双手彩带和缚妖索，再加上头顶五岳冠，屁股底下的蒲团，能够有五件法宝一起殉葬，元婴地仙也就这待遇了！若是再加上三把本命飞剑，上五境的山巅仙人，也不过如此吧？"

老人身躯开始腐化，一点点灰烬从身上簌簌而落，但是丹田处却绽放出一团刺眼的光彩，向四面八方激射而出。

与此同时，初一、十五和麦芒，全部疾速撤退，远离那个要自爆丹田的龙门境修士。那把饱饮老者心头精血的长剑痴心，也随即被陈平安以剑师驭剑术从心口处拔出。只是拔出之前，陈平安还不忘狠狠一搅，将老人心口完全搅烂。显而易见，就算是冒着长剑被炸裂的风险，陈平安也要确保老人必死无疑。

老人低下眉眼，随着那根对陆台而言至关重要的五彩腰带离开手臂，高冠老人顿时觉得浑身一轻。老人眯起眼眸，只等另外一条胳膊上的缚妖索也被金袍少年取走。

但是老人呆若木鸡，那条品相极高的金色缚妖索非但没有离去，反而越发用力地绑缚住他的胳膊，摆明了要当他的殉葬品。

老人机关算尽，到头来仍是被束手束脚，直到这一刻才彻底爆发出心底压抑的阴鸷暴戾，以及内心深处潜藏的那抹恐慌。

这份难以自禁的惶恐不安，半点不输当年被那个太平山年轻金丹追杀时的恐惧。

什么元婴地仙厚颜无耻的保驾护航，迫使老人给太平山的那个金丹喂招，自然是高冠老人的信口雌黄，为的就是营造出自己愿意慷慨赴死的假象。在缚妖索和彩带松开之后，他就可以分出一缕精粹阴神，舍了肉身和修为，彻底遁去。虽然伤及大道根本，可总好过命丧当场。回头去市井找一棵修道好苗子，用言语蛊惑，随口编造一个凄惨壮烈的故事，之后兢兢业业帮其修行，然后再伺机夺舍便是。

不管了，顾不得太多！哪怕手臂上还缠绕着缚妖索，再不金蝉脱壳，就真的只能束手待毙了。

高冠老人的丹室和气海一同炸开，蒲团彻底毁坏，那顶五岳冠被一弹而开，向身后的金袍少年飞去。一时间，天上罡风紊乱，向四面八方炸开，灵气骤然崩碎，如铸剑室的壮汉打铁，星火四溅。

陆台因是练气士，比陈平安更加难熬，哪怕已经隔着五十丈远，仍是一退再退。即便形势严峻，陆台仍是竭力以心声告知陈平安，让他在一个能够保证自身安全的位置上，以此作为契机，淬炼武夫体魄神魂，此举大有裨益。

隔着那团紊乱气象，陆台看不清楚陈平安的动作，但是他相信谨小慎微的陈平安，会采取一个安全之策。

不知不觉，陆台早已将武道四境的陈平安当作同道中人，甚至在某些生死抉择之中，愿意信赖甚至是一定程度上依赖陈平安。这对于有望证道的天之骄子而言，殊为不易。

高冠老人已经不再奢望尽善尽美，趁着丹室轰然炸开、天上光芒刺眼的瞬间，一缕精粹阴魂瞅准一个间隙，果断往更高处一闪而逝。

不承想那金袍少年并没有中计，陈平安没有伸手接住那顶五岳冠，而是由着它往大地坠去，一点时间都没有耽搁。不过高冠老人仍然信心十足，踩着那把夸张飞剑，金袍少年不可能追上自己，除非他一边驭剑，一边使用方寸符，并且前提是找准自己的逃遁方位，三者缺一不可。

这个机会稍纵即逝，因为缚妖索很快就要被阴魂挣脱，先前丹室和气海一同自爆，缚妖索上边的灵气所剩无几，再难牢牢约束住阴魂了。

天上，金袍少年陈平安接连使出两次方寸符，一次离开了飞剑针尖，第二次更是凭空来到那缕精粹阴魂之后，首次拔出了那把剑气长城老大剑仙暂借给他的长气。陈平安心无旁骛，脑海之中，全是破败寺庙齐先生面对粉色道袍柳赤诚的那一剑。

一剑斩下！可怜阴魂如同一叶残破浮萍，被剑气洪水迅猛冲刷而过，人间再无此人半点痕迹。

一剑功成之后，陈平安当下也到了油尽灯枯的凄惨地步，持长气剑的整条胳膊都已经变成白骨，以致握不住那把长气剑，长剑坠向大地，陈平安整个人也颓然砸向地面。

初一、十五十分焦急，在下坠的身形四周飞旋，不知所措。

好在手脚皆有莲花符箓生发绽放的陆台，在半空截下陈平安，最终扶着他站在缓缓下降的飞剑针尖之上，陆台自己则在飞剑之外的空中大袖飘摇。

陆台看着模样凄惨的陈平安，既有心疼，又有怒气："陈平安，你也太莽撞了！还要不要命了？由着他逃走又如何，一缕阴魂而已，想要复出，最少也是几十年甚至百年之后的事情了,到时候你我还会怕了他?!"

陈平安歪头吐出一口血水,转头望向高冠老人身死道消的高空战场,并没有什么志得意满的表情:"我是在杀人。"

陆台赶紧掏出一只瓷瓶,将芬芳浓稠的膏药倒在手心,缓缓倾倒在陈平安那条惨不忍睹的手臂上。哪怕是陈平安这么能熬的家伙,仍是疼得龇牙咧嘴。陆台低声道:"忍着点,这药可让白骨生肉。"

陆台发现陈平安环顾四周,似乎在寻找什么,心中了然,没好气道:"方才我已经帮你接住了长剑和缚妖索,暂时收在腰带之中。缚妖索破损得厉害,需要花费不少雪花钱才能修复如初,不过你放心,这笔钱当然是我来出。"

陈平安松了口气,随即问道:"那顶高冠?"

陆台翻白眼道:"咱们脚下都是荒郊野岭,不怕给人捡漏拿走,好找的。"

两人一飞剑,缓缓向地面下降。陈平安叹了口气,那块蒲团已毁,有点可惜,此次斩妖除魔的收获,竟然只剩下一顶可以搬出山岳的高冠。

不过先前逆势而上,执意将老人斩杀当场,陈平安在淬炼神魂上收益颇丰,武道四境第一次有"沉"下来的感觉,不再是那种虚无缥缈、捉摸不定的意味。

陈平安觉得这场厮杀,哪怕没有得到那顶五岳冠,哪怕缚妖索彻底崩坏,都不算亏,如今自然是赚大了。

不说其他,只说那把充满邪祟气息的长剑痴心,品相就提升了一大截,转手卖出,能赚不少钱呢。

陆台突然笑道:"那顶五岳冠,长得挺漂亮啊。那老家伙似乎尚未完整发挥出这件法宝的威力,他应该不清楚五岳冠的真实来历。我回到中土神洲后,去自家和几个世家的藏书楼翻翻看,说不定会有收获。"

陈平安笑道:"得嘞,这就是想收入囊中的意思了。你撅起腚儿我就知道要放什么屁。"

陆台愤愤道:"陈平安,你好歹读了些圣贤书,能不能斯文一点?"

陈平安哟嗬一声:"俩大老爷们,瞎讲究个啥?"

陆台丢了个妩媚白眼。

两人落在飞鹰堡外的山林之中,陆台心意一动,本命飞剑麦芒一闪而逝。陆台主动泄露底细:"麦芒相较针尖,杀伤力平平,但是麦芒诞生之初,就拥有一项罕见神通——觅宝。"

"听听,同样是飞剑,别人家的,就是不一样吧。"陈平安笑着拍了拍养剑葫芦,初一和十五都已经藏身其中。

陈平安在一棵大树底下盘腿而坐,他瞥了眼尽是白骨的胳膊,撇撇嘴。

陆台没来由红了眼睛，整个人显得有些沉默。

陈平安看了他一眼："哭哭啼啼，娘们似的！"

陆台怔怔。

陈平安笑了起来，笑得很开心。

当初在落魄山竹楼，陈平安就被光脚老人这么骂过，他十分难过。现在他发现这样骂别人，果然挺带劲。

陆台看着爽朗大笑的陈平安，心境跟着安宁下来。陆台跟他相对而坐，问道："为何要这么拼命？"

陈平安一脸天经地义："我们不是事先说好了吗？你去飞鹰堡主楼，我来对付那座云海。答应过你的事情，总要做到吧？何况后来那老邪修铁了心要杀我，我不拼命就活不下去，还能怎么办？"

陈平安停顿片刻，略作思量后补充道："都跟人打生打死了，把情况往最坏处想，总是没错的。如果缚妖索真的毁了，我也不会怪你，那是我自己的决定。这就像之前咱们对付那拨杀人越货的家伙，我觉得可以收手了，你还是要去追杀幕后主使。"

陆台致歉道："那根彩带，是我的本命物，受不得损伤，对不住了。"

陈平安摆摆手，示意陆台不用多解释什么，他看了眼陆台的黯然神色，笑着安慰道："这可不是因为我自己觉得无所谓啊，而是我愿意相信你，才会觉得有些事情，你做了，就自有你的权衡和考量。朋友之间，不用说太多。"

陆台的眼眶又有些湿润，陈平安语重心长道："你啊，不是女儿身，真是可惜了。我以前有两个江湖朋友，就是跟你说过的年轻道士和大髯游侠，在这种事情上，他们就不像你这般扭扭捏捏，你太不爽利了。"

一个随便把别人当朋友的人，往往不会有真正的朋友；一个喜欢嘴上称兄道弟的人，心里其实没有真正的兄弟。所以陆台知道从陈平安嘴里说出来的"朋友"二字，分量到底有多重。

可以为之托付生死！

于是陆台斩钉截铁道："陈平安，这次分赃，我会让你赚一个盆满钵盈的。"

陈平安翻了个白眼，懒得说话。

长久的沉默，唯有秋日的阳光，透过疏疏密密的枝叶，洒落林间。

陆台终于幽幽开口道："陈平安，你怕死，我怕命。你说我们俩是不是同病相怜？"

陈平安摇头道："当然不是，我比你爷们多了。"

陆台好不容易与人这般敞开心扉，结果给人浇了一头冷水，顿时大怒："陈平安！你这厮怎的如此无趣！"

陈平安眨眨眼，"我一个大老爷们，要另外一个男人觉得我有意思做啥，我有病啊?"

陆台恹恹道:"好吧,我有病。"然后他细若蚊蚋地说道:"连我自己都不知道我到底是男人还是女人。"

陈平安耳尖,愣了愣:"啥意思?!"

陆台后仰倒去,躺在地上:"就是字面意思,我就是个怪物嘛。从小到大,知道这个秘密的人,只有我爹娘加两个师傅,再加一个家族老祖宗,你是第六个。到了上阳台后,我才能够真正……"

说到最后,陈平安已经完全听不真切。

陈平安憋了半天。

陆台痴痴望向天空:"想说什么就说吧,我既然说出口,就受得了你任何看法。"

陈平安挪了挪位置,向陆台靠近了一些,他充满了好奇,又有些难为情,低声问道:"女人来那个的时候,是不是很痛啊?"

陆台如遭雷击,黑着脸转过头,咬牙切齿道:"你怎么不去问你喜欢的那个姑娘?!"

陈平安下意识挠挠头:"这我哪敢啊?"

陆台突然笑了起来,指了指陈平安的手臂。陈平安骂了一句娘,赶紧放下那条血肉缓缓生长的胳膊,真疼。

两人再次无言。

陆台坐起身的时候,蓦然发现那个家伙在伤心,而且是很伤心。

陆台只觉得不可理喻,他不知道天底下还有什么事情,能够让陈平安这么想不开。

只见陈平安膝盖上,放着一枚陆台从未见过的小小的印章。

今天的飞鹰堡,大难临头,最后安然无恙,而他陈平安也还好好地活着。

骊珠洞天,所有人也都安然无恙,甚至像他陈平安这样的泥腿子,都走了这么远的江湖路。

因为我们有齐先生。

那么,齐先生人呢?

返回飞鹰堡的路上,陈平安的情绪已经恢复如常,在那条白骨裸露的胳膊上,血肉正在缓慢生长,一条条经脉如草藤缓缓蔓延,十分玄妙。陈平安看得仔细,好似一位夫子在做学问,却把陆台结结实实地给恶心到了,他心想陆氏家族也供奉着一些秘不示人的武道宗师,他们在四五境的时候,肯定没陈平安这份定力。

陈平安一边走一边看,忍着痛,津津有味,亲眼见证那些经脉的生长,对于运气一事,大受裨益,一些原本想不明白的症结,茅塞顿开。临近飞鹰堡,陈平安只好收起胳膊,免得被飞鹰堡老百姓当作魔道中人。身上的法袍金醴,既可以将这幅凄惨景象藏在袖中,也不会影响到白骨生肉的进程。

飞剑麦芒之前已经捎回了那顶五岳冠。陆台掂量了一番,说这是件年头久远的法宝,品相极高,上边五岳真形图的绘制,无论是技法还是形制,都显示这顶五岳冠来自中土神洲,甚至有可能是中土某位著名山岳正神的本命物。

陈平安对这些还算感兴趣,当是丰富自己的见识,至于陆台是否会独吞五岳冠,或是是否故意贬低五岳冠的价值,陈平安则是想也没想,因为他打心底觉得陆台不是那种人。

两人并未径直去往飞鹰堡主楼,他们先悄悄回到了校武场,收起了那把窦紫芝从扶乩宗重金购买的法剑痴心。痴心汲取了一位巅峰龙门境修士的心血、灵气后,其剑身越发清亮如雪,纹路如一泓秋水幽幽流转,越发灵动活络,光彩湛然。便是眼高于顶的陆台,都忍不住再次取剑打量一番,啧啧称奇,说那老魔头言语之间真真假假,但是关于境界一事,应该属实,其跌境之前的巅峰,多半果真摸着了元婴境的门槛,这种层次的金丹修士,在中土神洲也算不错了,可以挺直腰杆登山。

因此这把痴心,算是获得了一桩天大机缘。

陆台奉劝陈平安,别将痴心售卖出去,以后遇见了邪道修士或是妖魔阴物,大可以一剑穿心过,既能为自己积攒阴德,又可以提高佩剑的品相,两全其美,何乐而不为。

眼见着陈平安有些犹豫,陆台破天荒训斥起了陈平安,道:"修道之人可以不讲善恶,那是屁话混账话,可是世间器物法宝,哪来的正邪之分,以邪器行正事,有何不妥?"陆台越说越气,恨不得伸出手指,指着陈平安的鼻子骂,"你都能瞪大眼睛看着自己白骨生肉,为何这点心坎都过不去? 陈平安! 你要还是这种死脑筋,长生桥不修也罢,我劝你一门心思当纯粹武夫好了,别奢望做什么大剑仙。就你这种心性,算以后有了长生桥,成了练气士,你在破开上五境瓶颈前的心魔,说不定比天还要大了! 你知不知道,世上每一个跻身元婴境的练气士,与天地争胜的雄心壮志,自身的术法神通和毅力韧性,都已经很了不起,但是为何跻身上五境还如此艰辛,就在于这一道关隘的凶险之处,不在世人误以为的天劫之流,那些只是表象,真正的死敌,是自身的本心。你道心有多高,心性有多坚,你心魔法相就有多高,甚至可以高达百丈千丈,并且如上古神灵金身,坚不可摧,你还怎么破开?"

陈平安没有反驳什么,只是指了指陆台鼻子,小声提醒道:"又来了。"

陆台停下言语,狠狠擦拭鼻血。

无关天下大势走向,只涉及陈平安一人的大道,陆台身为阴阳家陆氏子弟所遭受的天道反扑,比起先前那一次,就要小了许多。

陈平安突然说道:"外边来人了。"

陆台瞥了眼陈平安,他这份敏锐的神识,已经完全不输六境武夫,当真只是四境武夫？他越发对传授陈平安拳法之人感到好奇。

一行四人小心翼翼步入校武场，正是老道人和徒弟黄尚，以及桓常、桓淑兄妹。他们之所以没有去往主楼，还是邋遢老人的主意。老人在北方山林高处，无意间见到了陈平安和陆台重返飞鹰堡的身影，便决定来此与他们汇合，先问清楚那个魔头的动向，再一起去往主楼，这显然更加稳妥。

老人打了一个道家作揖，自我介绍道："贫道马飞斧，在鸳鸯山修行，有幸拜见陆仙师、陈仙师。"

陆台随意伸手，那把竹扇凭空出现，轻轻摇动："我来自中土神洲。"

陈平安想了想："我是宝瓶洲大骊人氏。"

马飞斧小心问道："两位仙师可知晓那个魔头的下落？"

陆台合上竹扇，以扇子指向老道人，正在众人一头雾水的时候，折扇顶端之上，出现了一顶五岳冠。陆台手腕轻抖，那五岳冠随之起伏，他微笑道："已经死了，小有收获。"

高冠老人乘坐蒲团从云海落下，搬动五岳大山镇压校武场，马飞斧当时有过惊鸿一瞥，对那顶五岳冠记忆深刻，此刻见着了在竹扇上边搁放着的古朴高冠，心中翻江倒海，他不敢相信两个年轻人能够成功斩杀一名极有可能是金丹境的地仙，可又无比奢望那个俊俏公子所言不虚。

鸳鸯山山居道人马飞斧，到底是一个久经风雨的老江湖，哪怕将信将疑，脸上仍是感恩戴德，满是崇敬神色，他再次郑重其事地作揖："两位仙师路过此地，偶遇魔头逞凶，仗义出手，救飞鹰堡数百条性命于水深火热之中，功德无量，贫道先替飞鹰堡谢过两位仙师的大恩大德！"

桓常、桓淑兄妹二人热泪盈眶，赶紧拱手抱拳，重重弯腰，分别对两位外乡公子说道："大恩不言谢，若是两位仙师不嫌弃在下驽钝，桓常愿为两位仙师做牛做马，赴汤蹈火，在所不辞！""桓淑谢过陆公子，谢过陈仙师，小女子实在不知如何言语，才能表达心中感激之情……"

年轻道士黄尚神色复杂，站在最后边。他心中有念头一闪而过，若是拜这两人为师，自己的修道之路，是不是会更加顺遂，以后不再是如今这般碌碌无为，害得自己遇上妖魔阴物，处处皆是生死险境？

黄尚看了眼师父的背影，这个修道坎坷的年轻道士默默低下头，有些愧疚，觉得自己忘恩负义，比那些妖魔外道还不如。只是心中这个念头，已经生根发芽，挥之不去，反而愈演愈烈，如熊熊大火，灼烧得他心头发烫，眼眶通红。

山居道人的怀疑和庆幸，以及大战之后的心神憔悴；桓常经此大难，试图改弦易辙，想要奋发图强，由武道转入修行；桓淑的两种称呼，别样风情；年轻道士的心念：陆台嘴角微翘,早已将一切尽收眼底。

阴阳家子弟,剖人心看人心,本就是最拿手的本事。

陈平安对于这些感触不深,只是依稀记住了那些微妙的神态和眼神,其中道理,尚未悟透。

人生的点点滴滴,到底不是书本上的文字。

一行人赶往飞鹰堡主楼。虽然陆台说了那边已经尘埃落定,并无伤亡,桓常、桓淑依旧战战兢兢,生怕一推开大门就是血流成河的画面。到了主楼那边,桓常发现大门紧闭,使劲敲门,等了半天才有一个桓氏老人开门,桓氏老人见着了安然无恙的兄妹后,竟是当场老泪纵横,结果吓了桓常一大跳,以为父母遭了拂尘男子的毒手。听了桓氏老人的一番解释,桓常才知道那位陆仙师早早施展神通,将那位假冒太平山修士的妖人击毙。

一时间,厅堂所有活下来的人,倍感恍若隔世。

桓常、桓淑并未发现,爹娘不在厅堂不说,当他们问起此事,所有人的眼神都有些游移不定。

陆台懒得计较这些别人家里的一地鸡毛,只是带着陈平安走向顶楼露台。

堡主桓阳早已不在这座名称奇异的上阳台。陆台摇荡着双脚,缓缓摇扇,鬓角飞扬。陆台坐在栏杆上,陈平安有样学样,摘下养剑葫芦,喝着烈酒,仰起头,长吐出一口带着酒气的浊气。

开始分赃,熟门熟路。

"先前跟马万法和窦紫芝一战,加上今天这场死战,咱俩运气真不错,赚了不少。搁在以前,我一个人未必有这样的收获,要知道我在家族里头,可是有个'捡宝大仙'的称号。"

陈平安笑了笑,没来由想起那个被誉为"福缘深厚,冠绝一洲"的神诰宗女冠。

"窦紫芝的那把法剑痴心,归你,五岳冠归我。其实不能说归我,算是我跟你买的。我不只会帮你修缮炼化那条缚妖索,你先前提的那件破损甲丸,就是在倒悬山灵芝斋购买的那件,你不是一直埋怨将甲胄拆分后装在十五里头很占地方吗,我可以无偿帮你修复如新,让它重新变作一颗兵家甲丸。你别管我是如何做到的,山人……自有妙计!"

陆台笑容灿烂:"所以你可能还需要在飞鹰堡待上一段时间,不会太久就是了。刚好在这边养好伤,再去寻找那座道观。"

陈平安笑着点头,遇上陆台这种大户,他陈平安才不会心软。

陆台缓缓道:"一顶上品法宝五岳冠,我需要给你两万雪花钱,折算成谷雨钱,就是二十颗。追杀马万法和斩杀那拂尘修士，我其实也有收获。我粗略计算了一下，应该需要再支付你两万雪花钱，还是二十颗谷雨钱。刻有'无忧'二字的拂尘长柄还不错，你可以拿走，就当是一点小彩头了。"

陈平安震惊道："这么多谷雨钱?!"

陆台始终眺望远方，微笑道："山上的神仙钱嘛，我还是有一些的，中土神洲的寻常元婴地仙，都不敢跟我比家底。"

陈平安气得直接一巴掌拍过去："那你之前在倒悬山，还跟我哭什么穷？陆台你可以啊，挺会演戏啊?"

陆台有些心虚，悻悻地道："我那不是怕你没有见色起意，却会见财起意吗？"

"见你大爷的财色!"陈平安又是一巴掌甩过去，打得陆台恼羞成怒，"陈平安，小心我翻脸啊!"

陈平安呵呵笑着，还是一巴掌。

陆台眼波流转，就要祭出撒手铜，陈平安做了个要陆台"打住"的手势，然后喝了口酒："你继续说。"

陆台手掌一翻，掌中出现一只绣工精美的袋子，他将袋子递给陈平安。

陈平安皱眉道："干吗?"

陆台笑道："小玩意儿，送你的。打开看看吧，你一定喜欢。这是来历比较特殊的一袋榆钱种子，回到家乡后，你可以种在风水好一些的山上，一定要向阳，三年五载，说不定就会有意外之喜。"

陈平安虽然伸手接过了榆钱袋子，可还是说道："先说清楚，不然就还你。"

陆台便大略解释了一通，陈平安听完后笑得合不拢嘴，赶紧收了起来，什么还不还的，只当没说过。

原来这袋子榆钱十分神奇，而且最对陈平安的胃口。它们是中土神洲远古仙家某棵榆树的珍贵种子，因其外形圆薄如钱币，故而得名。

它们谐音"余钱"，因而民间就有吃了榆钱可以"余钱"的说法，这个说法被大多数人认为是讹传，其实是不得其法。只需要找到躲藏在榆钱里的金黄精魅，先将其浸泡于酒瓮中，醺醉后取出生吃，每年可额外增加铜钱收入。殷实之家，开春时分，为了讨个彩头，都会开设"榆钱宴"，以求新年财源广进。

这种有望细水长流的钱财收入，最让陈平安喜欢。

陈平安在心底始终坚信，一份骤然而来的富贵，要么去也匆匆，要么就是需要大毅力、付出大辛苦才能拿得住、守得住。例如榆钱这类不是特别扎眼的好处和收益，很能让陈平安心安。

陈平安得了好处，才开始卖乖，笑道："会不会太珍贵了一点?"

陆台以拇指和食指不断打开、合拢竹扇，感慨道："陈平安，上阳台之行，我是在求道啊。'大道'二字，你知道这有多重吗？不过我觉得既然咱们是朋友了，不如就算了吧？不然我陆台再富裕，倾家荡产，还是掏不起这笔钱。咋样？"

陈平安递过去手中的养剑葫芦，点头笑道："还能咋样，就这样！"

陆台接过了酒壶，高高举起，仰头灌酒，养剑葫芦离着脸庞有几寸高，这酒喝得很豪迈。他抹了抹嘴，将酒壶还给陈平安："该添酒了，回头我让飞鹰堡给你加满。"

这种好事，陈平安当然不会拒绝。

陆台突然无奈道："为什么都喜欢喝酒呢？酒有什么好的。"

陈平安笑着不说话，只喝酒。喝了酒，就敢想不敢想的，敢说不敢说的，敢做不敢做的。

之后一旬光阴，陈平安依旧住在那栋小宅，只是再无阴物鬼魅叨扰罢了。

陈平安偶尔会坐在院门口的台阶上，看着巷弄尽头的那堵墙壁，想着那些身世可怜的鬼孩子，想着它们在这一世最后露出的笑脸。

陆台在主楼那边住下，偶尔会来这边院子坐一坐，但是都待不久，很快就会回去忙碌。

一旬过后，陆台拿回一颗修复如新的兵家甲丸，陈平安爱不释手，那条胳膊已经恢复，只是还是不太使得上劲。

除了这颗甲丸，陆台还带了一把雪白长鞘的狭刀，说是飞鹰堡桓家的报酬，陈平安如果不收下桓氏会十分不安。

这一次陆台忙里偷闲，没有着急离去，在院中给自己煮了一壶茶水，顺便给陈平安提了一下这把狭刀的渊源。当年太平山那位元婴地仙，为了镇压此地过于阴森的风水，馈赠了飞鹰堡的樵夫老祖一把佩刀，名为停雪。后世飞鹰堡子孙，就没有谁有修道资质，一直只能将停雪当作摆设，暴殄天物。

陈平安清楚这把狭刀的珍贵，这多半是那位太平山陆地神仙的心爱之物。陆台略作思量，便也不当那散财童子，将这把狭刀折算为二十颗谷雨钱，然后他丢给陈平安一袋子谷雨钱，正好是剩余的二十枚。

之后一旬时间，陈平安每天就是走桩、练剑和睡觉，已经不再去看那堵墙壁，毕竟相逢离别都短暂，哪怕是生死大事，终究还是会慢慢释怀，就像市井酒肆的一杯酒，滋味再好，难道还能让人醉上数日不成？

这一旬内，陆台只来了一次，说他收了三名弟子——陶斜阳、一个名叫桓荫的少年，还有个改换门庭的年轻道士黄尚。

至于其中缘由，陆台不愿多说，只讲了"不近恶，不知善"六个字。这句话是老调重弹,之前陆台就在吞宝鲸提起过。

陆台离去之前,说他可能真的要在这里长久住下了,短时间内不会返回中土神洲。

当陆台最后一次带来那条缚妖索,陈平安已经修养得差不多了。

离别在即,都没有什么伤感。

一个怀揣着梦想,一个是大道之起始,没理由太过伤春悲秋。于是就这么干干脆脆地分别了,一个留在异乡的飞鹰堡,一个背剑往北而行。

陆台甚至没有送行,只是站在那座上阳台上,远远目送一袭白袍的陈平安缓缓离去。

他之前怂恿陈平安悬挂长剑痴心和狭刀停雪,如此便显得很有江湖气概,可惜陈平安没上当,说他又不是开兵器铺子的。

陆台有些遗憾,如果陈平安真这么做了,陆台就可以光明正大地笑话他一句傻了吧唧。

陈平安走出大门,走在大道上,忍不住回望了一眼飞鹰堡,却不是看那陆台,而是想起一事,觉得有些奇怪,最终摇摇头,不再多想。

离开飞鹰堡的途中,他在街上与一个中年男子擦肩而过,陈平安明明记不得以前见过他,可是却总觉得在哪里见过。

那憨厚男人也发现了陈平安的打量眼光,咧嘴一笑,有些羞赧,这人就是活脱脱一个市井汉子。

在陈平安远离飞鹰堡后,四处逛荡的质朴汉子轻轻一跺脚,千里河山,不再存在禁绝术法。不然先前那场云海大战引发的巨大动静,扶乩宗不可能无动于衷。

陆台趴在栏杆上,笑眯眯望着山河气运的颠倒转换,玄机重重,不愧是他的传道恩师,比起另外一位授业师父,还是要强出不少的。

在百里之外的一处山巅,陈平安在走桩间隙,不知为何,破天荒地有些怀念糖葫芦的滋味,这让陈平安觉得有些好笑。他想着如今家大业大,到了下一处市井城镇,随便找个卖糖葫芦的摊贩,买它个两串,左手一串,右手一串!

根据神仙书《山海志》记载,桐叶洲多山神妖魅精怪,事实确实如此。哪怕陈平安大多时候,已经刻意绕开那些灵气充沛的山水形胜之地,或是望之生畏的污秽险要之境,有些时候还是会着了道。比如陈平安在一次深夜,望见一座灯火辉煌的小城镇,陈平安手上并无地图,想着需要补给食物,就顺着灯火一路行去。地图一向是王国的封禁之物,比兵器还要管束严格。

那座小城并无夜禁,但是有城门士卒查看通关文牒。陈平安顺利入城后,找了一处尚未打烊的客栈入住,掌柜却摇头摆手,说陈平安给的银钱不对,他们这儿不收。各国有各国的制式铜钱,这很正常,可是连真金白银都不收,就有些怪异了。好在掌柜给陈平安指路,说有个地方可以将金银折算成他们这边的钱,换完之后再来客栈下榻便是。

于是陈平安找到了一间铺子,柜台极高,几乎有一人半高。陈平安入乡随俗,踩在一条小板凳上,用几枚银锭,换来了一堆通宝铜钱和一摞纸钞。铜钱沉甸甸的,成色十足,陈平安见纸钞上边有正儿八经的朝廷和银庄朱印,就没有多想,回到客栈,交了钱,又给掌柜看过了通关文牒。掌柜一丝不苟地记录在案,以备当地衙门的户房胥吏查询。

第二天陈平安准备出门,掌柜还在那边打算盘,笑着提醒陈平安这边有个乡俗,与人闲谈,不可说一个"纸"字,例如纸上谈兵、一纸空文等都万万说不得,不然给人打出城外,莫怪他没提醒。

陈平安记在心里,道谢之后,就去买了柴米油盐和两套衣服。回来在客栈吃饭的时候,他只觉得饭菜寡淡无味。之后他离开了城镇,走出数十里后,遇上一场突如其来的大雨,陈平安站在一座山上破败行亭躲雨,闲来无事,缓缓走桩练拳,结果看到惊人一幕——山脚那座城池,好似一摊烂泥,溶化在大雨之中。

陈平安赶紧掏出在小城镇购买之物,以及那些铜钱和纸钞,顿时头皮发麻,竟然全是由白纸裁剪而成,如同活人在阳间烧给阴冥死人之物。

似乎有人被陈平安的窘态逗乐,在凉亭墙壁内哧哧而笑,声音透过墙壁,回荡在亭内。

陈平安之前只是惊异小城镇的匪夷所思,可不是真怕了这些神神怪怪,所以他很快缓了过来,只是坐在一根由深山老木打造而成的墙根长凳上,望向对面的那堵惨白墙壁,默默喝酒。

那个阴物犹然不知自己撞上了铁板,更加故弄玄虚,假装阴沉地说道:"你不怕我?"

陈平安将养剑葫芦别在腰间,站起身,缓缓走向那堵墙壁,啪的一下,直接在上边贴了一张宝塔镇妖符,里边立即响起了带着哭腔的求饶声响,嗓音似乎略带稚气。陈平安没有摘下那张黄色符纸,笑问道:"你说我怕不怕?"

那家伙嚷嚷道:"我怕了我怕了,都快要怕得活过来了!"

"出来吧,再躲躲藏藏,我可真要跟你不客气了,跟我说一说,那座小镇到底是怎么回事。"陈平安摘下了镇妖符,收入袖中,坐回原先位置。

从墙壁中走出一位心有余悸的童子,身前身后都绣有一块官补子,只是不像世俗官服那样色彩缤纷,只有黑白两色。他畏畏缩缩站在墙根,望向对面坐着的神仙老爷,不但鞠躬,还古里古怪地唱了一声喏,自报身份。原来他是前朝敕封的土地爷,换了皇帝和国姓后,他就自动被划入旧臣之列,没了官身,本就微薄的道行,越发低微。

他生前是一名封疆大吏的心爱幼子,死后未过头七,有一位云游神仙路过,进入灵堂,帮着他父亲运作了一番,他便成了一个品秩不入流的土地爷,香火颇旺。后来山河变色,一切成了过眼云烟。

陈平安向这个没了朝廷正统的土地爷,问了些纸人小镇的渊源。原来当初万余小镇居民,一夜之间,死于一场仿佛天灾的巨大人祸,朝廷为了防止人心惶恐,下令周边州郡封堵消息,还请了佛门高僧前来做了一场法事,才没有使此镇演变成一处凶险的阴煞之地。

陈平安询问暴雨之后小镇怎么办,童子笑着说无妨,只要天气晴上几天,就会恢复原状。陈平安便蹲在地上,面朝小镇,在行亭内烧了那些纸钱纸衣。

童子蹲在一旁,唏嘘道:“这位神仙老爷,不承想还是个大善人。”

陈平安一笑置之。他顺便跟这个童子问了方圆千里的山水形势,是否有仙家门第或是渡口,童子一一作答,并无藏掖。童子说北边约莫离此处八百里,确实有妖魔作祟,占山为王。这个妖魔倒也不常做那强掳樵夫山民的勾当,山上山下还算安稳,少有百姓遭殃的传闻。妖魔声势鼎盛之际,好些山上练气士都要绕路,只是后来遭了一场变故,便沉寂下来,听说山上只有三两只小猫小狗,不成气候了。真相如何,不好说,外边的传闻五花八门,有说是扶乩宗的仙师觉得碍眼,也有说是佛门行者在那边落脚,有妖精不长眼,惹得佛家高人金刚怒目,才有此一劫。

亭子内有些枯枝,在童子的帮助下,陈平安将枯枝拢在一起,点燃火折子,一人一怪,在篝火旁蹲着。

童子虽然瞧着脸庞稚嫩,实则已经存活了五百年,他对陈平安解释道:“之所以那座山头的妖魔,会兔子不吃窝边草,除了那个山大王脾气相对温和之外,麾下众多暴戾之辈,也怕名声臭了,让人谈虎色变,十传百百传千,万一惹来吃饱了撑着没事做的仙家子弟,贪图那斩妖除魔的世俗名声,可如何是好?”

陈平安点点头。

童子将两只手掌靠近火堆,呵呵笑道:“杀还是不杀? 杀了小的来个大的,杀了大的,再来个老的。哪怕有本事来两个杀一双,来三个全杀光,都给杀了,闹大了,当地官府上报朝廷,皇帝老爷觉得丢了颜面,可不就要去恳请仙师出山?”

童子无奈道:“最是烦人。”

陈平安笑道:“若非如此,早就乱成一锅粥了,山下的老百姓还怎么活。只说那座小镇,死了万余人,他们在外乡的亲戚朋友会如何想? 一夜之间,所有人就这么没了,活着的人,也会害怕的。”

童子愣了愣,似乎从未想过这个问题。童子又说了些附近的趣闻趣事,多是他道听途说而来,毕竟数百年光阴,总得找点乐子打发时光才行。

大雨停歇之后,陈平安跟这个小小的土地公告别,继续赶路。只剩下童子站在行亭外边喃喃自语。

陈平安又路过一座荒冢,有一伙进京赶考的寒士书生,站在一座大坟之前,露出自惭形秽和叹为观止的神色。然后他看到从坟茔之间,蹿出两只雪白狐狸,学人作揖。还有几头年幼一些的狐狸,趴在坟茔上头,窃窃而笑,眉眼间有些灵气,充满了憧憬和娇羞,半点不像什么凶恶的妖魅,反而像是馋嘴的稚童。那些读书人纷纷还礼。

看得陈平安一阵好笑,他知道这必然是狐妖作祟,在蛊惑人心。不过陈平安并不太担忧,世间狐妖,无论是哪个洲的,都往往不会行残暴之举,它们自古天生亲近人族,更多还是为了破开情关,提升境界和修为。所以陈平安没有当场揭穿,让那些书生发现眼前的高门华屋,其实只是一座坟墓而已。陈平安只是悄悄守在坟旁。

果然第二天,那些书生就安然离开那座豪门府邸,人人喜不胜收,只觉得碰上好一场艳遇,不枉此生。

陈平安笑着离去。

三百里之后,陈平安到了一个名为北晋的小国。他在路过一座城池的时候,刚好碰到集市,还真买了两串糖葫芦。他先前听说北晋国的如去寺名气很大,与中有一块大石,相传为一位菩萨的悟道之址,被称为石莲台,巨石长凳皆五丈,可以容数百人,而一人就能让其晃动,没人能够解释原理。北晋皇帝西巡,亲自试了后,龙颜大悦,使得如去寺名声大噪。

可陈平安问了好几个人,竟然人人都说不知什么如去寺,陈平安这才想起来,童子说此事,应该是发生在两百年前。人间两百年,足够改变很多事情。

陈平安犹豫了一下,还是坚持不懈,直到跟人问出了如去寺的遗址才罢休。他去了一趟如去寺,寺中荒草丛生,既无人气也无妖气,暮气沉沉。夕阳里,陈平安找到了一块巨石,看不出什么奇异之处。

陈平安吃完最后一颗糖葫芦,丢了竹签,转身离去。在陈平安走出如去寺破败大门后,那块巨石之顶,有个小人儿探头探脑地从石头中冒出来。它坐在石头上,默默无言。

原来这座莲台会摇晃的真相,是因为巨石孕育出了一个身为土石精魅的"小莲花人儿",它喜欢躲起来咯咯偷笑,每次有人尝试摇晃巨石,它就立即兴致勃勃,左摇右摆,巨石便随它晃动,于是让人误解。只是有一天,它觉得有些无趣,石莲台的摇晃就开始"时灵时不灵"了,最后彻底"不动如山"。原来是它离开了石莲台,想要去远方找寻同伴,年复一年的独自一人,让它觉得孤单了。

最后它接连找到了两个伙伴——一条蛇精,一头獐子精。赤子之心的"小莲花人儿"，被它们分别骗去了一条"云根、土精两者凝聚"的小胳膊、一瓣乘黄莲叶。但是它始终坚持寻找伙伴。最后它终于找到了一个不跟它索要任何东西的花精。它带着花精回到石莲台，一起玩耍，一起戏弄那些游客，但是某天它睡觉醒来，发现石莲台的灵气都没有了，一点都没有剩下，花精也不见了。

失去灵性的石莲台再度无人问津，最后彻底被遗忘，只剩下一个独臂的小精魄经常坐在石台边缘，哼唱着乡谣，轻轻摇晃脚丫。

它偶尔会有些伤感，因为它不知道那三个伙伴，如今过得好不好。如果过得不好，为什么不来见自己呢？它会安慰它们的呀。如果过得好，为什么还是不来见自己呢？它会替它们高兴啊。

它想不明白。

小家伙突然转过头，发现那个穿着一身雪白长袍的外乡人，就坐在石头另外一边，对着夕阳喝着酒。发现自己的注视后，他便对它笑了笑，吓得小家伙赶紧起身，一个蹦跳，身形直接没入巨石。

陈平安哈哈大笑，跳下石头，真正离开这座如去寺，不再逗弄那个小精魅。

小家伙在石中躲了半天，才鬼鬼祟祟地出现，四处张望一番，确定那人已经不在后，这才来到那人坐着的地方。它蓦然瞪大眼睛，发现了一枚灵气萦绕的钱币。世间精魅，大多喜好山上神仙钱，以此为食。

放下一枚雪花钱，陈平安不过是随手之举。陈平安离开城池，走出官道，刚刚入山，就发现小路前方站着一个泪眼婆娑的小东西。小东西一手紧紧搂着那枚相较它而言十分庞大的雪花钱，看着陈平安，好像既忐忑，又高兴。

陈平安缓缓走过去，小家伙生性胆小，瞬间在道路上消失不见，就这样反复了几次，小家伙尾随陈平安走了近百里山路。陈平安也不主动接近它，由着它不远不近地跟着自己。一大一小就这么同行。

到了童子所说的那座深山老林，果真山势险峻，陈平安在即将走出山头地界的时候，遇上了一个好像发了疯的小妖精。小妖精衣衫褴褛，蹒跚而行，喃喃重复着一句伤心话："这等心肠，如何成的佛？如何成的佛……"小妖精吓得小家伙顾不得什么，一路飞奔，躲在了陈平安的脚边。

在那之后，小家伙就彻底没了戒心，要么就在陈平安身边活蹦乱跳，要么就蹲坐在陈平安的肩头。

后来陈平安带着这个不会说话的新伙伴，途经一个战事不断的国家，生灵涂炭，逼得一帮豪杰落草为寇，占山为王，立起了一杆大旗。陈平安一路所闻，都是这三十六条好汉的英雄事迹，说他是如何的豪气干云，武艺高超，一个个力拔山河。陈平安自然不会全信，但是也想着有机会的话，就去那座山头瞅瞅，见一见英雄，哪怕人家未必愿与自己同桌喝酒，远远地沾一沾侠气，也是好的。

结果陈平安慕名而去，就遇上了一座卖人肉包子的黑店。陈平安见同行的几个行脚商贾晕厥过去，便也假装昏迷，给人五花大绑到了铺子后边，丢在了大长条的猪肉案板上，然后就有店伙计拎着剔骨刀，打着哈欠朝他们走来。

在附近一座州城里边，刽子手正要对一个大寇行刑，竟然有数十人劫法场，尤其是一个大汉手持双斧，一路砍杀过去，杀得兴起，哈哈大笑。无论是看热闹的百姓，还是官兵，悉数被一板斧砍成两半。大汉被一个五短身材的黝黑汉子教训了一番，这才悻悻地罢手，臊眉耷眼，没了半点煞气。

那黝黑男人看了眼壮汉，挥挥手让他离开。男人环顾四周，脸上除了疲惫，更多的还是欣慰和快意。方才对那双斧壮汉的一通训斥，他说得疾言厉色，可是这会儿望向这员心腹大将的背影，他眼角带笑。

这一行人在法场成功救了人，不远处有人早早备好了马匹，他们策马狂奔，火速离开乱哄哄的州城。官兵竟是不敢出城追捕。

而后众人翻身下马，意气风发，在大笑声中陆续走入自家铺子，却发现店铺内没了熟悉的那对夫妇，只有一个白衣少年，他身前的酒桌上，搁着一把长剑，剑气森森。

不过一炷香工夫，陈平安就离开了铺子。

身后的铺子里边，有人死有人活，都是世人眼中的英雄好汉，确实人人都死得毫不含糊，死到临头，依旧豪气干云。

活下来的那拨人，多是从头到尾沉默寡言，或是受了一点伤就主动收手。他们既没有口出狂言，眼神之中，也没有太多要报仇雪恨的意味，反而有一种茫然，好像在说，人生已经如此，就只能如此了。

陈平安不管这些。

离开铺子，陈平安发现路边骏马扎堆，他想了想，从路边牵了一匹高头大马，翻身上马，竟是十分娴熟。

先是晃晃悠悠，之后便是纵马江湖。

陈平安没有想到这趟江湖一走，就走了半年，这不是因为寻找那座观道观的路途太过遥远，而是陈平安按照背后长气的指示，在一座雄伟城池之中兜兜转转，原地打转，耗费了足足三个月时间，也未能找到所谓的观道观。在这座南苑国京城之中，陈平安问遍了贩夫走卒、江湖武人、镖局头领、衙门官吏等各色人物，他们都不曾听说有过什么道观。陈平安翻阅了各种史籍、县志和私人笔札，仍是没有任何线索，唯一的收获，大概就是陈平安已经可以流利地说一口南苑国官话了。

就这样，从暮秋走到了鹅毛大雪，走到了淅淅沥沥的春雨，一直等到立夏的到来，陈平安才确定,观道观的入口就在这座京城,可始终不得其门而入。哪怕心志坚定如陈平安,也开始有些动摇和烦躁。

在这期间,陈平安多有古怪见闻,他见到了在夜间飘荡悬浮的一袭青色衣裙,如佳人般翩翩起舞,大袖如流水。

有一次他无意间看破了一道障眼法,见到了骸骨相撑挂的一段内城城墙,每一块青砖上都刻上了佛家经文。

他还遇上了在宝瓶洲不易见到的僧侣。佛学在南苑国风靡朝野,各地寺庙林立。陈平安知道了僧人诸多袈裟的讲究,以及诵经僧、讲经僧、传法僧和护法僧之间的种种不同。有一次他离开京城,出去透透气,远远跟随一拨身负朝廷密令的僧人,去了一个厮杀惨烈的战场。陈平安亲眼目睹百余名诵经僧端坐于莲花蒲团之上,数名诵经僧脱了靴子,赤脚行走,低头合十,双脚行走之时,以及嘴唇开合之际,便有朵朵雪白莲花生出。僧人皆以一串念珠缠绕手掌,若是有厉鬼纠缠,就会被念珠散发出来的金色光泽击退。

念珠金光湛然,僧人宝相庄严,步步生出莲花,牵引着那数万怨气冲天的亡魂,跟随他们一起走入阴阳接壤的"鬼门关"。

陈平安便坐在远处,学着僧人双手合十,低头不语。

返回京城后,陈平安还是寻找不到观道观。就在陈平安一咬牙,准备暗中去往皇宫的时候,这一天烈日当空,陈平安来到一口水井旁边,低头望去,水井深不见底,幽暗无光。

陈平安看了一会儿,实在看不出门道,便收回视线,继续逛荡起来。

他回望一眼水井,方才站在那边,似乎有些清凉意味。

自从跟大隋供奉蔡京神一战后,崔东山就赢得了一个蔡家老祖宗的便宜头衔,这个头衔在山崖书院很吃香,加上崔东山当下的皮囊,风神俊逸,实在讨喜。

崔东山可以在书院中随意走动,他的身边总是跟着一个名叫谢谢的贴身婢女。今天两人旁听了葛老夫子的一堂经义课程。听了一半,趴在外边窗台上的崔东山就睡着了,谢谢站在一旁,不敢打搅自家公子的春秋大梦,害得屋内学生个个忍着笑,十分辛苦。葛老夫子恨不得几戒尺打得那崔东山满头是包,可一想到连累家族一起迁出京城的蔡京神,老夫子就忍住了心中愤懑,想着回头一定要跟副山长茅小冬说道说道,以后不准崔东山靠近自己的课堂。

崔东山打了个哆嗦,像是做了噩梦,睁开眼后,好半天才缓过神,然后他大摇大摆地带着婢女谢谢返回住处。

等到谢谢关上院门,崔东山脱了靴子跨过门槛,一挥大袖,雾霭升腾,最终浮现出一幅宝瓶洲的山河形势图。崔东山一手环胸，一手捏着下巴，站在地图上宝瓶洲最北端的大隋处，视线往南移，越过黄庭国、大隋，停留在中部的观湖书院、彩衣国和梳水国一带，他突然趴在地上，左右张望。

谢谢斜坐在门槛上，这幅一洲山河图几乎占据了整间屋子，她进去肯定要挨骂，挨打都有可能。

崔东山一直趴在那边，随口问道："你说现在大隋国境内，庙堂江湖，山上山下，有没有人大骂皇帝，是不战求饶、割地求和的昏君？"

谢谢老老实实回答道："外边的事情，我不知道，在书院里头，出身大隋的夫子们，大多愁眉不展，唉声叹气，倒是不曾听说有人开口谩骂。"

崔东山爬起身，笑眯眯道："读书人有一点好，不骂君王，只骂奸臣、权宦、狐狸精、外戚，骂天骂地骂他娘的……当然了，事无绝对，敢骂皇帝的肯定有，可骂得好的，一针见血的，很少。"

谢谢已经习惯了跟崔东山相处，敷衍道："公子高见。"她是真的敷衍，毫不掩饰的那种，别说是崔东山，就是李槐这种不长心眼的，都能够一眼看穿，但是崔东山恰恰对此并不介意。

崔东山双手叉腰，张开嘴，猛然一吸，将那幅地图的雾霭全部鲸吞入腹，然后崔东山抬起双手，张牙舞爪，咧嘴做猛虎咆哮状，看得谢谢嘴角抽搐。

崔东山拍了拍袖子，洋洋自得："真是气吞万里如虎，了不得，了不得。"

侍女谢谢只恨自己不敢翻白眼，她转头望向院子高墙那边，不管大隋朝野如何暗流涌动，这座东山和书院，又度过了一个太平无事的日子。

一条金色丝线从院外骤然而至，无声无息，快若闪电！

虽然极其细微，甚至不如女子谢谢的一根青丝，可是在这根纤纤金丝凭空出现后，在气候转凉的晚秋时节，整个院子的温度随即升高，让人如同置身于炎炎夏日。

谢谢瞠目结舌，根本来不及反应。她脑海中一片空白，虽然院内气温灼热，可是谢谢浑身冰凉，僵硬转头，只见那崔东山的眉心恰好被金色丝线一穿而过，向后轰然倒地。

必然是一位陆地神仙的刺杀手段！

远处，一个沧桑嗓音快意响起："妖人乱国，死不足惜！"

更远处，身为此方小天地主人的副山长茅小冬怒喝道："胆敢在书院行凶？！"

谢谢眼神呆滞，依然保持斜坐于门槛的姿势，望着那个倒地不起的白衣少年，他就这么死了？

肩膀被人轻轻一拍，谢谢蓦然惊醒，她身体紧绷，转头望去的同时，就要反手一掌拍去，但是谢谢匆忙收手，一副白日见鬼的神情。

原来崔东山就站在她眼前，弯腰与她对视。他眯起眼，一手负后，一手轻轻伸出手指,在谢谢额头上一点,将她向屋内推倒。谢谢的身躯已经仰头倒在地板上,其缥缈魂魄却留在了原地,她被崔东山以蛮横秘术强行分离身魂,经不住阳气摧折的丝丝缕缕魂魄,马上就要消散。

崔东山打量着谢谢的魂魄,最终在她的某座气府发现了异样,笑着说了一句"跟我捉迷藏,嫩了点吧"。只见他如棋士双指捻子,从谢谢魂魄之中抓取出一粒墨绿色的光点,将其在指缝间随意捏爆。谢谢的体魄被神魂牵引,已经失去感知的那具娇躯,如砧板上的鱼,使劲蹦跳了一下。

崔东山一巴掌打在谢谢魂魄的"脸上",笑骂道:"成事不足败事有余的玩意儿,滚回去。"

神魂归位,谢谢缓缓醒来,头疼欲裂,她挣扎着坐起身,一手撑地,一手捂住额头,痛得她满脸泪水。

崔东山大步跨入门槛,弯腰捡起屋内一张品秩极高的替身傀偶符,用手指撮成灰烬,转头笑道:"茅小冬,这你能忍?! 人家都在你家里拉屎撒尿了!"

追杀途中的茅小冬,其冷笑的嗓音遥遥传入小院:"对,你就是那坨屎!"

崔东山嘿嘿笑道:"我要是一坨屎,那咱们山崖书院,岂不是成了一间茅厕?"

谢谢一言不发。崔东山也懒得跟她解释其中凶险和玄妙,盘腿坐下,皱眉沉思。

为何观湖书院如此隐忍?

大骊铁骑的南下之行,过于顺遂了点,这和他当年的预期严重不符。依照原本的谋划,大骊铁骑最少要经历四场艰苦大战,一场在中部附近的世俗王朝,一场跟观湖书院撕破脸皮,一场跟南宝瓶洲的白霜王朝,一场跟宝瓶洲南方的山上势力。

难道宝瓶洲悄悄涌入了许多除大骊墨家之外的势力? 只可惜如今自己已经不是大骊国师,许多最山顶的内幕消息,已经无法获得,连下棋人是谁,棋风如何,全都抓瞎。

崔东山突然问道:"有没有想过在大骊龙泉扎根?"

谢谢摇摇头:"不曾想过。"

高大老人茅小冬大步走入院子:"是个不知来历的元婴修士,给他跑了。"

崔东山根本不在意,笑道:"这次不过是试探而已,你还是小心书院的夫子学生吧。世上总有些自以为是的'好人',觉得世道,都得按照他们的想法去运转。一旦山崖书院和大隋京城对立起来,高氏和宋氏的两场山盟因此作废也不是没有可能。"

茅小冬皱眉道:"真要封山?"

崔东山冷笑道:"怎么,觉得没面子?"

茅小冬下定决心,转身就走。

崔东山笑道:"茅小冬,如果你说一句自己是坨屎,出了事情,我可以出手帮助书院。"

茅小冬转过头，面无表情道："我是一坨屎。"

崔东山悻悻地道："如果我说自己是两坨屎，可不可以收回之前的话，然后舒舒服服隔岸观火？"

老人扯了扯嘴角，撂下"不行"二字，就快速离去，崔东山哀叹一声，向后砰的一声倒地，并拢双指在他身前立起，他嘟嘟囔囔着"急急如律令"，就这么在屋内翻来滚去。

谢谢轻轻擦拭额头的汗水。崔东山停下幼稚行径，挺尸一般躺在地板上，却说起了更加幼稚的言语："先生，你什么时候回来啊，弟子给人欺负了。"

谢谢无可奈何。崔东山抬了抬脑袋，问道："是不是觉得你家公子在说笑话？"

谢谢犹豫了一下，点了点头。崔东山侧身而躺，单手托着脑袋，嘻笑道："有陈平安在，不管他修为高不高，我只需要出力就行了，对了不挨骂，错了挨骂，反正不用多想。你呢，可以少挨我的打。于禄这么个没心没肺的，看热闹就行了。林守一，会更加转向修道。李槐嘛，胆子小，就更有理由胆小了，反正有陈平安护着他。"

"所有心事，反正都由我这位先生担着呢。"崔东山懒洋洋的，不再言语。

谢谢有些好奇，崔东山好像漏了一个喜欢穿红色衣裳的小姑娘。

崔东山叹息了一声："大概就只有小宝瓶，会心疼我家先生吧。"

崔东山哎哟一声，又开始满地打滚，他手捧心口，嚷嚷着"一想到这个，就心疼死我了"。

山崖书院在经过那桩短暂的刺杀风波后，在副山长茅小冬的执意要求下，开始封禁山门，无论是夫子先生还是学生杂役，一律不得外出。名义上的山长大隋礼部尚书，对此颇有异议，但是皇帝陛下支持此事，而且他还秘密增派了几位供奉，隐匿于东山附近，还让皇子高煊正式进入书院求学。

这天高煊又陪着好友于禄，一起在湖边垂钓。

随着时间的推移，于禄终于对高煊坦诚相见，一是他的身份——卢氏王朝的前朝太子，二是他的武道修为——七境。高煊听过之后只是发出两声，一个哦，一个哇。

大隋皇子当时眼中熠熠生辉，为自己挑选朋友的眼光感到自豪。

高煊投桃报李，也对于禄说了许多自家的心酸事，与女子相处，总是希望自己尽善尽美，其实未必是真喜欢她；与男子交往，对方能够全然不在乎自己的缺点，以诚相待，多半是真把他当朋友了。

两个同龄人，一人一根绿竹鱼竿，安静等待鱼儿上钩，高煊问道："之前你不是说过宝瓶会召开武林大会吗？为何我进了书院这么久，也没见你去参加？"

于禄微笑道："宝瓶办了三次，之后就不再召集群雄了，其他人不好说，反正我是有些失落的。"

高煊指了指岸边小路,笑道:"李槐在那边。"

于禄没有转头望去。根本不用看,就知道李槐一定带着两个小伙伴在疯玩。这两人一个是活波开朗、有些顽劣的寒族子弟,一个是世代簪缨却怯懦内敛的权贵公孙。三人不知怎么就凑在了一起,每天形影不离。据说在那个寒族子弟的提议下,三个小家伙还斩鸡头烧黄纸,结拜为兄弟。所谓鸡头,不过是从树上捉来的鸟雀,黄纸则是从书楼典籍上悄悄撕下的书页,事情败露后,三人还因此被授业先生打得屁股开花。

三人在湖边以手中树枝作为刀剑,你来我往,呼啸而过。李槐自然见到了岸边钓鱼的于禄,只是他犹豫了一下,没有跟于禄打招呼。若是林守一,李槐可能还会去聊几句,对于禄和谢谢,李槐不是特别亲近。

当年那支大隋远游求学的队伍中,李槐和李宝瓶、林守一,既是同窗又是同乡,他们的情谊,比他与于禄、谢谢的情谊要更重。

林守一如今去书楼的次数少了,除了每天上课,更多的还是待在独门独栋的小院中修行。这间院子是一位德高望重的老夫子帮他跟书院要来的。老先生是修行中人,愿意对林守一倾囊相授,不仅为他解释林守一随身携带的那本《云上琅琅书》的诸多精妙之处,还给小院带来了几本自家珍藏的仙家秘笈。老夫子一有时间就会来到小院,为林守一排难解惑。

一老一少,虽无师徒之名,但有师徒之实。

林守一除了学习枯燥的典籍经义,其更多的心思,还是放在了清净修行上。

一心问道。

寒秋瑟瑟,书院里的那个小姑娘,将单薄的红色衣裙,换成了厚重一些的红色衣裙,至于棉袄,暂时还用不上。

她还是经常独自一人,来到东山之巅的高树上,坐在那边发呆,或是吃些解馋的糕点。课业繁复的时候,她也会拿着书籍坐在树枝上背书,免得第二天又要被先生罚抄。好在她稍有空闲,就会早早备好罚抄用的文章抄录,一摞摞叠放整齐,已经在学舍积攒了好多,所以她如今在山崖书院有了个"抄书姑娘"的绰号。

今天,李宝瓶在树上晃荡着脚丫,掰着手指头,用心算着自己跟小师叔离别了多久。

都这么久了,小师叔怎么还不来呢?李宝瓶有些眼神幽幽。

哈哈,既然已经过了这么久,是不是意味着距离他们下次见面,便近了?李宝瓶又开心了起来。

于是红衣小姑娘站起身,在树枝上蹦跶起来,尽量让自己高高远远地望去。说不定一个不小心,小师叔就已经站在山脚呢?

啪嗒一下，李宝瓶摔在了地上，灰头土脸，一身尘土。

好在她经验丰富，晓得如何让自己摔得不疼一些。她并未受伤，不过还是一身的酸疼青肿。

龇牙咧嘴的小姑娘赶紧环顾四周，发现没有人看到自己的窘态，这才蹒跚着走下山去。一路上有不少人主动跟她打招呼，李宝瓶一一回应。

李宝瓶回到了学舍，闲来无事，又开始抄书，她瞥了眼书桌上的"家当"，灿烂一笑。嘿，下次小师叔来到大隋京城，她就可以翘课一旬了，事后夫子秋后算账，她就搬出这座书山给他。

李宝瓶越想越觉得自己聪明，一手执笔娴熟抄书，一手伸出大拇指，两眼放光，啧啧道："不愧是武林盟主，老霸气了！"

龙泉郡落魄山上，很少外出的青衣小童，在收到一封信后，先去小镇自信满满地回了一封信，然后破天荒去了趟披云山，去大骊北岳殿找那魏檗。但是他回到竹楼后，粉裙女童发现他的兴致不高，虽然不知道他所求何事，应该是不太顺利。

青衣小童不愿跟她发牢骚，只是独自在崖畔长吁短叹。他很快就恢复了昂扬斗志，又下山去了一趟小镇，硬着头皮逛了县衙和窑务督造府，回来的时候又病恹恹的，隔了两天，再去了趟北边大山外新建成的龙泉郡城，找了郡守吴鸢。

青衣小童这番忙前忙后，粉裙女童看得一头雾水。虽然他平日里没个正经，可她知道，他心高气傲着呢，那叫一个眼高于顶，以往他连魏檗都看不顺眼。别看遇上了魏大山神，他会十分谄媚，可溜须拍马之后，转头就会吐口水，更别提什么袁县令、曹督造和吴郡守了。

粉裙女童忍不住问了一嘴，他只说你一个丫头片子懂个屁，然后搬了把竹椅，独自坐在崖畔那边。

终于有一天，青衣小童重新开始走路带风，大摇大摆。

粉裙女童怕他又嫌弃自己烦人，忍着不问。青衣小童这次心情大好，主动搬了两把竹椅到屋檐下，跷着二郎腿嗑瓜子。粉裙女童心想，怕不是傻了吧？

青衣小童意气风发，笑道："水神兄弟托付我的事情，办成了！我已经往黄庭国御江水神庙寄了封信！"

粉裙女童愕然道："那御江水神要你办什么事情？"

青衣小童咧嘴笑道："这不是黄庭国变成了大骊的藩属国嘛，水神兄弟听说我在大骊混得风生水起，想让我帮他牵线搭桥。除了保证他的水神庙不被拆掉之外，最好能够跟大骊要一块太平无事牌。这点鸡毛蒜皮的小事算什么？这不就成了?!"

原来是御江水神从黄庭国寄信过来，请他办事，青衣小童当即便在信上言之凿凿，说了好些大话。他说水神兄弟只管放心，些许小事，不值一提，等他的好消息便是。

粉裙女童心中腹诽，小事？之前你一天到晚抓耳挠腮，一副生无可恋的模样，算什么？再说了，你怎么好意思说自己在龙泉这边混得风生水起，就连勤勉修行，都只是为了被人两拳打死。估计你每次壮着胆子下山，都是战战兢兢的吧。

粉裙女童轻声问道："是魏山神帮你解决的？"

青衣小童脸色微变，笑容有些牵强，故作豪迈道："那当然，我跟魏檗啥关系，都这么熟了，每天称兄道弟的，这点小忙而已，魏檗哪里敢说个不字。我第一次登上披云山拜访北岳殿，只是老魏刚有事外出。你是不知道，北岳殿的辅官神灵对我那个客气，摆了一大桌酒席款待我，我说不用，他们硬是拖着我不让我下山。唉，愁死个人……"

粉裙女童没有说什么，她只是不愿意揭穿而已，毕竟他那么死要面子。

青衣小童说得唾沫四溅，眉飞色舞，只是说到最后，便没了精气神，干脆不再说话，默默嗑着瓜子。

第二次见面，魏檗确实点头答应了，以北岳正神的身份，跟大骊朝廷开口，帮他那个御江水神兄弟，索要了两张护身符。但是他付出了一点代价，作为交换——陈平安送给他的一颗上等蛇胆石。

青衣小童很肉疼，但是不后悔。他突然笑了起来，伸出手，指向南方："笨妞儿，以后到了御江，我带你去我那水神兄弟的府邸，大碗喝酒，大块吃肉，好教你晓得我在那边的人缘，到底有多好！只因为是我带你去的，人人都会敬你！"

粉裙女童无言以对，她无意间瞥见他的脸色，神采飞扬，便有些于心不忍，轻声道："好的，记得不要大鱼大肉啊，我吃些时令山珍就行了。"

青衣小童哈哈大笑："这有何难，我一句话的事情！"

两人开始沉默。他突然说道："如果老爷在山上，我应该可以少跑几趟，对吧？"

粉裙女童轻轻"嗯"了一声。

西边那座大山山脚，董水井的馄饨摊子的生意越来越好，来山神庙烧香的善男信女，都爱来这边吃一碗，解乏饱肚，一举两得。生意做大了，摊子就太小了，于是董水井干脆搭起了一间铺子。如此一来，碰上恶劣的风雨天气，也能让客人一边进餐，一边等雨停。这个少年好说话，客人不掏钱吃馄饨，只是拿店铺当落脚歇息的行亭，他不赶人，还会让新雇用的两名店伙计，送上热腾腾的一碗茶水。

铺子开销大了，可是每一碗馄饨的价格始终不涨，味道也始终不变，以致龙泉郡的几位官老爷都闻讯赶来，例如官帽子最大的太守吴鸢，也在铺子里吃了碗香气扑鼻的馄饨，并对馄饨赞不绝口。

这天傍晚，铺子打烊在即，董水井让店伙计招呼着稀稀疏疏的几桌客人，筋疲力尽的他难得忙里偷闲,坐在铺子门口,端了一碗茶水,慢慢喝着。

董水井猛然起身,赶紧喝完剩下的茶水,快步向前走去。从山上走下一伙人,其中有一张熟悉面孔,她应该是跟着家里长辈登山烧香,这会儿才下山,看天色,他们多半是要住在龙泉郡城里头了。

董水井笑着打招呼,朝那几个大人,喊了叔伯姨婶,然后望向那名个子稍微高了些的丫头,问道:"石春嘉,什么时候回来的?"

如今小姑娘不再扎羊角辫了。石春嘉当初跟随李宝瓶、董水井他们,一起经历了一场惊心动魄的短暂远游。回到小镇后,这些孩子便分成三拨人,分道扬镳,各有选择。

李宝瓶、李槐和林守一,跟着陈平安去往大隋求学。董水井留在小镇,上了一段时间的学塾,很快就离开。他将小镇上的两栋祖宅,留一栋卖一栋,在郡城买了半条街的高门豪宅,又将剩下的银钱作为本钱,独自做起了买卖。石春嘉一家卖了骑龙巷的那间祖传铺子,她跟随家族搬去了大隋京城,不知道这次回到故乡,是为了祭祖还是怎的。

石嘉春的爹娘,只是听说过董水井,却不曾见过,他们看女儿对董水井念念不忘,就势说要吃几碗馄饨。董水井亲自下厨,亲自将馄饨递上桌后,和石嘉春一家寒暄了两句就回到柜台后边。石嘉春潦草吃完,就起身跑到董水井身边,小声询问有无宝瓶的消息。董水井只是将陈平安说过的一些事情,复述了一遍。石嘉春竖起耳朵,一个字都不愿意错过。

董水井眼观六路,瞧着那边馄饨都快吃完了,看似随意地问道:"这次回来,是要住下吗?"

石嘉春点头道:"听说这边的新学塾,是龙尾溪陈氏创办的。我爷爷便让我和爹娘回来了,反正铺子卖了,但是祖宅还在,有地儿住。"

董水井点点头。最后他还是跟石嘉春他们收了钱,只不过每碗都少收了些。

石嘉春是个性情直爽的丫头,见董水井这家伙竟敢收钱,狠狠瞪了眼这个掉钱眼里的同窗。

董水井微微一笑,不以为意。他目送他们离去,知道以后见面的机会,多着呢。

做生意,熟人登门,绝不可以杀熟,但是也不可以不收钱,不赚不亏,是最好的,否则越做就越没朋友。

你次次亏本,那人还喜欢时时登门,证明对方不把你当朋友。你次次赚得比平时还多,那就更清楚了,你根本不曾将那人当作朋友。若是这般,反而爽利。若是前者,就要揪心了。

确定不会再有客人,两个店伙计已经累散了架,董水井给他们做了两大碗馄饨。董水井望向店铺外边的夜色,看到了一个将长剑横挂身后的男人跨过门槛。

名叫许弱的墨家豪侠,刚从老龙城返回龙泉郡渡口,就直接找到了这里。他对那高大少年笑问道："关于她的消息,我已经破例告诉你了,那么现在你决定好了吗?"

董水井点点头。

既然她已经是神仙中人,自己就不能再这么过日子了。做了那什么赊刀人,便可以多活几十年甚至几百年。

不管最后自己能否跟那位姑娘走到一起,能够多看她几眼,总是好的。

书简湖出现了一位姓顾的小魔头。小魔头名叫顾璨,是青峡岛截江真君刘志茂的关门弟子,他竟然能够驾驭一条实力堪比金丹巅峰的蛟龙。先前那场同门内讧的血战,那条蛟龙杀得青峡岛尸横遍野。奇怪的是,刘志茂从头到尾都没有阻拦,哪怕大弟子都被那头畜生咬死,仍然没有露面。

若只是如此,顾小魔头的赫赫凶名,还不至于传遍宝瓶洲水域最广的书简湖。在那之后,书简湖的碧波之上,经常会有一个看似天真无邪的小孩子四处闲逛。一开始还有练气士误以为这孩子是用了驭水、避水术法,才能够双脚不动地悠哉游弋于湖面之上。

一般而言,都是井水不犯河水。可有一次,二十余名师门关系交好的年轻练气士乘坐一艘巨大楼船,结伴泛湖游玩,无意间遇上了那个孩子。两两迎面相向,谁都不愿让道,就起了冲突。

双方就要撞在一起的时候,双臂环胸的孩子蓦然升高,原来他脚下踩着一条庞大的蛟龙。蛟龙一爪按下,就将一条楼船拦腰斩断。先是试图御风逃离沉船的练气士,被那条畜生口中所喷水柱一冲而过之后,只剩一副骨架,然后沦为落汤鸡的那拨练气士,被蛟龙一爪一个,开膛破肚,运气差一些的,甚至被它放入大嘴之中咀嚼。

一切兵器和神通,砸在它身上,根本不痛不痒,它甚至都懒得躲避。最凄惨一人,是试图擒贼先擒王的一个"聪明人"。他是一位身份金贵的剑修,在群雄并起的书简湖小有名气,他试图以本命飞剑刺杀那个立在蛟龙头颅之巅的孩子。

一直抱着嬉戏玩闹心态的蛟龙,立即变得无比暴躁,驾驭身躯四周的湖水,掀起滔天大浪,将那名剑修困在一座方方正正的碧水牢笼之中。然后不知这畜生使用了何种秘法,竟然抽掉所有空气,任由剑修灵气干涸、身体炸裂而死。

砰的一声巨响,那座牢笼中鲜血四溅,像是开出一朵巨大的红色花朵。

那孩子盘腿坐在蛟龙头顶,哈哈大笑。

一些火速赶来的龙门境修士和金丹境大佬,近距离亲眼看到这一幕后,吓得不轻。先前青峡岛内讧,他们距离遥远,而且当时这畜生也未展现出类似练气士术法的神通。今日他们离此不过百余丈,见那头畜生好似开窍悟透了本命神通。若是有关蛟龙一族的古书记载没有出错,岂不是它只要百尺竿头更进一步,就是名副其实的地仙? 此等蛟龙能够幻化成人形,搁在蛟龙兴盛的远古时代,恐怕就有资格在大江大河之中,拥有一座龙宫了。

这拨大名鼎鼎的书简湖大修士,一开始还心存侥幸,想要偷偷救下一两个门下弟子,可数十丈外率先出手的一个龙门境老修士,其整副身躯被那畜生轻轻挥爪,就莫名其妙多出一个巨大爪印,当空打爆。

中五境修士之间的厮杀,哪怕隔着一两个境界,一般都不会如此生死立判。所有人面面相觑,最终没有一人拯救那些落水的门派弟子,都选择明哲保身,速速退去。

在那之后,有人偷偷进入青峡岛,想要暗杀那个魔头顾璨,结果都被截江真君刘志茂一一击毙。半年之间,陆陆续续五六次刺杀,都被青峡岛拦下。半年后,以刘志茂为首,以顾璨和那头畜生作为主力,杀向那些刺客所在岛屿门派。最后无一例外,青峡岛只挑选了一些修道资质尚可的少年少女,其余人等,全部处死,他们还刮地三尺,搜集所有财宝法器。一时间青峡岛隐约成为书简湖的群岛之主,顺之者昌,逆之者亡。

如今顾璨和他娘亲,住在青峡岛一座最为富丽堂皇的宅邸之中。几次师徒联手去灭门派山头,大战落幕后,顾璨都会让那个当年为他通风报信的师姐,帮他挑选一些姿容出彩、年纪不大的美人坯子,作为将来开襟小娘的人选。他还专门请人教她们琴棋书画。

今天,顾璨难得没有出门游玩,陪着娘亲来到后堂,毕恭毕敬跪在蒲团上,向一块牌位磕头敬香。

妇人这些年养尊处优,容颜身姿,越发丰腴动人。妇人起身后,闭上眼睛,双手合十,轻声喃喃,像是在跟死去的夫君报平安。

顾璨站在肃穆寂静的大堂中,抬头看着前方的袅袅香火,这个已经手染无数鲜血的孩子,怔怔无言。

娘俩一起跨过门槛,顾璨突然喊了一声娘亲。牵着顾璨小手的妇人低头望去,柔声问道:"怎么了?"

顾璨挤出一个笑脸,摇摇头,说没事。

南苑国的京城,有个饥肠辘辘的干瘦小女孩,衣衫破败,眼神冷漠,小心翼翼地走到权贵扎堆的清河坊,熟门熟路地来到一座豪华宅邸的后门。烈日炎炎,枯瘦黝黑的小女孩走得满头大汗,她蹲在一棵大树的绿荫中,抬头望去,看着冗余天空那轮骄阳,那份光明,看得她双眼流泪。她默默收回视线,擦了擦眼泪。

很快这座宅子的后门就被人偷偷打开,从狭窄门缝里,溜出一个跟枯瘦女孩差不多岁数的同龄人,是个粉雕玉琢的富贵小千金,衣着华美。她有些吃力地抱着一只小木盒,大汗淋漓,一路小跑来到枯瘦女孩身前,笑容灿烂道:"送给你的礼物。"

小木盒中有些水渍渗出。枯瘦女孩皱着眉头接过木盒,捧在怀中,一手推开盖子。

对面的漂亮小女孩开心地笑了起来:"你还记得吗,咱们在去年冬天一起堆了这个雪人,我让府上的人将其放在了冰窖里头,喜欢吗?"

枯瘦小女孩低着头,死死盯住那个小雪人,看不清表情。

从王侯勋贵之家走出的那个漂亮丫头,还在那边邀功似的,天真烂漫地追问她喜不喜欢。干瘦小女孩缓缓抬头,问道:"吃的呢?"

漂亮丫头哎呀一声,致歉道:"不好意思,给忘了。"她哭丧着脸,不断道歉,"我马上就要跟爹娘一起去寺庙烧香祈福,今儿不能给你带吃的了,对不起啊……"

枯瘦小女孩扯了扯嘴角,低头又看了眼小木盒里头的小雪人。啪的一声,木盒"不小心"摔在了地上。

漂亮小女孩泫然欲泣,赶紧蹲下身去。枯瘦小女孩也跟着蹲下,伸手捡起墙根的一块石子。她又看了眼那个在木盒中碎成两半的小雪人,然后高高举起手,将石子朝着一身锦绣衣裳的女孩使劲砸去。

一阵清风拂过。那个漂亮小女孩抬起头,挤出笑脸,想要对好朋友说声没关系,却惊讶发现身前出现了一个陌生人。他穿着一身好看的雪白袍子,还背着剑,腰间挂着一只朱红色小葫芦。小女孩眨了眨水润眼眸,稍稍转头,望向黝黑枯瘦的小女孩,眼神中充满询问。

那个背着剑的家伙牵着她的好朋友,笑着对她指了指后门方向,说道:"你先回家吧,你看,有人在等你了。"

果然管家赵爷爷已经找来了,漂亮小女孩捧着小木盒,有些犹豫,不知道是该送给她的玩伴,还是拿回家继续藏在冰窖里。

好在那个陌生人又替她做了决定:"拿回去吧,在外边留不住的,多可惜。你们可以等到今年冬天下雪了,再把这个小雪人堆成大雪人。"

小女孩使劲点头,抱着小木盒,跟那个已经认识了将近两年的好朋友告别离去。

枯瘦小女孩默不作声。

大门关上后,陈平安这才松开小女孩的手。对于这个小疯子的行径,他觉得匪夷所思,两个孩子明明关系不错,就因为对方一次没有带食物,就要杀人?

陈平安低头望去,问道:"你是谁?"

小女孩仰起头,反问道:"你管我?"

图书在版编目(CIP)数据

剑来7：迢迢渡银汉 / 烽火戏诸侯著. —杭州：
浙江文艺出版社，2020.4（2025.9重印）
ISBN 978-7-5339-6064-3

Ⅰ.①剑… Ⅱ.①烽… Ⅲ.①长篇小说—中国—当代
Ⅳ.①I247.5

中国版本图书馆CIP数据核字（2020）第042542号

策划统筹　柳明晔
责任编辑　周海鸣
营销编辑　俞姝辰　徐轶暄
封面绘图　白衣巷九
责任印制　张丽敏

剑来7：迢迢渡银汉

烽火戏诸侯　著

出版　浙江文藝出版社
地址　杭州市环城北路177号
邮编　310003
网址　www.zjwycbs.cn
经销　浙江省新华书店集团有限公司
印刷　杭州杭新印务有限公司
开本　710毫米×1000毫米　1/16
字数　322千字
印张　16.5
插页　2
版次　2020年4月第1版
印次　2025年9月第24次印刷
书号　ISBN 978-7-5339-6064-3
定价　42.00元